外国文学研究书系

U0589002

《红楼梦》与《源氏物语》时空叙事比较研究

A Comparative Study on Space-Time Narratives in
The Dream of the Red Chamber and *The Tale of Genji*

杨 芳◎著

中国出版集团

世界图书出版公司

广州·上海·西安·北京

图书在版编目（CIP）数据

《红楼梦》与《源氏物语》时空叙事比较研究 / 杨芳
著 .—广州 : 世界图书出版广东有限公司 , 2025.1重印
ISBN 978-7-5100-7795-1

Ⅰ . ①红… Ⅱ . ①杨… Ⅲ . ①《红楼梦》研究 ②长
篇小说—小说研究—日本—中世纪 Ⅳ . ① I207.411
② I313.074

中国版本图书馆 CIP 数据核字（2014）第 057083 号

《红楼梦》与《源氏物语》时空叙事比较研究

策划编辑　刘婕妤

责任编辑　翁　晗

出版发行　世界图书出版广东有限公司

地　　址　广州市新港西路大江冲 25 号

http:// www.gdst.com.cn

印　　刷　悦读天下（山东）印务有限公司

规　　格　710mm×1000mm　1/16

印　　张　16.75

字　　数　280 千

版　　次　2014 年 5 月第 1 版　2025 年 1 月第 3 次印刷

ISBN　978-7-5100-7795-1/I · 0305

定　　价　78.00 元

目 录

引　言

近年中日文学研究受到愈来愈多的关注，中日两国学者对双边文学互动关系研究的热度逐年递增。中日古典文学研究在很长一段时间拘囿于国别文学研究，自闭门户的研究越是精深就越为偏颇，世间万事万物莫不在参照系的框定下摆正位置，协同前行。一方面，日本古典文学离不开汉学典籍的滋养，离开对汉文学的领会来谈日本古典文学犹若高空建阁；另一方面，古典汉文学中的若干部分被日本人吸收改良后回流至大陆，成为汉文化文学有益的补充，《游仙窟》、《三国志平话》、《武王伐纣》、《乐毅图齐》、《西游记杂剧》等在中原绝迹若干年后又从日本回流的汉文学秀作枚不胜数。日本学者研究中国古典文学，实际上是在为日本民族文学文化寻根，中国学者研究日本古典文学是通过一面镜子反观传统中国文学文化的国粹精华。迅速融入他国文学文化当中被他者吸收，并能滋养他国文学文化的汉文学文化，有着顽强的生命力且饱含滋润人类心灵的养分。日本文学局部描写细腻，情感表达温婉、些微，感情基调平稳、含蓄且绵延，即便是描写激烈冲突与沉痛哀伤，均回避正面叙写，让一股情感绵绵地浸润、渗透在文本中，虽纤柔幽远，却具备很强的穿凿力。这一文学文化特色与我国中原文化中刚烈、壮美的"血性"文学文化意识相异。中日文学文化比较研究有着巨大的探讨空间。

《红楼梦》与《源氏物语》都隶属于东方文学文化体系，都以古雅的民族语言构筑了真实而虚幻的情趣世界。曹雪芹重构明清时代充满中国风物情味的家族社会，大家族成员的一言一行、一事一物都集中体现中国人传统的思维方式、审美趣味与民风民俗。紫式部重构日本平安时期宫廷贵族社会特有的风物人情，叙写平安朝贵族社会四代人的悲欢离合与言不尽的情怨哀愁。《红楼梦》与《源氏物语》包容中国、日本封建社会物质文化、制度文化、精神文化三个基本层面的内容，是中国古代文学文化及日本贵族文学文化回顾与总结的浓缩艺术表现形式，是两国封建社会文学文化的集大成者，是中国封建社会和日本贵族宫廷社会的百科全书。两部作品的叙事技巧代表着当时文学撰写的最高水平，两部作品相似处良多，细窥之又可各分秋色，进行比较文学研究价值良高。

写长篇的时候面对的是一个整体的世界、历史、人的生活，虽然对于永恒与无限来说你涉笔的不过是一鳞半爪，一瞬一刹，但你毕竟力图从更复杂的关系网络中去把握人，从空间与时间的坐标系中去把握人：这种综合性的思考，回味，特别是结构，不是仅仅靠敏感和灵气就能胜任的。[1]

《红楼梦》百万余字，《源氏物语》90万余字，进行如此连篇累牍、浩繁之作的对比研究，首要是对两部作品整体框架的把握，即从结构入手把握其宏观框架、整体脉络与演进肌理。时间与空间是小说结构之根本，自20世纪80年代后半期开始，叙事学研究从时间走向空间，从叙事学走向后经典叙事学，"时间的空间化"使得时间作为空间研究的要素被忽略其独自的称谓与名声。叙事学中"时间与空间"关系的复杂化，使得以"时空"为文本叙事研究工具的学者们更是一头雾水。本研究的当下之急是厘清研究工具——"叙事学"中的时空关系，提出使用该研究工具的自身切入立场。

从某种意义上说，文学史就是对时间之流意义的文学文本及其相关的文学生态状况进行拦截编排的一种努力。传统的文学史对此要求向来比较严格：它不仅要求有较稳定的叙述顺序，而且还要有经过时间沉淀的相对的物理距离。[2]传统的文本叙事迥异于当代文本叙事，对古典文学作品的研究完全可以摒弃当代文学叙事中复杂的时空关系处理手法。本书将研究框定在两书时空叙事对比研究中，将其时间叙事部分细分为线性时间和与之衍生而来的时间情态化叙事的对比研究，空间叙事对比研究框定在地志空间与文本空间的对比研究中。

一、研究缘起

中日文学比较研究三十余年中，"《红楼梦》与《源氏物语》比较研究"独占鳌头，"人物形象"、"主题思想"、"美学思潮"比较研究成果汗牛充栋，学者们擅长聚焦于某一情节、某一人物，甚至某一风格，疏忽将这些细节放置于全书整体结构

---

[1] 王蒙. 长篇小说与短篇小说 [J]. 读书，1993（9）：111-115.

[2] 吴秀明. 论当代文学独特的时间顺序与空间结构 [J]. 清华大学学报，2006（3）：43-49.

中去把握与玩味。时入 21 世纪，学者们从园林园艺、性别归属、织锦、建筑等方面对两书进行对比研究，这些日臻纷繁复杂的研究课题开始聚焦文化艺术层面的某一独特领域，已开始偏离纯文学研究视角。汉语"结构"一词既有动词"构建"之意，又涵括名词"关系"与"构架"之解。就谋篇布局而言，在结构建构的过程中，情节推动组织结构的发展。篇章成形后，只有将情节和人物定着于其所依附的必然位置，视整部作品为一有机生命体，将情节和人物放置于整体结构中去把握玩味，才会全牛在胸，顺其肌理庖丁解牛，掌握全文要旨，才不会专注臆想于某一人物或事件，造成理解偏颇或过度阐释。本书从纯文学研究的视角出发，对两部作品的主体构架进行对比。

一个艺术作品必须为完整的有机体，必须是一件有生命的东西。有生命的东西第一须有头有尾有中段，第二头尾和中段各在必然的地位，第三有一股生气贯注于全体，某一部分受影响，其余各部分不能麻木不仁。[1]

一件有生命的实体，必须整体结构严密，受控于某一神经中枢。整体结构由整体与部分、部分与层面、层面与脉络、脉络与附着其身的叙事小包节组成，只有厘清文本构成的各类复杂"关系"，找准交汇点，明确各个子系统在叙事结构中的不同功能及隐喻效果，才能更好地理解作者的叙事意图。《源氏物语》作者紫式部如是说：

原来故事小说，虽然并非如实记载某一人的事迹，但不论善恶，都是世间真人真事。观之不足、听之不足，但觉此种情节不能笼闭在一人心中，必须传告后世之人，于是执笔写作。因此欲写一善人时，则专选其人之善事，而突出善的一方；在写恶的一方时，则又专选稀世少见的恶事，使两者互相对比。这些都是真情实事，并非世外之谈；中国小说与日本小说各异。同是日本小说，古代与现代亦不相同，内容之深浅各有差别。若一概指斥为空言，则亦不符事实。[2]

紫式部所言虽然是小说真实与虚构之间的关系，但表明作者在撰文时对小说写作手法早就有了精心思虑，紫式部在小说结构的整体布局和逻辑关系处理上绝非任意妄为。《红楼梦》作者曹雪芹同样对小说的真实与虚幻在开卷做了一番交代：

[1]　朱光潜 . 朱光潜全集（第 4 卷）[M]. 合肥：安徽教育出版社，1988：207.

[2]　紫式部 . 源氏物语 [M]. 丰子恺译 . 北京：人民文学出版社，1980：438-439.

此开卷第一回也。作者自云：因曾历过一番梦幻之后，故将真事隐去，而借"通灵"之说，撰此《石头记》一书也。故曰"甄士隐"云云……当此，则自欲将己往所赖天恩祖德，锦衣纨袴之时，饫甘餍肥之日，背父兄教育之恩，负师友规训之德，以至今日一技无成，半生潦倒之罪，编述一集，以告天下人……虽我未学，下笔无文，又何妨用假语村言，敷演出一段故事来，亦可使闺阁昭传，复可悦世之目，破人愁闷，不亦宜乎？"故曰"贾雨村云云。此回中凡用"梦"用"幻"等字，是提醒阅者眼目，亦是此书立意本旨。[1]

曹雪芹不仅隐晦谈到《红楼梦》创作中的真实与虚幻，还言及虚幻叙事中"梦幻"叙事手法。作家们文学叙事技巧在不断求新、求奇、求巧的同时，评论家们的评判立场亦随同时代的变迁在改变。《源氏物语》描写光源氏与十二位女性的情感纠葛，20世纪80年代初我国文学评论界对《源氏物语》中光源氏情爱主题的评价是：

绣幕深垂，名香氤氲，烛昏影暗，裙裳窸窣，这是《源氏物语》中描写的平安时期宫廷贵族男女窃窃私语的世界。在这种五光十色、浮华夺目的帷幕后面，不时传出男贵族们恣情纵欲的无耻欢笑声，也不时传出呻吟在宿命观下的贵族妇女的低低啜泣声。在这里，一切疯狂的权势追求，一切肮脏的政治阴谋，一切纸醉金迷的行乐，一切荒诞愚昧的迷信活动，所有这一切，都披上了文雅风流的外衣，都围绕着男女贵族爱欲生活而展开。历史上，没有哪个时期，像平安时期的贵族妇女这样，成为统治者最无情最丑恶的政争工具；没有哪个时期，像这个时期的贵族妇女这样，成为最公开最无耻的玩弄对象。因此，透过《源氏物语》所刻画的贵族妇女形象这面镜子，不难看出平安时期整个贵族阶级腐朽的本质，不难看出这个阶级走向灭亡的必然命运。[2]

以上引文是我国20世纪80年代对《源氏物语》评价的代表佳作，得到当时学界的肯定。时入21世纪，学者们的评价则与之截然相反。

《源氏物语》是日本"好色"文学的代表作之一，其好色观具有唯美的倾向，与以道德为基础的中国文学的好色观相对立。从中国文学中的道德的好色观到日本文学中的唯美的好色观，是从负面好色观向正面好色观的价值转换，这一价值转换

---

[1] 曹雪芹，高鹗. 红楼梦 [M]. 长沙：岳麓书社，2004：1.

[2] 刘振瀛. 《源氏物语》中的妇女形象 [J]. 国外文学，1981（1）：64-71.

是在剥离或淡化好色与道德和政治的关系中形成的。如果说中国文学的好色观只是在某种情况下才有限地偏离了道德框架，那么《源氏物语》的好色观则相当地远离了道德与政治……总而言之，《源氏物语》以高雅的品位肯定了"好色"的正面价值，《源氏物语》之后好色观与好色文学继续向着正面价值演进。[1]

两篇我国《源氏物语》研究标志性成果论文相隔二十六年，老一辈学者从无产阶级革命立场出发，对文本进行了政治诠释，年轻一代学者从文艺美学的立场出发，从唯美的角度剖析小说魅力。事实上，两部小说蕴含的丰富意象使得读者产生丰富的主题认知，鲁迅先生评价《红楼梦》"经学家看见《易》，道学家看见淫，才子看见缠绵，革命家看见排满，流言家看见宫闱秘事……"（《鲁迅全集·集外集拾遗补编·〈绛洞花主〉小引》）。很难从单一的认知视角对两部小说认知领域中的全部思想进行武断概括。更何况，随同时光流逝，道德判断的标准发生变化，导致认知内容的新发现。人们总是擅长用当下的价值标准与审美体系看待昨天的历史，道德上孰是孰非的判断尤是。两书的比较研究能否从更长远的目光，更理性的角度，利用更贴近数理的研究工具来展开，让评论本身不随波逐流，具有更长久的生命力与说服力，这是本书研究追寻的目标之一。

"世界就是宇宙，最有趣的地方是其时空流形：人们生活其中、时间流逝、事件展开"[2]，世界"一切存在的基本形式是空间和时间"[3]。时间是物质存在的客观形式，是由过去、现在、将来构成的连绵不断的系统，是物质运动、变化的持续性、顺序性的表现。空间则指物质存在的一种客观形式，由长度、宽度、高度表现物质存在的广延性和伸张性。时间和空间是人类感知和把握世界的两个重要维度，文学史上时间在很长一段时间处于支配地位，直至 1945 年约瑟夫·弗兰克提出"小说空间形式"，他认为空间形式是"与造型艺术里所出现的发展相对应的……文学补充物，二者都试图克服包含在结构中的时间因素"[4]。弗兰克认为现代小说家将描叙的对象统一于空间关系中，而非时间关系，"空间形式"逐渐成为现代小说的创作技巧、分析模式和判断标准。"后现代地理学的领军人物戴维·哈维、苏贾延续并发展了福

[1] 张哲俊.《源氏物语》与中日好色观的价值转换 [J]. 北京师范大学学报，2007（6）：26-31.

[2] John E Nolt. "What Are Possible Worlds?"[J] Mind, Vol. 95, No. 380（Oct 1986），p.432.

[3] 马克思，恩格斯. 马克思恩格斯全集（第 20 卷）[M]. 北京：人民出版社，1971：56.

[4] 约瑟夫·弗兰克. 现代小说中的空间形式 [M]. 秦林芳译. 北京：北京大学出版社，1991：1.

柯、伯杰等人空间叙事的思想，他们以当代的社会理论和分析方法重申批判性空间的视角，试图解构和重构历史叙事，摆脱历史决定论的羁绊。"[1] 历史与历时紧密相连，"解构和重构历史叙事"、"摆脱历史"意味着对线性历史时间的否定，学者们试图利用空间逻辑关系建立新的统治秩序。"借用了米歇尔·福柯、约翰·伯杰、弗雷德里克·詹姆逊、欧内斯特·曼德尔和亨利·勒菲弗的洞见，试图使传统的叙事空间化。"[2] 学者们试图将文学叙事从"时间语言牢笼"中解放出来，叙事聚焦由传统叙事学的注重时间序列，转化为后经典叙事注重空间统领时间，实现叙事的"时间空间化"转向。

然而，情感与思想必须通过语言媒介来表达，语言是有序列的，语言的表达与理解完全归功于其内在的逻辑关系，小说首先是序列的表达方式的体现。确切地说，小说首先体现的是时间艺术，抛开时间叙事艺术，以空间取代时间，仅仅从空间叙事艺术来分析小说不妥当，尤其不能以现代小说的"空间性"做样板来分析古典小说。

小说既是空间结构也是时间结构。说它是空间结构是因为在它展开的书页中出现了在我们目光下静止不动的形式的组织和体系；说它是时间结构是因为不存在瞬间阅读，因为一生的经历总是在时间中展开的。[3]

空间为叙事情节提供境域、依托与铺垫，空间叙事为小说艺术的多元化和丰富性提供了可能和依据。同时，小说的空间叙事必须建立在时间序列的基础之上，从而建构叙事的逻辑和秩序。

构成现代小说空间形式的要件是时间，或者说时间系列。小说的空间形式必须建立在时间逻辑的基础上，才能建立起叙事的秩序；只有"时间性"与"空间性"的创造性结合，才是写出伟大小说的条件，才是未来小说发展的康庄大道。[4]

一方面，小说的时间叙事艺术得到了学者们的肯定；另一方面，空间叙事作为一种叙事技巧和叙事策略在中日小说叙事中很早就得到了广泛运用，是小说叙事形

[1] 周和军.论空间叙事的兴起 [J]. 当代文坛，2008（1）：66-68.

[2] 爱德华·W·苏贾.后现代地理学——重申社会理论中的空间 [M]. 王文斌译.北京：商务印书馆，2004：5.

[3] 让·伊夫·塔迪埃.普鲁斯特和小说 [M]. 桂裕芳，王森译.上海：上海译文出版社，1922：5.

[4] 龙迪勇.空间形式：现代小说的叙事结构 [J]. 思想战线，2006（6）：102-109.

式与叙事观念自然演变的结果。地志空间与文本空间有很大区别，很多探讨空间叙事的学术论文将地志空间与文本空间混为一谈，最后导致读者不知所云，例如：

> "章回体小说"是空间叙事的典型形式，也是中国古典小说的独特形态和主要叙事形式……明清小说中的空间叙事应该视为一种自觉的艺术化的追求，小说中空间的安排、故事发生地点的设置都匠心独运且寓意丰富。历史演义小说把故事发生的场域作为小说叙事的空间结构，叙事在空间之上铺展延伸。[1]

引文中五次出现"空间"一词，第一处"空间"指小说文体形式"章回体"，指代文本空间，第二、第三处"空间"没有明确交代指代何物，第四处"空间"缘其前面有"故事发生的场域"做约定，由而指代地志空间，第五处同第四处。像这样充满歧义的指涉在叙事空间学的研究中俯拾皆是，叙事学中"空间"一词巨大的伸缩性使得"空间形式"理论本身充满歧义，作为文本丈量的工具，缘其广阔的覆盖场域，学者们更是对其丈量的精确性难以把握。由此，研究过程中必须明晰其覆盖域场，框定一定的研究范畴，才能更好把握叙事学中"空间"工具的丈量性能。本书将叙事空间对比研究划分为两个部分：①故事发生的地志空间，即故事发生的地域、场景、建筑、摆设等外部客观环境的对比研究；②文本空间研究，涉及文本的整体结构、主体构架、叙事系统、文类模型，等等。还涉及，在虚拟的文本空间创造故事空间，甚至在虚拟空间中再创梦幻、神话、传奇、神谕等二度虚拟空间的对比研究。

二、研究现状

中日两国文学文化交流源远流长，中国古代文学文化对日本文学文化的巨大影响在世界文化交流史上甚为罕见，《红楼梦》与《源氏物语》异曲同工的部分更是见证了中国文学文化思潮自古以来已经深深嵌入日本文学文化当中，成为当下日本"和文学文化"的一部分。中国《红楼梦》与《源氏物语》比较研究滥觞于 1985 年的两篇期刊论文，这两篇论文在两书的人物形象、故事情节、主题思想、撰文艺术等方面做了较为全面的比较。20 世纪 90 年代后半期对两书的比较研究视角开始转向文艺审美，不乏从爱情、物哀、性别等主题展开深入探讨的秀作。从 21 世纪开始，两书对比研究摆脱人物形象、主题思想、美学思潮、伦理教义的单一研究模式，新

---

[1]　周和军 . 论空间叙事的兴起 [J]. 当代文坛，2008（1）：66-68.

的研究主题有对外译介比较研究（2012）、园林园艺学比较研究（2011）、语用模糊比较研究（2011）。另一方面，近二十年间，两书对比研究的主题仍旧围绕女性，从女性人物群像对比研究（1996—2007），发展至母性母题对比研究（2008）、单个女性人物形象对比研究（2011）及女性崇拜神化历程对比研究（2012）。2011 年硕士学位论文《白居易诗歌对〈源氏物语〉与〈红楼梦〉的影响之比较》的出版标志着一种新研究范式的成立，学界开始使用统一杠杆（例如白居易诗歌）作为工具来"丈量"两部作品，强调中国古典典籍对两部作品的深远影响，从中国古典文学文论着手，对两部作品的互见性进行观察。迄今，对比研究成果日臻圆熟，尚存缺陷。①研究内容单调重复，刻意求同，忽略同中求异。常将"泛爱多情"、"厌世宿命"冠于两书中的男主人，反复对黛玉与紫姬的艺术形象和性情展开讨论，仅有零星论文对两书独特的叙事风格与手法、独特的文化背景、宗教思想进行对比。②比较研究覆盖对象不广，对某些研究价值高、难度大的课题浅尝辄止。研究学者大部分出身于中文专业，研究受到翻译成果及单一文化视阈的束缚。③国内没形成连续性、高层次的研究。国内与国际影响力不够，与该研究实际价值不符。

　　日本是《源氏物语》研究重镇，也是我国古典名作《红楼梦》研究的外国重镇。日本学者对"《红楼梦》与《源氏物语》对比研究"兴趣滥觞于我国建国初期的"《红楼梦》研究批判运动"[1]。此前，日本学者对古典文学的研究一直倾向于文献学的研究方法，推举实证研究。1950 年，益田胜实撰文《红楼梦论争与源氏物语研究》，对当时《朝日新闻》登载的《中国〈红楼梦〉研究批判运动》的报道提出两点主张：①实证研究对古典文学的重要性；②对《源氏物语》研究的沉闷现状不满。之后，日方将《红楼梦》与《源氏物语》进行对比研究的论文不多，但研究具有先时性与持续性，且视角独到。1988 年日本学者杨显义在《〈红楼梦〉和〈源氏物语〉》一文中将人物形象进行比较。1993 年日本学者韩棣在《〈红楼梦〉〈源氏物语〉：细节描写艺术论》一文中将两书"托物寄情，各标丰采"处一一比照。2005 年谷中信一

---

　　[1]　《红楼梦》研究批判运动：1954 年，李希凡、蓝翎向红学权威俞平伯挑战。1954 年 10 月 16 日，毛泽东致信中央政治局成员刘少奇、周恩来、朱德、邓小平等人支持两个"小人物"对"大人物"的批评，呼吁发动批判运动，批判俞平伯《〈红楼梦〉研究》中存在的"阶级"和"思想"问题。1954 年年底至 1955 年年初，历史界、文学界、哲学界人士纷纷发文批判胡适。全盘清理"资产阶级学术思想"，这场运动之后，红学被赋予了浓厚的政治批判色彩，运动还重创了古代文学研究领域。

在《〈红楼梦〉与〈源氏物语〉中的恋爱》一文中对两书主题思想进行比较，探究隐匿在文本背后的两个民族文化的差异和民族魂。2010年我国学者陈熙中在日本山口大学异文化交流学部发表演讲《〈红楼梦〉与〈源氏物语〉的异同》，受到日本学界欢迎。2011年12月《东京红学报告》（『東京紅学レポート』）学术期刊在"日本大学"创刊，创刊号中栗原顺子的两篇学术论文分别介绍了《中国"红学"研究动向》和《中国〈红楼梦〉研究专业期刊》。同年，"日中文学文化研究学会红楼梦研究会"在日本东京成立。欧美东方文学研究学者从西方文化视阈分别对《红楼梦》、《源氏物语》有独到精深的认识，但缺乏两者间对比研究的学术成果。

三、研究内容

本书本体部分可细分为引言、线性时间叙事比较研究、时间循环叙事比较研究、地志空间叙事比较研究、文本空间叙事比较研究、结语六部分。研究力求做到各个部分内部条分缕析，各个部分之间层层递进、前后呼应。

第一章对比《红楼梦》与《源氏物语》线性时间叙事技巧。"在现实世界里，即使恰好在同一时间里发生了两件事，用语言表现它们时，也就必须采取先说其中一件事，然后再说另一件事的形式；或者部分交替着说两件事。总之都需要变成线性形式。"[1]中国古典文学作品的基本时间结构具有历时性线性的结构特征，线性时间流变的秩序性、时序性尤为重要。中国古典文学时间历时性叙事特征发展脉络十分清晰——历史叙事→六朝志怪→唐传奇→话本小说→"四大奇书"。发展至"四大奇书"之一的《红楼梦》，其时间叙事技巧与先前大不相同，呈现出多样复杂性。确定的时间与不确定的时间，明晰的时间与模糊的时间，瞬间与永恒，过去、现在与未来，实在的时间与消亡了的时间，缠绕一处，不好区分。后经典叙事学强调小说叙事的空间性，强调小说叙事中占主要地位的事件，而非其发生、发展的时间，叙事完全可以打破时间顺序，时间不是小说的首要因素。然而，中日古典文学作品之典范《红楼梦》与《源氏物语》中时间是首要因素。同时，《源氏物语》基于其编年纪传体的时间叙述特色，在日本古典文学作品史上开创了物语写作技巧的新纪元。《源氏物语》采用了单线发展的结构，以时间为序，却又不同于史卷明确标明年号的特征，在紫式部人生故事讲叙的长河中自然流淌出事件时间运动轨迹，是纵

---

[1] 契科夫. 契科夫论文学 [M]. 北京：人民文学出版社，1958：59.

向的绵延。在日本古典文学中时间历时性叙事特征发展脉络十分清晰——中古文学（《宇津保物语》、《落窪物语》）→记纪文学（《古事记》、《日本书纪》）→日记文学（《土佐日记》、《蜻蛉日记》）→平安时期贵族宫廷小说（《源氏物语》）。源自中国古典线性时间叙事系谱为——中国古代史书（《春秋》→《史记》→《汉书》→《后汉书》）→日本古代史书（记纪文学：《古事记》→《日本书纪》）→日本日记文献（《宇多天皇日记》、《醍醐天皇》、《村上天皇》、《重明亲王》）→日本日记文学（《贞信公记》→《土佐日记》→《蜻蛉日记》）→平安时期贵族宫廷小说（《源氏物语》）。记纪文学是中日两条线性时间叙事发展脉络的交汇点，日本古典文学在线性时间叙事特征上既保持了和文学的传统，又深受中国古典文学影响。《源氏物语》线性时间叙事是直线的单一绵延，不枝不蔓，"骤看之，有如无物，及至细寻，其中便有一条线索，拽之通体俱动"[1]。《红楼梦》时间叙事技巧向现代小说靠拢，但不能因局部时间的切割、打碎和穿插，否定主体叙事时间的连贯特征。《红楼梦》叙事时间不及《源氏物语》明确，但所言之事如丝以待，丝于络成之后，方知作茧之精，与《源氏物语》略显板滞的时间叙事技巧相比，《红楼梦》时间叙事技巧更为灵活多变，是清朝小说时间叙事艺术迅猛发展的标识。本章第一节梳理两部小说的承继线性时间叙事系谱，在历史渊源上找出交汇点，第二节从朝代纪年、世代时间、纪传时间三方面着手对两书的线性时间叙事技巧进行对比。

　　第二章对比两部作品的时间情态化叙事技巧。《源氏物语》虽采用了单线发展构架以时间为序，又不同于史卷明确标明年号的叙事特征。《源氏物语》以四季流变为标尺，某些章节仅拘囿于某月或某季发生事件的细部描叙，文中时间流变、四季景致无穷无尽的循环与生命运程的轮回、复沓情感的起跌交相辉映，在时间情态化叙事手法上《红楼梦》与《源氏物语》有异曲同工之妙。时间循环叙事与线性时间叙事最大的区别是线性时间叙事的时间走向是直线形，不可重复，不可逆转与回溯，季节时间叙事的特点则是周而复始，不断循环重复。四季的变换与生命的生、老、病、死以及事物的兴、旺、盛、衰密切相连。文学是艺术作品，其场景情节勾画必须与自然紧密相连并保持统一，这样才能确保文本未言之潜台词与文本前台词在逻辑关系上的一致与统一，必须借助人类情感的共感契约来保持对其潜台词认知的一致，才能达到对文本前台词及作者潜台词认知的一致。四季交替构成《红楼梦》

---

[1]　李渔.闲情偶记[M].民辉译.长沙：岳麓书社，2000：5.

贾府内外及《源氏物语》宫廷内外人物活动的外部环境和空间关系，对主题和人物都有不可忽视的深化作用。中国人的传统思维中，时间不仅是一种客观的物理现象，还是一种心理现象，这种文化传统使得古代小说叙事时间带有人情化特征，写男女情欲多置于春季，写人物心情焦躁多放在初夏，写"竹梢风动，月影移墙，好不凄凉冷淡"，多置于秋季，写萧条、死亡、凄寒多置于冬季。从具体层面看，春夏秋冬对应花开花落、百草茂盛、北雁南飞、冰天雪地，等等；从抽象层面来看，春夏秋冬对应温热凉寒的气候变化。用自然的寒暑易变隐喻社会的冷暖无常是中国古典文学的叙事常规；日本古典文学更擅长用季节的变迁与对仗，隐喻生命的无常。《红楼梦》整体结构亦如此这般：第一回"甄士隐梦幻识通灵，贾雨村风尘怀闺秀"，开端写春；到最后第一百二十回"甄士隐详说太虚情，贾雨村归结红楼梦"，结尾写冬，全篇结构四季循环且首尾呼应。《红楼梦》整书由春夏秋冬一组大循环构成，《源氏物语》则由两组大循环构成，非但如此，其间还夹杂若干组春夏秋冬季节小循环。《源氏物语》的五十四回中几乎每卷都有随同时间流失季节自然变化的描绘，故事情节亦依据周围的自然景物变化描绘。《源氏物语》春夏秋冬第一轮季节大循环从第一回至第四十一回，讲叙光源氏从出生至遁世之间五十余年的事，第二轮季节大循环从第四十二回至第五十四回，讲叙光源氏的第三代十余年间的故事。

　　从时间角度切入研究小说的叙事流程是古典小说研究的经典方法，如果只按时间罗列，有泛泛空话之嫌。"空间"是小说叙事的重要元素，涉及小说情节安排、人物形象塑造、审美趣旨渲染诸多方面，本书空间叙事对比研究部分主要聚焦于地志空间与文本空间对比研究。空间叙事对比研究使得两部小说的隐性叙事多维空间框架更为清晰明确，本部分研究注重空间与时间、横向与纵向、历时性与共时性的联系与区别，从地志空间、文本空间两方面切入进行对比研究。地志空间比较研究包括现实场景与象征场景，现实场景拘囿于物理空间镜像，如从"花园"意象视阈出发，将"六条院"与"大观园"两处物理镜像进行比较研究。象征场景研究探讨的是两部小说春夏秋冬四时意象比较，及月、雪、花的意象比较研究。

　　第三章地志空间对比研究主要探讨文学作品中园林植被布局及背后的隐喻，从形象诗学的审美立场剖析，山水再妙，没有植被的精妙配置，也缺乏其诗意化的韵味。东方园林最大的特点就是重视意境的营造，园林中的建筑、山石、水体、花草树木互为搭配呼应，营造出一种自然、和谐又各具特色的韵味，"文笔园林"是两书有别于其他典籍作品的重要叙事特征。大观园植物配置显著的特点是因人、因景设置植物，以不同植物烘托人物性格，塑造环境，渲染气氛；《源氏物语》在景色描写上具有浓郁抒情特色，这一抒情特色既涵括"客观"、"原始"、"现实"、"笼统概括"的散文精神，也具备"主观"、"情绪"、"审美"、"细腻内向"的诗歌特色。《源氏物语》的抒情特色与散韵兼备的文体书写形式联系紧密，文本回避了食、性、经济生活等相关生活的露骨描写。《红楼梦》与《源氏物语》的故事发生在一定的地理空间，这一空间的布局既写实又写虚，写实是指空间地理环境的构成模式不能脱离当时的社会实况，是当时社会真实的写照，写虚指地理空间布局必须适合文本的需求，起到配合情节与推动情节发展的作用。

作者用语言文字构建了一个现实空间，又非普通的生活空间，已是浓缩了人类情感且具有特定人文色彩的叙事空间。同时，作者用生动的语言赋予了花园空间丰富的审美意蕴和象征意味，在小说的叙事结构上发挥重要艺术机能。花园意象既是融入了主观情感的客观物象，又借助客观物理镜像表现主观情感，情景交融，相得益彰。大观园承载着中国大家族的传统，设计上是江南园林和帝王苑囿的结合，是一处世外桃源，亦是小说中虚构的"文笔园林"，其修建目的暗含"享乐与夸耀"，六条院是平安中期皇家私家园林的典型代表，模仿皇家园林建造而成，日本皇家花园往往以中国皇家花园的式样为样本，院内筑有假山、池塘、人工水渠、水景，园内遍植花木，四季如春。六条院的布局与配置集中体现平安中期日本人的建筑审美意识，园林的布局适合文本叙事需求，它虽不是文本的主体部分，却是映衬故事情节、人物不可或缺的组成部分。本章从建筑、山石、水体、植物四方面对大观园和六条院进行比较，细考两园植物景观描绘的空间意象。

第四章文本空间叙事比较研究分为叙事结构比较研究和叙事空间比较研究。《红楼梦》的叙事主线争议繁多，切入视角及赏析角度的差异造成各式审美取值及价值认同，本书认为不宜从单一视角出发，应透析出各个叙事分枝单维的面，这些叙事形态各异的面互为参照、明暗相间、紧密结合、同步共进，在交错展开的过程中搭建有机的叙事空间。《红楼梦》叙事结构主要由家运、神瑛与绛珠草恋情（宝黛爱情）、宝玉运程三大叙事系统构成。《源氏物语》主要由冷泉帝构想系统、明石姬构想系统、女三宫构想系统、紫上构想系统四大叙事系统构成。两书相同叙事技巧的使用是不谋而合或是后者对前者的模仿，还是早已暗中牵连，在本章第一节叙事结构比较研究中深入探讨。本章第二节叙事空间比较研究分为拟实空间和虚幻空间比较研究两部分，拟实空间分为预叙式总纲文类模型、"情史与恋爱模式"文类模型、神谕与预言文类模型、"皇权"文类模型的比较研究。《红楼梦》与《源氏物语》不仅存在一个现实的叙事空间，还存在一个超现实叙事空间，所谓超现实叙事空间在本章第二节的讨论中定义为虚拟叙事空间，涉及两书的"神话与传奇"文类模型、"梦境"文类模型。《红楼梦》与《源氏物语》现实叙事空间与超现实叙事空间互为交织，协同前行。

If we are to make any sense at all of the process of literary education and of criticism itself we must, as Frye argues, assume the possibility of "a coherent and comprehensive theory of literature, logically and scientifically organized, some of which the student unconsciously learns as he goes on, but the main principles of which are as yet unknown to us"[1].

作者译：如果想让文学教育与文学批评的过程更有意义，我们必须假设有这样一种可能性，正如弗莱所说："——存在一种前后连贯又较为全面的文学理论，它逻辑清楚，组织科学。这一理论的某些部分，学生在阅读过程中无意识地习得，但其最主要的原则对我们来说是未知的。"

我们也可以假设世间存在这样一种原则或思想，它们最初的形态不分疆域、国界与民族，它能牢牢贯通、建构与掌控巨幅文本。对这一原则与思想探知与把握的最好方法就是通过比较文学研究获得。

---

[1]　Jonathan Culler. Structuralist Poetics[M]. Taylor and Francis, 2002: 141.

第一章 《红楼梦》与《源氏物语》的线性时间叙事

　　小说作为最典型的叙事文学体裁，包括情节、环境、人物三个最基本的要素。中国古代小说最重视的是情节，在情节谋篇布局中看重历时性情节编排。环境用作情节展开前或展开时的渲染，人物是情节开始、发展、高潮、结局的参与者、执行者和完成者。相对情节而言，环境和人物退居其次，环境和人物从来不会冲淡情节绵延之"线"。相反，环境和人物都被容纳于情节当中，共同推动情节发展。历时情节编排从最原初层面体现文本逻辑与层次关系，时间是将事件有条不紊梳理整合的桦。"《三国演义》与《水浒传》在真实的历史时间里讲述似史非史的故事，把"历史性"当作小说叙事的最高目的。[1]

　　中国古典小说从史传文学发展而来，"史，记事者也"。"古典小说的历史叙事追求一种历史旨趣，即把'历史性'当作小说叙事的最高目的。它很明显地是把历史上的个别事件和个别人物用文字形象描绘出来，以追求个别的'真'，从'真'通向'美'。"[2]历史时间标识是史传文学叙事的特点，历史时间按先后次序排列形成线性历史时间。《史记》是中国最早的通史，是"史叙事"的典范作品。《史记》叙事依托历史，以真实的历史时间、实有的历史事件和真实的历史人物作为叙事时间和描述对象，它的叙事方式影响了随后几千年中日小说的表现方式。中国古代小说的情节大都遵循自然时间顺叙，虽插叙、倒叙等手段穿插其间，并不影响情节"线"性发展的叙事特征，中国古典小说基本呈线性时间叙事结构特征。日本最早的记纪文学比我国《春秋》晚出 1 200 余年，《源氏物语》这般篇幅长、体系整备、结构复杂、包罗万象的长篇古典言情小说的问世却比中国早，《源氏物语》的成功是建立在大量吸收汉文学文化精髓，并糅合日本"和文学文化"特色的基础之上。

---

[1] 张世君 . 古典小说叙事的时空意识 [J]. 济南学报，1999（1）：89-99.

[2] 张世君 . 古典小说叙事的时空意识 [J]. 济南学报，1999（1）：89-99.

人类的时空观不是先天就有或凭空捏造，而是在认识客观世界和主观世界的过程中，依靠生活与劳动实践形成。自然界昼夜转换、四季更替，时空变化影响到先民的生产生活，人的意识感于外而思于内，便逐渐形成了各种各样的时间与空间观念。时间叙事中时间的精确研究离不开时间刻度计量表，《太初历》（前 104）是我国第一部比较完整的历法，也是当时世界最先进的历法。日本人从 7 世纪末期开始使用中国历法，直至 1685 年，日本才编制了自己的"贞享历"，几经改编，形成明治初期使用的"天保历"，这些历法都是阴历（准确地说是太阳太阴历）。《源氏物语》成书于 11 世纪初，成书前后数百年间日本历书完全照搬中国阴历。小说叙写离不开时间标识，日本古典小说时间叙事系统的确立完全照搬中国古代太阳太阴历，日本古代月份与季节划分、二十四节气与十二属相设定完全照搬中国古代设置的时间体系。《红楼梦》与《源氏物语》是在同一时间计量单位下产生的文本，这一同源特质使得不论是线性时间叙事还是时间情态化，两者都可以进行充分比较研究。1873 年，日本"脱亚入欧"，采用公历废除阴历，引入西方二十四小时制及周休制；1912 年，中国引入西历改行公历，传统阴历仍在社会生活中发挥重要作用。《红楼梦》与《源氏物语》的撰写都在阴历计时大背景中，两书撰文时人们没有精确的时间观念，日出而作，日落而息。模糊的时间概念，模糊的时间表述方式，通过植被四季变化、月亮阴晴圆缺、潮涨潮落等自然地貌变化特征区分时间，两书主要通过花草木外观变化的书写表达四时节令切换，使得文本在时间表述层面更具抒情性的诗意化特征。

溯源于古代，中国的《春秋》、《史记》及日本的《古事记》、《日本书纪》、《土佐日记》、《蜻蛉日记》中的线性时间叙事技巧给予两书深厚影响，这些中日古典典籍之间有承接、有互见、有差异，《红楼梦》与《源氏物语》线性时间叙事特征正是这些典籍作品的继承与发扬。本章分两个方面对两部作品的线性时间叙事技巧进行探讨，第一节从宏观入手，对两部作品线性时间叙事的同源性进行论证，主要是溯源研究。两部作品分属不同国度，相隔八百余年，都具有明显的线性时间叙事特征，其互见性多处可见。《春秋》、《史记》是中国古典文学的源头，日本对中国古典文学的最初了解是通过《史记》、《汉书》、《吴志》、《昭明文选》，中日两国古典文学线性时间叙事特征有系谱性，第一节主要对这一系谱性进行梳理，找到它们共同的源头。作为比较研究梳理对象的标识点，中国古典文学作品选有《春秋》、《史记》、唐传奇，日本古典文学作品选有《古事记》、《日本书纪》、《土佐日记》、《蜻蛉日记》。第二节从微观细节入手，对《红楼梦》与《源氏物语》两部作品的时间叙事特征进行细说，从朝代纪年、世代时间和纪传时间三方面入手对两部作品细部的线性时间叙事特征进行比较。《红楼梦》线性时间叙事一说，争执良久，散见于《脂砚斋重评石头记·庚辰本》各处的时间批语是对"《红楼梦》线性时间叙事"一说的肯定。与《红楼梦》表面略为混浊的线性时间叙事特征相比，《源氏物语》线性时间叙事特征清晰明确，每回开篇脚注都明确标明光源氏的年龄。本章通过对两部小说线性时间叙事特征同源性的分析，及两部小说文本细部线性时间叙事特征的比较研究，进一步明晰作者小说时间叙事的技巧、目的及由来。

第一节　《红楼梦》与《源氏物语》线性时间叙事的同源性

一、中日古代叙事

时间有文化属性，在传统时间文化影响下，中国古典小说千百年来形成了自身较为稳定的叙事特征——线性时间叙事，"线性时间叙事"是中国古代小说叙写的基本技巧。《红楼梦》时间叙事手法向现代时间叙事技法靠拢，开篇有追忆、回闪、跳跃和穿插，细观之还蕴藉时间意识流，文本中还存在若干错乱的时间逻辑关系，这些"画龙点睛"或碎枝末叶处并未曾影响文本大体时间走势，重要原因是汉历史文学文化中的"时间叙事技巧"技艺传薪至此，《红楼梦》文本本身身负汉历史文化传统重任，早问世八百余年的日本古典文学作品《源氏物语》也深受汉文学文化影响，线性时间叙事是两书采用的主要叙事技巧，在此梳理两书线性时间叙事源头。

（一）中国古代叙事与《红楼梦》

中国文学的线性时间叙事始于《春秋》，成熟于《史记》，之后在小说创作手法上，不仅是中国小说，日本小说也继承延续了这一叙事手法。《春秋》是我国古典文学的源头，是我国现存最早的编年体史书，由孔子在鲁国国史《鲁春秋》基础上修撰而成。《春秋》记事上起鲁隐公元年（前722），下迄鲁哀公十四年（前481），历鲁国隐、桓、庄、闵、僖、文、宣、成、襄、昭、定、哀十二公，共计242年间史事，18 000余字。其记事形态"以事系日，以日系月，以月系时，以时系年"（杜预《春秋左氏经传集解·序》），按年、时、月、日记事，所记载内容包括周王室及其他各诸侯国的朝聘、会盟、战争等政治、军事活动，以及一些自然现象如日食、地震、水灾、旱灾、虫灾等。《春秋》成书年代，我国历法体系尚未成熟，时至前104年（元封六年），司马迁与当时的天文学家落下闳、邓平等人制订了我国第一部较为完善的《太初历》[1]，《太初历》的出现，使得记录事件发展进程的时间有了明确刻度。同年，司马迁开始撰写《史记》，《史记》共130篇，52万余字，记载上自中国上古传说中的黄帝，下至汉武帝（前122），共三千多年的历史。《史记》是中国历史上第一部纪传体通史，作为通史，不同于之前的史书，《春秋》、《战国策》只记载某一时期，"《史记》上记轩辕，下至汉武帝，纵贯3 000年，包罗万象，而又融会贯通，脉络清晰，王迹所兴，原始察终，见盛观衰，论考之行事"（《太史公·自序》），正所谓"究天人之际，通古今之变，成一家之言"[2]，翔实记录上古时期我国举凡政治、经济、军事、文化各个方面发展状况。《春秋》为编年体史书，《史记》为纪传体史书，编年体史书以时间为中心，按年、月、日顺序记述史事，是编写历史最早用的最简便方法，编年体史书纲目式的记事编排给人以明确的时间观念，清晰罗列史实发生和发展的时代背景，是以"外部时间"流动支撑文本变化，其缺点是不易集中反映同一历史事件前后的关联，编年体史书叙事方法对后世文学叙事的方式产生最根本影响。纪传体是东亚史书的一种形式，以为人物立传记（皇帝的传记称"纪"，一般人的称"传"）的方式记叙史实。纪传体时间叙事特征在《红楼梦》和《源氏物语》两书中凸显，《红楼梦》伴随主人公贾宝玉二十年间成长阶梯展开故事，《源氏物语》主要讲述光源氏出生至五十三岁归隐这段时间内发生的事情，在贾宝玉和光源氏的成长历程中，几乎每年都有事件发生，《红楼梦》与《源氏物语》两书又可称为光源氏和贾宝玉的人物传记文本，两者纪传部分都与《史记》体例相似，以下以《史记》中《秦始皇本纪》为例。

　　秦始皇帝者……秦昭王四十八年正月生于邯郸。及生，名为政，姓赵氏。年十三岁，庄襄王死，政代立为秦王……王年少，初即位，委国事大臣。

---

　　[1] 《太初历》：不仅是我国第一部比较完整的历法，也是当时世界上最先进的历法，它问世以后，共沿用了189年，是我国历法上一个划时代的进步。《太初历》规定一年等于365.2502日，一个月等于29.53086日；将原来以十月为岁首改为以正月为岁首；开始采用有利于农时的二十四节气；以没有中气的月分为闰月，调整了太阳周天与阴历纪月不相合的矛盾。《太初历》还根据天象实测和多年来史官的记录，得出135个月的日食周期。

　　[2] 《史部集成·二十四史》和《清史稿·汉书·列传·卷六十二·司马迁传第三十二》。

元年，将军蒙骜击定之。

二年，麃公将卒攻卷，斩首三万。

三年，蒙骜攻韩，取十三城。王龁死。十月，将军蒙骜攻魏氏畼、有诡。岁大饥。

四年，拔畼、有诡。三月，军罢。秦质子归自赵，赵太子出归国。十月庚寅，蝗虫从东方来，蔽天。天下疫。

五年，将军骜攻魏……十五年……十六年……十七年……

…………………

三十六年，荧惑守心。有坠星下东郡，至地为石，黔首或刻其石曰"始皇帝死而地分"……

三十七年十月癸丑，始皇出游。左丞相斯从，右丞相去疾守……七月丙寅，始皇崩于沙丘平台。丞相斯为上崩在外，恐诸公子及天下有变，乃祕之，不发丧……太子胡亥袭位，为二世皇帝。九月，葬始皇骊山。[1]

《秦始皇本纪》以秦始皇和秦二世的活动为中心，秦始皇十三岁（前246）时登基，文中将这一年称为始皇元年。在分析《红楼梦》错综复杂的时间关系时，不妨将石头入俗头年称为石头记一年，也就是宝玉元年，后续文本中的叙事时间以此类推。始皇元年以后发生的各类事项均逐年叙写，概括与重笔相间，还原历史原貌，两代帝王形象活脱脱地呈现在眼前。编年体例文中标明某年发生某事，纪传体例文则按主人公年龄时序标明在特定时段对应发生的事件，两者都具有线性时间叙事特质。《红楼梦》的故事以当朝得宠皇妃弟弟贾宝玉的生平逸事为中心讲叙永建朝太平末年与洪建朝不易年间上下七代人的故事；《源氏物语》以桐壶、冷泉、朱雀三朝为背景，以王子光源氏的生命历程为核心讲叙皇室四代人的故事。《红楼梦》与《源氏物语》继承发扬《春秋》与《史记》两种文学体裁的线性时间叙事特征，将朝代纪年、世代时间与纪传时间三者有机结合。

中国古代文学叙事方式主要是线性时间叙事，最初在其时间叙事系列中，不一定明示时间数字标识，只是将事件发生的步骤在文本中按先后顺序排列。《弹歌》（赵晔《吴越春秋（卷九）·勾践阴谋外传》）这首原始劳动歌谣是中国诗歌之滥觞，相传源于皇帝时代。《弹歌》中"断竹，续竹，飞土，逐宍"八字描写了"削竹成

---

[1] 司马迁.史记·秦始皇本纪 [M].北京：中华书局，1959.

形→绑竹成弓→弯弓射弹→击中目标"的系列动作，及制作狩猎工具、射杀猎物的整个过程。再见《山海经·海外北经》中的神话故事，"夸父与日逐走，入日；渴，欲得饮，饮于河、渭；河、渭不足，北饮大泽。未至，道渴而死。弃其杖，化为邓林"。《夸父逐日》清晰显现事件描叙过程中的单向时间维度，又如《诗经·采薇》篇前三叠：

采薇采薇，薇亦作止。曰归曰归，岁亦莫止。靡室靡家，猃狁之故。不遑启居，猃狁之故。

采薇采薇，薇亦柔止。曰归曰归，心亦忧止。忧心烈烈，载饥载渴。我戍未定，靡使归聘。

采薇采薇，薇亦刚止。曰归曰归，岁亦阳止。王事靡盬，不遑启处。忧心孔疚，我行不来。

这三叠分别以"采薇采薇，薇亦作止"、"采薇采薇，薇亦柔止"、"采薇采薇，薇亦刚止"开头，从薇之"作"（萌芽）到薇之"柔"（幼苗鲜嫩状）再到薇之"刚"（长成坚硬的茎），依时间顺序描述薇的生长过程。又由"岁亦莫止"到"岁亦阳止"，即从岁暮年终到夏历十月，将戍边生活置于一个绵延连续的时段中，由薇的生长周期与寒来暑往的时节转换来暗示戍边生活的长久。再如《诗经·卫风·氓》篇，这是一首弃妇诗，全诗以这位不幸女子的口吻叙述了她与氓从求爱、订婚、结婚到受虐待、遭遗弃的全过程，是一种典型单向性时间维度叙述过程。汉乐府民歌《孔雀东南飞》，"五里一徘徊。十三能织素，十四学裁衣，十五弹箜篌，十六诵诗书，十七为君妇……"，唱述刘兰芝与焦仲卿从美好婚姻走向悲剧结局的全过程，自始至终，首尾连贯，禀赋线性时间叙写特质。《陌上桑》，"十五府小吏，二十朝大夫，三十侍中郎，四十专城居"，有完整时间序列，完全按时序展开文本。最能体现中国古代文学"线"性时间叙事的还是小说，在这种结构形式中，时间总是朝着一个方向，即"始"始终向着"终"行进，具有连续性与绵延特质，作家依循时间一维性特质来结构小说。如白行简的传奇小说《李娃传》中，贵族公子荥阳生赴京应考，与妓女李娃相识相爱，资财荡尽后，李娃遵照鸨母旨意，设计弃逐荥阳生，致使荥阳生由一个世家公子沦落为挽歌郎；继之在京遭父鞭挞，沦为乞丐；后与李娃邂逅重逢，李娃悔悟，遂救荥阳生于危难，并助其应考得官，成就功名，最后二人结为夫妻。作者将荥阳生和李娃由相爱到终结连理这一复杂过程一层层展现开来，好似将花瓣层层剥开，终见花蕊。这一手法即叙事学中的剥茧法或剥葱法，这些动作手法过程都与时序紧密关联。层层花瓣剥开的过程即是曲折有致地描绘其遭遇磨难和坎坷、继而由悲化喜的过程，线索清晰，时间连接有致。《柳毅传》通过神奇而优美的想象，精心结撰书生柳毅传书龙女，并与龙女化身范阳卢氏结为夫妻，最后变成神仙的故事。《白娘子永镇雷峰塔》主人公白娘子是蟒蛇精，出于对人间爱情生活的向往，遂化为美丽多情的少女与许仙结为夫妻。其举动冒犯了天条，但为了追求理想的爱情，她奋起抗争，盗官银、财物，戏弄道士，惊吓心怀不轨的李将仕，驱逐蛇先生，最后勇斗法海，直至被镇于雷峰塔下。无论是大团圆式的浪漫爱情，还是棒打鸳鸯式的悲剧爱情，作者都是按照时间自然顺序，有头有尾、自始至终地展示一波三折、跌宕起伏的过程，这一绵延跌宕过程就是一条"线"，读者可以循着这条"线"去寻绎爱的美丽与凄婉。中国古典小说并非全为如上所举单一线型故事，还有复线型故事、环线型故事等等，复线型故事即大故事中套小故事，就每个故事而言，采用的仍然是"线"形描述。《水浒传》"英雄排座次"之前是若干个英雄人物的传记故事，传记故事一环紧扣一环地先后罗列。各个传记故事又都相当完整，自成段落，情节单线发展。就《水浒传》整部小说来说，从"逼上梁山"到轰轰烈烈的英雄伟业，最后接受招安，英雄末路，主线明晰，只有一个叙事方向。在古典小说中，诸如"花开两朵，各表一枝"、"至于……按下不表"、"且说"、"却说"、"再说"等转承语俯拾皆是，但无论套了多少小故事，整个情节（大故事）中仍有一条贯串始终依据时间顺序展开的主线，没有西方小说的倒叙、断开、闪回等叙述方式。再如《三国演义》，作为我国最早的一部长篇小说，它的出现标志着章回体长篇小说的初步定型，尽管卷帙浩繁，"演义"的整体线索却相当清晰，从群雄逐鹿到三足鼎立，从蜀、魏、吴三国之间征战到三国的渐次消亡，这是一个风云变幻、峰峦迭起的"过程"，对这一"过程"曲尽其致的叙述，形成了《三国演义》线性结构。另一方面，每章每回情节展开都是一段相对完整的时间"线"段，整部小说的"线"就是由这一段一段的"线"连接而成。中国文学从原始劳动歌谣、远古神话到《诗经》中的叙事作品，从标志着中国小说成熟的唐传奇、变文，直到宋元话本、元代杂剧、明清长篇小说，在叙述事件时，通常采用时间顺叙方式，有头有尾，强调情节的单一性和故事的完整性，体现出鲜明的"线"性特征。《红楼梦》是一个时间叙事表征复杂的文本，其时间叙事囊括过去、现在、未来，三者又不时穿插前行，"石头记"的故事是以倒装叙述开头，整个故事的时间向度是指向过去，然而在这指向过去的内循环刻度中又蕴涵着时间叙事的梦幻时刻、追忆时刻、预言时刻。

　　在《红楼梦》中，确定的时间与不确定的时间，明晰的时间与模糊的时间，瞬间与永恒，过去、现在与未来，实在的时间与消亡了的时间，这些因素是这样难分难解地共生在一起、缠绕在一起、躁动在一起。《红楼梦》的阅读几乎给了读者以可能的对于时间的全部感受与全部解释。[1]

《红楼梦》叙事文本无法简单进行叙事时间的"单线"推演，亦难以归纳为"多线"推演，《红楼梦》叙事时间的复杂性之一是其具有显著的明清小说的"缀段性"（episodic）的叙事特点，"所有中国传统小说都显示出一种由不同成分组成的、由松松散散地连在一起的片段缀合而成的情节特征"[2]。该特点亦被西方的汉学家指责为中国明清小说外形上的致命弱点。张洪波认为：

　　《红楼梦》中的叙述时间，不但无法简单归纳为"单线"推演的时间，甚至也难以仅仅归纳为"多线"或"平面"推演的时间。其中的"人事"与"人情"的流转变化，往往是从"青萍之末"开始，其间无数千丝万缕的因素，渐渐汇聚、化合、相互作用，经由极微细的脉动与沉积，在多维延展与多元会通中，逐渐酿成大的波澜，慢慢见出"病"之酿成与"情"之磨砺。[3]

《红楼梦》时间叙事的复杂性让研究者们浅尝辄止。事实上，《红楼梦》叙事文本并未在"多维延展与多元会通中"呈现混乱，将"混乱"、"超前"、"现代意识"冠于这一文学巨著显然不妥。文学是时代社会生活的反映，也将引领人类社会生活，《红楼梦》受到形形色色社会读者的接受与肯定，非拘囿于某类专家学者之偏好。《红楼梦》文本背后隐匿着某种普泛性叙事美学思想，这一美学思想能包容并糅合不同的审美趣旨，并被各类审美趣旨持有者认同接受。故事开篇称说书人陈述的"石头记"是一段记载在被女娲补天遗漏的一块顽石上的故事，顽石被僧道携入红尘，历尽尘世情劫之苦，回到青埂峰，将其红尘故事记载其身。故事的主体部分即石入红

　　[1]　王蒙. 时间是多重的吗？[C]// 红楼启录. 北京：生活·读书·新知三联书店，1991：305-306.

　　[2]　林顺夫. 小说结构与中国宇宙观 [C]// 中外比较文学的里程碑. 北京：人民文学出版社，1997：343.

　　[3]　张洪波.《红楼梦》中的叙述时间问题 [J]. 红楼梦学刊，2009（5）：325.

尘的经历，由而在研究其叙事时间时大可不必细究第一回给整书线性时间叙事秩序造成的混乱，研究时可以将"石入红尘"首年定为石头记第一年。对于故事发生时间未详一事，作者借用空空道人与石头的对话，空空道人问石头为何年载的故事"无朝代年纪可考"，石头回答："今我师竟假借汉唐等年纪添缀，又有何难？……又何必拘拘于朝代年纪哉！"[1]曹雪芹认为历来的说书人为了增强小说故事可信度，总是皆蹈一辙地将朝代年月冠之，进而强调"莫如我这不借此套者，反倒新奇别致"[2]。曹雪芹将自己对时间的"思考"在小说开篇明示，线性时间叙事技巧的使用自古以来有之，千篇一律，皆蹈一辙，在此何不尝试一回新的时间叙事技巧，打破历来小说的叙事窠臼。倒叙技巧在古代文言小说中有出现，但在中国古典长篇小说中甚为罕见，《三国演义》、《水浒传》等均为顺叙开头，《红楼梦》作者刻意打乱时间流变秩序，其开篇倒叙手法在古典小说时间叙事技巧运用上首开先河，曹雪芹使用的时间叙事艺术已逾越此前小说叙写模式，它有回旋有复调，但又不同于现代与后现代西方小说中刻意打乱时间秩序的"时间空间化"的创新，在叙事技巧发展的历史长河中它是时间编年线性化与"时间空间化"发展的文本。曹雪芹有意将《红楼梦》文本中的时刻标识模糊化，正表明小说叙事技巧自有史以来在不断地发展，随着时代变迁文学作品叙事技巧在不断改良。但是无论如何不能抛弃传统，特立独行，另走一套。为了更好地凸现《红楼梦》的时间叙事技巧，最好的研究方法是将不同部分纳入不同单元（unit）进行剖析。例如彻底将《红楼梦》第一回导入故事的楔子部分挪开，直面主题，将宝玉出生至其归隐作为一个大的时间叙事单位，这样一来就回避了"倒叙"特征明显的第一回，再将预叙研究（例如太虚幻境）纳入空间叙事技巧研究部分，并忽略文本中某些因前后年龄矛盾造成时序混乱的瑕疵。研究视角另辟新径，从一个新的侧面透视整个文本。

（二）《源氏物语》与中日古代叙事

小说叙事中占主要地位的是事件，而非其发生、发展的时间。叙事完全可以打破时间顺序，时间不是小说的首要因素。对于千年之前的日本古典文学作品《源氏物语》的叙事来讲，时间却是首要因素，且由于其编年纪传体的时间叙述特色，在日本古典文学作品创作史上开创了物语写作技巧的新纪元。《源氏物语》采用单线

---

[1]　曹雪芹、高鹗.红楼梦[M].长沙：岳麓书社，2004：5.

[2]　曹雪芹、高鹗.红楼梦[M].长沙：岳麓书社，2004：5.

发展的结构，以时间为序，却又不同于史卷明确标明年号的特征，在紫式部人生故事讲叙的长河中自然流淌出事件时间运行的轨迹，是纵向的绵延。以光源氏生命年谱为时间主轴，追年逐月描写光源氏情思历程，某些章节分月分季节进行细部描写，时间流变、四季景致无尽的循环与生命运程的轮回、复沓情感的起跌交相辉映。日本古代前期文学（奈良时代）与后期文学（平安时代）中时间叙事技巧早已广为使用，如《源氏物语》之前的《古事记》、《日本书纪》、《宇津保物语》、《竹取物语》、《住吉物语》等等，莫不如此。在叙事方法上紫式部不仅汲取古物语的叙事方式，在时间处理上还向日记文学历时编年叙事手法靠拢，采用历史叙述方法，所谓历史叙述是指在文本中或明或暗地显示事件发生的时间，时间跨度大，时序明确，且叙述的事件具有典型代表性，易引起读者共鸣与移情，《源氏物语》既吸收日记文学线性时间叙事特征和心理描写的细腻手法，又非拘囿于日记文学对生活平庸琐事的纯粹记录。《源氏物语》由于叙事时间跨度长，人物众多，命途多舛，情节繁复，同样在文本细部不免出现叙事时序与故事时序混乱的情形，但并不影响其整体叙事时间的指向。在某些叙事内容与形态上，《源氏物语》比《红楼梦》更接近《春秋》叙事手法，《源氏物语》记录某一时期的皇室生活，叙事形态上吸收之前中日文学作品线性时间叙事技巧，对此又有所拓展，《春秋》、《史记》、《汉书》、《后汉书》、《宇津保物语》、《落窪物语》等均是通过外部时间来支撑文本流动，即在事件叙写之前，明确标明事件发生的时间，《源氏物语》则是通过故事本身内在的时间流逝支撑文本发展，即事件发生的时间未曾在文本中明示，需要按事件发生的先后次序来揣摩确定文本的先后时间。由此可窥时间叙事技巧几百年内的变迁，哪怕是线性时间叙事，也有一个从"外部时间流动支持文本发展"变化至"故事内部事件流动支撑文本发展"的过程。线性时间叙事技巧是《源氏物语》最典型、最凸出的叙事手法。《源氏物语》今译本中，学者们通过考实，使用言之凿凿的时间标注，标明故事发生的朝代、年号等历史中的时间，其间虚实相间。同时，还注意标明季节、节气、时辰等具体化的自然时间，《源氏物语》主体部分框架的构建起始于第一回（"桐壶"卷）光源氏诞生，终结于第四十一回（"云隐"卷）光源氏五十三岁的隐居。文本一方面编年叙事，另一方面体现出作者娴熟调节叙事节奏的技艺，或快或慢，或急或缓，给读者产生某种类似史书式的小步跳跃的感觉。

《古事记》（712）和《日本书纪》（720）是日本现存时代最早的两部文献，

比我国《春秋》、《史记》晚问世 1 200 余年和 800 余年。日本在公元前 3 世纪开始
集体农耕生活，之后各地小国家涌现；4 世纪大和朝廷统一各国，开始与中国、朝鲜
广为交流，大陆汉字陆续传入日本，逐步被日本人在日常生活中使用，日本朝廷拥
有文字记录的历史始于推古时期（592—628）；6 世纪汉字被作为表记文字；7 世纪
日本出现第一次大的进步与革新——"圣德太子改革"与"派遣遣唐使"，日本向
中国学习各类先进文化技术。大化二年（646）颁布一系列政令、法令，这些律法是
天皇朝廷留下的最早的历史记录。天武天皇在位十年，682 年开始敕命编修历史，将
上代传下来的口头史实记录下来，形成文献，《古事记》与《日本书纪》是在这一
时代大背景中编撰而成的。《古事记》、《日本书纪》较为严格地模仿了大陆史书
的编纂模式，两书都以编年体形式记录天皇统治，其线性时间叙事特征类似于我国
纪传体文学体例。《古事记》于和铜四年（711）9 月开始，于次年正月完成，编集
人安万侣，口授人舍人稗田阿礼，最初审定的是第四十代天武天皇。书籍编撰缘于
天武天皇诏书，诏书明令"撰录帝纪，讨核旧辞，削伪定实，欲流后叶"[1]，实际操
作难抵此类要求。皇帝敕命编撰类似于中国《春秋》、《史记》类编年体史书，大
臣承命之心心有余而力不足，一是局限于书写文字符号的缺乏，二是缺少文字记录
的史实素材。《古事记》是日本第一部古书，之前日本为口承文学时代，口承文学
极富传奇与浪漫特色，纪实性薄弱。日本人第一部文学作品《古事记》表面上是宫
廷历史书，实际上是一本故事书，三卷中第一卷完全是神话，讲叙神代事情，第二、
第三卷讲叙人皇的事情，所讲叙的主人公由第一卷中的神转变为第二、第三卷中的
人——自神武天皇至推古天皇的三十三代皇帝，除单纯的帝纪以外，所有的故事都
是传说的性质，内容相似。《古事记》三卷的价值完全在于旧辞，即神话与传说。
古代汉书里称日本《古事记》为《帝王本纪》[2]，实则不然，缺乏"帝纪"应有的史
实性，该书只是借"帝纪"世代时间线性叙事体系为主轴，主轴作为树枝主干，在
其枝干上挂上衣钩，使得许多民间传说神话汇总一处有条不紊，周作人高度肯定《古
事记》里帝纪叙事手法，认为其是"买椟还珠"中的"珠子"[3]。以《卷下》为例，
《卷下》分为七个部分：仁德天皇→履中天皇与反正天皇→允恭天皇→安康天皇→

　[1]　安万侣.古事记[M].周作人译.北京：中国对外翻译出版公司，2001：XⅢ.
　[2]　安万侣.古事记[M].周作人译.北京：中国对外翻译出版公司，2001：XⅢ.
　[3]　安万侣.古事记[M].周作人译.北京：中国对外翻译出版公司，2001：XⅣ.

雄略天皇→清宁天皇与显宗天皇→仁贤天皇以后十代，每部分没有明确的年代纪，但皇室的世代承继性彰显，世代线性时间叙事手法以第七部分（仁贤天皇以后十代）尤为明显。《卷下》第七部分虽然故事性薄弱，却出现了明确的时间标识，仍是用外部时间变化支撑文本流动。

> 第三代继体天皇——"此天皇御年四十三岁，丁未年四月九日升遐"
>
> 第四代安闲天皇——"乙卯年三月十三日升遐"
>
> …………
>
> 第七代敏达天皇——"治理天下一十四年……天皇甲辰年四月六日升遐"
>
> 第八代用明天皇——"治理天下三年……此天皇丁未年四月十五日升遐"
>
> 第九代崇峻天皇——"治理天下四年……壬子年十一月十三日升遐"
>
> 第十代推古天皇——"治理天下三十七年……戊子年三月十五日癸丑升遐"[1]

《卷下》叙事方式与《秦始皇本纪》非常相似，《古事记》行文方式一方面完全借鉴和模仿了中国的《春秋》、《史记》及神话小说的叙写特征；另一方面，与其成文七八百年之前中国典籍《春秋》、《史记》相比，明显缺陷就是缺乏史实性。《古事记》结尾部分详细地列出编年时间，表明编撰者有强烈的时间意识。8 世纪之前，日本还是荒芜之地，劳动力缺乏，人烟罕迹，劳动工具落后，岛上原住民不能从繁重的果腹体力劳动中解脱出来进行一定文字、文学等方面的艺术创作，缺乏大陆中原文化地大物广、集思广益、源远流长的历史文化传统，8 世纪日本民族文学文化的速成法即向外来文学文化学习借鉴。618—907 年为中国大唐王朝，唐朝是中国历史上统一时间最长、国力最强盛的朝代之一，初唐时期成就"贞观之治"，开元时期唐玄宗革前朝弊端，政治开明，威服四周国家。唐朝文学、科技、文化艺术极其繁盛，具有多元化的特点，远远走在当时不毛之地的日本之前。日本平安时代（794—1192）整整比唐朝晚两个世纪，平安时代初期和中期对应我国唐朝中期和晚期。8 世纪即为我国唐朝和日本平安朝文化交汇时期，天武天皇 8 世纪初下令编撰《古事记》，并要求编者"撰录帝纪"、"削伪定实"，安万侣找不到史实文字记载，日本首开先河的"帝王本纪"叙写方式借鉴中国史书，叙写内容借鉴口述历史，从口述历史中回溯"天地始分"、"诸岛生成"、"诸神生成"之时之人之事之景。世代记忆、

---

[1] 安万侣. 古事记 [M]. 周作人译. 北京：中国对外翻译出版公司，2001：174-177.

口承流传下来的口述历史难以精确，经不起考证推敲，充满神话色彩，离撰书时代越近的历史在民族记忆中越是清晰，因此，作者在书的尾篇叙写中列出详细的时间年表。《日本书纪》在《古事记》成书八年后，日本元正天皇养老四年（720 年，唐玄宗开元八年）成书，撰者舍人亲王奉敕修史。《日本书纪》由神代上下两卷开始，由神武天皇到持统天皇（第二十八卷）的记事，是极为周密的日本史，该书被称为"邦家之经纬，王化之鸿基"。《日本书纪》开头神代上下两卷强调日本古代民族起源、形成和建国精神，由口诵文学而来，有些属于日本古代原有独特神话，有些则受中国古代口承文学与典籍影响。如《日本书纪》开头登载"天地开辟"的神话，是根据《三五历记·艺文类聚》所载盘古开天神话和《淮南子》等书的神话内容改编、模仿与润色而成。从神武至持统天皇所载天皇记事，叙事结构缜密，其内容大部分根据中国典籍虚构而成。

　　《日本书纪》所使用的记事文字是汉文……神武天皇以下，大致是比较纯粹的汉文，书纪的记事是由参考许多中国典籍如《汉书》、《后汉书》、《昭明文选》等所拼凑而成的故事，史料的搜集，编辑的体例以及文章的表现，也几乎全是模仿中国史书而成的。[1]

《日本书纪》的编撰者从小受汉学教育，深受汉学影响，对中国典籍内容十分了解，汉书典籍的成书技巧及其中频频出现的名辞佳句，撰者们烂熟于心，于是在做"纪"之时，时时模仿汉典。

　　寝不安席、食不甘味（景行纪四十年）

　　所食不甘味、寝不安席（钦明纪二年）

这类句子在《史记》、《汉书》、《吴志》、《昭明文选》各集中随处可见。《日本书纪》、《万叶集》等日本典籍中常使用这类汉籍名句，是因为当时学者熟读汉籍，暗记汉典的缘故，汉典名句常被当时日本学者引用和借鉴。"《日本书纪》中有与《汉书》文字相同而不见于《史记》者，也有和《史记》文字类似而不见于《汉书》者，并且还有与《史记》、《汉书》之文都几乎相同者。"[2] 较之《史记》，《日本书纪》中有更多《汉书》的痕迹。

---

[1]　王孝廉 . 岛国春秋——日本书纪 [M]. 台北：时报文化出版企业有限公司，1988：11.

[2]　王孝廉 . 岛国春秋——日本书纪 [M]. 台北：时报文化出版企业有限公司，1988：87.

《书纪》作者对《汉书》显示了极大的偏爱，引用《汉书》的史料遍及政治、经济、文化、外交、皇室系谱、祭祀等诸多方面。《书纪》中有的章节直接按《汉书》构思设计；有的章节大段地采用《汉书》词句。总之，《书纪》的编撰基本是套用《汉书》的记述原则，全书三十卷中几乎每一卷都能看到《汉书》的痕迹。[1]

《日本书纪》作者多使用《汉书》而非《史记》来润色文章，一是基于作者之偏好，《汉书》和《史记》文体不同，《汉书》使用古典性的文字（古文），《史记》则带有更多的助词，有所谓多用自然语言的倾向，《日本书纪》一般来说是非史记性的文章，或许是因为作者在行文选题和风格上更倾向于类似《汉书》的古典文的缘故。二是与附注本有关，日本所传的《史记》为古写本残卷，全是南朝刘宋裴骃《史记集解》本，《汉书》在训诂及其他方面的注解都有极优秀的颜师古注本，或许这是《日本书纪》作者借鉴《汉书》较《史记》多的一个原因。

日记是纪事的文体，也被认为是最为纪实的文体之一。"日记的基本形式因素是如实记录时间、地点与人、事，记录所见所闻，记载喜怒哀乐的心情。日记的一个功用是凭借记录的内容可以重新回忆曾经发生的事件。"[2] 文学作品中日记化的形式是历时，日记化的内容是纪事。人的一生经历无数，绝大部分过往事件终归消散于记忆当中，为了唤起某些记忆或是见证某些记忆，必须加以记录，日记并不重在创作，而重在记录。日记不是中国古代文学中的重要文体，产生时间较晚。然而，日记是日本平安文学的重要文体，在日本文学史发展的长河中，出现时间较早。《土佐日记》是日本日记文学之笔祖，日本人对"日记文学"的解释是：

从平安时代至镰仓时代用假名书写的日记中，具有文学性质的作品。有叙写时间与事件发生时间基本同步的《土佐日记》，也有在以后的某时点上回顾自己的生涯，以追年逐月日记体裁和自传形式书写的《蜻蛉日记》。自照性强，大多出自女流之手。[3]

日本人认为日记文学有极强的史料性。"日记"一词在日文中亦称为"古记录"，就是将过往发生的事件附上日期加以记录，通常用汉文书写。例如：

[1] 徐晓风 .《日本书纪》与中国古代典籍 [D]. 长春：东北师范大学出版社，1993：31.

[2] 张哲俊 . 诗歌为史的模式：日记化就是历史化——以白居易的诗歌为例 [J]. 文化与诗学，2010（12）：229-261.

[3] 北原保雄 . 日本国语大辞典（第 2 版）[Z]. 东京：小学馆，2003：78.

（天庆）同三年

正月

一日、从去月廿九日在职曹司。左丞相人坐、定追捕使等。（后略）

六日、祈申京畿七道诸神祭文、召祭主赖基给之、于河原令祈申。始自伊势大神官祈申。事旨在祭文。

上文出自平安中期，关白太政大臣藤原忠平的日记《贞信公记》，《贞信公记》是现存日本平安时期最早的贵族日记，全部用汉文书写。其内容与备忘录的形式相似，是写下留给子孙的记录，《土佐日记》模仿了这一叙写方式。

日本古典记载文学深受中国古代文学影响，最能体现这一特征的是日本平安文学。文学的表达形式和体裁密切关联，在平安初期日本文人按中文体裁用中文进行文学创作，这些作品在表达形式和叙事内容选择上基本是中国文学的翻版。王朝女流日记文学是日本平安王朝文化发展到最富活力历史阶段焕发的绚丽光彩，是当时文化、社会的反映，女流日记文学的繁荣创造了日本文学史乃至世界文学史的奇迹。日本古典日记文学有典型的中国史传文学的时间叙事特点，且深受中国古典日记文学影响。然而中国日记文学的发展是迟滞与不充分的，是中国古代文学中较为迟晚的一种文学形式，日记始于宋代，盛于明清。"日记"一词在中文中始于汉代，"司君之过而书之，日有记也"，汉人刘向在《新序·杂事一》中写下的这一短句被后人看成是有关日记的最早定义，日记作为一个整词最初出现在王充的《论衡·讥日篇》，但其所指的日记，与今天所言的"日记"并非同一个概念，实质上是一部"述吉凶以相戒惧"之书，有类似术士择日的记述，和后来的生活日记不相关联。唐代史籍中"奉使纪行日记"及"史官记事日记"相继萌发，但多标以异名，或曰录，或曰志，或曰行纪，或曰日历，均未用"日记"这一名称。直至宋代，不少学者文人怀着书写日记的浓厚兴趣，对纪行、记游、记出使、记征战、记亲友交往等日常行为进行记录，并视为自己生命旅途中不可缺少的随录，并自觉冠以"日记"、"日录"等题眼，《宋史·艺文志》中就有《赵概日记》一卷，司马光《日录》三卷，王安石《舒王日录》十二卷。北宋日记大致可以分为记贬谪生活、记出使生活、记科举制度、记游。南宋日记最多的是记游日记，从两宋留下的众多日记来看，时至两宋中国日记文献已经进入初兴阶段。早期日记是纪实性的，类似于小规模编年体史书，只是编年体史书记载的是国家大事。编年体史书叙事者在事件陈述过程中尽量避免夹杂私人情感，将隐蔽叙事声音最小化，做到最大程度的公正与客观，还原历史。在记录对象选择上，日本早期日记与我国编年体史书十分相似，日本早期日记叙写者都为当朝汉学素养功底深厚的实权者，记录的事件对国家或个人命运影响深远，且具有相当的震撼力。

表 1-1 日本平安初期日记文献

日记名称	笔者
《宇多天皇日记》	宇多天皇
《醍醐天皇日记》	醍醐天皇
《村上天皇日记》	村上天皇
《重明亲王日记》	重明亲王
《藤原忠平日记》	藤原忠平
《藤原实赖日记》	藤原实赖
《藤原师辅日记》	藤原师辅

日本早期日记有文献属性，与现在所指涉的日记范畴不同，现在言及日记与小说区别时强调：日记更应注重与撰写人紧密相关的真实生活琐事，日记主观意识强烈，尽可能表达和宣泄自身情感，对自身微妙心理律动描叙细腻。日本早期日记归属日记文献，先贤时期，"文"指典籍文章，"献"指古代先贤的见闻、言论以及他们所熟悉的各种礼仪和自己的经历。现今所说的文献，主要指有历史意义的书面材料，广义的文献是记录知识的一切载体，"知识"是文献的核心，"载体"是知识赖以保存的外壳。"载体"牵涉到形式，古代日常生活中的琐事不入官史，记录琐事的载体便是"日记文献"，其"载体"形式是线性时间编年。日本日记最初的文体形式为日记文献，之后发展而来的诸如《土佐日记》、《蜻蛉日记》称为日记文学。日记文学由日记文献发展而来，日记文学基本上是基于虚构创作的文学作品，只是借助了之前日记文献的叙事形式。日记文献与日记文学两者的性质完全不同，两者的注重面完全不同，日记文学重在创造，是文学研究者研究的对象，撰写人以表述自身的情绪与情感为主，私密性强。日记文献重在纪实，是历史学家研究的对象，力求客观、公正、公开，对研究历史价值高。《土佐日记》首开日本日记文学先河，成书于朱雀承平五年（935），正值我国后唐清泰二年。作者纪贯之假托女性口吻使用当时女性专用的假名来叙写自己卸任土佐国国司后归京 55 天的旅居生活，全篇含

有 57 首和歌，情文并茂。纪贯之用时间这条线将内容各异的事件串集一处，线性时间叙事是《土佐日记》的最大叙写特征，该叙写特征给后续的《蜻蛉日记》、《和泉式部日记》、《紫式部日记》、《更级日记》很大影响。

表 1-2 　《土佐日记》时序表

日期	到达地（通过地）	现地名
12 月 21 日	国府（始）	高知县南国市比江周边
12 月 21—26 日	大津	高知县高知市大津
12 月 27 日	浦户	高知县高知市浦户
12 月 29 日	大凑	高知县南国市前浜
1 月 9 日	宇多の松原	高知县香南市岸本周边
1 月 10 日	奈半の泊	高知县安芸郡奈半利町
1 月 11 日	羽根	高知县室户市羽根町
1 月 12 日	室津	高知县室户市室津
1 月 29 日	土佐の泊	德岛县鸣门市鸣门町土佐泊浦
1 月 30 日	阿波の水门	鸣门海峡
1 月 30 日	沼岛	兵库县南あわじ市沼岛
1 月 30 日	和泉の滩	（大阪府南西部）
2 月 1 日	黑崎の松原	大阪府泉南郡岬町淡轮
2 月 1 日	箱の浦	大阪府阪南市箱作
2 月 5 日	石津	大阪府堺市浜寺
2 月 5 日	住吉	大阪府大阪市住吉区
2 月 6 日	难波	大阪府大阪市
2 月 8 日	鸟饲の御牧	大阪府摄津市鸟饲
2 月 9 日	渚の院	大阪府枚方市渚元町
2 月 9 日	鹈殿	大阪府高槻市鹈殿
2 月 11 日	八幡の宫	石清水八幡宫
2 月 11 日	山崎	京都府乙训郡大山崎町
2 月 16 日	岛坂	京都府向日市上植野町御塔道
2 月 16 日	京（着）	京都府京都市

中日古代日记都有一个值得关注的现象，二者都是纪行与日记两种文体的结合，以日记的形式记录一定时段、路程内的见闻，与当今日记有所不同。日本学者玉井幸助认为中国古代的日记多是学术性的内容，或是记录经史问题，或是考证某种问题，

也有的是为门人弟子学习方便抄录的书籍，或是村塾童蒙之书，也名为日记。[1] 日记写作的个人化，带来了日记内容的个人化，真实记录过往事件发生的时间、地点、人物、内容是日记的本质。为了确保记录的真实性，叙写日记时纪实比想象与虚构重要得多，想象与虚构将破坏纪事的日记化实感。日记是为事实服务，具有自证性，日记是文史互证方法最有力的支持者。《土佐日记》是《蜻蛉日记》的先驱，《蜻蛉日记》在日本文学史上地位显赫，其线性时间叙事技巧、女流作家写作的细腻风格、爱情文学叙写的选题对象，无一不对后续文学巨著《源氏物语》影响深远。《蜻蛉日记》是一部女性自体生活实录，作者藤原道纲母对自己年轻时期恋爱婚居生活进行回溯，以散文的笔触将深刻记忆的各类回想编缀一处，形成一篇日记文学。编缀各类事件成册的主要技巧是线性时间，"时间轴线"使得全篇形散神合，形散指其叙写对象涉及生活的方方面面，内容大相径庭，神合指各类事件的描叙紧紧围绕藤原道纲母的家居生活，以道纲母的生命流程为主轴，生命历程中相应时段发生的事件及对事件叙述的视角符合作者生理年龄特征，极具情理。日记具有时效性，为记录当天当下发生的特别的事件提供了最为简便灵活的记录方式，是记忆与情感的需要。然而，在日记尚未普及的时代，特别是日记文献向日记文学过渡的时代，日记的时效性薄弱，《土佐日记》与《蜻蛉日记》都是以回溯的形式写成。《土佐日记》冒头部分：

　　男の人も書くと聞いている日記というものを、女の私も書いてみようと思ってするのである。

　　ある年、十二月二十一日の戌の時刻に出発する。[2]

　　作者译：听说男人也有写日记的习惯，身为男人的我想借女性的口吻也来写一本日记。过去某年，十二月二十一日午后八时左右出发。

"ある年（过去某年）"是事件发生的时间符号，以当下的时间为基准点，追溯过去某年某时发生的事件。《蜻蛉日记》冒头部分：

　　このようにはかなく生きてきた過去半生も過ぎてしまって、まことに頼りなく、どっちつかずのありさまで暮している人があった。

　　作者译：就这样变幻无常地过去了大半生，人世虚渺，找不到真实可以依靠的

---

[1] 玉井幸助. 日记文学概说 [M]. 东京：国书刊行会，1982：115.

[2] 李光泽. 日本文学史 [M]. 大连：大连理工大学出版社，2007：36.

对象，我在浑浑噩噩的度日当中。

"变幻无常地过去了大半生"表明作者在撰写日记时年事已高，然而，日记事件的起始点却是作者十余岁婚恋时期。两部日记都以回溯的形式表明两者并不看重日记最基本的特色——当下性。日记的撰写者是当事者，是以当下的时间状态记录当下发生的事件，"日所历夜必记之"，"当下的写作时间是指在事件发生的时间与写作的时间相距不远。时间的远近直接关系到所载事实的可信度，日记作为史籍的可信度也与写作时间的当下性有关"。[1] 日记书写者是事件见证人，记述的事件必须可靠，这也是历史的最终可靠性，如果否定了这一可靠性，就很难寻求到可靠的历史中发生的事实。追忆的事件虚幻、模糊、主观，与日记文献的写实性偏离，却向文学的虚幻性靠拢。无论如何，线性时间叙事却是共有的，毋庸置疑的是《源氏物语》在这一描叙手法上极力模仿之前的日记文学，《源氏物语》与《蜻蛉日记》的叙事方式、风格、选材极具互见性。《蜻蛉日记》编年叙事文学体裁的开拓，给后续的平安女流文学《和泉式日记》、《蜻蛉日记》、《紫式部日记》、《更级日记》、《赞岐典侍日记》以深刻影响。跳出日本女流日记文学系谱视野，梳理日本爱情文学系谱，《蜻蛉日记》为其嚆矢，日本爱情文学真正发轫于古系文学大作《源氏物语》。《蜻蛉日记》的叙写内容及叙写技巧给紫式部莫大启迪，《蜻蛉日记》用线性时间叙事技巧将生活中的琐事串联，紫式部也借用时间这条叙事轴线将"观之不足，听之不足，但觉此种情节不能笼闭在一人心中，必须传告后世之人"[2] 的各类情事串联。"必须传告后世之人"表达出一种日记叙事欲望，日记叙写的欲望是普遍存在的，每一个个体都有记录并保存自己有意义事件的欲望，作为美好或痛苦一并保留心底。就文学作品而言，这种欲望就是日记欲望，史书列传由大臣文人们记述政治性的生平事迹，与日记存在本质不同，日记记载的生活琐事对社会发展史来说没有必要性，但对生命个体来说十分重要，中日文人莫如此，都有将心中的笼罩情节诉诸笔端的诉求。"从《蜻蛉日记》开始，日本平安、镰仓时期的古典文学在世界文坛上留下了稀有的足迹，在西欧古典文学中未曾出现可以进行类比的优秀女性文学作品群。"[3] 毋庸置疑，从叙事手法来看，《蜻蛉日记》是其后物语、和歌类日本传统文学作品的雏形，

---

[1] 张哲俊.诗歌为史的模式：日记化就是历史化——以白居易的诗歌为例 [J].文化与诗学，2010（12）：229-261.

[2] 紫式部.源氏物语 [M].丰子恺译.北京：人民文学出版社，1980：439.

[3] 長戸 千惠子.蜻蛉日記の表現と構造 [M].東京：風間書房，2005：88.

与之前的《竹取物语》相比，叙事涉及范围更为庞杂，描写更为细腻，与《竹取物语》浪漫的文学色彩相比，更具写实性。千惠子认为：

> 不仅是《蜻蛉日记》，甚至包括整个平安时期的日记文学，其研究最大的动向是：（研究者们）开始从对文本叙写内容的关注转为对其表现形式的关注。对表现形式的关注进而扩展为对表现手法的追究。[1]

伊藤博率先提出"接续手法（つなぎの手法）"[2]一词，并由此开始捕捉文本的时间接续点（時間の連続の相として捉えよとした点）[3]。伊藤博认为《土佐日记》是"将每天发生的事情归置于一个又一个小点，整篇文章的构造可以称为点线的集合（その日その日のできごとがぽつんと置かれて、いわば「点」の集合――点線――による場面構成をしめす）"[4]，《蜻蛉日记》"接续的手法是——用时间作为线将点连接起来（「つなぎ」の手法――点をつなぐ時間の糸――によって場面が構成されている）"[5]。时间的连续性是日记文学，也是《蜻蛉日记》明显的叙写特征。宫崎庄平认为《蜻蛉日记》的叙写是"随着时间的流逝、推移对发生的事情进行记叙。这一技法即线性时间（連続的な時間）叙事……线性时间叙事是女流文学特有的叙事技巧"[6]。"时间叙事中的线性时间叙事或是时间的连续性（時間の叙述による連接）亦是女流日记文学的创始——《蜻蛉日记》上卷重要的（叙事）表征。"[7]《蜻蛉日记》由若干个记事小单位组成，以上卷为例：藤原兼家求婚，结婚，恋歌赠答；父亲陆奥国赴任；与姐姐离别；母亲亡故；夫妇疏远……共70[8]个记事小单位，分28段讲叙。日记文学形成的基盘即由这些叙事小单位组成记事群，记事小单位通过时间流逝的线路进行顺序排列，时间是叙写事件的媒质。

[1] 長戸 千恵子. 蜻蛉日記の表現と構造 [M]. 東京：風間書房，2005：6.

[2] 伊藤博. 蜻蛉日記研究序説 [M]. 東京：笠間書院，1977：28.

[3] 伊藤博. 蜻蛉日記研究序説 [M]. 東京：笠間書院，1977：28.

[4] 伊藤博. 蜻蛉日記研究序説 [M]. 東京：笠間書院，1977：30.

[5] 伊藤博. 蜻蛉日記研究序説 [M]. 東京：笠間書院，1977：30.

[6] 宮崎荘平. 女流日記文学の表現構造 [C]// 平安女流日記文学の研究. 東京：笠間書院，1973：21.

[7] 長戸 千恵子. 蜻蛉日記の表現と構造 [M]. 東京：風間書房，2005：50.

[8] 该数据源自：長戸 千恵子. 蜻蛉日記の表現と構造 [M]. 東京：風間書房，2005：66-70.

表1-3 《蜻蛉日记》上卷线性时间叙事年表

时间	记事群	记事单位
天历八年夏	一、与兼家结婚	①兼家求婚
天历八年秋		②与兼家结婚
天历八年九月、十月		③与兼家歌赠答
天历八年十月		④父亲陆奥国赴任
天历九年九至十月	二、町小路女人	⑤兼家情人町小路女人出现
天历十年三至四月		⑥桃花节与姐姐别离
天历十年五月		⑦与时姬和歌赠答
天历十年冬		⑧与幼子道纲打发着无聊的日子
天德元年夏		⑨町小路女人得宠，产一男儿
天德元年八至十月		⑩兼家来访恢复常态
天德元年十月以后		⑪町小路女人失宠，零落尘世
天德二年七月		⑫与兼家长歌赠答
天德二年七月至应和二年六月	三、与章明亲王的交谊	⑬与兵部卿宫章明亲王的和歌赠答
应和二年六至七月		⑭与兼家一同赴山寺拜佛
应和三年一至四月		⑮与亲王一同观看禊礼 ⑯夫妇两人同去亲王府上拜访，要来美丽芒穗
康保元年七月	四、母亲亡故	⑰母亲亡故
康保元年八月		⑱还高僧袈裟
康保二年七月		⑲母亲一周年祭 ⑳抚琴落泪
康保二年九月		㉑姐姐离别
康保三年三月	五、兼家生病	㉒兼家生病，至兼家府邸拜访
康保三年四月		㉓贺茂祭时与时姬和歌赠答
康保三年五月		㉔获得端午节会观赏坐席
康保三年五至八月	六、无依无靠之身	㉕家屋荒芜，院中蓬草丛生，思虑万千
康保三年九月		㉖参拜稻荷神社、贺茂神社，献和歌
康保四年三月		㉗累雁卵十枚赠与付子女御
康保四年五至六月	七、贞观殿的皇妃登子	㉘村上天皇御崩，慰问登子（兼家妹妹，天皇妃）
康保四年七月		㉙兵卫佐夫妇出家
康保四年十一月		㉚迁至兼家邸附近居住，登子移住到西厢房
康保四年十一月末		㉛与登子的木偶和歌赠答
安和元年三月		㉜兼家至妹妹登子之信错入手中
安和元年九月	八、诣初濑	㉝诣初濑，往路 ㉞诣初濑，归路 ㉟御禊仪式的准备

通过以上研究可以勾画出日本古典小说线性时间叙事技巧形成的系谱图：中国古代史书（《春秋》→《史记》→《汉书》→《后汉书》）→日本古代史书（《古事记》→《日本书纪》）→日本日记文献（《宇多天皇日记》、《醍醐天皇》、《村上天皇》、《重明亲王》）→日本日记文学（《贞信公记》→《土佐日记》→《蜻蛉日记》）→日本古典小说（《源氏物语》）。

二、《史记》、唐传奇

《史记》在中国古典文学中达到史传文学的最高叙事水准，历史叙事的叙述对象是历史事实，这一叙述并非罗列所有历史的基本事实，作者根据自己喜好或时代要求选择陈述的历史事实又并非最初的原始事实，根据作者的表述风格在外形上做了重大改观。作者在对史实重叙的过程中可以重新阐释史实的思想内涵，重新展现鲜为人知的事实，对史实的陈叙仍有不可修改的部分，即发生事件的客观历史时间。《史记》与《红楼梦》先后出现在中国典籍文学的历史传统长河之中，遥相远望，文学系谱的"血缘"关系却是一致的，两者的叙事风格及技巧有若干相似处。两者都通过调节叙事速度表达作者的叙事声音，通过重复表达强化意向，这些叙写特点在中国古典文学叙事中具有普泛性。日本古典文学的叙事风格与之迥异，几乎不曾借言明志，文中作者很少强调自己的主张，更不会通过反复重复来强化自己的思想倾向。中日古典文学在价值取向上迥异，叙事技巧上却存在若干相似处，《源氏物语》与《春秋》、《史记》的关联最主要的是两者之间的线性时间叙事特征。《源氏物语》的线性时间叙事可分为朝代纪年、世代时间与纪传时间，抛开《源氏物语》故事的虚构性，从叙事针对的对象——皇族相关事宜，叙事采用的方式——纪传与世代融合的时间叙事特征，可将其称为如同《史记》般的纪传体史书。《源氏物语》记载的大多是皇族帷内琐事、儿女情长，《史记》叙写的是国家大事，即使是帷内之事也写得堂而皇之，《史记》有宏大叙事书写特质。《源氏物语》全书五十四回，除开第一回与第四十一回以外，每帖开篇处都做注标明故事时间，与《史记》不同的是，《源氏物语》这些纪传时间标识（即前文中所言外部流动时间）是后世的现代文译者前后核实文本的纪传时间后，在每卷卷首添加的时间注释，并非原作者初始行文时附带的注释文字，《源氏物语》是靠故事内部流动的时间支撑文本展开。《源氏物语》纪传时间叙事年表最早出现在 18 世纪，日本学者本居宣长为了加深读者对作品的理解，提出要为《源氏物语》做一份年表。

> 书中人物的年龄，每卷成书的年月，虽说不太重要，但在中国的书籍文献中，常作一份年表。《源氏物语》虽然是虚构作品，但对于年代的记载却比较明确，如能作一份年表，则可为理解作品提供一些方便。对此，很早以前就有人提出了一些看法，并作出了年表，可惜多有舛误。[1]

本居宣长对《源氏物语》文本线性纪传叙事时间加以详细考辨，仔细撰写了一份"年代考"，使读者对各卷之间的时间关系一目了然。《源氏物语》分为"河内本"和"青表纸"两种版本，从藤原定家开始，历代学者对《源氏物语》细加玩味，不但对时间前后贯通的逻辑关系进行斟酌，且对字词的勘谬、语义的疏通、前后的连贯尽力勘校。《源氏物语》今译本中已不存在任何时间辨析的歧义，每卷题名处都附有时间脚注，以第七回（"红叶贺"卷）为例，脚注写明"本回写源氏十八岁秋天至十九岁秋天之事"[2]。以第二十二回（"玉鬘"卷）为例，脚注写明"本回与前回相仿，写源氏三十四岁九月至三十五岁末之事"[3]。《源氏物语》线性叙事时间非常明晰，叙事年表的提出表明日本学者很早意识到时间关系的厘清对文本理解的重要性，早已理出时序表，并间插在文本当中，为日后"源学"研究提供了若干方便。

表 1–4 《源氏物语》纪传时间叙事年表

光源氏年龄	回数	脚注
17 岁	第二回 帚木	本回写源氏公子十七岁夏天之事
17 岁	第三回 空蝉	本回紧接上回，也是写源氏公子十七岁夏天之事
17 岁	第四回 夕颜	本回与前回同年，是源氏公子十七岁夏天至十月之事
18 岁	第五回 紫儿	本回写源氏十八岁暮春至初冬之事
……	……	……
23—25 岁	第十回 杨桐	本回写源氏二十三岁九月至二十五岁夏天之事
25 岁	第十一回 花散里	本回写源氏二十五岁夏天之事
……	……	……
52 岁	第四十回 魔法使	本回写源氏五十二岁春天至冬天之事

[1] 本居宣长.日本物哀 [M].王向远译.吉林：吉林出版集团有限责任公司，2010：14.

[2] 紫式部.源氏物语 [M].丰子恺译.北京：人民文学出版社，1980：128.

[3] 紫式部.源氏物语 [M].丰子恺译.北京：人民文学出版社，1980：387.

续表 1-4

薫君年龄	回数	脚注
14—20 岁	第四十二回 匂皇子	本回从薫君十四岁的春天写到二十岁的正月为止
24 岁	第四十三回 红梅	本回所写之事与前回"匂皇子"相隔四年。此时薫君二十四岁，匂皇子二十五岁
……	……	……
28 岁	第五十四回 梦浮桥	本回继前回之后，写薫大将二十八岁五月之事

《源氏物语》平均每回讲叙主人公一岁的故事，有少数岁时跨越几回文本，又有少数岁时被跳跃，但少有时间的穿插与回闪，章与章之间基本只有线性时间叙事的快慢之别。将"《源氏物语》纪传时间叙事年表（表1-4）"与之前罗列的"《秦始皇本纪》叙事年表"做比较，两者的相似性表现在，两部作品都以主人公（皇／皇子）为核心，与人物（皇／皇子）相关联的事件按照自然时间的发展规律，逐年逐一叙写。两者叙写对象的选择并非无意识的随机叙写，是作者心中长久酝酿，精心设置，抑或极具代表性、标识性、抑或前后呼应，形成叙事暗线。以纪传体的线性时间叙事特征为时间主轴，谱写了一部有主弦、有和弦、有韵律、有节奏、有快慢之分的交响乐章。顺序的叙事手法在功能结构上更是有助于形成连贯紧凑的情节与清晰明显的叙事线索，符合东方人的传统审美趣味。

我国古典小说途经魏晋南北朝的风雨孕育，文至唐朝，我国南北文化融合，文学盛况空前。唐朝是我国封建社会的鼎盛时期，人们的思想比较活跃，儒、道、佛教同时盛行，小说叙事技巧得以发展，从魏晋六朝"丛残小语"、"粗陈梗概"发展到结构完整、初具规模的言情小说。鲁迅认为："小说亦如诗，至唐代而一变。虽尚不离于搜奇记逸，然叙述婉转，文词华艳，与六朝之粗陈梗概者较，演进之迹甚明；而尤显者乃在是时则始有意为小说。"[1] 唐代文学作品种类繁多，成就最高、影响最大的是传奇小说。之所以称为"传奇"，始自晚唐裴铏的《传奇》一书，宋以后人遂以之概称唐人小说。唐代传奇小说的内容新颖，上至帝王后妃的宫廷生活，或统治集团内部为争权夺利而展开的斗争；下至妓女士子的恋爱婚姻悲剧，或乞儿商贾羁旅行役的生活状况，无不写入唐人传奇中。唐传奇中描写了大量的传奇爱情故事，不拘一格，"唐人小说，不可不熟，小小情事，凄婉欲绝，洵有神遇而不自

---

[1]　鲁迅. 中国小说史略 [M]. 上海：上海古籍出版社，2006：56.

知者，与诗律可称一代之奇"[1]。爱情、婚恋是古今中外小说家关注的题材与话题，唐传奇开此类话题之先河，《长恨歌传》、《霍小玉传》、《莺莺传》、《李娃传》、《柳毅传》、《柳氏传》、《昆仑奴》、《无双传》，围绕才子佳人的主题或是男性豪侠形象塑造，言不离情，另类志怪物小说有《玄怪录·郭元振》、《画琵琶》、《京都儒士》、《离魂记》、《南柯太守传》、《任氏传》等作品，二者都体现出唐朝小说浓厚的现实浪漫主义色彩。《李章武传》、《霍小玉传》、《莺莺传》等等，以爱情为题材的传奇开启了后世爱情小说的风气，志怪小说则是《聊斋志异》的先导。《莺莺传》叙述了崔莺莺和张生的爱情故事，通过崔莺莺对张生始而峻拒、继而委身、终于哀求的过程，成功地塑造了一个既矜持又多情的女子形象，整个始乱终弃的爱情故事，波波折折，环环相扣，极富故事性。《游仙窟》成书于约 700 年，作者张𬸦，字文成。《游仙窟》通篇采用第一人称，"仆从汧陇，奉使河源"，道经名山，夜投大宅，得遇两女十娘、五嫂，调笑宴饮，一宿而别。全文九千余字（不含标点），是唐小说中最长的一篇，全文无一矛盾冲突，没有曲折的故事情节，描写限于男女主人公在一夜间的相识、调情、对诗、斗口、歌舞、欢宴、狎戏、惜别一类情事。《游仙窟》是中国文学作品中最早出现直接描写男女性行为的文本，与明代色情小说的性爱描写相比，《游仙窟》甚为含蓄，它主要将男女调情的过程详细描绘渲染，造成极大煽情效果。《游仙窟》在中国文学史上不被古人看重，创作不久就失传，然而该书问世时正值唐朝中日文化交流高峰，唐传奇的册子随同古代中日间的文化交流，漂洋过海，抵赴日本，《游仙窟》搭乘中日文化交流之舟传入日本，对后来的日本文学产生深远影响。"在文学方面，日本人抄写唐初艳情小说《游仙窟》带回，在日本相当流行，称为日本第一淫书，几乎影响日本后来艳情小说的写作，成为一种典范。该书后来在中国失传了，反而是从日本再传回中国。"[2] "对日本的文学发展而言，张文成成为与陶渊明同样重要的作家。"[3] 张𬸦的《游仙窟》在中国失传了千余年后，从日本的文学舞台折回中国。《游仙窟》九千余字，《长恨歌》八百四十字，《源氏物语》约百万字，《源氏物语》以《长恨歌》的话型为第一回，以《游仙窟》的话型为其中某回，拓展和延伸唐传奇的叙事技巧，形成规模更为庞大、

---

[1] 洪迈. 容斋随笔 [M]. 北京：中华书局，2007：48.

[2] 林文月. 中国文化对日本文学的影响 [M]. 台北：中央研究院，2002：18.

[3] 张哲俊.《游仙窟》与中日文学美学特质 [J]. 国外文学，1998（3）：115-119.

叙事系统更为整备的言情小说。

古今中外，小说沿着拟实与表意两大系统前行，拟实小说大致包括故事型、生活型和心态型。故事型多写人间非常之事，如日本最早的小说《竹取物语》，老翁伐竹，竹中得女，精心抚育，闺中待嫁，缘其美貌，追者甚多，天皇亦生此意。此女原为月界仙女，十五之夜，无视天皇两千名护卫，升天归去兮。文本以叙述为主，鲜有描写。故事完全虚构，脱离现实生活，情节发展快，叙事密度大，故事性强，充满仙界浪漫色彩，笔触优美。故事型是小说最初的雏形，接踵而至的是人们对小说真实性的追寻。生活型多写寻常生活琐事，笔触纤细，情节被稀释，发展慢，故事性弱。心态型以描写人的心理活动为主，情节、生活常被嵌入人物意识中，虚而散，例如《尤利西斯》。这三种叙事手法在现当代的文学创作中被广为接受，交织使用，然而在小说史发展的历程上却非同一时段出现，它们彼此间相隔数百年甚至上千年，且有明确的前后次序。无论中国还是日本，东方还是西方，最早兴起的都是故事小说，其次是生活小说，心态小说直至19世纪末20世纪初才在欧美出现并兴盛，这一秩序标志着拟实小说形态发展的三阶段。将《游仙窟》放置这一发展历史长河中加以考察，发觉其并不归属于故事小说，是典型的生活小说，且可能是世界上最早的生活小说。这部生活小说前无先例，后无来者，在其后的几个世纪中东西方都是故事小说的时代。直到10世纪末11世纪初，日本出现藤原道纲母的《蜻蛉日记》和紫式部的《源氏物语》，才打破这一格局。《蜻蛉日记》是平安时期日记体裁的文学作品，以真实为准绳，虚构性较弱，基于其标准日记型的叙事文体，还称不上地道的生活小说，日本第一部生活小说是《源氏物语》。日本古典小说《源氏物语》琐碎生活的取材、艳情故事的风格与散韵兼备的叙事文体深受我国唐传《游仙窟》影响。薄伽丘的《十日谈》是14世纪小说的佳作，是故事型向生活型的靠拢，基本上还是故事小说。生活小说的兴起是17世纪后半期甚至更晚些时候的事。《金瓶梅》的问世距《游仙窟》九百多年，其间不见其他任何生活小说。明清小说的生活描写加强了，但真正属于生活小说家族成员的也只有以《红楼梦》为首的几部长篇，且未脱离"话说"、"且听"之类章回小说说故事的胎痕。同属东亚小说的《源氏物语》和《红楼梦》，虽然跨越了8个多世纪的时空，两者都作为生活小说，在世界文学发展的历史长河中，其实它们靠得很近，中日古典小说既有个性，又融汇一处。

第二节　《红楼梦》与《源氏物语》中三种线性时间的叙写

　　"线"是织网的主要素材，在文本中比喻事件发展的脉络，线性时间有着不可回溯的指向特征。《红楼梦》线性时间叙事复杂多歧，文本中所示时间多处前后矛盾，难以定论。例如：通过对前几回的时间推算，第三回黛玉进府应为六岁，然而在第三回黛玉初进贾府的实况场景叙事中，王熙凤问其年龄，黛玉回答为十三岁，于是"黛玉进贾府时是六岁还是十三岁"就成为"红学"研究的"问题"之一。宝玉是贯穿文本通篇的重要角色，"石头记"故事的进展始终伴随宝玉生理年龄的增长，宝玉生理年龄的确定有助于读者更好地理解文本内蕴。《红楼梦》通篇并未曾有一处明示宝玉年岁，宝玉年龄的核实只能通过推算，如第三回宝黛初识时，黛玉道"这位哥哥比我大一岁，小名叫宝玉"[1]，进而得出宝玉的年龄。造成年龄前后不统一的原因是当时没有活字印刷，没有版权税费之争，文本故事传播依赖笔头抄撰。《红楼梦》最初的手稿早已遗失，现存清朝手抄本有"附脂斋批语的八十回'脂评'本体系（通名《脂砚斋重评石头记》）"，与添加后四十回的刊印本——"一百二十回程高刊印本体系（通名《新镌全部绣像红楼梦》）"。《脂砚斋重评石头记》分为甲戌本、庚辰本、乙卯本、列藏本、王府本、戚序本、梦觉本、舒序本等版本，《新镌全部绣像红楼梦》分为 1791 年采用木活字整理排印的程甲本和 1792 年刊印出版的程乙本。程甲本和程乙本是曹雪芹去世后若干年由后人整理出版，后四十回为高鹗续写，高鹗为了使后续文本和前文本承接、对仗，书写的过程中对前文本进行了若干改良。"细检庚辰本每回首半面每行的起讫，绝大部分也与己卯本相同……有的则由于抄错或抄漏而致回首半面差几个字，到后面则差得更多些"[2]，"己卯本和庚辰本两个本子都是抄写本，因此，都会出现一些抄写上的错误"[3]，例如："京都"与"都京"、"酸凤姐"与"俊凤姐"、"杨州"与"扬州"、"石榴裙"与"柘榴裙"、"宴"与"晏"之辨；将草书"真"误辨为"十六"，由而出现"宝玉之情痴，十六乎，假乎，看官细评"的错误时间标识，等等。不同的抄撰人根据自我先验经验诠释文本，毛笔书写体纰漏瑕疵间或有之，继而以讹传讹，造成困惑。《红楼梦》古本评点本

---

[1] 曹雪芹，高鹗．红楼梦 [M]．长沙：岳麓书社，2004：19.

[2] 冯其庸．论庚辰本 [M]．上海：上海文艺出版社，1978：3.

[3] 冯其庸．论庚辰本 [M]．上海：上海文艺出版社，1978：10.

繁多，明末以来十分流行戏剧、小说、诗文的评论，《脂砚斋重评石头记》是这一文艺批评方式的继承和发扬。《脂砚斋重评石头记》系列版本更是"花开几朵，各表几枝"，例如，庚辰本与甲戌本的第三回、第五回、第七回、第八回、第二十六回的回目全然不同。早期手稿中并未出现黛玉正面回答自己年龄一说，后世某些版本中不知何故添入林黛玉初入贾府回答自己十三岁的文字内容。众多版本批语中加入了撰者各式的判断与品味，造成《红楼梦》线性时间叙事上诸多的矛盾。然而，准确定位《红楼梦》时间顺序和人物年龄是厘清整个故事情节发生前后顺序之根本，亦是正确解答《红楼梦》与时间相关诸多情节中"疑点"的前提和基础。混乱的时间顺序和人物年龄使得按时间顺序发展的故事情节的排列前后逻辑矛盾，小说主人公年龄忽大忽小、前后不一，建立在混乱时间顺序和人物年龄基础上的各类"释疑"性的研究成果经不起推敲，很难站住脚跟。《红楼梦》文本中明示时间处不多，线性时间叙事暗线需通过反复推敲与考量，需要找一合理研究工具将其各点坐标反复比对后框定，最大可能精确化。只有准确定位《红楼梦》线性时间叙事标识，才能圆满解答其相关的各类"疑问"。线性时间叙事与历时意识、历史意识直接关联，带有浓厚时间叙事线性特色的朝代纪年、世代时间和纪传时间是小说历时叙事的三大重要组成部分。《红楼梦》和《源氏物语》均使用这三种不同的时间表达方式来叙写故事情节每个时间点上的时间，并对其时序进行文本内排列，时间点上不同的时间表达方式所表达的时间串联起来形成三套样式各异又相互关联的时间顺序体系，可以通过三者之间时间点的反复比照更好复核线性时间叙事上各点标识。

一、朝代纪年的叙写

春秋时期，我国已经形成了比较成熟的按年、时、月、日顺序记事的方法，孔子编撰的《春秋》就采用"以事系日，以日系日，以月系日，以时系年，所以纪远近，别异同也"[1] 的编年体裁，编年体是我国最古老的一种文本叙事形态。中日编年体文学叙事技巧的产生、成熟与发展，伴随着各自民族的成长历程。小说编年时间与纪传时间都与历史时间、历时时间紧密关联，编年时间密接民族的独特文化内涵和思维方式，纪传时间则与人物个体相关的事件紧密联系。编年叙事可将各类异事收纳于一个整体之中，且使其编排有条不紊。文学叙事中的编年时间与朝代纪年紧密相关，在唐传奇中，无论是男女情爱、人鬼遇合，或是其他种种奇闻妙事，叙事者总着意

---

[1]　杜预.春秋三传[M].上海：上海古籍出版社，1987：Ⅱ.

提及诸如"天宝十年"、"元和八年"、"大历十年"等时间标识。使得读者不由得反复回溯这些年间发生的各类重大事件，进而揣测为何要将叙事场景置身于这些年间。"朝代纪年"的时间体序是用皇帝的年号做时间标识，叙写事件发生的先后顺序。《红楼梦》中有三处涉及"朝代纪年"，虚构了一个朝代的两个皇帝。虚构朝代的国号叫"奉天"：第一个皇帝的帝号是"永建"，年号"太平"；第二个皇帝是第一个皇帝的儿子，帝号"洪建"，年号"不易"。在庚辰本第十三回秦可卿的丧榜上书有"奉天永建太平之国"[1]，第十四回秦可卿出殡上大书"奉天洪建兆年不易之朝"[2]。

表1-5 《红楼梦》朝代纪年表[3]

朝代纪年	章回
永建朝太平末年前十年	第一回
永建朝太平末年前九年	
永建朝太平末年前八年	
永建朝太平末年前七年	第二回
永建朝太平末年前六年	
永建朝太平末年前五年	
永建朝太平末年前四年	第二回至第三回
永建朝太平末年前三年	第四回
永建朝太平末年前二年	第五回至第十二回
永建朝太平末年前一年	第十二回至第十三回
永建朝太平末年	第十三回至第十四回
洪建朝不易元年	第十四回至第十八回
洪建朝不易二年	第十八回至第二十三回
洪建朝不易三年	第二十三回至第三十六回
洪建朝不易四年	第三十七回
洪建朝不易五年	第三十七回至第五十三回
洪建朝不易六年	第五十三回至第六十九回
洪建朝不易七年	第六十九回
洪建朝不易八年	第七十回至第七十九回
洪建朝不易九年	第七十九回

[1] 曹雪芹．脂砚斋重评石头记 [M]．沈阳：沈阳出版社，2005：279.

[2] 曹雪芹．脂砚斋重评石头记 [M]．沈阳：沈阳出版社，2005：298.

[3] 该表的制成参阅：高佳．红楼梦脂砚斋重评石头记庚辰本时间序表 [M]．北京：新华出版社，2011：156-178.

《脂砚斋重评石头记》（庚辰本）被认为"是最接近于手稿（可以说仅次于手稿）、最接近于完整的一部稿子，在现今流传的十二种抄本中，具有特殊重要的意义，这是一部十分珍贵的巨大的历史性文献"[1]。《红楼梦》庚辰本的第一回即"朝代纪年"时间顺序体系的第一年，称作"太平末年前十年"，一直到庚辰本的第七十九回的"不易九年"，《红楼梦》一共记叙了一个朝代里两个皇帝当政二十年间发生的故事。庚辰本可信度高，但毕竟是批阅本，诸多时间标识缘其旁批、侧批定夺。抛开各个版本批语细看正文，关于石头记故事的朝代纪元，《红楼梦》开篇即言"朝代年纪，地舆邦国，却反失落无考"[2]，复言"又何必拘拘于朝代年纪哉"[3]。虽故事的开篇无明确年纪指示，作者又复言"假借汉唐等年纪添缀，又有何不可"[4]。由而，《红楼梦》存在潜在叙事编年时间（朝代纪元）起点。真实故事朝代纪年隐现于文本各处，略为考证，便可得知一二。

（1）第四回中介绍李纨时言道："故生了李氏时，便不十分令其读书，只不过将些《女四书》、《烈女传》、《贤媛集》等三四种书，使他认得几个字，记得前朝这几个贤女罢了。"[5]《女四书》系明朝王相仿朱熹编四书的办法，把东汉班昭的《女诫》、唐代宋若莘与宋若昭的《女论语》、明代永乐皇后徐氏的《内训》和王相母刘氏的《女范捷录》编辑为一书，并加注，总名为《女四书》。上述让李纨读这些"前朝"的书籍，前朝为"明"，今朝岂不为"清"了。

（2）第十一回写贾府一家人看戏，"凤姐儿立起身来答应了一声，方接过戏单，从头一看，点了一出《还魂》，一出《弹词》，递过戏单去说：'现在唱的这《双官诰》，唱完了，再唱这两出，也就是时候了。'"[6]《还魂》是明代汤显祖著《牡丹亭》的第三十五出，《弹词》是清代洪升著《长生殿》的第三十八出，《双官诰》戏文乃是根据清代陈二白著的《双官诰传奇》改编的，由而可确定《红楼梦》所言正是清朝的事。

（3）第十七回至第十八回写贾元妃巡视大观园，太监点戏，点的第一出是《豪

[1] 冯其庸.论庚辰本[M].上海：上海文艺出版社，1978：85.

[2] 曹雪芹，高鹗.红楼梦[M].长沙：岳麓书社，2004：2.

[3] 曹雪芹，高鹗.红楼梦[M].长沙：岳麓书社，2004：2.

[4] 曹雪芹，高鹗.红楼梦[M].长沙：岳麓书社，2004：2.

[5] 曹雪芹，高鹗.红楼梦[M].长沙：岳麓书社，2004：23.

[6] 曹雪芹，高鹗.红楼梦[M].长沙：岳麓书社，2004：74.

宴》，第二出是《乞巧》，第三出是《仙缘》，第四出是《离魂》。其中《豪宴》是清初李玉《一捧雪》传奇中的一出，《乞巧》是清初洪升《长升殿》传奇中的一出，都是清朝人编写的戏，证明《红楼梦》中事是清朝的事。

（4）第二十一回提到的《庄子因》，第二十五回提到的《鲁智深醉闹五台山》，第二十九回提到的《满床笏》，第五十三回提到的《混元盒》，第九十三回提到的《占花魁》，等等，都是清朝创作的剧本。

综上所述，《红楼梦》全书时代背景显然是清朝，书中非但没明示清朝，还假借唐朝，对此学者们看法良多。高佳认为：

> 《红楼梦》里的故事情节所要表现的历史朝代从微观来说是没有具体的朝代纪年的，但从宏观上来说却是有朝代纪年的，那就是中国几千年封建社会的发展史。曹雪芹把中国几千年封建社会的发展历史看作一个朝代投射到《红楼梦》中作为时代背景，中国几千年封建社会的发展史中的"事体情理"，如买官与爵、抢男霸女、草菅人命、官官相护、骄奢淫逸等等，提取出来浓缩为《红楼梦》故事情节的骨架，而封建社会表面世俗的，如衣、食、住、行等等方面的描写，来作为故事情节的皮肉，再和以作者的血泪写出的千古奇书《红楼梦》，因此中国两千多年的封建社会的发展史就是《红楼梦》所要表现的时代背景。[1]

《源氏物语》写了桐壶、冷泉、朱雀三朝。《源氏物语》虽为一部虚构的物语故事，却提及史实上确有的嵯峨、阳成、宇多、醍醐等天皇。开篇"桐壶"卷的冒头"话说从前某一朝天皇时代（いづれの御時にか）"[2]，在此没有交代明确朝代纪元，与《红楼梦》开篇"又何必拘拘于朝代年纪哉"[3] 的叙事语态非常相似。前文推算《红楼梦》故事发生的时代背景是清朝，同样，对《源氏物语》故事发生时间也可进行推算。作者无论怎样虚构故事，曹雪芹与紫式部无论怎样利用叙事技巧避免他者对号入座，只要其不为"盘古开天"、"女娲补天"般的神话文学作品创作，便不能背弃时代社会背景在文本中的真实彰显。以下细考《源氏物语》文本，"桐壶"卷高丽相士给小皇子看相是一出重要折子，"这时候朝鲜派使臣来朝觐，其中有一个高明的相士。皇上闻此消息，想召见这相士，教他替小皇子看相。但宇多天皇定下禁例：外国人

---

[1] 高佳. 红楼梦脂砚斋重评石头记庚辰本时间序表 [M]. 北京：新华出版社，2011：5.

[2] 紫式部. 源氏物语 [M]. 丰子恺译. 北京：人民文学出版社，1980：1.

[3] 紫式部. 源氏物语 [M]. 丰子恺译. 北京：人民文学出版社，1980：2.

不得入宫"[1]，在此是说桐壶帝遵守"宇多天皇"禁令，表明故事发生在宇多天皇之后。小皇子三岁丧母，"皇上颇思留他在身边。可是丧服中的皇子留待御前，古无前例，只得准许他出居外家"[2]，日本古代法令"服丧（無服の殤）"规定三个月以上七岁以下的孩子丧失父母后要服丧，文中交代幼年光源氏退出宫中前往外婆家服丧。"服丧"的法令制度于延喜七年（907）被废除，由此可断定光源氏在外婆家服丧之时是延喜七年前的事情，由此也可以判断"桐壶"卷所言之事发生在宇多天皇至延喜七年之间。随后，文本在第十三回（"明石"卷）与第十七回（"赛画"卷）均出现"延喜"两字，第十三回明石道人言及其女弹筝之高超技艺："弹筝之道，我家受延喜帝嫡传，至今已历三代……不料女也来模仿，听其自习，弹得竟与已故亲王陛下手法相似呢"[3]，延喜是醍醐天皇的年号，引文中言及的"已故天皇"指的正是醍醐天皇。第十七回朱雀院将所藏佳作赠予梅壶女御，佳作"是前代诸优秀画家所作，画得非常精美而富有趣味，上有延喜帝亲笔题词"[4]，撰画在先，签名在后，由此可推断延喜帝为先帝。文中虚构与真实交错，光源氏流放须磨巧逢明石道人的时代背景是朱雀院掌权的时代，朱雀院是光源氏同父异母的哥哥，朱雀院与光源氏的父亲同是桐壶帝。史实上确有宇多天皇（887—897）→醍醐天皇（897—930）→朱雀天皇（930—946）的皇室承接，今井上认为《源氏物语》开篇所言的桐壶帝时代即史实中的醍醐帝时代（桐壺御門を延喜帝になずらへ）[5]。今井久代认为《源氏物语》是一部帝王物语（帝王の物語）[6]，从物语开篇部分的桐壶帝身上可以看到醍醐天皇的身影，之后出现的集大成者冷泉帝则与村上天皇身影重叠。这些小说技艺中的表现手法非拘囿于作者紫式部的描写技法，同时体现出紫式部对醍醐天皇的仰慕，紫式部的太爷爷是醍醐天皇同母异父的弟弟。史实与文本交错，真实与虚幻共构，互见性随处可见。

　　《红楼梦》与《源氏物语》都没有明确交代具体年代纪元，但开篇都言及中国"唐朝"，《红楼梦》"假借汉唐等年纪添缀，又有何不可"[7]，《源氏物语》"唐

[1]　紫式部.源氏物语 [M].丰子恺译.北京：人民文学出版社，1980：11.

[2]　紫式部.源氏物语 [M].丰子恺译.北京：人民文学出版社，1980：4.

[3]　紫式部.源氏物语 [M].丰子恺译.北京：人民文学出版社，1980：252.

[4]　紫式部.源氏物语 [M].丰子恺译.北京：人民文学出版社，1980：310.

[5]　今井上.三歳源氏の内裏退出－桐壷卷の時間と准拠 [J].東京大学国文学論集，2006（1）：49-62.

[6]　今井久代.源氏物語構造論 [M].東京：風間書房，2001：5.

[7]　曹雪芹，高鹗.红楼梦 [M].长沙：岳麓书社，2004：2.

朝就为了有此等事，弄得天下大乱"[1]，这两部中日典籍所述故事均发生在中国唐朝以后，两部小说都刻意提及中国唐朝。唐朝（618—907）是中国历史上最强盛与繁荣的时代，文化、政治、经济、外交等方面成就辉煌，当时的东亚邻国新罗、渤海国、日本的政治体制、文化文学深受其影响，从日本古典小说《源氏物语》中可窥一斑，唐文学中的长篇叙事诗与唐传奇对两部小说的布局、立意与风格影响尤深。《红楼梦》与《源氏物语》均为"虚构"的故事，其虚构中又夹杂几分朝代年纪的真实，两书都执念于"真实"与"虚幻"的结合，《源氏物语》描绘画面拘囿于贵族阶层，四处流淌着贵族的风味，又因其带有敕撰的使命，少了对当时社会统治阶层的抨击，不能窥透当时平民社会实情。同样，《源氏物语》表现的审美意识与村夫俗子、市井之徒无关，紫式部的"美意识"归属于日本平安贵族阶级，绝非平民大众之"美"。相比之下，《红楼梦》尤显雅俗共赏之态，兼饱学之士与市井之徒两种口味。两书均不是历史文本，但都详细描绘历史中某一时段皇族的生活。《源氏物语》的写实性与线性时间叙事中的朝代纪元紧密相连，线性时间叙事与文学的真实性紧密相连，"文学是一种修饰（文学はレトリックだ）"，《源氏物语》正是以小说虚幻的修饰形式掩藏了"真实"，实际上它是"真实"的，穿上了吸引读者的虚幻外衣，"虚幻"对人的吸引是短暂而迷离的，"真实（まこと　真、誠、实）"是小说也是人性中最能持久扣动人心的部分。《红楼梦》通过一个家族的兴衰来反观、隐射整个社会，充满了对当时社会的悲观与失望，两书都隐含着生命无常观。这几层意思的表达都借助了真真假假的朝代年纪，将描写对象放置于某真实历史王朝，虽然文中假托前朝或略称某朝，所言都为历史上确有的朝代及纪年，然而又有"假借"之虚幻，真是"假作真时真亦假，无为有处有还无"。由此，也可纵观内容与形式、主题与形式的不可分割特征。

二、世代时间的叙写

正如树叶的枯荣，人类的世代也是如此，

秋风将树叶吹落到地上，

春天来临，林中又会萌发，长出新的绿叶，

人类也一代出生，一代凋零。[2]

---

[1]　紫式部. 源氏物语 [M]. 丰子恺译. 北京：人民文学出版社，1980：1.

[2]　荷马. 伊利亚特 [M]. 罗念生，王焕生，译. 北京：人民文学出版社，2006：136.

世代时间不同于朝代纪元的编年时间，有明显家族特征，具有前后接连的血脉、个性特质和主导价值观。两者都是描写某一特定时间内某一家族兴衰长消中人物历史命运的长篇小说，家族历史时间跨度长，故事容量大。两部小说都以伦理亲缘关系为重要纽带，复杂的亲情血缘关系在小说中展现，血亲与等级交织一处。家族的每一代人都被编织入家族的血亲网中，这张血亲网的结构与当时国体制度和政体制度又非常相似。两书都从对社会的透视中体现出家国同构性，清朝的中国人和平安时期的日本人都具有以家为本的政体思想，人们在遵循家族等级划分的同时也顺从政治体制中的等级划分，均体现出君为臣纲、父为子纲、夫为妻纲及有父在从父、父不在从兄的伦理纲常。《红楼梦》家族世代折射出当时中国整个社会实情，《源氏物语》家族世代则反映了当时日本皇族社会的实情，家族小说是一种审视社会本质的艺术形式。作者将感知到的、印象深刻的、具有生命价值的社会生活中的某些部分通过艺术加工形象地表达出来，通过家族小说这一载体，文本中的意象更能出现较为丰富的主题认知，现实生活中的每个个体都归属于某一家族的某个世代。家族命运可能与朝代兴衰息息相关，也可能相悖，家族有自身的运程。《红楼梦》与《源氏物语》中主人公的命运与家族运程联系紧密，《红楼梦》有了元春省亲，才有大观园的兴建，有了大观园的兴建才有女儿国里女儿们的爱情故事发展的世外桃源。《源氏物语》因为光源氏与继母私通生下小皇子，才有日后光源氏被招回京城，当上太上皇，兴建六条园，有了六条园的兴建，光源氏各位妻妾便于其中各施其媚了。家族内部成员有一定的相似性，家族各代成员之间有继承性和承接性，家族各代和各代内部成员都无一例外地具有向心性，并无一例外地具有群体指涉性。世代体现出一种抽象的积累性，后代的建构内容必须堆砌在前代的基石之上。相对于朝代的不断翻新，世代强调人类存在的稳定性，即强调人类作为一个稳定的种族和群体在发展，朝代可以断裂、世代永生不息。世代是时间运动的结果，一代又一代以自身个体生命的形式完成对整体族群的历史书写。相对于朝代纪元，世代时间从表征上来看是单纯的，它由一个发展明晰的逻辑关系牵引，世代是绵延的，朝代有翻新有断裂，世代具有前后接续的血脉、个性特征和主导的价值观。《红楼梦》与《源氏物语》都有典型的世代叙事特征，世代是家族特征的组成部分，两部小说都是家族叙事小说。《红楼梦》与《源氏物语》都是一部家族兴衰史，关于《红楼梦》与《源氏物语》的线性叙事时间，诸多研究学者将其聚焦于贾宝玉和光源氏的一生，有偏颇。

两位男性主人公的命运紧密关联他们所处的世代，"关于世代生成性的意识也是一种对时间的原始经验。我们不得不注意到时间的存在，因为我们生活在同龄人、老年人和青年人中间，也就是说，我们显然属于前后相继的世代序列中的某一代人"[1]。《红楼梦》具体叙事时间跨越十九年，围绕主人公贾宝玉主要描写了上下四代人；《源氏物语》跨越八十余年，围绕光源氏也主要描写上下四代人。关于世代描写，两书用笔有轻有重，恰到好处地使得贾宝玉与光源氏人物形象更为立体与饱满。世代时间叙事给两部小说"家庭叙事"提供了史诗性的时间洪流轨迹，顺着这条轨迹，叙事语调抑或高昂、抑或低沉，节奏抑或激奏、抑或舒缓，叙事覆域抑或宽广博大、抑或狭窄精深，使得两部"家庭小说"在场景还原上更为逼真，提升了家庭小说书写的社会复杂性与命运多舛性特征。

《红楼梦》详细叙述了四代人的精彩生活，贾母一代，贾政一代，宝玉一代，贾兰一代。实际上牵扯到上下五至七代，《红楼梦》第二回中借冷子兴之口，讲叙了荣、宁两府的家族世代，甲戌本对此做了世代时间侧批。

当日宁国公与荣国公，[朱旁：源]是一母同胞弟兄两个。宁公居长，生了四个儿子。[朱旁：贾蔷、贾菌之祖，不言可知矣。]宁公死后，贾代化袭了官，[朱旁：第二代]也养了两个儿子。长子贾敷至八九岁上便死了，只剩了次子贾敬袭了官，[朱旁：第三代]如今一味好道，只爱烧丹炼汞，[朱旁：亦是大族末世常有之事。叹叹！]余者一概不在心上。幸而早年留下一子，名唤贾珍，[朱旁：第四代]因他父亲一心想作神仙，把官倒让他袭了。他父亲又不肯回原籍来，只在都中城外和道士们胡羼。这位珍爷倒生了一个儿子，今年才十六岁，名叫贾蓉。[朱旁：至蓉，五代]……再说荣府你听——方才所说异事就出在这里。自荣公死后，长子贾代善袭了官，[朱旁：第二代]娶的金陵世勋史侯家的小姐为妻。生了两个儿子，长子贾赦，次子贾政。[朱旁：第三代]……这政老爹的夫人王氏，头胎生的公子名唤贾珠，十四岁进学，不到二十岁就娶了妻生了子，[朱旁：此即贾兰也，至兰第五代]一病死了。第二胎生了一位小姐，生在大年初一，这就奇了；不想后来又生一位公子，说来更奇：一落胎胞，嘴里便衔下一块五彩晶莹的玉来，上面还有许多字迹，[朱旁：青埂顽石，已得下落]就取名叫作宝玉。你道是新奇异事不是？[2]

---

[1] 克劳斯·黑尔德. 世界现象学 [M]. 北京：生活·读书·新知三联书店，2003：244.

[2] 曹雪芹著，脂砚斋评，邓遂夫校订. 脂砚斋重评石头记甲戌校本（修订第八版）[M]. 北京：作家出版社，2010：106-107.

以上引文言出子兴，子兴在《红楼梦》中的最大作用就是"冷子兴演说荣国府"，因荣、宁二府人口众多，若是一一道来，难免不备，因此，借王夫人陪房周瑞家的女婿冷子兴之口将荣、宁二府重要人物及家世背景陈述一番。从以上甲戌本"冷子兴说贾府"这一段的侧批可悉知脂砚斋对世代叙事技艺的关注。故事"石头记"主要讲授贾宝玉这块顽石的故事，贾宝玉的生命运程取几代人的传说来映衬，更是言明该故事发生的传奇性——宝玉"一落胎胞，嘴里便衔下一块五彩晶莹的玉来"[1]，与故事发展的必然性——"因空见色，由色生情，传情入色，自色悟空"[2]——一代一代从无至有，已有变无，遂归沉寂。宝玉身世叙说之前，对黛玉身世亦有一番交代。

> 原来这林如海之祖［第一代］[3]，曾袭过列侯，今到如海，业经五世［第五代］。起初时，只封袭三世，因当今隆恩盛德，远迈前代，额外加恩，至如海之父，又袭了一代［第四代］；至如海，便从科第出身。虽系钟鼎之家，却亦是书香之族。只可惜这林家支庶不盛，子孙有限，虽有几门，却与如海俱是堂族而已，没甚亲支嫡派的。今如海年已四十，只有一个三岁之子［第六代］，偏又于去岁死了。虽有几房姬妾，奈他命中无子，亦无可如何之事。今只有嫡妻贾氏，生得一女，乳名黛玉［第六代］，年方五岁。[4]

《红楼梦》一书对贾宝玉和林黛玉家族世代都做了一番细致交代，破解四大家族关系当以贾府为主线，其他三大姓都和贾家有联系，就比较容易搞清他们之间的关系了。贾府族谱和一般族谱一样，都是用文字或偏旁部首进行区别的。贾家立宗的头一代是亲兄弟，即宁国公贾演、荣国公贾源，以三点水排行，宁、荣二府就因此二位国公而来。下辈以代字排行，贾演生贾代化，贾源生贾代善。再一辈以反文排行，贾代化生贾敬，贾代善娶史家姑娘（即贾母）生贾赦、贾政。再下辈以王字边排行，贾敬生贾珍，贾赦生贾琏，贾政生贾珠、宝玉、贾环。再下辈以草字头排行，贾珍生贾蓉，贾琏无子，贾珠生贾兰，宝玉生贾桂，贾环无子。贾元春为贾政之女；贾迎春为贾赦之女；贾探春为赵姨娘所生，贾政之女；贾惜春为贾珍之妹，贾敬之女。

《源氏物语》写了四代人，第一代是桐壶天皇，第二代源氏和头中将，第三代

---

[1]　曹雪芹，高鹗 . 红楼梦 [M]. 长沙：岳麓书社，2004：11.

[2]　曹雪芹，高鹗 . 红楼梦 [M]. 长沙：岳麓书社，2004：3.

[3]　该处为作者添加世代标识，以下同。

[4]　曹雪芹，高鹗 . 红楼梦 [M]. 长沙：岳麓书社，2004：9.

柏木和夕雾，第四代子薫和匂宫。按世代这条线路来缕析故事情节，第一代：桐壶天皇对爱妃更衣特别宠爱，"更衣朝朝夜夜侍候皇上，别的妃子看了妒火中烧"[1]，更衣生下了一个"容华如玉石、盖世无双的皇子"[2]。更衣死后，桐壶"日日愁叹，不理朝政"[3]，对于"万人讥笑怨恨"[4]，"一概置之不顾"[5]。该部分作者言及白居易《长恨歌》与唐传奇中陈鸿《长恨歌传》中唐玄宗与杨贵妃的爱情故事，虽然难以佐证紫式部照搬中国古典唐朝文学作品的话型，两者描写的都是当朝独裁者对专宠对象的癖爱，结篇都充满悲伤。第二代：对于光源氏的恋情，作品描写得极为细致，光源氏先后与葵姬、紫姬、女三宫、明石姬四个女人结婚，与藤壶、空蝉、夕颜、末摘花、胧月夜等女子有染，其乳母的孩子藤原惟光评价他："我这主子在女子上面的用心，真是无孔不入啊！"[6]光源氏是一位多情男子，易陷入恋情，每一段恋情总以悲剧收场。第三代：光源氏儿子夕雾与其侄子柏木登场，两人的情爱生活一喜一悲。夕雾与表妹云居雁自小青梅竹马，相亲相爱。云居雁的父亲头中将（光源氏正妻葵上的弟弟）一心指望女儿当皇后，以近亲难以婚配为由，禁止女儿和夕雾往来。云居雁二十余岁仍待嫁闺中，头中将见女儿入宫无望，同意夕雾与云居雁完婚，一对有情人终成眷属。柏木是头中将的儿子，云居雁的弟弟，与光源氏最后一位妻子女三宫发生关系生下子薫。第四代：子薫名义上是光源氏的儿子，实际上是柏木与源氏妻子三公主所生，算起来该是源氏的孙辈。子薫爱上宇治的大女公子，受到拒绝，不久，大女公子病逝。二女公子见子薫痛不欲生，就把酷肖姐姐的异腹妹妹浮舟介绍给子薫，薫君对她怜爱无比。匂宫是二女公子的丈夫，光源氏女儿明石中宫的儿子，在拜访浮舟时与其发生关系。浮舟既爱薫君又爱匂宫皇子，陷入两难境地的浮舟投身于宇治河中，被僧都救助，皈依佛门。从《源氏物语》世代叙事的主题来看，四代人都离不开一个"情"字，这个家族特征之一是多情与好色，第一代桐壶帝专情与痴情，第二代光源氏博爱与滥情，第三代一正一反，夕雾循规蹈矩，柏木恰恰与之相反，第四代则是典型现代三角恋爱剧。四代人之间的关系盘根错节，

[1] 紫式部.源氏物语 [M].丰子恺译.北京：人民文学出版社，1980：1.

[2] 紫式部.源氏物语 [M].丰子恺译.北京：人民文学出版社，1980：2.

[3] 紫式部.源氏物语 [M].丰子恺译.北京：人民文学出版社，1980：10.

[4] 紫式部.源氏物语 [M].丰子恺译.北京：人民文学出版社，1980：10.

[5] 紫式部.源氏物语 [M].丰子恺译.北京：人民文学出版社，1980：10.

[6] 紫式部.源氏物语 [M].丰子恺译.北京：人民文学出版社，1980：93.

在错层的穿插中构建完美的叙事结构。

《源氏物语》历经了四代天皇，桐壶帝、朱雀帝、冷泉帝、今上皇（朱雀院的儿子），对应桐壶帝、光源氏、明石中宫、匂宫四代人。《源氏物语》世代叙事特征与作者紫式部的家世密切关联，紫式部的曾祖父藤原兼辅曾担任过中纳言，女儿桑子在醍醐天皇时代入选宫中，受到宠幸。兼辅在文学才能上与纪贯之齐名，是日本平安时期的三十六歌仙之一，紫式部非常仰慕曾祖父的撰歌才能，在《源氏物语》中多处引用藤原兼辅和歌中的名典。紫式部的父亲藤原为时有较高的诗文素养，毕生追逐官位，仕途却一直不振。二十一岁（968）被任命为播磨权少掾，仅半年离任。三十岁（977）被当时的文章博士第一人的管原辅正提拔为东宫侍读。

（藤原为时）诗文之道以为志、多年精进努力、三十岁终获东宫侍读荣誉、官吏生涯毫无起色、数年奋进依旧微官。存在于这诸多感慨之下的为时基体意识裂分为两个不同侧面，一方面是从众多文章生中脱颖而出，对自身才学自负的「优越感」。为时认为如果才学和门第都不优秀，被社会认同的几率甚小，反之亦然；另一侧面是经由数年奋进，穷尽诗才之能仍为微官一名，意识基体中产生不得志的「劣等感」。[1]

父亲的不应时势更是加深了紫式部对曾祖父的追慕，于是《源氏物语》中出现了明石一族的繁荣故事。抛开爱情故事层面，从家族世代立场来审视《源氏物语》，所有话语体系都是为了遂成明石一族的繁荣。从曾祖父藤原兼辅至紫式部经历了四代，明石一族的繁荣也正好经历四代，明石道人、明石姬君、明石中宫（小女公子）、匂君（皇子）。明石道人的皇权之梦与紫式部及其父亲复兴家业的梦想不谋而合，紫式部将书中世代描写的繁华最后落脚于明石一族，蕴涵着本族家业复兴，同时也蕴涵着当时当权者藤原道长一门家业的复兴。藤原道长（966—1027），日本平安时代的公卿，藤原兼家的第五个儿子。995年成为藤原家族的掌门人，藤原道长的三个女儿藤原彰子、藤原妍子、藤原威子先后成为皇后，通过女儿入宫为后，在很长一段时间藤原道长掌握了极大的政治实权，在其权势达到顶峰时期，《源氏物语》成书，女儿藤原彰子入宫为后，紫式部作为女官被聘入宫中辅佐。紫式部对自身家族世代的文本潜在叙事，设定时间起点是曾祖父藤原兼辅时代，即醍醐天皇时代，物

---

[1]　杨芳. 新历史主义视阈中《源氏物语》与《蜻蛉日记》互文性研究 [J]. 文史博览, 2010（2）: 20-24.

语中的第一代是以醍醐天皇为原型的桐壶帝时代，第二代是光源氏，第三代是夕雾，第四代讲叙的是宇治十帖中的匂宫、薰、浮舟；对应紫式部家族的世代，第一代是醍醐天皇时期的曾祖父兼辅，第二代是祖父雅正，第三代是父亲为时，第四代是紫式部自身。紫式部的家系如下，父方：兼辅→雅正→为时→紫式部；母方：文范→为信→女→紫式部。《源氏物语》唯一繁荣的家族家系如下：明石道人→明石君→明石中宫→匂宫。《源氏物语》主要的世代人物：桐壶帝→光源氏/头中将→明石中宫/柏木→匂宫/薰/夕雾。《源氏物语》历经了四代皇帝：桐壶帝→朱雀帝→冷泉帝→今上帝。通过《源氏物语》四代世代时间的叙写及其成书时的时代背景分析，及作者的家族世代系谱分析，可以再次看到小说事件与真实历史事件的叠合。

　　《红楼梦》与《源氏物语》作为世代家族小说是家族文化的多重组合，曹雪芹与紫式部绝非通过文本诱导致使读者做出道德的批判与好坏的定论，曹雪芹整个文本强调的是故事性与趣味性，紫式部强调的是纪实性与风雅情趣。两位作者都努力表现生活中最为本真的部分，只是侧重部分有所不同。①缘其家族小说的世代特质，两书都负载着历史的命题，两书回避当下，而讲在过去某一特定时间长度里世代家族的兴衰。传统上的文史不分家，《红楼梦》与《源氏物语》自一问世就与历史结下不解之缘。在注重《红楼梦》历史层面的问题时，后世的"红学"研究者往往将其定位为历史的戏讽书，更乐于将研究聚焦于历史无尽的重负、满目沧桑、人情的无尽悲凉、道德沦丧的忧伤等严肃的话题，并对此进行沉痛反思。历史真是这样吗？当下便是未来的历史，每一社会阶段都悲喜参半，如同活在当下的每个独特个体生命，历史无所谓好坏，只代表一种存在，历史是发展的，历史的出路在于求得更大的相对平衡。《源氏物语》所陈述的历史，是个体生命的情欲史，说得更具体一些是平安时期男性情欲史的写照。不存在社会历史的沧桑感，通过几代人情事的白描，展现几代人在生命最好年华的天真烂漫与多情，世代这一代名词它的落脚点在繁衍，没有了繁衍，世代家族故事便戛然而止，人类没有了繁衍，人类的故事便终止了。于是，《源氏物语》的故事落脚于情，《红楼梦》的故事却是落脚于看似人类世代的繁衍从来不会中终，所以要斗争与反斗争，无尽头的无限相互伤害，伤人者自然分崩离析，受伤者归天而去。后世的评论者们热衷于以伦理道德的大旗将文中的"罪恶分子"打入深渊，"《红楼梦》所表现的贾府'末世'，就是立足于这个封建大家庭内部的骄奢淫侈，来揭示封建礼教那部'吃人'的道德史"[1]，非白即黑。后世"红学"研究者认为《红楼梦》的世代时间叙事充满教诲与沧桑，也将这一历史的"教诲与沧桑"归结于中国家族小说属性之一。②两部小说都是作者自传与地方志的糅合。小说世界与叙事者生存世界贴近，小说相关世代家族的各类事情不是作者无中生有，作者将发生在家族社会中"动人心弦"事件变形、穿插、糅合形成文本事件。作者最能感同深受的事件是家族内部的事件，封建时代外族家族内部的事件难以深层窥探，族与族之间直接矛盾较少，族与族之间达成理解与共识主要通过婚姻联盟。《红楼梦》将舞台设置于大观园，《源氏物语》将舞台设置于六条院，都是为了配合家族小说的叙写特征，在特定的场域之中集中描写父子之间、夫妻之间、母女之间、兄弟之间、情人之间的直接矛盾，及伦理禁忌的触犯，这些矛盾都是家族内部的冲突。与自传相叠合的部分写实，表达细腻、深刻，两部小说中都有写虚的部分，道听途说与再描绘中变形的故事，写虚的部分与广义的地方史志[2]相连，集中体现某一时期某一地域的自然、社会、政治、经济、文化等。《红楼梦》是清末大家族社会的微缩景观，也是皇城的微缩景观，《源氏物语》是日本平安时期贵族阶层的微缩景观，也是当时皇城的微缩景观。《红楼梦》与《源氏物语》又是一部地方志，两部小说对形而上、形而下两种世代家族形态的描写具有独特魅力，再现历史人物的真实性，再现历史中某一地区与阶层的真实生活，使人感到小说有史可查、有据可循，两者的创作特征都与中国作家"以史为据"的创作契机相契合。

三、纪传时间的叙写

纪传体是以为某人立传的形式来写，以一个人为主线，例如光源氏生于多少年，光源氏一岁时发生了哪些事，两岁时发生哪些事，沿着主人公的年龄顺序一直写下去。朝代纪年与纪传时间不同，朝代纪年是用纪元或公元的时间顺序来写，比如说某一年发生了什么大事，谁干了什么，第二年又有什么大事，谁干了什么，朝代纪年与

---

[1] 李玉臣.中国家族小说的特征 [J].唐山师专学报，1998（3）：57-61.

[2] 地方志指按一定体例，全面记载某一时期某一地域的自然、社会、政治、经济、文化等方面情况的书籍文献，是综合反应一个国家或者地区自然与人文的历史与现状发展状况的百科式要述。该处所言广义上的地方史志是指在一定的世代时间范畴，小说所体现的家族与家族之间、人与自然之间、村落与村落之间的社会、政治、经济、文化的关系，即该小说是特定场域的地方志，是某一地域某一时代的微缩景观。

民族文化语境及国家命运息息相关。纪传体着眼于顺着一个人人生不同阶段来讲叙与之年龄相适应的事件，比如在他几岁时发生了什么事，十几岁时又如何。《红楼梦》与《源氏物语》朝代纪年与世代时间、纪传时间紧密配合，形成清晰的时间叙事脉络，用主人公贾宝玉和光源氏的一生，将各类事件串起，使得汇聚在一处的各类事件形散而神合。小说从两位主人公的零岁出场至遁世退场，有各个时段相对应事件的完整记录，叙事上是承接与连贯的，事件的发生发展也顺应主人公成长过程中性格特征变换展开，纪传小说也是一部成长小说。

《红楼梦》的纪传时间，众说纷纭，姚燮、王瀣以续书中提到的干支纪年逆推出全书的编年，他们认为从宝玉出场（第三回）到最后中举，经历了八年时间。周汝昌则认为"八十回《红楼梦》原书，实共写了十五年的事"，而"前六年乃序引性质，正写者整九年间之情节"[1]。各路专家各抒己见，本书在前辈们的基础上设列一时间序表，虽难以周全，却也蕴涵几分道理，用于本书比较研究。关于《红楼梦》叙事年表设置，首先确定某章回中宝玉年龄非常关键。第二十三回，"忽见丫鬟来说：'老爷叫宝玉。'"[2] 对此，有庚辰[3] 侧批曰："多大力量写此句。余亦惊骇，况宝玉乎！回思十二三时，亦曾有是病来。想时不再至，不禁泪下。"[4] 同回，宝玉浅吟轻唱"四季即事诗"一组四首，"因这几首诗，当时有一等势利人，见是荣国府十二三岁的公子作的，抄录出来各处称颂"[5]。第二十四回，"贾芸指贾琏道：'找二叔说句话。'宝玉笑道：'你倒比先越发出息（挑）了'"[6]，对此，有庚辰侧批曰："何尝是十二三岁小孩语。"[7] 紧接，贾琏笑道："人家比你大四五岁呢"[8]，此时贾芸（前文所指"人家"）十八岁，由此可以推断宝玉时值十三四岁。第二十五回，

[1] 周汝昌. 红楼梦新证 [M]. 北京：人民文学出版社，1976：184.

[2] 曹雪芹，高鹗. 红楼梦 [M]. 长沙：岳麓书社，2004：149.

[3] 庚辰本是距曹雪芹时段最近的一个版本，也被认为是最接近原著的，甚至可以说是最真实的。庚辰本保存了大量脂批、署名号。其中年月的批也远比其他版本多，极具研究价值。

[4] 曹雪芹著，脂砚斋评，邓遂夫校订. 脂砚斋重评石头记甲戌校本（修订8版）[M]. 北京：作家出版社，2010：242.

[5] 曹雪芹，高鹗. 红楼梦 [M]. 长沙：岳麓书社，2004：151.

[6] 曹雪芹，高鹗. 红楼梦 M]. 长沙：岳麓书社，2004：154.

[7] 曹雪芹著，脂砚斋评，邓遂夫校订. 脂砚斋重评石头记甲戌校本（修订8版）[M]. 北京：作家出版社，2010：250.

[8] 曹雪芹，高鹗. 红楼梦 [M]. 长沙：岳麓书社，2004：154.

"那和尚擎在掌上，长叹一声道：'青埂峰一别，展眼已过十三载矣！'"[1] 说明宝玉此时为十三四岁。从以上四条可窥《红楼梦》的第二十三回至二十五回明显的时间标识，由庚辰本中出现的多处时间侧批，可窥曹雪芹时代学者们相当讲究时间叙事中时序编排。《源氏物语》今译本从第二回开始每回都以注释的形式标明故事时间，无一疏漏，如第二回脚注"本回写源氏公子十七岁夏天之事"[2]，第五十一回脚注"本回写薰君二十七岁春天之事"[3]，不需要读者在阅读过程中去揣测与判断。《红楼梦》的时间叙事则与之相反，完全靠故事内部时间推动故事发展，时间标识实有似无，"红学"者精心推算出时间标示点，细观之又前后矛盾。通过文本的反复细读与多个版本的对比研究，《红楼梦》的线性时间叙事轴映然眼前，对时间叙事技巧的使用作者是有讲究的，曹雪芹使用的时间标识隐匿于叙事文本的闲庭漫步之间，研究者不做细探，难以觉察。细窥而感之其妙后，由衷赞赏作者将时间表面模糊化实际精妙搭配的叙事技巧，亦表明曹雪芹时间叙事技巧的掌握是先时的。

言回正传，从上文的推断可将第二十三回至二十四回的故事时间划定为宝玉十二至十四岁。对此还需明晰另一处时间标识以便将时间坐标明确化，文本第二回与第三回给研究提供了有价值的时间标识。第二回，林如海"今只有嫡妻贾氏，生得一女，乳名黛玉，年方五岁"[4]，随即："堪堪又是一载的光阴。谁知女学生之母贾氏夫人一疾而终"[5]，由此可知黛玉母亲去世时黛玉刚好六岁。然后贾雨村和冷子兴演说荣国府，冷子兴说宝玉"如今长了七八岁"[6]，由此处可推断宝玉比黛玉大一至两岁。第三回，林黛玉母亲去世，黛玉无所依托，投奔外祖母，进府后答王夫人："这位哥哥比我大一岁，小名叫宝玉"[7]，由此可以明断黛玉进贾府时六岁，宝玉大黛玉一岁，此时刚好七岁。林黛玉进贾府时的年龄众说纷纭，六岁、七岁、九岁、十岁、十一岁、十三岁都有人主张。第三回，宝玉走近黛玉问："妹妹可曾读书？"黛玉道："不曾读，只上了一年学，些须认得几个字"[8]，书中的第二回已经交代了，黛玉五岁起

[1] 曹雪芹，高鹗．红楼梦 [M]．长沙：岳麓书社，2004：167.

[2] 紫式部．源氏物语 [M]．丰子恺译．北京：人民文学出版社，1980：17.

[3] 紫式部．源氏物语 [M]．丰子恺译．北京：人民文学出版社，1980：958.

[4] 曹雪芹，高鹗．红楼梦 [M]．长沙：岳麓书社，2004：9.

[5] 曹雪芹，高鹗．红楼梦 [M]．长沙：岳麓书社，2004：10.

[6] 曹雪芹，高鹗．红楼梦 [M]．长沙：岳麓书社，2004：12.

[7] 曹雪芹，高鹗．红楼梦 [M]．长沙：岳麓书社，2004：19.

[8] 曹雪芹，高鹗．红楼梦 [M]．长沙：岳麓书社，2004：21.

跟着雨村读书，读到六岁时恰好一年，便和雨村一道进了都中，这与黛玉自己跟宝玉说的"只上了一年学"刚好吻合。由此可见，黛玉到了贾府的时候，依然是六岁。关于线性时间叙事，书中第二回、第三回的描写，可谓一环扣一环，时间上接得很紧，并无任何跳跃省略之处。由黛玉未进贾府时五岁，按序表推算，第二十三回至第二十五回时，黛玉是十二岁，那么宝玉则是十三岁。

表1-6 《红楼梦》纪传时间叙事编年表 [1]

贾宝玉年龄	章回
1—3 岁	第一回
4—6 岁	第二回
7 岁	第二回至第三回
8 岁	第四回
9 岁	第五回至第十二回
10 岁	第十二回至第十三回
11 岁	第十三回至第十六回
12 岁	第十七回至第十八回
13 岁	第十八回至第二十三回
14 岁	第二十三回至第三十六回
15 岁	第三十七回
16 岁	第三十七回至第五十三回
17 岁	第五十三回至第六十九回
18 岁	第六十九回

与此相比，八百余年前的日本名作《源氏物语》的时间叙事技巧略显板滞，这一板滞特征不仅呈现于今译本的显文本当中，也存在于原文的潜文本中，其时间叙事的明确性类似于我国的编年体史书。为了进一步明确《源氏物语》的叙事时间，首先制作以光源氏年龄为基准的纪传时间叙事编年表。

---

[1]　该表的制成参阅：高佳.红楼梦脂砚斋重评石头记庚辰本时间序表 [M]. 北京：新华出版社，2011：156-178.

表1-7 《源氏物语》纪传时间叙事编年表

光源氏年龄	皇室世代	主要事项
1岁		光源氏诞生，桐壶帝与桐壶更衣所生
7岁		朝鲜相士看相，皇上遂将小皇子降为臣籍，赐姓源氏
12岁		行冠礼，与葵姬结婚
17岁	第一代桐壶帝	①雨夜品评 ②追求空蝉被拒，错与轩端荻发生关系，临别时拿走空蝉一件单衫 ③访六条妃子，此前已与其私通 ④邂逅夕颜，幽会过程中夕颜猝死
18岁		①初见紫姬，邂逅末摘花，与其发生关系 ②朱雀院行幸 ③与藤壶妃子再次幽会，藤壶怀孕，生下小皇子
19岁		与五十七八岁的老女人源内待偷情
20岁		与胧月夜偷情
22岁	第二代朱雀帝	①葵姬与六条妃子的车位之争、六条妃子灵魂出壳、葵姬病死 ②与紫姬成为事实上的夫妻 ③与胧月夜偷情之事被弘徽殿太后发觉
25岁		再访花散里，此前已与其私通
26岁		因胧月夜一事，自谪须磨
27岁		①邂逅明石道人 ②与明石姬结合 ③朱雀帝患眼疾，太政大臣亡故 ④源氏返京，升任大纳言
28岁	第三代冷泉帝	①朱雀帝让位（第十四回） ②源氏与明石姬的女儿小女公子诞生 ③再访花散里
29岁		①再访末摘花 ②源氏参拜住吉明神神社 ③六条妃子将女儿前斋宫托孤源氏 ④空蝉剃发为尼姑
31岁		①赛画 ②明石姬迁居大堰明石邸 ③小女公子交紫姬抚养
32岁		①藤壶母后去世 ②冷泉院知悉自己身世 ③向槿姬求婚，被拒绝
35岁		移居六条院
36岁		向玉鬘求婚，被拒绝
40岁		取三公主为妻
52岁		紫姬去世，光源氏心灰意冷，整日闭门不出
53—60岁		53岁隐居嵯峨佛堂，其卒年至早五十五六岁，无定论

实际上，在《源氏物语》原文文本中仅两处明确标明光源氏年龄，第一处在"桐壶"卷中"小皇子（光源氏）七岁上开始读书，聪明颖悟，绝世无双"[1]；"十二岁上……举行冠礼"[2]。另一处是"藤花末叶"卷，"明年源氏大臣四十岁，应举行庆祝大会"[3]，表明源氏时下三十九岁。文本中其他处并未明示事件时间，确定光源氏各年龄阶段所发生的事项，需从"藤花末叶"卷开始逆算。以光源氏上述两处年龄为基准，再根据年号、行事、节气等进行推算，制成以上潜文本中明确的叙事时间年表。在显文本中明确的编年罕有出现，虽然紫式部熟读史书，文本并没有像《史记》、《汉书》利用外部时间支撑文本流动、编年纪传体例的逐年描写，《源氏物语》所谓列入每卷标题页脚注明确的纪传时间标识，是后世现代语译者编缀列入。关于叙事时间的逆算，以第五回（"若紫"卷）、第六回（"末摘花"卷）、第七回（"红叶贺"卷）三卷为例，"红叶贺"卷的冒头"朱雀院行幸[4]日期，定在十月初十之后"[5]，即冷泉院诞生的前一年，光源氏十八岁的十月初十之后在朱雀院举行行幸仪式，行幸一事在在"紫儿"卷与"末摘花"卷均有提级。

> 到了十月里，皇上即将行幸朱雀院离宫……故自亲王、大臣以下，无不忙于演习，目不暇给。[6]（"紫儿"卷）

> 行幸日期渐渐迫近，舞乐正在试演。这时候大辅命妇来了。[7]（"末摘花"卷）

"紫儿"与"末摘花"卷其他各处并未标明事件时间，但通过行幸一事可推断"紫儿"和"末摘花"卷各事项准确时间。"朱雀院的行幸"一事的时间，将三卷结构紧密相连，体现作者试图写出历史小说的意图（歴史小説風に仕立てる意図）[8]。关于《源氏物语》时间编年的清晰度，后世学者将故事的发生时间详尽注释，例如：第五回（"紫儿"卷）——本回写源氏十八岁暮春至初冬之事[9]，第十一回（"花散里"卷）——本回

----

[1] 紫式部 . 源氏物语 [M]. 丰子恺译 . 北京：人民文学出版社，1980：11.
[2] 紫式部 . 源氏物语 [M]. 丰子恺译 . 北京：人民文学出版社，1980：14.
[3] 紫式部 . 源氏物语 [M]. 丰子恺译 . 北京：人民文学出版社，1980：534.
[4] 朱雀院行幸：朱雀院是历代帝皇退位后栖隐之处，行幸朱雀院表示对前皇祝贺。
[5] 紫式部 . 源氏物语 [M]. 丰子恺译 . 北京：人民文学出版社，1980：128.
[6] 紫式部 . 源氏物语 [M]. 丰子恺译 . 北京：人民文学出版社，1980：98.
[7] 紫式部 . 源氏物语 [M]. 丰子恺译 . 北京：人民文学出版社，1980：117.
[8] 清水好子 . 源氏物語論 [M]. 東京：塙書房，1966：182.
[9] 紫式部 . 源氏物语 [M]. 丰子恺译 . 北京：人民文学出版社，1980：80.

写源氏二十五岁夏天之事[1]，第三十五回（"柏木"卷）——本回写光源氏四十八岁正月至同年秋季之事。小说叙事中线性时间观并非是西方叙事传统的专利，早在千余年前日本作者在小说撰写中已娴熟掌握了这一技艺，纪传编年体是我国古典文学最早的编年叙事的雏形之一，成书于公元前104—公元前91年的《史记》是我国最早的纪传体史书，比使用该体例的《源氏物语》早问世11世纪。

时间编年叙事技巧使得故事的叙说获得了历史层面的完整性、次序性与连贯性，尤其在《红楼梦》与《源氏物语》跨越几代人的家族生活的描叙中，家族历史的延续性、承接性都完好呈现，避免零散的片段、场景或是人物的两三逸事。《红楼梦》跨越了上下七代，《源氏物语》跨越了四代，都集中叙写了两代人的生活场景，上代如贾政、凤姐、桐壶帝、明石道人是为宝玉和源氏的生活场景做铺设，将这两位男性放置于这般历史语境中进而观察其生死、发展，男主人公的发展史亦是家族的发展史，这是一部跨越几代人的家庭历史小说，又是一部个人成长小说，这两种小说的叙事特色都离不开时间编年。时间勾画了个人、家族与社会的历史进程，线性时间叙事的洪流中充满了三者轮回的历史沧桑感与悲怆感。历史的沧桑感中又体现出作者或时代赋予当代人的使命感，《红楼梦》体现出作者忠君爱国，上下求索，矢不得法，最后遁世，与屈原精神一脉相承。屈原投江的这一举措还有深层的中原文化内涵，这一契约便是中国文人崇尚了几千年的"人定胜天"英雄悲壮史，天（子）不顺吾，吾便以命相搏。《源氏物语》则不然，光源氏与继母通奸，生下冷泉帝，光源氏成了实际意义上的"皇父"，这一命题首先就突破了"忠君"，接下来手握实权的源氏并非如其人物原型藤原道长得意时，望着十五的满月吟唱："この世をばわが世とぞ思ふ望月の欠けたることもなしと思へば（作者意译：这个世代，尤其是我的时代，正如我所愿，从未有过月缺之时）"，书中光源氏人物形象的基框是从出生富贵、从未刻意追求过富贵与权利，直至身为皇父手握实权时，仍然为情所困，遁世而去。在此可以窥视两位作家性别差异造成叙事价值观取向的偏离，紫式部出身贵族，养尊处优，一生为情所困，光源氏人物形象上汇集着男女两股性别特征，一是紫式部情爱视阈中的平安时期理想贵族男人形象，二是基于叙事人是女性，主人公光源氏身上就若隐若现出平安时期宫廷贵族女人的价值判断与价值取向，例如不热衷权利、追逐爱情等等。基于曹雪芹与紫式部不同的性别，在线性时

[1] 紫式部.源氏物语[M].丰子恺译.北京：人民文学出版社，1980：213.

间叙事每一叙事时间坐标点上选择的叙述对象有巨大差异。两部小说都选择描叙两位男性主人公跌宕起伏的人生，最后都以悲剧收场，整个故事以收篇的色调为基调，受众读完整部后再无阅读途中的轻松、期盼与喜悦，感觉整个故事喜怒哀乐的叙述过程都是为了最后悲的结局，受众沉溺于巨大悲伤情感体验中。该情感体验归功于作者时间编年的叙事技巧的使用，时间编年叙事技巧的背后亦体现出两位作者内心深处巨大的历史沧桑感和悲剧意识。《红楼梦》中没有"木石之盟"就没有随后的宝黛爱情悲剧，没有帝妃的省亲就没有之后大观园的建造；没有《源氏物语》开篇中的"长恨歌"就没有光华公子的诞生，没有光华公子与继母的孽情就没有冷泉院的诞生，由而在承继性与逻辑性很强的史诗性的鸿篇巨著中，对时间的变形、扭曲、打乱与穿插不宜使用。《红楼梦》与《源氏物语》都受《史记》纪传体影响，既强调事件的编年性，更强调人物的记（纪）传性。时间纪传是指在特定的时间标识上记载了各个时代有影响、有特色的人物，及发生在该人物身上有影响、有特色的事件。《红楼梦》与《源氏物语》线性时间叙事以主人公贾宝玉与光源氏的成长史为主轴，其中又以穿插进来的形形色色的人物为辅。参与到小说情节发展中的人物完成自己人物造型后迅速离开，下一位角色登场，小说进入到新一轮矛盾冲突当中，小说不断陌生化，带给读者无尽的探索乐趣。章回小说是中国古代长篇小说的唯一体裁，它是由民间说话艺术中的"讲史"发展演化而来，紫式部正是模仿与发扬了这一体裁，由原本日本贵族宫廷"沙龙"中的讲故事，演化为将故事书写在纸张上，并采用"史"的体裁记载。因为受众是日本皇族朝廷官员及其家室，讲叙过程中必须避俗求雅（《红楼梦》是雅俗并重），类型丰富（《红楼梦》爱情叙事类型单调），求奇、求风趣、求风雅。《红楼梦》与《源氏物语》故事历时时间长，跨越几代人、上下几十年、上百年，出场人物枚不胜数，事件纷繁复杂，必须分章叙事，分回标目。在每回故事相对独立这一点上，《源氏物语》强于《红楼梦》，《源氏物语》的叙写基本是每一章回对应主人公一岁光景。《红楼梦》对贾宝玉某些岁时描写特别细致，例如：第二十三回至第三十六回仅写贾宝玉十四岁这一年，第三十七回至第五十三回写贾宝玉十六岁这年，第五十三回至第六十三回写贾宝玉十七岁这年，《红楼梦》全书中能独立成卷的章回屈指可数。中国古典小说在明清时期存在两种倾向，"一种是有意识地突出朝代年纪，如《金瓶梅》、《林兰香》、《醒世姻缘传》、《歧路灯》，另一种是有意识地消除朝代年纪的明确标记，如《红楼梦》"[1]。《金瓶梅》是明朝中后期作品，《醒世姻缘传》和《林兰香》是明清之交和清前期作品，《红楼梦》与《歧路灯》是清朝中期作品。清朝中期小说创作在编年时间叙事技巧的使用上开始分流，曹雪芹有意识地模糊、弱化、消除朝代年纪的明确标记，采用"明修栈道，暗渡陈仓"的巧妙叙事方法，表明其时间叙事技巧使用的先时先知性。曹雪芹如此机巧的时间叙事手法，是对才子佳人小说"千部出一套"的一味超脱。古典小说的编年时间与朝代纪元密切相连，与人类历史文化关联，虽说两书都不入正史，但可以通过两书窥视当时人类社会方方面面的发展情形，是人间的写实史。

[1] 韩石.中国古典家庭小说的三种历史时间形式 [J].明清小说研究，2008（2）：31-40.

第二章 《红楼梦》与《源氏物语》 时间循环叙事比较研究

文学叙写的观念在不断发展变化，文学不是历史记事，其叙写特征逐步由依托历史时间转向遵循自然时间，由史传叙事转为情理叙事。"由于小说叙事注重了情理，中国古典小说逐步脱离史传叙事而向人情小说过渡，叙事时间也发生了相应的变化，由史传时间走向自然时间。《金瓶梅》与《红楼梦》是其代表作。"[1] 人情小说脱离史传小说的拘囿，在时间叙事上遵循自然的季节时间，以春夏秋冬的季节循环作为小说故事的时间框架。

古典小说以自然时间结构小说的故事时间框架，并非是机械的、刻板的严守年复一年的四季循环，那样会把数年的四季循环写成一个长篇流水账。作家只是准确地把握了四季循环的自然规律，把不同年限发生的故事镶嵌在这个循环的时间里，而不拘泥于具体的朝代时间的真实性。[2]

自然时间的运动节奏是缓慢的，它是在渐进的时程中流变，没有明晰的区分边界与时间长度，对于滞缓的季节时间，作家强调的是对时间的感悟性。时间情态化是传统的时间叙事向空间叙事的过渡，也是经典叙事向后经典叙事过渡的一部分。"情态因素"以人为本，是研究地方自然、历史、风土、人文、习俗诸多要素作用于人的关系点与体系。本书中的"时间情态化"即指随同季节变化，外部空间中景观改变，外部景观的变化作用于人，使人产生不同的心境。同时，外部景观是特定地域中人们相互理解和产生共鸣的基础与核心。时间情态化与线性时间研究范畴有所不同，线性时间研究偏重于形式的表达，与历史有关，与过往相连，注重文本叙事的先后次序和逻辑关系。时间情态化与意象密切相连，偏重内容、情节、细微的心理活动，

---

[1] 张世君．古典小说叙事的时空意识 [J]．暨南学报，1999（1）：89-99.
[2] 张世君．古典小说叙事的时空意识 [J]．暨南学报，1999（1）：89-99.

通过细部描写使得环境、人物、事件带上特有的情致、情调和情绪。线性时间研究是在时间刻度变化中注视文本的变化，时间情态化却是在静止中凝神文本的某一时刻，深究此时此景所体现的深刻思想文化内涵。线性时间描写要求精确时间刻度到年月日时，时间情态化则要求在模糊的时间概念中酿造一番韵味。中国传统文化源远流长，自《春秋》、《史记》始，明清文学讫，中国古典小说形成了汉文学较为稳定的叙事特征。线性时间叙事特征是时间不可回逆，四季景观不可复沓，事物在时间的长河中，依循其生命的年轮向前，直至消亡。线性时间叙事中时间是主体，时间强过一切它物，吞噬一切，一切它物终归在线性时间流逝的长河中消亡，时间主宰一切。时间循环强调的是死而复生，实际上"人不能两次踏进同一条河流"（赫拉克利特），无物常往，一切皆流，没有任何生命形式可以进行生命个体复演。时间循环的重复性"诋毁"线性时间的不可回溯特质，强调个体生命的往复，强调复活与重生，是对失去生命的追忆，利用这一概念模糊内涵，来表达对"逝者如斯夫！不舍昼夜"（孔子《论语》）的万般无奈与遗憾。时间循环叙事带有物态化倾向，"时与事并"，进而事件的兴衰、事件的生命统率了时间，时间在此只是使情感衍化得更为强烈的"帮凶"。时间情态化中，生命的力量统领一切。《源氏物语》成书于日本平安时期，《红楼梦》是我国明清时期著名小说，两部小说成书时均无西历计时，昼夜无二十四小时精细划分，一周无七天星期制的精确计算。日月天地在不断周而复始、昼夜交替、寒来暑往，其间从未有过间断与改变，人们凭借昼夜交替、花开花落、鸟兽出没来感应时间的流逝，事物的兴衰在先民阶段就统率了时间的流变。宇宙运转周而复始，如果从同类生命个体之间的相互辨析中分离开来，他者眼中异类的生命也正是在世间无数趟地重复，"花开花谢，花谢花开"，"日升月落，月落日升"。世间万物都在周而复始的循环反复当中，并与宇宙同轨。最能预示生命复苏与死亡的是季节循环 [1]，人们对季节的感知是以外部景观的变化为依据产生，特别是外部景观中的植被变化。每年春季万物复苏、鲜花盛开、候鸟南飞，人类个体眼中的春天是相似的，对春天都有同样的感觉与期待。此刻，春天的到来标志着季节复苏，与生命复苏同轨，虽然今年的花不同于去年，但在美的辨析中人们更关注的是"年年岁岁花相似"的鲜花盛开场景，而非此花与彼花花径大小与色泽暗淡的差异。或许，

---

[1] 《金瓶梅》与《红楼梦》以春夏秋冬的自然时间作为小说故事的时间框架。古典小说叙事的历史时间和自然时间带规律性的现象是都呈现出时间循环的特点，表现出浓重的悲剧意识。

人们的审美情趣中更倾向于以他类的相似与单调，来映衬本我独特个体的复杂多变与丰富。四季循环凸显小说时间叙事的人情化特征，人们赋予季节丰富的情感，季节也带给人们不同的情感体验。

> 天有寒有暑。夫喜怒哀乐之发，与清暖寒暑，其实一贯也，喜气为暖而当春，怒气为清而当秋，乐气为太阳而当夏，哀气为太阴而当冬。四气者，天与人所同有也，非人所能蓄也，故可节而不可止也……春气爱，秋气严，夏气乐，冬气哀；爱气以生物，严气以成功，乐气以养生，哀气以丧终，天之志也……人主立于生杀之位，与天共持变化之势，物莫不应天化，天地之化如四时。[1]

以上引文中提到"气"，认为人与四季交识于"气"。气是中国哲学、道教和中医学中常见的概念，可作科技名词解释，也可解作中医术语、风水术语等，体现出独特的中国文化特色，"气者，人之根本也"（《难经·八难》）。季节变化使得外部景观剧烈变化，世间万事万物的生命和着季节变化的节拍有起有落、有喜有悲、有生有死，个体生命在循环不息的大自然面前显得渺小与悲哀，古典中日诗歌的审美意识当中对整个生命的歌唱落脚于悲，在这赴往悲壮生命落脚点的途中，大自然四时复沓景致之美又增添了个体生命审美的若干情趣。"我们知道天气影响人的情绪，小说家可以随心所欲发明各种天气状况以适合他（她）制造的某种情绪。"[2] 小说家们完全可以创造出某种场景，匹配主人公的心理情韵，主人公与读者之间存在一处隐性契约，便是对四季的理解，对四季的理解一方面源自温热凉寒的生理反应，另一方面深厚传统民族文化记忆蕴含其间。在这一契合点上，作者通过对外部景观的描写，主人公的深刻复杂心理状况可以迅速移情于读者心灵之间，并得以共鸣。共鸣当下主人公的情感与书中所撰外部景致的情调、韵律、节奏是统一的，读者情感与书中所撰外部景致的情调、韵律、节奏是统一的，借助外部景致这个统一点，读者与主人公的情感得以统一，统一的当下，人物、文本、读者交汇一处。此刻，读者这个外来身份者融汇于文本间，在作者构建的虚幻世界中畅游，脱离自身肉体的另一个没有人形的虚幻自我抛开现实的束缚，与主人公同悲喜、共生死，在经历另一番人生的过程中得以审美愉悦。然而正如之前所言，只要是生命便有终结，终极

---

[1] 苏与.春秋繁露义证 [M].北京：中华书局，1992：330-331.

[2] 戴维·洛奇.小说的艺术 [M].王峻岩译.北京：作家出版社，1998：95.

审美情趣必然落脚于悲。时间循环叙事技巧是一种叙事策略，有必要将这一古典文学文本常用的隐性叙事手段明晰开来，更为客观地论析优秀作品背后的成功要素，及不同民族文化间小说成功的不同因素。

第一节 《红楼梦》季节循环叙事

时间循环中有昼夜循环、星期循环、月份循环、季节循环、十二生肖循环等等，蕴藉在东亚古典文学作品叙事技巧中最富有传统文化特色的是季节循环。《红楼梦》春夏秋冬四季特征明显，石头记的故事发生在地处温带的江北江南，季节变更最为明显，夏季受阳光照射最强烈；冬季太阳离温带最远，失去阳光照射的地域进入一年中最为寒冷的时期；夏季与冬季之间隔有春秋两季。时间循环叙事与线性时间叙事最大的区别是线性时间叙事的时间走向是直线形，不可重复，不可逆转，时间统帅事件，季节时间循环则是周而复始，不断重复，外部景观变化或事件统帅时间，线性时间叙事讲究时间刻度的精密，时间在前后文本逻辑关系上要经得起推敲，时间情态化则否定准确时间标示刻度，讲究时间的模糊性。四季的变换与生命的生、老、病、死，事物的兴、旺、盛、衰密切相连，文学作品源于生活，高于生活，是真实社会生活的写照，在其文本勾画中必须与自然紧密相连并保持统一，这样才能确保文本未言之潜台词与文本前台词在逻辑关系上保持一致与统一，必须借助人类的共感契约来保持对其潜台词认知的一致及对作者潜台词理解的一致。四季交替构成《红楼梦》贾府内外和《源氏物语》宫廷内外人物活动的外部环境和空间关系，对主题和人物认知起到不可忽略的深化作用。

一、《红楼梦》中的四季循环

（一）《红楼梦》中"四季时间的实写"

1. 红楼之春（农历正月至三月）

春天百草萌动，万物新生，繁花似锦，孕育种种希望。"黄四娘家花满蹊，千朵万朵压枝低。留连戏蝶时时舞，自在娇莺恰恰啼。"（杜甫《江畔独步寻花》）"迟日江山丽，春风花草香。泥融飞燕子，沙暖睡鸳鸯。"（杜甫《绝句》）《红楼梦》第一个春天出现在第一回后半部分，描写一个悲剧的开端，元宵佳节，首位出场人物甄士隐的爱女英莲（后为香菱、秋菱）看社火花灯时被人抱走，时隔整整两个月的三月十五日，比邻的葫芦庙炸供，油锅起火，甄家被"烧成一片瓦砾"[1]，甄士隐携妻与两个丫鬟投奔岳丈家，遭嫌弃。秉性恬淡的乡宦甄士隐不免悔恨，加之上年惊扰，急忿怨痛，贫病交攻，竟渐露"下世光景"[2]。一日到街前散心，遇一疯道人口念《好了歌》，并道之甄士隐"若不了，便不好；若要好，须是了"[3]。甄士隐原有宿慧，闻之心中早已彻悟，解注出《好了歌》后，竟随疯道人出家了。甄士隐"不以功名为念，每日只以观花修竹、酌酒吟诗为乐"[4]，曹雪芹开篇就用凄婉的笔触将这样一位刚刚出场的人物迅速掩埋在文本的第一个春天里，可谓匠心独具。曹雪芹该处的意图是交代故事的时代背景——"这是一个乱世"，篇首春天的悲与篇尾黛玉春天之死，形成一个"悲"的回环呼应。第二回里描述的春天已与第一回相隔七年，"堪堪又是一载的光阴"[5]，黛玉的母亲死于初春。同年"风日晴和"的暮春某日，贾雨村"奇遇"冷子兴，听到"钟鸣鼎食之家，翰墨诗书之族"的荣、宁两府的一段佳话，冷子兴这番话将荣、宁两府的由来做了一番交代。"百足之虫，死而不僵"[6]、"如今的儿孙竟一代不如一代了"[7]的话语又暗含着负面的评判与若干的遗憾。第二回春天里的情节承接第一回，薛蟠抢香菱（甄士隐的爱女甄英莲）纵奴打死冯渊，案件在金陵应天府审理。紧接下来到第四回的春天，贾雨村补授金陵应天府知府，一上任就审理"小人告了一年的状"[8]的官司——薛蟠打死人命一案，贾雨村遇见原葫芦庙的小和尚门子，门子献护官符，贾雨村徇情枉法了结了此案。第一回至第四回是故事主体部分正式登场的引子，春天原本充满希望与美好，但前几回中的春天都与甄士隐父女的悲剧事件相连，这一悲剧事件都是以春天为背景承接讲叙。甄士隐父女两代的不幸反映当时是一个极其荒唐的社会，这个荒唐而真实的社会便是故事的大背景。第五回开篇正值"院内梅花盛开"[9]的早春时节，贾宝玉

[1] 曹雪芹，高鹗. 红楼梦 [M]. 长沙：岳麓书社，2004：7.

[2] 曹雪芹，高鹗. 红楼梦 [M]. 长沙：岳麓书社，2004：7.

[3] 曹雪芹，高鹗. 红楼梦 [M]. 长沙：岳麓书社，2004：7.

[4] 曹雪芹，高鹗. 红楼梦 [M]. 长沙：岳麓书社，2004：3.

[5] 曹雪芹，高鹗. 红楼梦 [M]. 长沙：岳麓书社，2004：10.

[6] 曹雪芹，高鹗. 红楼梦 [M]. 长沙：岳麓书社，2004：11.

[7] 曹雪芹，高鹗. 红楼梦 [M]. 长沙：岳麓书社，2004：11.

[8] 曹雪芹，高鹗. 红楼梦 [M]. 长沙：岳麓书社，2004：23.

[9] 曹雪芹，高鹗. 红楼梦 [M]. 长沙：岳麓书社，2004：29.

在侄媳妇秦可卿屋里睡午觉梦游太虚幻境，同日，贾宝玉和花袭人偷情，从第五回的初春开始起笔描写宝玉的情事。又过了几年，第十二回中王熙凤设计惩罚贾瑞，贾瑞一病不起，"倏又腊尽春回，这病更又沉重"[1]，正照着"风月宝鉴"，就气断身亡了，贾瑞死于石头记第十一年春天里。紧接下来第十三回描写的是秦可卿之死，翌年春天（石头记第十一年春天），丫环瑞珠见主子秦可卿死了，也触柱而亡。同年春天，秦可卿的灵柩停灵会芳园中的登仙阁，贾瑞与秦可卿的死都与第十一年的春天相关联，两人都死于风月情债。第十二年春天出现在第十七回中，大观园建成，贾政带宝玉与众游客逛大观园。春天里发生的最大的事件是第十三年正月十五的元妃省亲，在第十八回细为描叙，专为元妃省亲而营造的大观园为《红楼梦》女儿国故事的正式展开提供了最重要的物质保障和最完美的外部环境，是故事走向美好未来的开端，曹雪芹将该等大事安置在春天。在此以前春天里发生的事件总是与悲哀相连，是否作者在此改换了春季季节叙事"悲哀"意象的初衷？非也，元春省亲的大喜日子也与悲相连。政老爷的长女元春因贤孝才德被选入宫中，受皇上幸宠，"才选凤藻宫"[2]，又恩准省亲。原以为锦衣玉食，却道与亲人隔离，每次团聚都好似生离死别。此回相见，"贾妃满眼垂泪……只是俱说不出来，只管呜咽对泣"[3]。贾妃道："当日即送我到那不得见人的地方，好容易今日回家……一会子我去了，又不知多早晚才来！"[4]皇妃娘娘省亲的元宵佳节完全笼罩在悲伤的气氛之中，曹雪芹心中的春天始终与"怨"和"悲"紧密相连。第十三年是文本叙事速度最慢的一年，春天里发生的事情描写得很细致。第十三年的叙述从第十八回后半部分的十五日元宵节贾元春省亲至第二十三回的二月二十二日林黛玉等人进驻大观园，六个章回都在描写一、二月间的事情，紧接下来的事件——贾宝玉和林黛玉桃花树下读西厢——却是第十四年的三月。这一描写手法在季节上是顺承的，都是描写春天发生的事情，时间上却跨越了年头。此后仅在第十四年、第十七年、第十八年以春天为背景进行了或强或弱的描写。综言之，《红楼梦》中的春天常与悲伤相牵连。

2. 红楼之夏（农历四月至六月）

关于夏季，作者曹雪芹似乎情有独钟。第一回交代石头来历之后，便从夏季开

[1] 曹雪芹，高鹗. 红楼梦 [M]. 长沙：岳麓书社，2004：79.

[2] 曹雪芹，高鹗. 红楼梦 [M]. 长沙：岳麓书社，2004：96.

[3] 曹雪芹，高鹗. 红楼梦 [M]. 长沙：岳麓书社，2004：115.

[4] 曹雪芹，高鹗. 红楼梦 [M]. 长沙：岳麓书社，2004：115.

始讲叙，"一日炎夏永昼"[1]，甄士隐于书房中困倦生梦，梦见一僧一道携"蠢物"——一块美玉下凡，暗示宝玉出生在夏季——约四月下旬。接下来黛玉四月抵京，宝钗五、六月入府，宝玉、黛玉、宝钗三位主人公首次相逢在夏季。宝玉与众姐妹奉旨搬入大观园后，发生在翌年夏天的事件繁多，从第二十六回中四月二十五日贾宝玉被薛蟠骗出吃酒，开始了这一年极不寻常的夏天的故事。从第二十五回至第三十六回史湘云离开贾府，共计十一回记载了四、五月期间发生的各类事端四十余件，悲喜事件纷沓而至，令人应接不暇又顿感扑朔迷离。曹雪芹对一系列琐碎事件的细致描写，由衷地体现出风流蕴藉、钟鸣鼎食的中国古式大家族社会的华丽富贵，同时也饱含东方情爱世界中的含蓄婉转、细腻深厚的抒情特色。夏季是这些事件背景描叙的最好选择，夏季与春秋两季的最大不同之处在于外部环境较为稳定，气温与植被的变化不大，炎热令人情绪焦躁，其他情感体验难以滋生。黛玉葬花的描写在第二十七回，第二十七回至第三十六回事件描写密集度最大，对事件的描写极为细致，叙事速度最为缓慢，这些以夏季为背景的大大小小的事件均与宝玉有关。第六十三回夏天举行的"寿怡红群芳开夜宴"庆祝宝玉十七岁的生日，再次表明宝玉生于夏天，当晚众女儿与宝玉、李纨占花名儿。宝钗占到的签上画着牡丹，题着"艳冠群芳"，探春是"瑶池仙品"的杏花，李纨是"霜晓寒姿"的老梅，湘云是"香梦沉酣"的海棠，麝月是"韶华胜极"的荼蘼，香菱是"联春绕瑞"并蒂，黛玉是"风露清愁"的芙蓉，袭人是"武陵别景"的桃花。这些提挈的描绘是继第五回宝玉"游幻境指迷十二钗饮仙醪曲演红楼梦"后的"金陵十二钗正、副册"与"金陵十二曲"之后，众女子命运特征再次浓缩后诗化和哲理化的展示。每幅词画都恰到好处地概括了各女子的个性特征，画中的花卉于四季四景中交替开放与零落，奏响了一曲由四组音复合的交响乐曲，主旋律外，每个音段都有其他季节情怀的复韵，这一复韵情调的宣泄与赏析本身就是以时间情态化为前提达成作者与读者间的共识。《红楼梦》前八十回中出现了四个夏季，以大观园建成为界，之前两个夏季，之后两个夏季。之前为略写：第一回甄士隐"炎夏永昼"时梦中见一僧一道托石下凡，该处对宝玉的降生做交代；几年后的一个初夏，黛玉启程抵京。之后，曹雪芹着力刻画宝玉与众女儿搬入大观园后的两个夏季，大观园里的夏天时而热腾喧嚣，时而静谧清凉，时而蝉声习习，时而波光粼粼，事态的纠纷，爱情的温馨，嘈杂的脚步，纷沓的忧烦宛若生活的本

---

[1] 曹雪芹，高鹗．红楼梦 [M]．长沙：岳麓书社，2004：3.

真一般纷繁复杂，世世代代，朝朝夕夕，没有穷尽。

3. 红楼之秋（农历七月至九月）

《红楼梦》与《源氏物语》两书作者都偏重将叙事背景设定为春秋两季，《红楼梦》这一叙事特征与中国文学中的伤春、悲秋传统理念相契合，《源氏物语》的这一叙事特征则与日本文学中的"物哀"思想相契合，伤春、悲秋与"物哀"在审美情趣上很大部分重叠。《红楼梦》前五回对秋天几乎没有任何涉笔，秋天有两种截然不同的表征，一是春华秋实的金秋，二是"断肠人在天涯"的晚秋，作为时间情态化的叙事技巧使用时，作者更倾向于第二种表征。大观园的秋天笼罩在萧疏阴郁的气氛当中，第十三回秦可卿的死发生在秋季（石头记第十年），秦可卿死前托梦给凤姐，谓之贾府"月满则亏，水满则溢"、"树倒猢狲散"[1]，谓之众女儿"三春去后诸芳尽，各自须寻各自门"[2]，凤姐听了"唬了一身冷汗，出了一回神"[3]，与元春入选晋封的喜气洋洋相比，贾府有了不好的兆头。翌年秋天，林如海、瑞珠、秦钟相继死亡，曹雪芹选用这样的两层帷幕拉开《红楼梦》秋季叙事的悲伤。接下来，第十一年的秋天（第十四回至第十六回）、第十六年的秋天（第三十七回至第四十七回）、第十九年的秋天（第七十一回至第七十九回）叙事速度都特别缓慢，文本聚焦于这三年的秋天，与作者抒发"悲"情感的用意不能分开。第十一年秋天，秦可卿灵柩出殡，王熙凤、贾宝玉和秦钟给秦可卿送殡住馒头庵，馒头庵里怪事多。继而，继而贾府开始为贾元春省亲修建大观园。第十六年秋天，大观园内女儿们吟诗作画，在藕香榭开螃蟹宴请贾母等人赏桂花；刘姥姥二进大观园，酒醉误入怡红院；贾琏和鲍二家的偷情被王熙凤撞见，鲍二家的吊死；鸳鸯抗婚；柳湘莲怒打薛蟠。第十九年的秋天，庆祝贾母八十寿辰；邢夫人当众给王熙凤难堪；夏太监派人来贾府借钱；王夫人向王熙凤查问绣春囊之事，并商定抄检大观园；王熙凤带人抄检大观园，贾探春怒打王善保家的，司棋和其姑舅兄弟私情被发现；尤氏偷听贾珍等聚赌的谈话；王夫人抄检大观园将司棋、芳官、晴雯等撵出大观园；晴雯病死，贾宝玉作《芙蓉女儿诔》祭晴雯；宝玉生痴病。曹雪芹笔下的秋季以萧瑟为主，悲情的描写中插入一些喜闹事件的描写，如凤姐泼醋、贾母八旬大寿等等，悲中有喜，喜中见悲。

---

[1] 曹雪芹，高鹗 . 红楼梦 [M]. 长沙：岳麓书社，2004：80.

[2] 曹雪芹，高鹗 . 红楼梦 [M]. 长沙：岳麓书社，2004：81.

[3] 曹雪芹，高鹗 . 红楼梦 [M]. 长沙：岳麓书社，2004：83.

4. 红楼之冬（农历十月至十二月）

《红楼梦》将第十六年的冬天描写得极为细致，跨越六个章回（第四十八回至第五十三回），细部描写得极美。

> 原来不是日光，竟是一夜大雪，下的有一尺多厚，天上仍是搓绵扯絮一般。宝玉此时欢喜非常，忙唤人起来，盥漱已毕，只穿一件茄色哆罗呢狐皮袄子，罩一件海龙皮小小鹰膀褂子，束了腰，披了玉针蓑，戴上金藤笠，登上沙棠屐，忙忙的往芦雪庭来。出了院门，四顾一望，并无二色，远远的是青松翠竹，自己却如装在玻璃盒内一般。于是走至山坡之下，顺着山脚刚转过去，已闻得一股寒香扑鼻。回头一看，恰是妙玉门前栊翠庵中有十数株红梅如胭脂一般，映着雪色，分外显得精神，好不有趣！[1]

《红楼梦》写景处不多，此处却是一个例外。在清少纳言随笔《枕草子》中，466次使用"をかし"（有趣、有意思），冒头部分"夏，夜最美……下点雨的话，更有一番情趣。冬，朝最美……下雪时，其情趣世界自不待言"，曹雪芹在书中少有的冬季景色描绘当中也提到"好不有趣"。皑皑白雪映衬着猩猩毡斗篷、羊皮小靴、白狐鹤氅、貂鼠毛大褂子、大貂鼠风领、银鼠短袄，随着宝琴、李纹、李绮、岫烟的逐个登场，一个热闹又充满诗意的冬天开始了，几乎所有重要的金钗人物全在场。宝玉欣喜若狂，贾母兴致勃勃，大家吟诗作画梅花丛下，群芳争媚，七彩纷呈。十月十四日，香菱进大观园要林黛玉教她作诗；同日，香菱找林黛玉还书，大家听香菱讲诗、作诗。十七日，整整下了一夜的雪，清晨起床雪景迷人，大家商量开诗社赏雪。十八日，林黛玉等人芦雪庭联诗，不识字的凤姐和不善诗的李纨也加入其间，邢岫烟、李纹、宝琴作梅花诗，大家前所未有地戏闹玩耍，黛玉的幽怨被热腾腾的气氛融化。十九日，大家看薛宝钗的十首怀古诗。二十一日，林黛玉、贾宝玉等人听薛宝琴念外国诗。冬季与诗歌吟诵紧密相连，一连几日的冬雪，把大观园装扮成银装素裹纯洁的女儿国，曹雪芹将冬季描绘成诗歌的纯美世界。少了春天与秋天气象迅猛变换的冬天是静止、漫长的，冬日诗情画意的时光又是美好短暂的，与之相连得更多的是不幸与死亡。以冬季为背景，按石头记时序排列的事件有：贾雨村陪林黛玉坐船离开扬州去京城的贾府投靠林黛玉的外祖母贾母，林黛玉进贾府，宝玉

---

[1] 曹雪芹，高鹗.红楼梦[M].长沙：岳麓书社，2004：337-338.

头次摔玉（第三回 石头记第七年）；秦可卿重病未愈（第十一回 石头记第九年）；王熙凤设计惩罚贾瑞，贾瑞得重病（第十二回 石头记第九年）；秦可卿挺灵会芳园（第十三回 石头记第十年）；香菱学诗（第四十八回 石头记第十六年）；第十七年冬天，王熙凤接尤二姐进贾府，之后凤姐大闹宁国府，尤二姐于翌年夏吞金身亡（第六十八回、第六十九回）；腊月十二日，贾珍送贾敬的灵柩回原籍（第六十九回）；香菱处于薛蟠和夏金桂的淫威之下（第八十回）。

（二）宝黛爱情的春夏秋冬

《红楼梦》四季叙事的三重盒子，首先《红楼梦》整个文本显现一组春夏秋冬的大循环，这一季节大循环中又出现四个整合的春夏秋冬小循环，每个小循环里又再次出现指代更明显更细小的四季循环。《红楼梦》在事件发生的时间、地点及人物年龄上偶有错乱穿插，但都被纳入四季意象的严密结构当中，酿造出天人合一的文学艺术韵味。自然季节的变化不以人的意志为转移，世态炎凉也绝非季节转换的要因，无论寒暑温热，该发生的事总归要发生。然而作者在时间的文本表现和所描绘事件的时间背景选择上却是独具匠心，精心勾画，巧为搭配。小说《红楼梦》很长一段时间被作为爱情小说诠释，在其 20 世纪上半叶的对外传播过程中，英译本的全译者王良志与王际真都将其改译为充满异域风情和传奇特色的爱情小说。

二十世纪上半叶是《红楼梦》与《源氏物语》对外传播的第二阶段，两者的英译本几乎都为全译，其显著特征是两类译本都主要采用归化翻译策略，为了迎合欧美受众的猎奇心理，将中日两民族两部犹若古典社会百科全书似的名作，译成两部爱情小说，不同之处是王良志与王际真的英译本突出爱情小说的情爱特征，将《红楼梦》中的爱情译写得传奇而又超凡脱俗。韦利译文则突出《源氏物语》的情欲特征，将主人公光源氏重塑得仁慈厚爱，光炫夺目，又四处猎艳，滥情泛爱，充满肉欲。[1]从第三回至第三十六回，宝黛爱情大概经历了四个完整的阶段——青梅竹马、初恋、热恋、挚恋，四个阶段大致对应了一年中春夏秋冬四季，恋爱中宝黛二人的心境与这四个季节有着惊人的相似。宝黛初识于冬季。贾雨村送林黛玉到达京城荣国府的当天，宝黛初次见面，正值残冬。当日黛玉安顿之时，贾母说：

---

[1] 杨芳.《红楼梦》与《源氏物语》英译史对比研究[J]. 中国文学研究，2012（4）：116-123.

今将宝玉挪出来，同我在套间暖阁儿里，把你林姑娘暂安置碧纱橱里。等过了残冬，春天再与他们收拾房屋，另作一番安顿罢。[1]

残冬是中国古历十二月的别称，残冬腊月雪飘飞，四处一遍荒芜。此时的黛玉刚刚丧母，悲伤过度，本自体怯多病，触犯了旧症。外祖母贾母念及其无人依傍教育，谴派男女船只前来迎接，黛玉不忍弃父而往，林如海说：

汝父年将半百，再无续室之意；且汝多病，年又极小，（朱旁：可怜！）上无亲母教养，下无姊妹兄弟扶持，（朱旁：一句一滴血！一句一滴血之文！）今依傍外祖母及舅氏姊妹去，正好减我顾盼之忧，何反云不往？[2]

黛玉听罢，撒泪拜别，好不凄凉。然而，寒冬腊月盼春分，时光是流淌的，季节是变换的。冬天过去了，春天还会远吗？倘若没有四季的交替，或许人类的情感就只许一种味道，残冬至早春的进程亦预示着女主人公心境由凄悲转至明快。黛玉刚刚丧母，又与生父别离，好不伤感。极度的悲切之后，六岁的黛玉迎来感情的春天，伴随着贾母的疼爱，黛玉的生活有了新的转观。次年冬，黛玉回了一次扬州，第十六回又回到贾府，这期间（第三回至第十六回）宝黛年纪还小，之间有了些交道，谈不上他俩在谈情说爱，这一段的描写为宝黛青梅竹马爱情做了前期铺设。第二十三回元妃令姐妹们入居大观园，姐妹们"（二月）二十二日，一齐进去，登时园内花招绣带，柳拂香风"[3]，二月二十二日是红楼女儿国的诞生日。时间情态化叙事特征在此章节中尤为突出，此时正值春季，万物复苏，人物的心境、实物的景境与之前黛玉进府时的残冬形成鲜明对比。宝玉入住花园以来，更是心满意足，"每日只和姊妹丫头们一处，或读书，或写字，或弹琴下棋，作画吟诗，以至描鸾刺凤，斗草簪花，低吟悄唱，拆字猜枚，无所不至"[4]。荣国府公子贾宝玉做了几首春夜、夏夜、秋夜、冬夜四时即事诗，被人抄录出来各处称颂。宝黛爱情正式拉开序幕于第二十三回，此时宝玉十三岁、黛玉十二岁，正值春情萌动之时。宝黛两人在大观园一同葬花，共读《西厢记》（又名《会真记》），宝玉将自己比作"多愁多病"张生，将黛玉比作"倾国倾城"莺莺，

[1] 曹雪芹，高鹗 . 红楼梦 [M]. 长沙：岳麓书社，2004：22.

[2] 曹雪芹著，脂砚斋评，邓遂夫校订 . 脂砚斋重评石头记甲戌校本（修订 8 版）[M]. 北京：作家出版社，2010：114.

[3] 曹雪芹，高鹗 . 红楼梦 [M]. 长沙：岳麓书社，2004：150.

[4] 曹雪芹，高鹗 . 红楼梦 [M]. 长沙：岳麓书社，2004：150.

黛玉半真半假地烦了。两人在花下谈情说爱，调情说笑。寓情于景、托景喻情、情景交融，大观园好一派诗情画意的春色。《西厢记》从明朝至清朝，一直被封建统治者视为"淫秽之书"，清朝乾隆十八年，最高统治者就直接谕文内阁"严行禁止"。在此曹雪芹设置两人共读《西厢记》的场面，其隐蔽的叙事声音是对恋爱自由的崇尚，是对旧式"父母之命，媒妁之言"婚恋桎梏关系的反驳。曹雪芹将这一隐蔽叙事声音发声置于两小孩情窦初开的春天，具体的场景安排在葬花一幕，情景交融，景美情更美。风把"树上桃花吹下一大半来"[1]，落得满地满身满书皆是，宝玉来到池边抖花瓣。只见那头黛玉"肩上担着花锄，锄上挂着花囊，手内拿着花帚"[2]款款而至，黛玉把自己堆的花冢里的花装在娟袋里，想用土埋起来，宝玉闻之喜不自禁，笑道："待我放下书，帮你来收拾。"[3]黛玉放下花具，接过宝玉手中的《会真记》从头看去，越看越爱看，"自觉词藻警人，余香满口。虽看完了书，却只管出神，心内还默默的记诵"[4]。两人一来二去，心领神会，事情发生的大背景是姹紫嫣红开遍，歌唱"如花美眷，似水流年"[5]的春季，三月中旬的新绿带给人的更是内心的憧憬与追求，宝黛两人在暮春的季节里产生了朦胧爱情，春季是宝黛两人自由恋爱的开端。从第二十六回开始，故事背景进入夏季。宝玉前去见黛玉，与黛玉的丫环紫鹃调笑道："若共你多情小姐同鸳帐，怎舍得叠被铺床？"[6]黛玉生气哭了，宝玉正赔不是时被贾政差人叫走。宝玉"一日不回来"[7]，黛玉又心中替宝玉忧虑，于是去宝玉府上探访，敲不开门，且又听到宝玉、宝钗两人欢声笑语，更是认为是宝玉故意而为，越发生气，"也不顾苍苔露冷，花径风寒，独立墙角边花阴之下，悲悲戚戚呜咽起来"[8]。第二十七回中宝玉"打躬作揖"赔不是，黛玉正眼也不看，跑到葬花处唱起《葬花辞》，"正是一面低吟，一面哽咽，那边哭的已伤心，却不道这边宝玉听了早已痴倒"[9]。第二十八回，宝黛葬花大恸山谷，宝玉叹道"既有今日，何必当初"，消解了不开

[1] 曹雪芹，高鹗．红楼梦 [M]．长沙：岳麓书社，2004：151.
[2] 曹雪芹，高鹗．红楼梦 [M]．长沙：岳麓书社，2004：151.
[3] 曹雪芹，高鹗．红楼梦 [M]．长沙：岳麓书社，2004：152.
[4] 曹雪芹，高鹗．红楼梦 [M]．长沙：岳麓书社，2004：152.
[5] 曹雪芹，高鹗．红楼梦 [M]．长沙：岳麓书社，2004：152.
[6] 曹雪芹，高鹗．红楼梦 [M]．长沙：岳麓书社，2004：172.
[7] 曹雪芹，高鹗．红楼梦 [M]．长沙：岳麓书社，2004：174.
[8] 曹雪芹，高鹗．红楼梦 [M]．长沙：岳麓书社，2004：175.
[9] 曹雪芹，高鹗．红楼梦 [M]．长沙：岳麓书社，2004：181.

门的误会。宝玉生性风流多情，总是"见了'姐姐'，就把'妹妹'忘了"[1]，对宝钗说黛玉"理他呢，过一会子就好了"[2]。见蒋玉菡妩媚温柔，"心中十分留念，便紧紧的搭着他的手"[3]，喜不自禁地收下赠物。见宝钗生得肌肤丰泽，暗想"这个膀子若长在林妹妹身上，或者还得摸一摸，偏生长在他身上"[4]。又见宝钗"脸若银盆，眼同水杏，唇不点而含丹，眉不画而横翠"[5]，不觉又呆了，直至黛玉用手绢打"呆雁"，才醒了过来。看似风流的宝玉对黛玉还是很痴情的，见贵妃所赐之物同宝姑娘一样，问道："怎么林姑娘的倒不和我的一样，倒是宝姐姐的和我一样？别是传错了罢？"[6]第二十八回表明了宝玉喜爱黛玉的立场。第二十九回宝黛两人又因"金玉说"发生口角，宝玉狠砸玉，黛玉顺手抓起一把剪子就铰玉上的穗子。之后两人矛盾似缓和，又似深化，到第三十二回，方才打破沉寂，宝玉一句肺腑之言"你皆因不放心的缘故，才弄了一身病"[7]，算是治住了黛玉的心病。宝黛两人之间因为爱情产生的误会、怀疑、冲突不断发生，一直持续到第三十四回。第三十六回宝玉在梦中说："和尚道士的话如何信得？什么金玉良缘，我偏说是木石姻缘！"[8]以上阶段故事发生的背景全在夏季，夏季宝黛两人互相表明了心迹，两人的爱情得到了确认，两人间的情感不断纠结，时好时坏，这一段时间也是两人爱情的夏季。第三十七回开始，故事的季节背景进入秋季。这期间，两人情事描写得最美的当属第四十五回，每岁春分秋分之后，黛玉必犯瘤疾，今秋遇贾母高兴，多玩了两圈，劳过了神，复咳起来。这日黛玉喝了两口粥后仍歪在床上，"不想日未落时天就变了，渐渐沥沥下起雨来。秋霖脉脉，阴晴不定，那天渐渐的黄昏，且阴的沉黑，兼着那雨滴竹梢，更觉凄凉"[9]。此时，宝玉来探望黛玉，黛玉笑言宝玉"渔翁"，戏称自己"渔婆"，两人心有灵犀、眉目传情，爱情由淡转浓。第四十八回开始，"转眼已到十月"，故事的背景进入冬季，这年冬天一直延续到第五十三回，这期间没有围绕宝黛两人情事着笔。

[1] 曹雪芹，高鹗. 红楼梦 [M]. 长沙：岳麓书社，2004：190.

[2] 曹雪芹，高鹗. 红楼梦 [M]. 长沙：岳麓书社，2004：186.

[3] 曹雪芹，高鹗. 红楼梦 [M]. 长沙：岳麓书社，2004：188.

[4] 曹雪芹，高鹗. 红楼梦 [M]. 长沙：岳麓书社，2004：190.

[5] 曹雪芹，高鹗. 红楼梦 [M]. 长沙：岳麓书社，2004：191.

[6] 曹雪芹，高鹗. 红楼梦 [M]. 长沙：岳麓书社，2004：190.

[7] 曹雪芹，高鹗. 红楼梦 [M]. 长沙：岳麓书社，2004：215.

[8] 曹雪芹，高鹗. 红楼梦 [M]. 长沙：岳麓书社，2004：245.

[9] 曹雪芹，高鹗. 红楼梦 [M]. 长沙：岳麓书社，2004：308.

从第五十四回开始，故事又进入新一轮季节描叙。第五十四回写的是元宵佳节一家人其乐融融，家宴上贾母批评旧书中"才子佳人"的老套子，都是些胡诌的把戏，此时故事的舞台背景第二回步入春季。到第五十七回紫鹃对宝玉戏言林黛玉要回苏州，宝玉听罢"如头顶上打了一个焦雷一般……一头热汗，满脸紫胀……更觉两个眼珠儿直直的起来，口角边津液流出，皆不知觉"[1]。宝玉痴病未大愈的清明之日，前去探访黛玉，一路走去只见"柳垂金线，桃吐土丹，山石之后，一株大杏树，花已全落，叶稠阴翠，上面已结了豆子大小的许多小杏"。见罢，多情善感的宝玉公子对杏树流泪叹息，"再过几日，这杏树子落枝空，再几年，岫烟未免乌发如银，红颜槁了"[2]，正在叹息，一只雀儿飞来枝头乱叫，宝玉又呆想："这雀儿必定是杏花正开时他曾来过，今见无花空有叶，故也乱啼。这声韵必是啼哭之声，可恨公冶长不在眼前，不能问他。但不知明年再发时，这个雀儿可还记得飞到这里来与杏花一会否？"[3]以上章段如同"宝黛葬花"的场景描绘一般，是文中少有的明显的寓情于景、情景交融的场景描写，这些描写充满天真烂漫的文学情调。宝玉来到潇湘馆，黛玉越发瘦得可怜，黛玉见宝玉比先前瘦了，不免流下泪来。作品描写宝黛出场，都是成双成对描写的，宝玉悲黛玉悲，宝玉瘦黛玉也瘦，宝玉哭黛玉跟着哭，给读者宝黛一体的感觉。宝黛爱情从第二轮春季描写后越来越深。之后，第六十三回写到贾宝玉生日当天晚上怡红院开夜宴，宝玉生于夏季，由此可推断从该回开始是夏季。第六十四回宝玉来到潇湘馆，两人再次相对而泣。

只因他虽说和黛玉自小一处长大，情投意合，又愿同生死，却只是心中领会，从来未曾当面说出。况兼黛玉心多，每每说话造次，得罪了他。今日原为的是来劝解，不想把话又说造次了，接不下去，心中一急，又怕黛玉恼他。又想一想自己的心实在的是为好，因而转急为悲，反倒掉下泪来。黛玉先原恼宝玉，说话不论轻重，如今见此光景，心有所感，本来素昔爱哭，此时亦不免无言对泣。[4]

宝黛两人热恋中的情感纠葛以上引文是最好描叙。第六十五回至第六十九回故事的背景是秋天，宝黛两人感情发展平和，第六十七回黛玉见到家乡之物，睹物伤情，

---

[1] 曹雪芹，高鹗．红楼梦 [M]．长沙：岳麓书社，2004：397．

[2] 曹雪芹，高鹗．红楼梦 [M]．长沙：岳麓书社，2004：408．

[3] 曹雪芹，高鹗．红楼梦 [M]．长沙：岳麓书社，2004：408．

[4] 曹雪芹，高鹗．红楼梦 [M]．长沙：岳麓书社，2004：456．

宝玉温言劝止。

从第七十回开始又是一个"万物逢春"时，三月初二黛玉重建桃花社，写《桃花行》，替宝玉赶抄功课应付贾政的检查。这一年的春天很短，刚写过宝黛一同放纸鸢，"展眼已是夏末秋初"[1]。第七十一回开始又是一个秋天，这年秋天一直延伸到第七十九回。这年秋天发生了很多事情，特别是抄检大观园；众女儿陆续搬出大观园（第七十七回）；晴雯死，贾宝玉作《芙蓉女儿诔》，祭奠晴雯（第七十八回）；林黛玉偷听《芙蓉女儿诔》，并帮助宝玉修改诔文共祭晴雯（第七十九回）。

第九十六回是宝黛爱情故事第四轮春天的开始。贾政"二月，吏部带领引见"至皇帝，皇上见其勤俭谨慎，即放了江西粮道。启程之前，贾母与其商量宝玉的婚事，宝玉自失玉后一直疯癫痴狂，老夫人想用结婚一事与孙子冲喜。很快，黛玉从傻大姐那儿得知此事，"如同一个疾雷，心头乱跳"[2]，"竟是油儿酱儿糖儿醋儿倒在一处的一般，甜苦酸咸，竟说不上什么味儿来了"[3]。到第九十七回黛玉更是"神气昏沉，气息微细"[4]，一时吐出血来。同回，宝玉与宝钗结婚，宝玉变得更加糊涂痴癫，第九十八回林黛玉死去，此时正是贾政外地赴任的翌年春天。林黛玉死在春天里，作者使用的手法是反衬，即"以乐景写哀，以哀景写乐，倍增其哀乐"的艺术手法。"在一个充满生机的美好的季节里，让那美好的爱情遭遇毁灭，那么美丽的女子含恨而逝，铁石心肠的人也得流泪的。"[5]

贾宝玉和林黛玉的爱情从第十六回起至第七十九回止，加上后四十回中的宝玉成婚、黛玉死亡，在宝黛两人的情感历程描叙中共出现四个春天，两个夏天，两个秋天，一个冬天。相关春天的描叙有四十三回，夏天十二回，秋天二十五回，冬天六回，以冬季为舞台背景描写两人情事的场面基本没有。宝黛两人的爱情故事基本以春秋两季为背景，其叙事比重约占百分之八十。宝黛的爱情经过了四个春夏秋冬季节时间叙事的循环，虽说以季节为背景的时间舞台是按自然时间的轮回进行承接，仔细推敲发现其间存在许多断面，第十六回宝玉十一岁、黛玉十岁，第七十九回宝

[1] 曹雪芹，高鹗. 红楼梦 [M]. 长沙：岳麓书社，2004：504.

[2] 曹雪芹，高鹗. 红楼梦 [M]. 长沙：岳麓书社，2004：697.

[3] 曹雪芹，高鹗. 红楼梦 [M]. 长沙：岳麓书社，2004：697.

[4] 曹雪芹，高鹗. 红楼梦 [M]. 长沙：岳麓书社，2004：699.

[5] 李奉哉，徐依武. 《红楼梦》中的爱情故事与季节背景 [J]. 大同职业技术学院学报，2003（3）：43-46.

玉二十岁、黛玉十九岁，即两人之情事实质上穿越了十个春夏秋冬的季节循环。曹雪芹精其扼要，将十年之事浓缩于四个春夏秋冬之循环，且全篇强弱得当，并无杂乱，显现出曹雪芹精湛的时间情态化叙事技巧。通过对文本的仔细推敲，屡屡发觉作者对谋篇布局的精心策划，文本并非文思泉涌时的感性写真，却是步步为营，精心勾画。

文学是艺术作品，明清时代的文学早已远离了日记文学的编年写实性，文学作品中的时间已跨越了客观现实中的自然时间，"跨越的时间"是一种虚拟时间、一种心理体验和一种感情投射，更是一种哲学的表述。"《红楼梦》对宝黛情感在季节变换上的安排，时间主题得到了人生价值和情感意义的慰藉，也是宝黛爱情赋予读者以审美意象，符合我们民族传统的审美心理。"[1] 利用季节景观的变化来渲染和烘托叙事声音和隐蔽叙事声音，以下结合故事叙事的细节，仔细回溯。

将宝黛见面设置在冬季，其目的是让两人的恋情发生于紧随其后的春季。春天是万物萌芽的季节，情感也如此，汉语言文字中与"春"关联较多的词组有：春情、春梦、怀春、思春、惜春等等，都与爱情和情欲相关。春天的空气中飘曳着各式花香，阳光柔和而温暖，蝶儿蜂儿抖动的翅膀更是挑逗着世间万事万物。宝黛在这样的春天产生爱情很是自然，自然产生的情爱与美好的春景相连，哪怕是悲伤的曲调亦显优美，宝黛葬花看似在叹息花儿短暂生命——"原来姹紫嫣红开遍，似这般都付与断井颓垣"[2]，暗喻华美难留——"如花美眷，似水流年"，葬花的场景描写是宝黛初恋的春天描写得最为华美的篇章。曹雪芹用"葬花"这一让凡夫俗子不可理解的浪漫行为，将描写宝黛初恋的篇章紧密地串联起来[3]，尤显宝黛初恋的烂漫特质。第二十七回的《葬花吟》是《红楼梦》中最为动人的曲词之一，黛玉疑宝玉因为恼她故不肯开门，气愤委屈之下便偷偷来至葬花处吟唱《葬花吟》。《红楼梦》直接描写景致的片段不多，与直接白描景致相比，曹雪芹更擅长用诗词曲赋来借景抒情，尤显其时间情态化特征。宝黛的爱情经历了两个夏天，夏天是一个让人体感不舒适的季节，人们的精力更多地用在与不舒适的外部环境抗衡。宝黛的爱情也总是在与不适合的外部环境做抗争，原本是警幻仙子案前挂了号的"木石前盟"，下至凡间却要历经艰辛。宝黛两人不断地怄气、争吵、悲伤、落泪，一系列的误会冲突产生

[1] 柴国珍. 时间哲学视野下的伤感之旅 [J]. 红楼梦学刊, 2008 (1)：330-338.

[2] 曹雪芹, 高鹗. 红楼梦 [M]. 长沙：岳麓书社, 2004：152.

[3] 葬花场景描写出现于第二十三回后半、第二十七回末、第二十八回篇首。

的感情纠葛使人烦闷焦躁，正如炎热的夏天。主人公的心境和这个季节的气候特征是相通的，爱情挣扎在闷热的季节，很为艰涩。两人的爱情经历了两个秋天，秋兰飘香、秋水盈盈、金风送爽是初秋时节的良辰美景，西风瘦马、孤雁哀鸣、满地黄花则是暮秋的凄凉景致。宝黛爱情既经历了前者的温瑟，两人相怜相惜，互道恩爱，又落脚于暮秋时节黛玉的影子——晴雯之死，宝玉如哭如诉的《芙蓉女儿诔》——"……尔乃西风古寺，淹滞青燐；落日荒丘，零星白骨。楸榆飒飒，蓬艾萧萧。隔雾圹以啼猿，绕烟塍而泣鬼。自为红绡帐里，公子情深；始信黄土垄中，女儿命薄！……"[1] 真是景语情语，惘然悲然。冬季，雪虐风饕万事休，《红楼梦》中的冬季没有宝黛的爱情故事，情理之中。季节的变换与两位主人公情感的发展紧密相通，主人公情绪的起伏亦与季节变化浑然一体，天衣无缝。

二、四季的意象化虚拟

与《源氏物语》的春秋之争相比，在《红楼梦》一百二十回的故事情节中，以秋季作为背景的有四十四回，春季作为背景的三十五回，其次是冬季，场景最少设置在夏季。以秋季为叙事背景的故事主要出现在第十三年、第十五年和第十九年。故事第十三年的描叙跨越了文本的第十八回至第五十三回，主要描绘主人公贾宝玉的相关事宜。《红楼梦》一梦经历了十九个年头，经历了十九个春夏秋冬，十九回生死枯荣的生命轮回。整个故事又是一轮季节叙事的大循环，清代二知道人在《红楼梦说梦》一文中言：

> 《红楼梦》有四时气象：前数卷铺叙王谢门庭，安常处顺，梦之春也。省亲一事，备极奢华，如树之秀而繁阴葱笼可悦，梦之夏也。及通灵玉失，两府查抄，如一夜严霜，万木摧落，秋之为梦，岂不悲哉！贾媪终养，宝玉逃禅，其家之瑟缩愁惨，直如冬暮光景，是《红楼》之残梦耳。[2]

二知道人言《红楼梦》之四季：春梦——第一回至第五回，夏梦——第六回至第六十三回，秋梦——第六十四回至第九十八回，冬梦——第九十九回至第一百二十回，从虚拟意义上讲，整个文本形成一个春夏秋冬四季的大循环。春梦篇：顽石下凡，

---

[1] 曹雪芹，高鹗. 红楼梦 [M]. 长沙：岳麓书社，2004：573.

[2] 二知道人.《红楼梦》说梦 [C]// 郭豫适. 红楼梦研究文选. 上海：华东师范大学出版社，1988：30-31.

转世为贾家公子，黛玉进府，因宝钗的出现与宝玉闹别扭。起篇寓意深刻，收篇于宝玉的红楼春梦。夏梦篇：历时六年，始于春终于夏。元妃省亲，宝玉及众女儿入住大观园，宝黛共读《会真记》，黛玉葬花，其高潮部分是该篇尾部的第六十三回宝玉生日庆典。在第六十二回至第六十三回处详叙了围绕宝玉庆生的三次聚会，席上众人划拳、喝酒、唱小曲，尽兴而散，好一派世外桃源的家族盛世。秋梦篇：历时三年多，贾府衰败，众女儿相继离世，第七十八回晴雯与第九十八回黛玉的离世，给整个故事笼罩上浓郁的忧郁色调。期间的贾母庆生（第七十一回）、中秋宴会（第七十五回）、黛玉生日（第八十五回）等庆典活动无不笼罩在秋季生命渐逝无限悲伤的灰暗情感基调当中。冬梦篇：历时两年多，贾府被抄，贾母、凤姐相继去世，宝玉失玉身患重病，告别贾政出家。"天乍寒下雪"[1]，已出家的贾宝玉向贾政拜别，贾政追赶不及，唯见"白茫茫一片旷野，并无一人"[2]。《红楼梦》时间关系复杂多变，不易厘清，文本时间关系前后矛盾之处间或有之，成因大多无从考究，但其季节时间叙事规律显而易见。《红楼梦》春夏秋冬四季的循环组成故事有序的转承起合，是一部季节大循环的史书，大循环中又夹杂若干个小循环，虽说经历了十九个寒暑，但作者有选择性、有目的地详细描叙了四五个承接与闭合紧密的春夏秋冬的小循环。且将季节作为背景描写有所偏重，各个季节又有所隐射与指代。

（一）"太虚幻境"中"春"的意蕴

太虚幻境对揭示全书的主题和推动故事情节的发展有重要作用。《红楼梦》第五回文本多处与春意象相连，开篇即是一首有关"春困"的诗：

> 春困成葳拥绣衾，恍随仙子别红尘。
> 问谁幻入华胥境，千古风流造业人。

紧接下来描写，东边宁府花园内梅花盛开，尤氏请贾母、邢夫人、王夫人等赏花。《红楼梦》故事发生的场所是金陵，按理说明清时期的金陵即现在的南京城，但书中的风物描写有多处极似北京，贾府的所在地是南京还是北京？对此一直存在争议，但不论是南京还是北京其春雨时节相差并不大。"梅花"花期早，能在较低温度下开放，可在开花期忍耐一定程度的冰雪与低温，一旦天气转晴，便可持续开放。梅花从南

---

[1] 曹雪芹，高鹗. 红楼梦[M]. 长沙：岳麓书社，2004：858.

[2] 曹雪芹，高鹗. 红楼梦[M]. 长沙：岳麓书社，2004：859.

到北，花期可达五个月之久。广州和昆明梅花多在十二月开花，厦门、重庆一月盛开，武汉、南京、无锡二月至三月盛开，北京、太原、大连则在三月至四月盛开。由观赏盛开的梅花，可以推断在金陵贾府秦氏卧室中发生的宝玉梦游太虚幻境的时间是三月前后的春季。书中，宝玉突感倦怠，欲午休；秦氏引宝玉入房，宝玉顿觉眼饧骨软；入房向壁上看，有唐伯虎的《海棠春睡图》，两旁有宋学士秦太虚的对联：

> 嫩寒锁梦因春冷，（朱夹：艳极，淫极！）芳气笼人是酒香。（朱夹：已入梦境矣！）[1]

宝玉合上眼，随梦去了；至一所在，"但见朱栏白石，绿树清溪，真是人迹罕逢，飞尘不到"[2]，忽听山后有人歌曰：

> 春梦随云散，（朱夹：开口拿"春"字，最紧要。）飞花逐水流。（朱夹：二句比也。）寄言众儿女，何必觅闲愁！[3]

此后，宝玉行至放春山，遇一"司人间之风情月债，掌尘世之女怨男痴"[4]之仙姑；仙姑领宝玉至太虚幻境二层门内，几处写有"痴情司"、"结怨司"、"朝啼司"、"夜哭司"、"春感司"、"秋悲司"（朱旁：虚陪六个）[5]，"薄命司"（朱旁：正文）[6]两旁的对联是："春恨秋悲皆自惹，花容月貌为谁妍？"[7]宝玉看了，便知感叹（朱旁："便知"二字，是字法，最为紧要之至。）[8]。宝玉在"薄命司"检阅了"金陵十二钗正/副两册"后，仙姑道：

> "如尔则天分中生成一段痴情，吾辈推之为'意淫'。'意淫'二字，可心领

---

[1] 曹雪芹著，脂砚斋评，邓遂夫校订.脂砚斋重评石头记甲戌校本（修订8版）[M].北京：作家出版社，2010：147.

[2] 曹雪芹，高鹗.红楼梦[M].长沙：岳麓书社，2004：30.

[3] 曹雪芹著，脂砚斋评，邓遂夫校订.脂砚斋重评石头记甲戌校本（修订8版）[M].北京：作家出版社，2010：148.

[4] 曹雪芹，高鹗.红楼梦[M].长沙：岳麓书社，2004：31.

[5] 曹雪芹著，脂砚斋评，邓遂夫校订.脂砚斋重评石头记甲戌校本（修订8版）[M].北京：作家出版社，2010：149.

[6] 曹雪芹著，脂砚斋评，邓遂夫校订.脂砚斋重评石头记甲戌校本（修订8版）[M].北京：作家出版社，2010：150.

[7] 曹雪芹著，脂砚斋评，邓遂夫校订.脂砚斋重评石头记甲戌校本（修订8版）[M].北京：作家出版社，2010：150.

[8] 曹雪芹著，脂砚斋评，邓遂夫校订.脂砚斋重评石头记甲戌校本（修订8版）[M].北京：作家出版社，2010：150.

而不可口传，可神会而不可语达。汝今独得此二字，在闺阁中固可为良友，然于世道中未免迂阔怪诡，百口嘲谤，万目睚眦。"[1]

言毕，授宝玉以云雨之事。宝玉梦游太虚幻境可简单概括为，梅花盛开的春日，宝玉春困于《海棠春睡图》下，梦至放春山"薄命司"，阅毕"命册"后，初试云雨情。按时间推算宝玉此时大约九岁，显然这是一个男童的春梦。这一春梦暗含两层意思：一是宝玉从此后情窦初开；二是《红楼梦》讲叙的是人间痴情的爱情故事，从判词的意蕴来看与性事关联不大。

（二）"四春"的形象意蕴

元春、探春、迎春、惜春是贾家四个女儿。大女儿贾元春是宝玉的亲姐姐，比宝玉大七八岁，十五六岁入宫，因贤孝才德被选入宫中，被封为"贤德妃"。元春品德高尚，才华横溢，得宠于皇帝。有了元春的得宠，才有以后的重建大观园，才有了大观园中女儿国的故事，元春的青春年华映照了贾府的兴隆，是"贾府之春"的源头。元春生于大年初一，初一俗称"元日"，即"吉日"，由而元春也可做"吉春"之解。第五回中元春的判词为：

> 二十年来辨是非，榴花开处照宫闱。
>
> 三春争及初春景，（朱夹：显极！）虎兔相逢大梦归。[2]

该判词中的"三春"是个双关语，"三春"在气象学中指春天的三个阶段孟春、仲春和季春，在故事中指迎春、探春和惜春。古语中"争"通"怎"，该句亦为"三春怎及初春景"，迎春、探春和惜春怎比得上元春的荣华富贵。元春是"四春"之首，是德、言、容、功俱臻的贵妃娘娘，虽出场次数不多，却是《红楼梦》中不可或缺的统率人物。第十八回中"贾元春归省庆元宵"是全文的一出大戏，贾元春晋封为显德妃，这是贾家最为光宗耀祖的大事，由于元春归省，建造大观园，《红楼梦》中的大小人物有了一处活动平台，大观园的兴衰也成为当时社会兴衰的一个缩影。大观园是《红楼梦》的主戏台，贾家三艳、宝黛钗、妙玉、李纨等人进驻大观园，而史湘云、凤姐和巧姐也都是大观园的常客，主要人物都在这里汇齐，利益和情感

[1] 曹雪芹著，脂砚斋评，邓遂夫校订.脂砚斋重评石头记甲戌校本（修订8版）[M].北京：作家出版社，2010：36.

[2] 曹雪芹著，脂砚斋评，邓遂夫校订.脂砚斋重评石头记甲戌校本（修订8版）[M].北京：作家出版社，2010：151.

在这里密集交织，开始剧烈地相互碰撞，元春的省亲是贾家真正春天的开始。二姑娘贾迎春生于立春之日，是贾母大儿子贾赦与妾所生，也是王熙凤唯一的亲小姑子。第三回迎接林黛玉进贾府时与探春、惜春同时出场，"肌肤微丰，合中身材，腮凝新荔，鼻腻鹅脂，温柔沉默，观之可亲"[1]。《红楼梦》中，迎春出场的频率不低，但基本上都是"配角"，真是有些"俏也不争春，只把春来报"。迎春的故事，主要集中在第七十三回至七十七回，及后四十回中误嫁中山狼、被折磨至死的篇章中。三姑娘贾探春生于三月初三，贾母二儿子贾政与妾赵姨娘所生，生得"削肩细腰，长挑身材，鸭蛋脸面，俊眼修眉，顾盼神飞，文彩精华，见之忘俗"[2]。探春精明、志高、有抱负、敢说敢为、办事练达，与迎春的懦弱性情形成对比。四姑娘贾惜春出生得比探春晚些，贾家族长贾珍的亲妹妹，从小被贾母王夫人抱过来抚养。父亲贾敬癖好炼丹，不务正事，又因母亲早逝，她一直在荣国府贾母身边长大。惜春性情孤冷，心冷嘴冷。抄检大观园时，她咬定牙，撵走毫无过错的丫环入画，对别人的流泪哀伤无动于衷。四大家族的没落命运，三个本家姐姐的不幸结局，使她产生了弃世的念头，后入栊翠庵为尼。"《红楼》妙处，又莫如命名之切"，"《红楼》一姓一名皆具精意，唯囫囵读之，则不觉耳"[3]，"四春"的名字有其深刻意蕴和绝妙内涵。"元者，首也；初春时节，万物伺机而萌，生气勃发；迎者，接也，消极承受一切安排；探者，积极攫取也；惜者！惋叹也，春去难再回，看待万象空。"[4]四位姑娘是大观园女儿世界的开创者和重要见证者，四人名字都带有"春"字，表明四者都是在最佳的妙龄阶段现身于文本，"元、迎、探、惜"四者错落有致的排列，最后落脚于"惜"，暗蕴四者的人生充满悲凉。"四春"的命运如同她们名字里隐含的"春天"一般，有春意盎然、花团锦簇之意，又有稍纵即逝、短暂凋零之幽美。

第二节 《源氏物语》时间循环叙事

《源氏物语》故事发生的时代是平安中期，平安朝的都城为平安京，即现在的京都。京都地处日本本州岛中西部，坐落在京都盆地北部，东距日本第一大湖琵琶

---

[1] 曹雪芹，高鹗. 红楼梦 [M]. 长沙：岳麓书社，2004：16.

[2] 曹雪芹，高鹗. 红楼梦 [M]. 长沙：岳麓书社，2004：16.

[3] 洪秋番. 红楼梦抉隐 [C]// 一粟. 红楼梦资料汇编. 北京：中华书局，1963：238.

[4] 李希凡. 名家图说元迎探惜 [M]. 北京：文化艺术出版社，2007：275.

湖仅五公里，东、西、北三面有丹波山地、比良山地和贵船山地环绕，市区随京都盆地向南面大阪湾敞开为巨型口袋形状，虽为海洋性气候区域，但因其独特的地势，具有显著的大陆性气候特征，一年四季季节分明。春季湿润，樱花、杜鹃烂漫；夏季异常闷热，多彩缤纷的紫阳花（八仙花、绣球花）引人注目；秋季气候爽朗，鲜艳夺目的红叶漫山遍野；冬季湿度大，寒风刺骨，京都四时气候区别非常明显。日本文学中最早按季节循环编排和歌顺序的作品是平安时代的《古今和歌集》，在日本物语世界里最早按照季节推移，叙述各种事件的发生、经过、结果及其影响者，则是《源氏物语》。《源氏物语》五十四帖中几乎每帖都有随同季节时间流逝外部自然景观变化的描绘，故事情节亦依据周围自然景观变化描绘。在此外部自然景观有统率情感的作用，所谓"自然景观情感"，此时已分辨不清是"景"自身所持有的感情，还是被人赋予的情感。外部景观随时间变化而变换，四季区别尤其分明，其中的"景中情"与"情中景"难以区分，尤显时间情态化特征。紫式部描写时间流逝中景观的变化，其目的是描述生活在这个时空下人们的喜怒哀乐等各种感情及生活方式，充分地将人与自然融为一体，使得整体情节更感人，故事更立体、生动。"日月忽其不掩兮，春与秋其代序。"（屈原《离骚》）自古以来，文人们对岁月流逝及季节的变化特别敏感，叙事文本中时常流露其"悲天悯人"的情怀。日本人的自然美意识集中在月、雪、花之中，然而月、雪、花之美无不感同四季变换的时间。时间流变改变的不仅是一种客观的物理现象，且因物象变换影印在人的心灵之间，形成深刻情感体验。"感时花溅泪，恨别鸟惊心"，将心绪移情景物，景物隐射心境，中日文化传统莫不如此，日本古典小说《源氏物语》叙事时间中的四季循环带有人情化倾向，与其讲是紫式部熟读中国《史书》、《白氏文集》之故，不如称为东方国家文化间的呼应与共鸣。《源氏物语》体现出四季、自然与人深深的调和关系，并以一种充满情趣美的形式与姿态出现。四季的推移、自然景色的变更，与作品中人物的生活、心情的变化切实对应，并以一种美妙调和的姿态出现。第二十三回（"早莺"卷）的冒头部分，"元旦之晨，天色晴明，长空一碧，了无纤云。寻常百姓之家，墙根亦有嫩草破雪抽芽。春云叆叇之中，木叶渐渐萌动。人心自然轻松畅快了"[1]。新建的六条院迎来了首个春天，春天到来，新的生命生长，与"春意盎然，生机勃勃"相对应的是人们欣喜的心境。特别是紫姬居所春殿正值梅花吐蕊，梅香与室内熏香

---

[1] 紫式部.源氏物语[M].丰子恺译.北京：人民文学出版社，1980：409.

相融合，令人疑为仙境，却又不失庄严肃穆。春院不失净土之庄严，又可任情取乐，悠闲度日，是六条院居所的典型代表，文中像这样悠然描绘景观的妙语俯拾皆是。

一、《源氏物语》中的四季循环

春は花夏ほととぎす秋は月冬雪さえて冷しかりけり

译文：春花秋月杜鹃夏，冬雪皑皑寒意加。

道元禅师这首和歌讴歌四季之美景，自古以来，日本人最善于将春、夏、秋、冬四季之最爱景物随意排列一处进行咏叹，没有比这更普通、更平凡，不称其为歌（诗）的歌（诗）了。日本人的生活、美术，特别是日本的古典文学，充满自然美意识，细部描写尤显其彰。山丘、云朵、林木，一笔一画费心描叙，充满写实主义做派。所有这些景观的变换又与季节的推移密切相关，季节特有的迹象与月的阴阳晴缺，无不在小说、诗歌与散文中尽显其身，作为情节展开的大背景，担任着相当重要的叙事机能。《源氏物语》中各种各样的事件，依据不同事件的主题，选择不同的季节进行描叙。春天里多写诞生与相逢，夏季多写与恋情相关的密通、密会、病情与妊娠，秋天是离别、死别的物语，冬天是行幸、参诣和贺寿的物语。登场人物的生、病、死、恋、别与季节的描绘紧密关联，《源氏物语》文本带有很深的情绪化特色。

（一）时间情态化的大循环

《源氏物语》与《红楼梦》一样，文本存在春夏秋冬季节叙事大循环，《红楼梦》后四十回与前八十回紧密配合，形成一轮密合的四季叙事循环，《源氏物语》文本存在两轮春夏秋冬叙事的大循环，第一轮循环从第一回至第四十一回，讲叙光源氏出生至遁世五十余年的事，第二轮循环从第四十二回至第五十四回，讲叙光源氏下一代熏等人物十余年间的故事。以下以第一轮大循环中的季节叙事——春（第一回）、夏（第二回至第二十回）、秋（第二十一回至第三十三回）、冬（第三十三回至第四十一回）为对象进行剖析。第一回（"桐壶"卷）属于物语的春季，该卷叙事密度大，为故事的萌芽期。天皇恩宠爱妃更衣（喜），更衣出身低下，缺乏有力保护人（悲）。宿世因缘，更衣生下容华如玉、盖世无双的小皇子（喜）。小皇子三岁更衣病死，小皇子寄居外婆家中（悲）。过了若干时日，小皇子回宫。小皇子七岁开始读书，聪明颖悟，绝世无双（喜）。这时朝鲜来了位相士，相士说小皇子以后当国君的话深恐国家变乱，若仅辅佐天下政治则又与其相貌不合。皇上三思后，将小皇子降为臣籍（悲），赐姓源氏。源氏稍大一点，亲近继母藤壶女御，每逢春花秋月，良辰美景，对其表达恋慕之情（喜）。光源氏十二岁时行冠礼，并与手握实权的左大臣的女儿葵姬结婚（喜）。首卷一波三折，所言之事基本是为后续文本打基础，是后叙各类事件的开端与母体。另一方面，整个文本依据光源氏的生理年龄展开，第一回讲叙光源氏幼年发生的事件，对光源氏整个人生而言，无论悲喜，未来都充满希望，是光源氏生命的春天。对于纪传性质的小说而言，其叙事轨迹的展开是基于个体生命存在与发展的时间，其前提是生命的存在与发展，由而此类文本当中，时间从某一切入面统率了空间与整部文本。第一回是生命的开端，既是光源氏生命的春天也是文本故事的春天。从文本的第二回（"帚木"卷）到第二十回（"槿姬"卷）属于夏天，描写光源氏十七岁夏至三十五岁秋之事，跨越光源氏人生中最美的年华。文本第一回篇末至第二回开篇的衔接处，故事时间跳跃五年时光，第二回开篇已是光源氏十七岁夏天，第一回与第二回之间有明显的时间分隔，时间叙事频率上出现截然反差，第一回快叙特征明显，第二回则为零叙事。第一回加快叙事速度即是在有限的叙事单位内拉长时间跨度，增强读者历时感与历史感，第二回在全书有预言式总纲的作用，在全篇中所属位置重要。相对第一回的快叙作者放慢叙事速度，将叙事速度与真实事件发生速度同步。第二回描写了日本平安时期年轻男子的女性观，一个梅雨连绵、久不放晴的夜晚，都中将、左马头、光源氏密闭一室，说起各自的情事，并将当朝女子分为三五九等，言谈极具写实性。第二回的"雨夜品评"之后，光源氏恋人逐一登场：空蝉之恋（第三回，光源氏十七岁夏天之事）、夕颜之恋（第四回，光源氏十七岁夏天至十月之事）、紫儿之恋（第五回，光源氏十八岁暮春至初冬之事）、末摘花之恋（第六回，光源氏十八岁春天至十九岁春天之事），花散里之恋（第十一回，光源氏二十五岁夏天之事），明石姬之恋（第十三回，光源氏二十七岁三月至二十八岁八月之事），槿姬之恋（第二十回，光源氏三十二岁秋天至冬天之事），除开与槿姬的恋情，光源氏与其他各位女子的恋情基本都在夏季展开，这些恋情又不断纠结至后续的文本当中。非但恋情，文本围绕光源氏最为离奇精彩的事件描叙也都集中在夏季，例如：光源氏与继母藤壶私通；光源氏潜入空蝉房中却误与他人交合；六条妃子与葵姬的车位之争，六条妃子怨灵作祟；光源氏与妃子胧月夜私通后自谪须磨，光源氏结缘须磨；朱雀帝让位，光源氏私生子冷泉院登基，等等，发生在夏季的故事跌宕起伏、一波三折。第二十一回（"少女"卷）至第三十三回（"藤花末叶"卷）属于物语的秋季，此时光源氏已逾中年，对偷香窃玉等轻薄行为，已兴趣索然，不甚热心。与葵姬所生的小公子夕雾也已长大成人，源氏大臣发心营造一所清静宅院（此后的六条院）。光源氏移居六条院后，生活安定。相对之前，故事情节叙说趋于平缓，主要描写了春、夏、秋、冬四院的主人与景致；春秋之争；光源氏再访尼姑空蝉；明石小女公子的着裳式；紫式部借源氏之口言及对"史实与物语"之间关系的思考，等等。另外，该部分着重导入玉鬘与夕雾的故事，玉鬘为源氏妻舅头中将与源氏情人夕颜所生，夕雾则为光源氏与正妻葵姬所生，两人的恋情几经周折，修成正果。相对于夏季篇章的曲折离奇，该部分的叙述平稳了许多，一方面是光源氏"春发其华，秋收其实，有始有极，爰登其质"（《后汉书》第五十二卷）的阶段，即光源氏走过了懵懂、烂漫、荒唐的少年与青年时期，体验过各样人生的百般滋味——光源氏曾言"试看古人前例：凡年华鼎盛、官位尊荣、出人头地之人，大多不能长享富贵。我在当代，尊荣已属过分。全靠中间惨遭灾祸，沦落多时，故得长生至今。今后倘再留恋高位，难保寿命不永"[1]。此时，积累了相当经验的光源氏，开始主动追寻人生的本质，对生命的真谛进行叩问。围绕光源氏的叙说逐渐平缓，围绕光源氏的故事再不见年轻时期的荒唐恋事。从第三十四回（"新菜"卷）至第四十一回（"云隐"卷）是故事文本的冬季，故事重心开始转移。这一阶段中光源氏的新恋情已经寥寥无几，唯一一桩恋情也是皇帝之命不可违，娶了皇家三公主。柏木是光源氏妻舅头中将（内大臣）的长子，柏木爱上三公主，并与之偷情，生下名义上光源氏的儿子薰君。薰是一位崭新的人物，薰的出现好似老树旁长出新芽。光源氏的故事到第四十回，已腻了，落俗套了，需要一股新的力量加入文本，保持住文本以往的吸引力。薰出现后不久，光源氏遁世，薰成为《源氏物语》最后十帖——宇治十帖的领衔人物。第三十四回至第四十一回的"冬季叙事"当中，小女公子生下皇子，明石道人先前的祈愿已变为现实，明石姬的叙事系统到此画上较为完美的句号。光源氏更是对自己的人生做了一番归总：

"我从小与众不同，生长深官，养尊处优。今日身居高位，坐享荣华，也是古来少有其类的。然而我所遭受的痛苦，也比别人更多，也是世无其类的。首先是疼

---

[1]　紫式部 . 源氏物语 [M]. 丰子恺译 . 北京：人民文学出版社，1980：315.

爱我之人，相继亡故。到了残生的晚年，又遭逢许多伤心惨目之事。想起了那些荒唐无聊的行为，心中异常烦恼。种种违心之事，时刻纠缠我身，直至今日不休。如今我想：我能活到四十七岁，恐是此种痛苦换来的代价吧。"[1]

第三十五回柏木死，第三十九回紫夫人去世，"多年来贴身伺候、亲睦驯熟的侍女，都悲叹自己苟延残喘，何其命苦。竟有痛下决心，削发为尼，遁世入山者"[2]。光源氏进入了人生真正的冬天。第四十一回（"云隐"卷）光源氏遁世。从第四十二回（"匂皇子"卷）至第五十四回（"梦浮桥"卷）又是一轮新的四季循环的季节叙事，共有十三卷（第四十二回至第五十四回），讲叙了光源氏的妻子女三宫与光源氏妻侄柏木间的私生子薫的爱情故事。宇治十帖属于第二轮春夏秋冬的季节循环，宇治十帖叙说薫君、浮舟、匂亲王之间的三角恋爱故事。宇治十帖一改之前的叙事方式，之前的文本略显松散、有"缀段"倾向，用光源氏一个人物串起数十类爱情故事，宇治十帖则讲叙了一个构架简洁、结构紧凑的完整爱情故事。薫追求大君是这一时段薫君爱情故事的春天；大君拒绝薫，大君死后薫爱上了浮舟，与其同居宇治，是故事的夏天；浮舟与明石中宫的儿子匂宫发生恋情，属于故事的秋天；在薫与匂宫之间游离的浮舟万分苦恼，投河自杀，获救，皈依佛门，是薫爱情故事的冬天。

（二）时间情态化的小循环

《源氏物语》文本囊括两轮春夏秋冬季节叙事大循环，在这两大循环当中还存在数个春夏秋冬季节叙事小循环。第三十九回（"法事"卷）和第四十回（"魔法使"卷），这两卷中这一叙事特征尤为明显，两卷所描绘的事件都集中在整整的一年时光当中，也体现出该年发生的事件在文本中的重要位置。第三十九回"法事"卷开卷是紫夫人主办的法事大会，"这正是三月初十日。樱花盛开，天朗气清，真乃良辰美景。佛菩萨所居极乐净土，景象恐与此地相仿"[3]。正值春季，一派良辰美景。"天色渐明，烟霞之间露出种种花木，生趣蓬勃，春景毕竟是牵惹人心的。百鸟千种鸣啭，美音不亚于笛。哀乐之情，于此为极。"[4]春天的美景使得身体有恙的紫夫人更为悲伤，自知今生欣赏此番美景的时日不多，不禁悲从心生。很快，叙事背景步入夏季，

[1] 紫式部.源氏物语[M].丰子恺译.北京：人民文学出版社，1980：610.

[2] 紫式部.源氏物语[M].丰子恺译.北京：人民文学出版社，1980：721.

[3] 紫式部.源氏物语[M].丰子恺译.北京：人民文学出版社，1980：714.

[4] 紫式部.源氏物语[M].丰子恺译.北京：人民文学出版社，1980：714.

"紫夫人一向怕热，今年夏天更觉得难堪，常常热得发昏"[1]。明石皇后闻知继母这般情形，也乞假归宁。见到明石皇后，紫夫人又想起自己不能亲眼见到她来日的荣华，又感到一切不甚悲伤。"终于挨到了秋天，气候渐渐凉爽，紫夫人的精神也略略好转，然而还不可靠，稍不经心，病就复发。"[2]是日傍晚，秋风凄楚，明石皇后前来看望，紫夫人"这真像刚才所咏荻上露的消散，已经到了弥留状态了……天明时分，紫夫人竟长逝了。明石皇后不曾回宫，得亲自送终，一则以喜，一则以悲"[3]。接下来，通过继子夕雾的视角，对"昔年朔风那天"夕雾初见紫上时的场景进行回放。十五年前，正值秋好皇后和紫夫人争妍之时，一阵朔风将秋好皇后院中日益繁茂的秋花吹得七零八落，因为朔风太大，将室内的屏风吹折一旁，夕雾无意向开着的边门里一望：

> 但见有一个女子坐着，分明不是别人，正是紫姬本人。气度高雅，容颜清丽，似有幽香逼人。教人看了，联想起春晨乱开在云霞之间的美丽的山樱。娇艳之色四散洋溢，仿佛流泛到正在放肆地偷看的夕雾脸上来，真是个盖世无双的美人！[4]

十五年前某个秋日中如此美丽的紫姬，十五年后的这个秋日却变成一具空空的遗骸，让人犹若隔世、迷离恍惚。第三十九回中没有任何相关冬天的描述，紫夫人死后，时已五十一岁的光源氏，痛苦之情不可言状。虽然第三十九回中没有言之凿凿至冬季，但此时无声胜有声，避开冬季的描绘，即避开对无以诠释的痛苦的描绘，由而该回仍是一个完整的四季循环。第四十回（"魔法使"卷）开篇即"腊尽春回"，该回又是以一个完整的春夏秋冬四季小循环为叙事背景，描写光源氏五十二岁春天至冬天之事。

> ①腊尽春回，源氏看到烂漫春光，心情越发郁结，悲伤依旧不改。[5]
> ②梅雨时节，源氏除了沉思冥想之外，别无他事。[6]
> ③天气很热的时候，源氏在凉爽之处设一座位，独坐凝思。看见池塘中莲花盛

---

[1] 紫式部. 源氏物语 [M]. 丰子恺译. 北京：人民文学出版社，1980：715.

[2] 紫式部. 源氏物语 [M]. 丰子恺译. 北京：人民文学出版社，1980：716.

[3] 紫式部. 源氏物语 [M]. 丰子恺译. 北京：人民文学出版社，1980：718.

[4] 紫式部. 源氏物语 [M]. 丰子恺译. 北京：人民文学出版社，1980：459.

[5] 紫式部. 源氏物语 [M]. 丰子恺译. 北京：人民文学出版社，1980：723.

[6] 紫式部. 源氏物语 [M]. 丰子恺译. 北京：人民文学出版社，1980：731.

开……便茫然若失，如醉如痴，一直坐到日暮。鸣蜩四起，声音非常热闹。瞿麦花映着夕阳，鲜美可爱……看见无数流萤到处乱飞，便想起古诗中"夕殿萤飞思悄然"之句。[1]

④七月初七乞巧，今年也和往年大不相同。[2]

⑤夏去秋来，风声也越来越觉凄凉。从八月初开始，大家忙碌起来。源氏回想过去，好容易挨过这些岁月，直到今日。今后也只有茫茫然地度送晨昏。[3]

⑥到了九月里，源氏看见菊花上盖着棉絮……到了十月，阴雨昏濛，源氏心情更恶，怅望暮色，凄凉难堪……到了十一月的丰明节，宫中举行五节舞会……不禁回想起少年时代邂逅相逢筑紫五节舞姬。

⑦十二月十九日起，照例举办三天佛名会。想是源氏已经确信这是此生最后一次了，听见僧人锡杖的声音，比往常更加感慨。[4]

以上引文当中明确标明事件进展的时间，层层递进。不但如此，作者还借用外部景观来表明时间。开篇明媚的初春的阳光对照着光源氏阴郁的心理，烂漫春光不能给他带来一丝心灵慰藉，庭前盛开的红梅，反而增添了他的寂寥。三月，樱花盛开的时节，更是加深了光源氏对死去夫人紫上的思慕。夏天初十过后，"月亮艳艳地从云间照出，真乃难得之事……橘花被月光分明地映出，香气随风飘来，芬芳扑鼻，令人盼待那'千年不变杜鹃声'"[5]。夏日的夜晚天高气爽，此时的光源氏愈发悲伤，对往日恋情的追忆，使其精神恍惚，那远处杜鹃的啼鸣，也让其质疑"缘何啼做旧时声"[6]。光源氏好不容易熬过夏天之后，时入秋季，源氏看见菊花上盖着棉絮，吟诗云："衰此东篱菊，当年共护持。今秋花上露，只湿一人衣。"[7]"秋菊"与"露"是深秋的标志，过了这一季，时间很快进入冬天，冬季是一年四季的最终阶段，与生命的枯萎、死亡密切相连。此时，感叹时事无常的光源氏逐渐有了出家的决意。

[1] 紫式部.源氏物语 [M].丰子恺译.北京：人民文学出版社，1980：731.

[2] 紫式部.源氏物语 [M].丰子恺译.北京：人民文学出版社，1980：732.

[3] 紫式部.源氏物语 [M].丰子恺译.北京：人民文学出版社，1980：733.

[4] 紫式部.源氏物语 [M].丰子恺译.北京：人民文学出版社，1980：735.

[5] 紫式部.源氏物语 [M].丰子恺译.北京：人民文学出版社，1980：731.

[6] 古歌："杜宇不知人话旧，缘何啼作旧时声？"见《古今和歌六帖》。

[7] 紫式部.源氏物语 [M].丰子恺译.北京：人民文学出版社，1980：733.

"今年隐忍过去，终于不曾出家。但遁世之期，渐渐迫近，心绪忙乱，感叹无穷。"[1]
光源氏一边流着泪，一边整理往日的物品。第四十回文本中，通过红梅、橘花、菊、
露的渐次出现来交代一年当中四季时光的流逝，尤显时间情态化叙事特征的同时，
与之前引文中明确的时间标示形成一组季节时间情态化叙事复调。光源氏的人物塑
形到此为至，第四十回跨越了春夏秋冬四季，此刻，光源氏眼中的四季再无喜怒哀
乐的起伏，有的只是无尽的悲伤，冬季苍凉的情调是该回时间情态化叙事色调的基调。
第三十九回与第四十回都存在一个春夏秋冬的四季循环，用外部景观的流变，特别
是春秋时节的美景反衬出主人公的悲伤。四季景致的循环描写还有一项叙事功能就
是能很自然地对往事进行追溯，例如，由当下的春天，很自然地回想起若干年前的
某几个或某个春天。这种叙事方式可以将不同年份同一季节发生的事件并置于眼前，
穿走于反复，在同一季节或统一季节背景当中陈列。这也是对事件跨越性的点描，
点描过程中事件和事态剧烈变化，让人怅叹，怅叹中产生深刻的情感体验。文本叙
事中主人公对往事进行回溯，同时，作者也利用四季循环的叙事技巧对主人公相关
事宜的前行文本进行回顾与梳理。作者从春季开始，以四季作为叙事背景，以当下
的季节为入手点，可以联想和映射以往的各个相同季节，具有回顾性与整体统一性
特质，四季本身又是一轮时间的完美循环。

二、《源氏物语》中的时间情态化

春生，夏盛，秋衰，冬死，四季、自然与人事相互呼应，互为理解调和，特定
事件又置以特定的气候特征配合，这是《源氏物语》常用的表现手法。除此以外，《源
氏物语》中还有其他明显的时间情态化表现手法。

（一）反　衬

《源氏物语》特殊的时间情态化叙事技巧表现为反衬，所谓"反衬"，就是利
用与主要形象相反、相异的次要形象，从反面衬托主要形象。按常理推断，现实生
活中"生老病死"与四季的发生是随机且均匀的。事件的发生、发展、泯灭有其自
身规律，与自然界植被的枯荣并不同步。然而，《源氏物语》以春秋两季为背景的
故事描叙远远超出夏季与冬季，显然是为了配合故事情节的发展，作者将"故事背
景季节时间"进行叙写操控。例如，"绘卷"中的"死亡"总是与"一岁一枯荣"

---

[1] 紫式部. 源氏物语 [M]. 丰子恺译. 北京：人民文学出版社，1980：734.

草木的"枯死"同步，死亡不断发生在秋冬两季。将秋冬两季设为"小说人物死亡事件"的背景，一是客观上一年生植物在此时非死即枯，二是"非死即枯"外部景观给人强烈震撼。死亡是让鲜活生命实体触目惊心的事件，肢体枯化，活气丧尽，这番场景让人感叹生命无常与世事短暂。死亡后人类个体存在的意识不复存在，死亡世界没有逻辑、概念与次序，死亡超越时间与空间。时入秋季，寒风瑟瑟，落叶纷飞，草木枯黄，好不凄凉，拨弄人心弦。人们伫立在这般景物化的文本当中，深有感触，由感触、感动而引发对过去各类或悲或喜、或哀或乐事件，或过去情感体验的深深回顾，人们沉醉于各类联想的冥思遐想过程当中，流连忘返，不得脱身，并由此而愉悦，产生审美的快感。"物伤其类，人同此心"[1]，"万物静观皆自得，四时佳兴与人同"（程颢《秋日偶成二首》），人对"天地日月"的感受与外部景物对"天地日月"的"感受"同步，由而同悲同喜、同欢同乐。景喜人喜，景悲人悲，人与景的"情绪"有机融合，这是顺接的描写手法。另有一类，景喜人悲，景悲人喜，即时间情态化叙事技巧中逆接或反衬的描写手法。

其时残月当户，景色清幽，庭中樱花已过盛期，而枝头犹有残红季节，凄艳可爱。朝雾弥漫，远近模糊，融成一片，这风趣实比秋夜美丽得多。[2]

阳春三月（三月十七、十八日）光源氏赴须磨之前秘密前往岳父左大臣家中，葵姬（光源氏结发妻子，左大臣之女）已过世，旧居中景观好不凄凉，加之不可名状之罪迫使源氏背井离乡，源氏眼中的春景为"残月"、"清幽"、"凄艳"、"朝雾"、"模糊"，反射出主人公凄凉、悲壮、迷茫的心境。斯人已逝，只剩残红，如今自命难保，前途迷茫，如何是好。以景托情，喻情于景。以不济时令的"清冷与模糊"光旭衬托光源氏心境的凄凉，春日的光旭理应温瑟柔和，然而主人公光源氏窥视到的春光是透过冰冷而模糊的心镜看到的，如是出现如此这般"清幽"、"凄艳"、"模糊"的春景与春境。以下为同样有情趣的季节描绘：

时惟四月，晴空万里，清和宜人。四处树梢，一色青葱，美好可爱……"一丛芭芒草"也得势滋蔓，想象将来虫声繁密的秋趣，令人感慨流泪。夕雾就在这些露草之间缓

---

[1] "物伤其类，人同此心"：指见到同类死亡，联想到自己将来的下场而感到悲伤。

[2] 紫式部. 源氏物语 [M]. 丰子恺译. 北京：人民文学出版社，1980：219.

步而入。[1]

时入初夏，在描写"晴空万里，清和宜人"、"一色青葱，美好可爱"初夏景致的同时，描写的笔触涉及"芭芒草"、"虫声"、"露"这些富有秋天情趣的字眼。初夏的景色，使人联想到的却是深秋时节生命凋零的悲切情感。柏木的死令人悲伤，这一情感体验正好契合了深秋的惆怅，让人联想到深秋在朔风中狂舞的"芭芒草"、入夜悲鸣的"虫声"、秋日黎明寒气瘆人的"白露"。脱离眼前的自然景物所象征的季节感，而涉及非当下季节的情景，由而产生背离当下季节的情感体验，这是典型的时间情态化反衬的表现手法。对外部景观的描叙，植被变化表面上体现的是时间的变换，实际上欲求表达的是主人公内心深刻情感体验的变迁。人的内心世界他者不可窥透，人的内心世界又非与外界隔绝之体，内心丰富的情感体验源自外部事物的变动，是外部事物的心理影像，外部事物可以直接通向每个个体的内心深处。如前所述，"春"主"喜"、"夏"主"乐"、"秋"主"怒"、"冬"主"哀"，主观的心境与外部客观渲染一致。事实上情感并非每每如此，喜怒哀乐情感的变化并非总是与季节的变换步履同行。个体读解外部世界时，外部事物发生变化是客观的，个体对此的理解是主观能动的。很多内在感情产生激烈的时候，内在情感体验跨越当下季节相应情感体验，而与未来季节相连通，例如由当下的春季跨越至秋或冬，如此这番的联想缘自强烈的主观情感，春天里的主人公心情十分悲切，进而联想到与悲切心境相适宜的秋季或是冬季，进而联想发生在秋冬之际过往的悲痛。显然，此刻人物本身已将时间内在化。即人物情感愈是激烈，个体审美主观意识愈强，人物的主观情绪便开始主导由四季景观变换而定义的时间。

这正是三月初十日。樱花盛开，天朗气清，真乃良辰美景。佛菩萨所居极乐净土，景象恐与此地相仿……紫夫人听了更觉凄凉寂寞，万念俱灰，便即席吟诗，教三皇子送给明石夫人，诗云："身随物化无须惜，薪尽烟消亦可哀伤。"[2]

盛春时节，樱花绽放，天高气爽，游人如织，这番良辰美景衬托下的人情事物圣洁、清朗，并寄喻"春华秋实"之美好。然而此时紫夫人预感到大限已到，心中无比寂寥。自己举办的法会浓重、庄严、华丽，但"观此情景，自念余命无多，不禁悲从中来，

———————————

[1] 紫式部.源氏物语 [M].丰子恺译.北京：人民文学出版社，1980：656-657.

[2] 紫式部.源氏物语 [M].丰子恺译.北京：人民文学出版社，1980：714.

但觉万事都可使她伤心"[1]，内心的悲切之情无限蔓延。此刻，春光的明媚与紫夫人心中阴冷的寂寥形成鲜明的对比，自然景致当下之状与物语中人物情感之状相背离。该描写手法正是"以乐景写哀，以哀景写乐，一倍增其哀乐"（王夫之《姜在诗话》）。人物行将就木之时的情感体验与春天生命复苏、生机勃勃的情感体念得不到融合，紫上的逝去是不可复苏、不可逆转、不可轮回的。同时，该处体现出作者对世间生命的认识——人的生死是不可轮回的，但植被的生命是可以复苏、可以轮回的。实际上是区分了高等化的人和低等化的植物间的生命历程，"野火烧不尽，春风吹又生"，表层讲叙的是一年一绿的草木，此年与彼年漫山遍野覆盖的绿草从景观上讲并无二致，实际上今年的"草"怎会与去年相同。"年年岁岁花相似，岁岁年年人不同"，今年的花怎会与往昔的花相同。从时间情态化叙事机能出发，却是要肯定它们（外部景观）之间的趋同性，以此来彰显内心世界丰富的情感变换。同样的景致，让人飞跃时空，产生跌宕与沧桑。人的生命不可轮回，因为生命中原罪的不可救赎。高等生物尤其重视本能的主观性，强调个体本能的舒展，强调个性化的人生，这些都是生命原罪之渊。

（二）季节时间内在化的历时悲情体验

在季节时间内在化表达手法上，《源氏物语》尤显过去时间意识内的悲情体验。

去年新种的小樱花树隐隐约约地开花了。每当日丽风和之时，源氏公子追思种种往事，常是黯然泪下……去年离京，正是这般时候。诸亲友惜别时的面影，憬然在目，深可怀念。南殿樱花想正盛开。当年花宴上桐壶院的声音笑貌，朱雀帝的清秀之姿……都活跃在眼前。[2]

源氏公子看了二条院庭中的樱花，回想起当年花宴的情状，自言自语地吟唱古歌中"今岁应开墨色花"之句。[3]

两者都是透过樱花追忆以往，此季此处的花令人回溯彼季此人的事，进而产生情感体验。花还是一样的花，情与人确已斗转星移、物是人非。源氏与胧月夜的情感描写手法如出一辙，又别有一番风景：

[1]　紫式部.源氏物语 [M].丰子恺译.北京：人民文学出版社，1980：715.

[2]　紫式部.源氏物语 [M].丰子恺译.北京：人民文学出版社，1980：240.

[3]　紫式部.源氏物语 [M].丰子恺译.北京：人民文学出版社，1980：338.

胧月夜还是同从前一样妩媚多情……源氏看到这神情，觉得比新相知更加可爱，虽然天色渐明，还是依依不舍，全无回去的意思。异常美丽的黎明天空中，飞鸟千百成群，鸣声清脆悦耳。春花皆已散落，枝头只剩有如烟如雾的新绿。源氏想起：昔年内大臣举办藤花宴会，正是这个时候。虽事隔多年，而历历回思当日情景，实甚可恋。[1]

二十年前的某日，源氏公子原本想去与藤壶妃子幽会，在未曾如愿的情况下误入了弘微殿，与胧月夜结下了露水之情，之后未得重叙。此事被弘微殿太后知悉，自谪须磨。此时，二度踏入弘微殿，弘微殿太后却已仙逝，邸内阴气沉沉、人影疏疏，与之前光景大不相同，光源氏感慨万分，流下泪来。叙事文本以晚春的树梢为切入点，将镜头拉回至二十年前的花宴。此时，主人公在惋叹，读者也在叹惋，主人公感叹今昔对比的巨大差异与世事的无常，读者感叹小说中人物命运多舛、事件离奇曲折。同时，读者的神魂也会穿越时空，将文本所叙移情于自身生活情感体验，进而感叹。《源氏物语》文本中多处将主人公视线的辐辏固定于某种景观或某一植被，产生重重叠叠的回想，构成倒叙文本。这一倒叙文本有明显的时间情态化特征，同一景观使得主人公回想起若干年前此季的花宴，产生跌宕情感体验。从以上举例可知，并非对过去相同时间内发生的事件细节进行周密刻画，与之前讨论的以相同季节为背景进行的平面历时回溯不同。虽然两者回溯的目的都是表达小说主人公情感的跌宕起伏，季节情态化却是以季节为主导进行回溯，此处是以赏析对象——例如"花、雪、月"——具体的物象为主导进行情感回溯。"花、雪、月"自身带有季节化特征，叙说主导的对象由季节转换为季节中特定的某物某景。

光源氏现今情感体验阀的形成由过去时间内不同阶段的各类情感体验堆积而成，当下的情感体验密接于过去，过去与现在交相辉映。似曾相识的"真实"的过去，映照在如今记忆当中，何尝不是赋予过去事物现代属性，何尝不是过去事物的又一轮新生。[2]

时间纵然不可逆流，置身于时间中的四季却是往复循环，循环对生死的不可逆转性进行全盘颠覆，生与死成为其形成过程中相互不可或缺的阶段。从这一层面出发，

---

[1] 紫式部. 源氏物语 [M]. 丰子恺译. 北京：人民文学出版社，1980：562.

[2] 神野藤昭夫. 源氏物语の時間表現 [J]. 国文学，1977（1）：23-28.

四季就不单纯代表的是时间，而是生与死的轮回、悲与喜的交替、荣与衰的反复。清水好子认为："新菜"卷叙述主题是"过去的复苏"、"叩问和直面过去"。[1]

（三）死亡与季节

1. 春天与死亡

《源氏物语》中描写的重要死亡，没有一起发生在夏天，发生在春天重要的死亡有三次，其中最重要的一次是藤壶之死，藤壶的死给光源氏内心深处留下极大阴影。《源氏物语》中藤壶这一人物形象与其他人物形象略有不同，藤壶这一人物出场次数不多，最重要的几处着笔都是与光源氏的几次密会，《源氏物语》中诸如这类情事的描写都会将发生事件的时间背景做详细交代，文中唯独没有明确交代这几次密会的季节背景。《源氏物语》是一个将事件所内含情韵与自然世界独有自然风情密切配合的叙事文本，叙事之美杬见于事件游弋在自然景物的洓淶中。通过叙事文本中作者对自然景物的描叙，可精核事件发生的时间，然而，藤壶与光源氏的几次密会都回避了外部自然景观描绘。只是在两人关系最后落笔处，着意刻画了藤壶仙逝时的初春光景，给读者残酷的情感体念，作者采用该叙事技巧的目的，在此只能做一种揣测，就是作者在强调密会事件的特殊意义，及藤壶人物形象在文本中的重要性。另外两起发生在春天的死亡，一是柏木[2]之死，另外一起是光源氏义母大宫之死。在光源氏一生中，柏木的死意味深长，除开父亲桐壶帝的去世（桐壶死于初冬），其余早其诀别于世者均为女性。另外，柏木病殂的描叙也未与季节和自然景观密切联系，"柏木"卷开头部分记述的时间是新年伊始，紧接下来是柏木与女三宫私生子薰诞生，薰满五十日时已是三月花开时节，之后，夕雾与柏木未亡人于落叶宫邸庭前赏花，柏木正是此刻死亡。《源氏物语》文中未对柏木之死直接描叙，柏木之死的文本解读亦藏匿于文本直叙之外。同样，《源氏物语》也未直接描叙大宫之死，大宫之死的描叙始于大宫死后的一周祭忌，旋即描写进入桃之夭夭、春光乍泄的春季，大宫之死的文本藏匿于帖与帖的转换之间。与光源氏密切关联的人物，义子——薰和义母——大宫的死亡都安排在春季。这些发生在光源氏身旁的不幸，从文本字面上来看，并无任何直接描写，却又隐隐提及。故事随同季节的推移而发展，季节的推移对整

---

[1] 清水好子. 源氏物语の主题と方法—若菜上·下卷について—[C]// 紫式部学会编. 源氏物語研究と資料, 1969：203-208.

[2] 柏木是头中将的儿子，柏木与光源氏之妻女三宫私通，生下光源氏的儿子"薰"。

个文本的展开意义深远。对于不幸事件的描绘，作者小心翼翼避开各类季节行事的庆典活动（季節の行事）。综言之，将生命完结事件的描叙放置于春季的事件不多，但这些事件意义重大，对光源氏一生影响深远。在此，对作者紫式部的叙事技巧和叙事意图做一番考量，总观整部文本，紫式部并不钟情于将悲惨事件布局于温和而美丽的春季季节背景当中。按古典文学叙事惯例，深秋与严冬更适应悲情的宣泄，抑或孤独、抑或凛冽、抑或悲诀，极致的气候状况与极致的情感体验并肩齐驱，是合拍的。为何作者要将藤壶之死与柏木之死遮遮捂捂地置于春季？不妨略窥两者的相似之处。光源氏有三个儿子，大儿子夕雾是与正妻葵姬所生，二儿子（日后冷泉帝）是与继母藤壶暗结珠胎，三儿子薰君是光源氏名义上的儿子，实际上是柏木与女三宫所生。光源氏谪居须磨后，因亲生儿子冷泉帝登基，被招回京城，做上太政皇，手握实权。日后的六条院兴建，明石姬进京，小女公子进宫为后，等等，都基于光源氏政治生命的复活。文本后十回的叙事中光源氏已不复存在，围绕光源氏的下一代，以薰君为主展开爱情故事。冷泉帝是藤壶生命的延续，薰君是柏木生命的延续，冷泉帝给光源氏带来新的政治生命，为光源氏建立世外桃源提供先行条件；薰君的出现与成长则让本已将随同光源氏遁世而随风而逝的文本有了新的话题，薰相关话题的延续也是其父柏木话题的延续。柏木不死在光源氏之前，薰的话题就无法展开，光源氏在整部文本中的重要性就无从凸显。另外，《源氏物语》中最为悲痛的死亡事件是紫上之死，紫上之死恰好安排在秋季，可谓物同人悲，刻骨铭心。为了不冲淡紫上之死之悲的叙事韵味，将一部分重要人物的死亡事件的叙写置于春天，又不加以正面描绘，紫式部对《源氏物语》文本的谋篇布局可谓意味深远。

2. 秋天与死亡

《源氏物语》首帖叙事容量大，故事发展都基于这一帖的引申与辐射。第一帖描叙了几个重大事件：源氏诞生→更衣之死→命妇夜访→源氏回宫→相士看相→藤壶入宫→源氏加冠→源氏婚礼。其中诸多事件发生的时间不确定，例如，命妇夜访的时间描叙是"深秋有一天黄昏，朔风乍起，顿感寒气侵肤"[1]，光源氏回宫的时间描叙是"过了若干时日，小皇子回宫了"[2]。《源氏物语》书中首次涉及的时间描写是夏季，某一年的夏季，光源氏的母亲桐壶更衣病重，请求退宫赴母亲家中疗病，

---

[1] 紫式部. 源氏物语 [M]. 丰子恺译. 北京：人民文学出版社，1980：6.

[2] 紫式部. 源氏物语 [M]. 丰子恺译. 北京：人民文学出版社，1980：11.

桐壶帝万分不舍，回娘家不久，桐壶更衣很快病殂，此时光源氏三岁。紧接下来描写的季节是命妇夜访的秋季，从文中模糊用语中很难推断是哪一年的秋季，时值光源氏三岁、四岁、五岁都有可能。季节是一个模糊的概念，与情感的渲染有关，却不能作为成长历程中的精确时间坐标点。用季节的变换这一不确定的时间点来链接文本，使得文本时间的过渡及转承更为自然。秋季紧随夏季，在文本描述中也可以紧随若干年前的夏季。又，桐壶更衣死于夏季，随之而来的秋季依然承续夏季悲伤情感描写的文本基调。命妇抵更衣娘家府邸，"庭草荒芜，花木凋零。加之此时寒风萧瑟，更显得冷落凄凉。只有一轮秋月，繁茂的杂草也遮它不住，还是明朗地照着"[1]。命妇离开府邸时，"其时凉月西沉，夜天如水；寒风掠面，顿感凄凉；草虫乱鸣，催人堕泪"[2]。从情感的起承转合入手，文本安排得非常紧凑，高潮跌宕。之后发生的事件是光源氏回宫和祖母仙逝，都没有明确交代季节背景，很快故事时间进入"此时小皇子年方六岁"[3]。《源氏物语》中描写的重要死亡主要发生在秋冬两季，文中并未将晚秋与初冬严格区分开来。第四帖夕颜死时，作者对秋季景色进行白描。光源氏从五条家中将夕颜带出，当时正是"八月十五之夜，皓月当空"[4]，"秋虫唧唧，到处乱鸣"[5]，抵达离夕颜家不远的一所宅院。

但见三径就荒，蔓草过肩，古木阴森，幽暗不可名状。朝雾弥漫，侵入车帘，衣袂为之润湿。源氏对夕颜说："我从未有过此种经验，这景象真教人寒心啊！"[6]

源氏公子亲自打开格子窗一看，庭院中荒芜之极，不见人影，但见树木丛生，一望无际，寂寥之趣，难于言喻。附近的花卉草木，也都毫不足观，只觉得是一片哀秋的原野。池塘上覆着水草，荒凉可怕。[7]

翌日，夕颜死亡，此时正是八月十五日月满后的第二天。《源氏物语》中夕颜的一生短暂地栖居于第四回中，之后相隔五帖的第九回中，光源氏的原配葵姬突然去世。葵姬病逝时的季节是当年的秋季，阴历八月。送葬的当天，已是八月二十日过后，"残

[1] 紫式部. 源氏物语 [M]. 丰子恺译. 北京：人民文学出版社，1980：6.

[2] 紫式部. 源氏物语 [M]. 丰子恺译. 北京：人民文学出版社，1980：8.

[3] 紫式部. 源氏物语 [M]. 丰子恺译. 北京：人民文学出版社，1980：11.

[4] 紫式部. 源氏物语 [M]. 丰子恺译. 北京：人民文学出版社，1980：61.

[5] 紫式部. 源氏物语 [M]. 丰子恺译. 北京：人民文学出版社，1980：62.

[6] 紫式部. 源氏物语 [M]. 丰子恺译. 北京：人民文学出版社，1980：63.

[7] 紫式部. 源氏物语 [M]. 丰子恺译. 北京：人民文学出版社，1980：64.

月当空，凄凉无限"[1]。夕颜死于八月十五日的中秋，葵姬死于晚秋——"秋日生离犹恋恋，何况死别两茫茫"[2]，"深秋之夜，风声越来越觉凄凉，沁入肺腑。不惯独眠的人，但觉长夜漫漫，不能安枕"[3]。第三十九回（"法事"卷）描写了紫上的死，"是日傍晚，秋风凄楚"[4]，与之前夕颜死时的"皓月当空"、葵姬死时的"残月当空"相比，紫上的死尤显阴郁，一个没有月光的凄楚秋夜，光源氏几度回想起若干年前秋夜亲人死亡时的凄凉，"他回想昔年夕雾的母亲逝世，也是这时候的事，心中十分悲伤"[5]。月亮的阴晴圆缺是《源氏物语》故事情节推移的重要背景，凡是作者开始细心描绘月亮，便有重大事件发生，"月"担任着重要的叙事机能，特别是"秋冬之月"。《源氏物语》中"暗夜（闇夜）"往往与隐晦、逃避世人眼目的事件关联，例如，柏木首次秘访光源氏年轻美貌妻子女三宫、匂宫最后秘访宇治，等等。夕颜送葬时是皓月，葵姬送葬时是残月，紫上送葬那天却是"十五日早晨""太阳鲜艳地升入天空，原野上的朝露消散得影迹全无"[6]。夕颜与葵姬的死都是生灵附体，有些鬼怪，紫夫人现世功德厚重，受世人仰慕，"太阳鲜艳地升入天空"的时候紫夫人遗体"化作一片烟云，立刻升入天空"[7]。同时，前四十回主体部分故事也即将随着这"一片烟云"收尾。

3. 冬天与死亡

第十回（"杨桐"卷）中，光源氏的父亲桐壶院崩御，此时正是初冬，"断七之日，正是十二月二十。岁暮天寒，层云暗淡……其时大雪纷飞，北风凛冽"[8]。岁历更新时，光源氏只是寂寂地过了一个新年。

正月是地方官任免的时节。往年每逢此时，源氏家必然车马盈门，几无隙地……然而今年门前冷落了。带了铺盖前来值宿的人，一个也没有。只有几个老管家空闲无事地坐着。源氏大将看到这光景，心念今后气数已尽，不胜凄凉之感。[9]

---

[1] 紫式部．源氏物语 [M]．丰子恺译．北京：人民文学出版社，1980：168.

[2] 此古歌见《古今和歌集》。

[3] 紫式部．源氏物语 [M]．丰子恺译．北京：人民文学出版社，1980：169.

[4] 紫式部．源氏物语 [M]．丰子恺译．北京：人民文学出版社，1980：717.

[5] 紫式部．源氏物语 [M]．丰子恺译．北京：人民文学出版社，1980：720.

[6] 紫式部．源氏物语 [M]．丰子恺译．北京：人民文学出版社，1980：719.

[7] 紫式部．源氏物语 [M]．丰子恺译．北京：人民文学出版社，1980：719.

[8] 紫式部．源氏物语 [M]．丰子恺译．北京：人民文学出版社，1980：191.

[9] 紫式部．源氏物语 [M]．丰子恺译．北京：人民文学出版社，1980：191.

通过正月赴源氏府邸前来求官的场景变化，衬托光源氏自幼丧母，此时（光源氏二十三岁）丧父的无限悲凉。新年的到来非但没有欢喜，"门前冷落鞍马稀"的场景反而加深了光源氏的悲伤，该叙事手法也是反衬，深化了对"世间趋炎附势、人情冷暖自知"主题的描写，中日文化何其相似哉。第十四回（"航标"卷）中，光源氏结束了须磨的追放生活，该帖中描写了六条御息所的死。六条御息所死于初冬，旋后"雨雪纷飞，朔风凛冽"[1]，源氏公子郁郁寡欢，戒荤茹素，笼闭一室，终日不卷珠帘，一心诵经念佛，"雨雪纷飞荒邸上，亡灵萦绕我心悲"[2]正是此时光源氏心境的真实写照。第十五回至第三十八回中没有出现特别重大的死亡事件，只有两件相对重要、一件次重要的死亡事件，第十九回（"薄云"卷）藤壶，第三十五回（"柏木"卷）柏木死，两人都不是主角，但又对主角的人生起到很大的影响，藤壶与柏木都死于春季。柏木死去三帖以后，第三十八回（"夕雾"卷）中，描写了其未亡人——落叶宫母亲病死，正值阴历八月，初秋之时。此后，接第三十九卷紫上之死。纵观文本，对于死亡事件安排的时间背景是匠心独具的，发生死亡事件的背景时间在季节安排上是顺承的，仔细观之又将相似类型/话型人物的死亡安排在同一季节。死亡事件的发生，在春夏秋冬循环当中又做了互补的搭配。由而，文本对任何一系列事件的描写，都是强弱搭配、有所侧重，在统揽全局的事件叙述当中，将每个独特事件深深嵌入文本，密合于文本。

（四）夏季与冬季的意蕴

《源氏物语》时间情态化的叙事技巧中，作者擅长将相对重要事件的描绘集中在温和的季节背景当中，例如，光源氏自谪须磨，冷泉帝退位，等等，这些事件的描写都放置于春秋两季。作者仅将为数较少的意义重大的特殊事件置于夏季与冬季的背景当中描叙，强烈而短暂的感情描写集中在夏季，死亡描写一般放置于冬季，人同物悲。

夏季，除开描写特殊意义的事件外，多用于描写感情浓厚、含义隽永的短暂情事。法事大会在日本平安时期的贵族生活中甚为流行，在文本中具有特殊意义，《源氏物语》中《法华经》的诵经大会多次举行。书中倒数第三回（"蜉蝣"卷）中描叙了最后一次庄严的法事大会，这次法事大会在夏季举行，"莲花盛开之时，明石皇

---

[1] 紫式部.源氏物语 [M].丰子恺译.北京：人民文学出版社，1980：284.

[2] 紫式部.源氏物语 [M].丰子恺译.北京：人民文学出版社，1980：284.

后举办法华八讲"[1]，这次法会仪式尤为隆重。像法事大会这类具有特殊意义事件的背景时间，多集中于夏季。从光源氏的个人生活层面来讲，夏季发生的事情也都颇具特殊意味，如与其交涉短暂的各类女性的插话，第二回（"帚木"卷）中有名的"雨夜品评"的插话。"雨夜品评"的时间背景是阴历五月，梅雨连绵，久不放晴的夏夜。之后，在一个好不容易放晴、萤虫交飞的夏夜，光源氏与空蝉结"无凭春梦"[2]。"花散里"卷与"航标"卷中，光源氏赴花散里居所拜访之时，也正值梅雨时节，久雨放晴的夏日。"红叶贺"卷中，光源氏与好色老女人源内侍之间戏剧性的插曲，也正发生在夏天。光源氏移居六条新邸，之后长达七帖的叙事中，围绕整整一年的时光进行描写，其中两帖以夏季为时间背景。夏季发生的事情及从夏季开始的事件数量不多，但作用显著，《源氏物语》始于夏，终于夏。第一回（"桐壶"卷）的冒头部分，光源氏的母亲桐壶更衣病重退宫时就是夏季，最后一回（"梦浮桥"卷）中最后一番季节场景的描写是避居在小野草庵中的浮舟，"面对绿树丛生的青山，正在寂寞无聊地望着池塘上的飞萤，回思往事，借以慰情"[3]，从"飞萤"两字可以判断得出此时正值夏季。光源氏与继母藤壶的密会时间一直是一个谜，其私生子冷泉帝的妊娠时间也不好确定，该事件起始于第五回（"紫儿"卷），光源氏至北山休病时，"时值三月下旬，京中花事已经阑珊，山中樱花还是盛开。入山渐深，但见春云叆叇，妍丽可爱"[4]。之后，藤壶妃子身患小恙，暂时出宫回三条娘家休养。光源氏催促王命妇牵线搭桥，催其与藤壶妃子相见。

　　王命妇用尽千方百计，竟不顾一切地把两人拉拢了。此次幽会真同做梦一样，心情好生凄楚！……到了夏天，藤壶妃子更加不能起床了。她怀孕已有三个月，外表已可以分明看出。[5]

冷泉帝诞生于翌年二月十日之后，由此可以推算光源氏与藤壶两人命运的密会大约也在夏初，或更早一些时候。《源氏物语》收篇于夏季，与《红楼梦》收篇"只见白茫茫一片旷野，并无一人"[6]的冬季时间背景大相径庭，春生、夏盛、秋衰、冬死

---

[1] 紫式部.源氏物语 [M].丰子恺译.北京：人民文学出版社，1980：1014.

[2] 紫式部.源氏物语 [M].丰子恺译.北京：人民文学出版社，1980：39.

[3] 紫式部.源氏物语 [M].丰子恺译.北京：人民文学出版社，1980：1067.

[4] 紫式部.源氏物语 [M].丰子恺译.北京：人民文学出版社，1980：80.

[5] 紫式部.源氏物语 [M].丰子恺译.北京：人民文学出版社，1980：94-95.

[6] 紫式部.源氏物语 [M].丰子恺译.北京：人民文学出版社，1980：859.

是一般性的时间情态化叙事技巧，紫式部采用夏季时间背景收篇正呼应了文本开端的夏季时间背景，"始于夏，终于夏"，整个文本形成一轮完美的季节闭合循环。作者对季节时间叙事进行操控，在这一隐蔽的操控行为当中，隐蔽作者的叙事意图与叙事声音显而易见。开头与结尾都置于夏季，始于夏终于夏，这就会令细心的读者产生一种错觉，阅读行为结束了，随着故事的跌宕起伏读者随同主人公光源氏游历了多彩丰富的一生，做了一场源氏之梦，梦起于夏，梦醒于夏，原来是一场空梦，这就是小说。

冬季，描写不寻常的事情，并与死亡密切联系。几起重要的死亡事件都发生在冬季，例如六条御息所的死、宇治大君的死。另外，冬季与夏季一样，被作为光源氏若干恋情的插话背景。如第六回光源氏初见末摘花，末摘花如红莲花色的鼻子，映衬着寒冷、白茫茫的冬雪，非常抢眼。第二十回中光源氏与朝颜初识，正值雪夜，光源氏与其侄女女三宫的婚约也在雪夜。春雪与冬雪有着不同的意味，阴历的春节即立春，同时表示新一年的到来，前后几场雪，却跨越着不同的年份。匂宫最后和浮舟见面时，正是春雪纷纷扬扬飘落之时。正如光源氏与藤壶密会于不寻常的季节，这些不寻常季节的着笔表示作者紫式部在强调该人物存在的不寻常，也是作者在不断使用陌生化的手法将读者一次次拉回文本的精神之旅当中。还有一位人物明石姬也与冬季密切相连，六条院中明石姬居住于冬区。明石姬在光源氏的众多女人中担任着重要的角色，光源氏通过与明石姬的联姻，成为皇帝的岳父，光源氏死后，明石姬负责管理六条院，在后十回中担任着重要的叙事机能。移居六条院以后数帖（直至"玉鬘"卷以后）都是围绕季节时间叙事展开的画卷，其中就有不少围绕冬季展开的画面，且描写六条院时仅限于冬季。光源氏与众不同处之一是其特别喜爱寒冷冬季的夜晚。紫上死后的第四十回（"魔法使"卷），整帖都是围绕一年中的四季进展，始于"春"，终于冬季的雪景，"此时梅花含苞待放，映着雪色，分外鲜妍可爱"。光源氏最后吟诗：

> 命已无多日，春光欲见难。
>
> 梅花开带雪，且插鬓毛边。[1]

之后，光源氏全身隐退。该帖中主要使用的叙事技巧是季节时间情态化的叙事技巧，

---

[1] 紫式部. 源氏物语 [M]. 丰子恺译. 北京：人民文学出版社，1980：859.

由当下的季节,光源氏脑海中回溯出过往相同季节发生的事件与情感。季节时间情态化的叙事技巧除开天人感应外,还有一项重要的叙事功能被忽略,它能将若干年前发生的事件、发生的情感,与若干年后的事件与情感相重叠,通过主人公的情感回溯进行平行贯穿比较。

第三节 《红楼梦》与《源氏物语》时间循环叙事对比研究

时间看似在季节变化、花草荣枯和虫飞鸟鸣中来回往返,季节与植物荣枯密切相关。春夏秋冬的自然循环里面包含有起承转合的自然哲理,人生一世,草长一秋,人世的悲凉产生于自然荣枯的反复,世事循环是天道循环的隐射。《红楼梦》和《源氏物语》都打上了自然时间观的烙印,反映出作家对自然时间的遵循,自然时间指涉得最多的还是自然季节循环。自然季节的变化不以人的意志为转移,世态炎凉也绝非季节转换的决定因素,无论寒暑温热,该发生的事总归要发生。然而,《红楼梦》和《源氏物语》中发生的故事却与自然社会中随机发生的事件不同,故事发生的背景时间深含寓意并有所指代,其指代关系源自叙事时间的时间情态化叙事机能。在四季时间叙事中,《红楼梦》和《源氏物语》又特别偏重春秋两季,春生秋实,由盛而衰,两者呼应形成时间中的自然悲剧意识,具体表现为由落花落叶引起的伤春悲秋,春天到来,百花盛开,然而春暮有落花,由花的美好引申至人与事件的美好阶段,由花的落幕引申至人与事件的落寞,进而悲伤。秋的来临,意味年岁过半,落花落叶提醒人们个体生命不可逆转的时间本质,引起人们悲秋悲人的情感。时间情态化的叙事机能由此而生,时间情态化即由季节和时间的流转引起人的感情波动。季节的交替变换是提供《红楼梦》和《源氏物语》情节展开、发展的外部必备条件,是推动事态演变与发展的必备条件。两部小说将事态的变迁与自然季节的变化紧密结合,使得景物描写、人物情感、矛盾纠葛等有机地融合。两书时间情态化叙事技巧同中有异,异中显同。

一、时间情态化中的"四季"

《红楼梦》整部作品可以明显地区分为春夏秋冬四季,虽然后四十回为高鹗撰写,从时间循环叙事这一点切入观察,后四十回与前八十回有机融合,相得益彰。《源氏物语》整部作品凸显了两代人的情爱故事，可划分为两组完整的春夏秋冬四季循环，第一组循环与第二组循环之间的分割线清晰。第一组循环——光源氏的故事，以光源氏一生的春夏秋冬串联起若干个饶有风趣的小故事，第二组循环——薰君（光源氏儿子）的悲恋故事，描写了薰、浮舟、匂宫，两男一女间的爱情故事。薰君爱情故事的春夏秋冬叙事循环与宝黛爱情故事的叙事循环非常相似。《源氏物语》中宇治十帖的爱情故事与《红楼梦》中二玉、二宝之间发生在大观园里的爱情故事有更多可比性。实际上光源氏与贾宝玉有诸多不能比拟之处，光源氏五十二岁遁世，宝玉二十岁（岂知宝玉是下凡历劫的，竟哄了老太太十九年！[1]）即看破红尘，归天而去——"这一日空空道人又从青埂峰前经过，见那补天未用之石仍在那里"[2]。同为爱情小说，《红楼梦》小说中的主人公贾宝玉与《源氏物语》中的光源氏的爱情故事完全没有可比性，倒是宝玉、黛玉、宝钗之间情爱故事的春夏秋冬与薰、浮舟、匂宫具有可比性。《源氏物语》为紫式部一人撰写还是确有两人，对此"源学"界一直存有纷争，通过对文本时间情态化叙事技巧的分析，可以看出文本第一轮季节循环与第二轮季节循环的决然不同处，全书第一回叙事母胎及第二回预言性总纲（雨夜品评）中并未将第二轮循环（后十三回）的内容纳入最初的叙事体系当中，即前后没有对称映射关系，可清晰地隔断为两轮循环。中国古典文学叙事的传统是故事首尾连贯，情节完整。在这一点上，《红楼梦》强于《源氏物语》，《红楼梦》开篇于顽石下凡，收篇于顽石归天，整个故事是一场虚梦，以"梦"为始点又复归于梦，书名中又以"梦"字眼点题。通过对《源氏物语》时间情态化叙事的分析，两轮春夏秋冬叙事循环轮迹凸显，可以看出讲述的是完全不同的两组故事群，两组故事群构建基质完全不同，很明显出自不同作者之笔。小说题名为《源氏物语》，本应仅局限于讲叙光源氏的一生，实际上在第四十一回（"云隐"卷）后光源氏全身隐退，文中第四十二回至第五十四回叙事内容与光源氏没有任何直接牵连。

　　《红楼梦》中的春天与宝玉情事相关联，与悲伤相关联，多借用春天写悲，采用反衬叙事手法以喜衬悲。夏季日夜温差小，气候特征稳定。宝玉出生在夏季，书中主要人物宝玉、宝钗等都是在夏季首次登场。夏季发生的事件有喜有悲，但不论悲喜都穷极工巧，且扑朔迷离。如果将春夏秋冬的一次轮回看作一回生命的新生与

[1] 曹雪芹，高鹗．红楼梦[M]．长沙：岳麓书社，2004：859．

[2] 曹雪芹，高鹗．红楼梦[M]．长沙：岳麓书社，2004：864．

死亡，秋天已是过了生命的新生期与旺季，特别是满目萧条的深秋，渐入死亡。《红楼梦》中对季节时间叙事做了精心设置与安排，前五回叙事时间跨越八个年头，却只字未提秋季。从"石头记"第十一年开始季节背景转为秋季，叙事速度变慢，文本越往后以秋季节为背景的叙述速度越缓慢，第十一年的秋天跨越了三个章回，第十六年的秋天跨越了十一个章回，第十九年的秋天跨越了九个章回。此时故事的背景颜色已由春天的绿（生）、夏天的红（旺），转至秋天的黄（衰），文本颜色叙事的编排节奏清晰可见。《红楼梦》中的秋季与萧条、悲伤相连，间插凤姐泼醋、贾母八十大寿等闹戏，悲中见喜，这一描写手法呼应春季的"反衬"叙事手法。在全书情态化叙事当中虽为"春主喜，秋主悲"，但悲喜比例控制妥当，不时"悲中见喜，喜中显悲"。《红楼梦》的冬天描写得十分优美，以冬天为背景主要叙写了两类事情，一是死亡，二是诗歌咏叹。作者对文本的精心刻画表现在将人们极度厌恶的死亡与人们极度喜爱的优美诗文的赏析在同一背景当中书写，既冲淡了死亡苍白的色调，又加入了柔和的暖色，渲染出绝美的意境。春主喜，夏主旺，秋主悲，冬主亡，这是《红楼梦》的基调。但又不是单色调的书写，喜中见悲、悲中见喜（春秋互见），旺中见亡、亡中见旺（冬夏互见），季节色调互见的同时又保持季节叙事主色调，即整本书的色调是由绿（春）变红（夏）、变黄（秋）、变白（冬），四大色调对文本渲染的势力是均衡的。《源氏物语》则与之不同，虽说也存在四大色调，但有所侧重。重要事件的叙写主要放在春秋两季，发生在春季的事件要多于冬季与夏季的总和，发生在秋季的事件又远远多于春季。再次反映出中日传统文化的不同之处，中国人讲究的"和"是求势力的均衡，日本人讲究的"和"是旨在和谐气氛之中容许个体势力的彰显。

二、时间情态化中的"悲"

《红楼梦》与《源氏物语》两部作品当中人物众多、场面豪华、结构宏大，除此以外两部作品极为神似，都有一股淡淡的忧伤流淌于文间，贯穿始终。"《红楼梦》一书，与一切喜剧相反，彻头彻尾之悲剧也。"[1] 彻底颠覆了"始于悲终于欢"的中国传统叙事模式，《红楼梦》开篇直叙一股情债，绛珠草"只因尚未酬报灌溉之德，故其五内便郁结着一段缠绵不尽之意"[2]。结篇"说到辛酸处，荒唐愈可悲。由来同

[1] 王国维. 红楼梦评论（外三种）[M]. 长沙：岳麓书社，1999：11.

[2] 曹雪芹，高鹗. 红楼梦 [M]. 长沙：岳麓书社，2004：3.

一梦，休笑世人痴"[1]。又，《红楼梦》第一回的"好了歌"——"古今将相在何方？荒冢一堆草没了"[2]。第五回的"飞鸟各投林"——"冤冤相报实非轻，分离聚合皆前定"[3]。"好一似食尽鸟投林，落了片白茫茫大地真干净。"[4]均以天道循环预告小说文本的悲剧结局。《源氏物语》开篇即哀——皇上的爱妃、小皇子的母亲更衣去世，"小皇子年幼无知，看见众宫女啼啼哭哭、父皇流泪不绝，童心中只觉得奇怪。寻常父母子女别离，已是悲哀之事，何况死别又加生离呢！"[5]第四十回光源氏遁世前夕，"无论何事，触景生悲，难于禁受"[6]。《红楼梦》与《源氏物语》渲染抒发了一股悲情，两者的缘起大相径庭。从屈原的《离骚》至魏晋，中国士大夫大都将生命的悲剧意识化作深刻内在的生命体验宣泄于文本，明清两代的知识阶层表现更甚，在各种艰难苦楚中寻求自身安身立命的位置，将这一寻求的苦楚诉之笔端成为一股文化潜流。曹雪芹直面无以慰藉的生命痛苦和人生荒谬无常，用文本隐晦地表达当时文人志士的焦虑、挣扎，求解脱的独特的生命特质。中国古典文学《红楼梦》宣泄的是情绪上的"悲"，日本古典文学作品《源氏物语》表达的"悲"归属于日本文学审美中的"物哀"美学思想，两者根本的区别是"言志"与"抒情"。"言志"势必权衡在"得志"与"失志"之间，涵括功名利禄，功利大小依赖于施予者的价值判断，主观价值判断取决于判断者生存的环境与语境，由而所谓的真实价值其实是模糊的、可左右的，是充满人情味的。充满人情味的价值判断中尽显交易的赤裸性、争夺的非人性、尔虞我诈的残酷性。《红楼梦》的作者用优美诙谐的笔触、悲伤的情调真实写照了当时社会的"虚幻价值"，它的"悲"没有从政治趣味中脱身开来。《源氏物语》中的"悲"与之不同，"《源氏物语》将政治本身的描写控制在尽可能小的限度，原因显然在于政治不能令人'哀'……没有美感可言"[7]。"物哀之美"赏析的前提条件是带有某种强烈个性的个体在某个独特的具体情景中，讲究个人感觉、个人意愿、各美其美、各张其美的独特特质，是一种真实与独有的审美情感。道德

[1] 曹雪芹，高鹗 . 红楼梦 [M]. 长沙：岳麓书社，2004：865.

[2] 曹雪芹，高鹗 . 红楼梦 [M]. 长沙：岳麓书社，2004：7.

[3] 曹雪芹，高鹗 . 红楼梦 [M]. 长沙：岳麓书社，2004：36.

[4] 曹雪芹，高鹗 . 红楼梦 [M]. 长沙：岳麓书社，2004：36.

[5] 紫式部 . 源氏物语 [M]. 丰子恺译 . 北京：人民文学出版社，1980：4.

[6] 紫式部 . 源氏物语 [M]. 丰子恺译 . 北京：人民文学出版社，1980：736.

[7] 王向远 . 日本的"哀・物哀・知物哀"[J]. 江淮论坛，2012（9）：8-14.

是产生于集体之中一种均衡后的习惯和思维模式，指向"善"，"善"是一种"美"。这种"美"是建立在均衡划一，因要求齐整而需抹灭个性的需求之上，价值评判之后公认的"美"与彰显个性的个体美是一种此消彼长、此长彼消的关系，是不相消融、隔阂与背离的。一处求美要张扬个性，另一处求美要泯灭个性，由而《源氏物语》"物哀"所体现的"悲美"与《红楼梦》伦理教化中的"善美"难以达成统一，两者相悖。《源氏物语》中的哀美体现为"在将社会政治、伦理道德、抽象哲理排除之后，剩下的就是较为单纯的人性、人情的世界，以及风花雪月、鸟木虫鱼等大自然"[1]的描绘之中。例如命妇告别寄居外婆家的小皇子光源氏时，"其时凉月西沉，夜天如水；寒风掠面，顿感凄凉；草虫乱鸣，催人堕泪"[2]。又如藤壶母后去世后，对光源氏悲伤心境的描写，"笼闭在佛堂中，天天背人偷泣。夕阳如火，山间树梢毕露。而横亘在岭上的薄云，映成灰色。藉此百无聊赖之时，这灰色的薄云分外惹人哀思"[3]。再如光源氏遁世之前，"阴雨昏濛，源氏心情更恶，怅望暮色，凄凉难堪……望见群雁振翅，飞渡长空，不胜羡慕，守视良久"[4]。将主人公悲伤的情绪融于悲凉的景观当中，主观情绪与客观外像的描写自然糅合一处。

《红楼梦》和《源氏物语》两者的"悲"都与美相连，美主导悲。曹雪芹的"悲"中流淌着中国传统文化的血液，"对于死亡沉思、焦虑与挣扎、寻找生命的终极价值是中国古代文学中绵延不绝的主题之一"[5]。作者与后世红学研究者赋予作品在"悲天悯人"上多层象征意义，认为顽石是人"被弃"命运的象征；顽石下凡的情欲之旅是将自身情感移居"他乡"，在"他乡"求得一份逍遥与解脱；宝黛两人逃离"天庭"的单调生活，下凡至人间，本欲经历一番浪漫，偿还一段情债，"温柔乡里把歌唱，错把他乡当故乡"，伤痕累累的顽石最终还是归天而去。寓意深刻，生命从何来？为何来？顽石下凡继而归天的回答是：生命无所依，一切均茫然与缥缈，生命的痛楚无处不在，生命原本没有故乡，一切寻根之旅与改弦易辙都是徒劳。《红楼梦》的忧伤与悲情，归根结底缘自对生命终极意义的叩问，真正撼动人心的并非宝黛之间的儿女私情，而是通过由此牵连与引申的事件来透视人类悲剧的普泛性，

[1] 王向远. 日本的"哀·物哀·知物哀"[J]. 江淮论坛，2012（9）：8-14.

[2] 紫式部. 源氏物语 [M]. 丰子恺译. 北京：人民文学出版社，1980：8.

[3] 紫式部. 源氏物语 [M]. 丰子恺译. 北京：人民文学出版社，1980：338.

[4] 紫式部. 源氏物语 [M]. 丰子恺译. 北京：人民文学出版社，1980：733.

[5] 王玉宝.《红楼梦》中的悲与美 [J]. 云南师范大学学报，2003（2）：95-101.

得以移情进而共鸣。本章详细探讨《源氏物语》中死亡与四季的关系，《红楼梦》与《源氏物语》中对死亡的表达有着完全不一致的隐蔽叙事声音，《红楼梦》中的"死亡"表达的是回归永恒的欲望，顽石自天而降，复归于顽石。顽石与宝玉有什么不同？顽石是永恒不灭的，没有生死区分，顽石的生活是千篇一律、单调的、重复的；宝玉是鲜活的肉身，是多情的、痛苦的，生命是有限的。由此，可以看到作者更深一层的主张：永恒就是单调与重复的，要想永恒必须保持单调与重复。生命是短暂的、多彩的、多情的，也是痛苦的，昆德拉在《生命中不能承受之轻》[1]一书中提出"人生是一种痛苦，这种痛苦来自于我们对生活目标的错误选择，对生命价值的错误判断，世人都在为自己的目的而孜孜追求，殊不知，目标本身就是一种空虚"的哲学命题。早在两百余年前（《红楼梦》于1791年排印流行），曹雪芹就在书中提出同样的质疑，并予以回答。存在与价值的问题是任何一个个体生命无法逃避、反复自我叩问的问题，曹雪芹与昆德拉都认同生命是痛苦而空虚的，两者选择了截然不同的作品形式来表达这一理性探求，对人生存在的合理性、哲理性进行深层思考。日本古典文学作品《源氏物语》并没有体现出这一方面的哲思追求，体现出更强的写实性，书中的悲与美相连，表现出日本文化独有的审美意识。男性作家和女性作家在小说叙事中有不同的性别归属，男性作家曹雪芹隐蔽的叙事声音是在对社会和人生的终极价值进行叩问，具有很强的哲思性；女性作家紫式部宣泄得更多的是真实情感中的"真善美"，与道德和伦理教诲的层层逻辑思辨毫无关联。

　　关于时间情态化叙事技巧，在两书中体现得最多的是通过时间的流逝，展现"喜、怒、哀、乐、怨"情感的变迁，期间又夹杂着悲伤。关于《源氏物语》中体现的文学理论思想，本居宣长撰写了两本书，一本是《紫文要领》，另一本是《源氏物语玉的小栉》（『源氏物語玉の小櫛』）。《紫文要领》在宣长三十四岁（宝历十三年）时撰写，《源氏物语玉的小栉》在宣长七十岁（宽政十一年）时撰写，两书撰文相隔三十六年，都提出"知物哀（物のあはれを知る心）"的美学思想。"宣长在这两本书中提出'知物哀'是《源氏物语》的本质，该主张众所周知。"[2] "知物哀"最早出现在宣长二十九岁时撰写的一篇短文《安波礼辨》（『安波禮辨』）中。

　　[1] 米兰·昆德拉. 不能承受的生命之轻 [M]. 许钧译. 上海：上海译文出版社，2003：118.
　　[2] 成嶋国彦著. 本居宣長の源氏物語論 [C]// 鈴木日出男編集. 源氏物語の時空. 東京：笠間書院，1997：169.

原文：物のアハレを知るが、即ち人の心のある也。物のアハレを知らぬが、即ち人の心のなきなれば、人の情のあるなしは、只物のアハレを知ると知らぬに待れば、此のアハレは、常にただアハレとばかり心得ゐるま……孔子の詩三百一言以蔽之曰思無邪とのたまへるも、今ここに思ひあはすれば、似たる事なり。[1]

作者意译：知物哀，缘于人丰富的内心世界。不懂得事物的哀伤者，因其没有懂得事物情趣的心，缺乏对事物审美的心，更谈不上由此而引发的审美情。在理解事物哀伤的过程中，哀伤两字亦填满了内心世界……这与孔子曰"诗三百，一言以蔽之曰：'思无邪'"，何其相似也。

本居宣长在自己的思辨论文中提到孔子的"思无邪"，"思无邪"是孔子诗论的一个重要理论构架，是孔子诗学的本真美学观，也是儒家后学诗论之圭臬。"思"指"思想"、"性情"，"无邪"指"真"、"不歪曲"、"不虚假"，而非"正"。"思无邪"即指直抒性情，讲究性情之真，而非性情之正，与"诗言志"相悖。孔子在《论语·为政》中提出"诗三百，一言以蔽之曰：'思无邪'"，可理解为"《诗经》三百篇，总之一句话，它们都是（诗作者）性情的真切自然地流露"。诚如钱穆先生所言，"诗人性情，千古如照"，"孔门论学，主要在人心，归本于人之性情。学者当深参"。[2]中国学者们提出诗的本质是"本真性情"，日本学者对此认为：

歌・物語の本質を「物のアハレ」にあるとする考え方は「安波禮辨」で既に生まれているが、未だここでは、それを論証するところまでは至っていない。むしろ、歌・物語の本質を『論語』"為政"編中の「思無邪」と言い切る、その直観力の鋭さに注目すべきである。宣長の唐心に対する批判は、よく知られているところであるが、それも漢文に対する若き日よりの十分な素養の裏付けあってのことであった。[3]

作者意译：歌（诗）・物语的本质是"物哀"，这一主张最早出现在《安波礼辨》中，但《安波礼辨》中只是略微提到了"物哀"，未能对这一思辨加以举证，索性

---

[1] 本居宣長著，大野晋 大久保正 編集校訂. 本居宣長全集·第四卷 [M]. 東京：筑摩書房，1969：585.

[2] 钱穆. 论语新解 [M]. 北京：生活·读书·新知三联书店，2005：24.

[3] 成嶋国彦著. 本居宣長の源氏物語論 [C]// 鈴木日出男編集. 源氏物語の時空. 東京：笠間書院，1997：170.

将这一思辨思想断言为《论语》"为政"篇中的"思无邪"，宣长这种锐利的直观能力应当受到重视。宣长对"唐心"的批判众所周知，另一方面，从本居宣长撰写的文章中可以看出，本居宣长在很年轻的时候就具备相当的汉学素养。

本居宣长的汉学素养渗透于其撰写的《安波礼辩》、《紫文要领》、《源氏物语玉的小栉》当中。"阿波礼（アハレ）"最初是表达"震撼心灵/内心深处很深感触"的辞令，后世学者将这一心境标上了"哀"的字样。由而"哀"是"阿波礼"释义中的一种，但"阿波礼"之意不止于此。本居宣长认为：

> 人の情のさまぐに感く中に、おかしき事うれしき事などには感く事浅し。かなしき事こひしきことなどには感くこと深し。故にその深く感ずるたを、とりわけてあはれといふ事ある也。俗に悲哀をのみあはれといふもこの心ばへ也。（中略）阿波禮とふ事を、情の中の一ッにしていふは、とりわけていふ末の事也。その本をいへばすべて、人の情の事にふれて感くはみな阿波禮也。故に人の情の深く感ずべき事を、すべて物のあはれとはいふ也。[1]

作者意译：个人情感中对奇怪的事情或是高兴的事情，感触都比较浅。对悲伤的事情反而感触最深。故，个人情感中感触最深的部分，无论如何，是悲伤的事情。通俗地讲，对于心来讲，"あはれ（阿波礼/アハレ）"仅限指悲伤。（中略）"阿波礼"特指"一种情感"，这一情感非关现实生活之根本。如果言其本质，即是对人情世故的各种感受都可以称之为"阿波礼"。由此，将所有可以深深打动人情感的事情，称之为物哀（阿波礼/あはれ/アハレ）。

"アハレ"[2]是生活中的一种情感体验，非关现实生活之根本。"アハレ"并非仅指"哀"，也并非仅指向一种心情样态，词意涵盖面广。"心"接触事物时的感知，都可以称为"アハレ"。本居宣长从文艺审美的角度提出，人感觉某类事物并不困难，困难的是对感知对象的认知，这也是"物哀"与"知物哀"最大的差别。"感觉到什么"——任何人都有这一经验体验，却很难清晰陈述对认知对象的理解程度。本居宣长认为

---

[1] 本居宣长著；大野晋 大久保正 編集校訂 . 本居宣长全集·第二卷 [M]. 東京：筑摩書房，1969：106.

[2] アハレ：アハレ同"阿波禮"、"あはれ"、"物哀"，都是指"物哀"思想。"物哀"思想最早出现在本居宣长的短文《安波礼辩》中，用词"アハレ"，之后，宣长在其《石上私淑言》一文中，用词"阿波禮"，以后逐步转化为"あはれ"。我国将其翻译为"物哀"。

世界上的万事万物都要通过"心"的认知来进行理解，对于欢喜的事情人们自然产生欢喜情感，对于怪诞事件自然产生怪诞情感，恋慕事情自然是恋慕情感，各种各样的情感在"知物哀"的过程中加以体验。[1] 小说也好，诗歌也罢，并非作者独自宣情的产物，藤原道纲母在《蜻蛉日记》篇首即言"若是将自己非同寻常的身世写一本日记如实地记载下来的话，恐怕要被世人称奇呢"[2]。作者撰文之初，对作品将来的接受状况就有所考虑，自己喜爱之物，感动之情，独自吟诵出来还不够，还要使他人听，且要使他人听得懂，让他人如同自我一般在感情的漩涡中挣扎，这就是作家。于是作者在叙事中就要讲究行文的技巧，让从内心最深处涌出的原始情感成"形"，成"文形"。若要使这一"文形"以最好状态摹写出原生态心中的"情"，便要讲究行文的"巧"，将这一"巧"传递至"文形"的过程，就能最大限度体现出作者"物哀（あはれ）"的叙事技巧。本居宣长提出的"物哀（物のあはれ）"并非"事物自身的悲哀"，而是"知物哀"、"人同物悲，感伤的认知心理（物のあはれを知る心）"。"知物哀"作为一种审美情绪，有不少的追随者，"物哀"是日本古典文化中的一种审美意识，体现出对调和美的感动，感动的同时产生各式情绪体验，各式情绪体验交融进而形成独特优美的情趣赏析世界。与日本古典文学中的另一审美理念"以……为趣（をかし）"相比，其优美的层面相似，相对于"以……为趣"的明媚特质，"物哀"又多了一丝哀伤。"物哀（物のあはれ）"是日本人对"春雨のあはれ（春怨）"、"秋のあはれ（秋哀）"等词组的一般化概念，即"物哀"中的"物"可以被"春雨"、"秋"等一系列的事物置换。在《源氏物语》中，使用"物哀"一千零二十几处，用作形容动词 638 例，用作动词 137 例，用作表反省、静观 116 例，用作感叹 41 例，这些"哀"分别表达感动、兴奋、优美、凄艳、孤寞、思恋、回味、忧愁、悲哀等种种情感体验，这些情感体验非关生活之根本，却是人类情感感知之根本。日本古典文学中提倡的"真"，忠实于人类内心，还原人类隐蔽内心世界真相，在复杂的情感体验过程中品尝"真"，体验"美"。中国古典小说遵从"依史叙事"的美学追求模式，从历史故事个别的"真"中追求"美"。

　　时间循环主要指季节的循环，但也不能回避重复的昼夜循环。季节是一种物理

---

[1]　本居宣长著，大野晋 大久保正 编集校訂. 本居宣长全集·第二卷 [M]. 東京：筑摩书房，1969：106.

[2]　藤原道纲母，紫式部等. 王朝女性日记 [M]. 林岚，郑民钦，译. 石家庄：河北教育出版社，2002：3.

现象，亦是一种人文现象，从物理现象层面而言，春、夏、秋、冬对应着人类春暖、夏暑、秋爽、冬寒的生理情感体验，从人文科学的视角出发，春、夏、秋、冬又与人类酸、甜、苦、辣等更高一层次的心理情感体验关联，也可以将其与各类生命的生、旺、衰、亡等联系。季节叙事在文本中所占分量较重，"日月忽其不掩兮，春与秋其代序"（屈原《离骚》），自古以来，文人们对岁月的流逝及季节的变化特别敏感，作品中时常流露出"悲天悯人"的情怀。

从思维方式看，中国作家、文论家从大处着眼，建构小说的时间构架，而不对具体的时间作条分缕析的描写和研究，与中华民族传统的思维方式有关，即习惯于直觉把握，整体把握，对事物作整体认识，像阴阳五行、天人合一思想，都体现了对自然宇宙、天道人道的整体把握。这实在说来是中国古代的系统思维方法，强调历史的因素，重视时间定向的不可逆过程。古典小说的时间意识恰好体现了这种整体把握的思维方式，看重时间的大结构和大循环。[1]

受汉文化影响深远的日本文人亦如此，日本人的自然美意识主要集中在"月、雪、花"之中，然而"月、雪、花"之美无不感同四季变换的时间。时间流变改变的不仅仅是一种客观的物理现象，且其物象变换影印在人的心灵之间，形成深刻情感体验。"春华秋实、风霜雪夜"，不同季节的自然景观投射于个体的主观心灵世界，因人而异产生不同的天人感应效果。同样的外部场景容易让人产生同样的情感体验，例如严冬过后的桃之夭夭、蜂蝶飞舞、湖映翡翠、细柳拂岸的景致，与之前严冬的寒冷、孤寂、单调、萧落形成鲜明的对比，仿佛一切的死亡都是过去，一切又被重新赋予生命，充满希望。这种情感体验不是单一个体的独特情感体验，是天下芸芸众生的普泛性情感体验，文本进行此类景观描写的目的在于渲染情感，不同个体对同一物象产生相似的审美愉悦，在共同审美愉悦的当下产生共鸣。1961年夏天，沈从文先生在《抽象的抒情》一文中开宗明义，指出在生命发展中"变化是常态，矛盾是常态，毁灭是常态"[2]，生命的嬗变劫毁诚属必然。

"惟转化为文字，为形象，为音符，为节奏，可望将生命某一种形式，某一种状态，凝固下来，形成生命另外一种存在和延续，通过长长的时间，通过遥远的空间，

---

[1] 张世君.古典小说叙事的时空意识 [J].暨南学报，1999（1）：89-99.

[2] 沈从文.沈从文全集 [M].太原：北岳文艺出版社，2002：527.

让另外一时一地生存的人，彼此生命流注，无有阻隔。"[1]

今天再次引用半个多世纪的这些话语，正是印证了沈从文先生所说的"无论时光如何流转，空间如何遥隔，为形象、音符、节奏的文字符号，让彼此生命流注，无有阻隔"。继而，沈从文先生提出文艺的创造不能单凭理论，要有赖"情绪"的释放。"情绪"跨越时空阻隔，正是因为人类泛存的默会致知、触类旁通的直觉美感，使得此岸与彼岸、此时与彼时、此人与彼人"彼此生命流注，无有阻隔"。另一方面，文本中由共同物象审美愉悦带来的共鸣，属于浅层次的横向比较。深层次的是一种纵向的情感体验，即今年的此花此景此人使得每个独特的个体回想起过去，去年、前年或是若干年前此时的情感体验。这种情感体验总是与特定季节中的特定景观密切相连，逐渐升华沉淀为每个独特个体永恒的记忆。所以季节蕴藉着生命的记忆，充满对似水年华流逝与人世间沧桑的惋叹。《源氏物语》英文译者爱德华·塞登迪克（Edward G. Seidensticke）认为："若将《源氏物语》整本书设置于一个季节背景，毫无疑问是秋季。"[2]"春秋之美，孰重孰轻？"中日文人自古以来争执不休。秋日的美里包含着苦闷与忧愁，是一种忧（憂い）美，《源氏物语》张扬了这种美，幸福的甘甜中投射着痛苦的阴影，所有呆滞的事件都不能与虚幻的审美意识隔离开来。随同季节的推移，花草由盛变衰，步入死亡，回想起当时的娇妍，几多欢喜几多愁，"人非草木，人同草木"，对其生命即逝的惋叹声中，又多了几分怜爱。《源氏物语》文本中，作者将四季、自然、人三者有机结合，形成一种动中有静、静中有动，曲折有致情节的美的表达，人物生活的兴衰与内心世界的悲喜随同季节推移与景致变化而变化。综言之，欢愉是短暂的，无论是春或秋长久留下的还是悲伤。这一情感体验在我国古典名作《红楼梦》与日本古典名作《源氏物语》的时间情态化叙事技艺中得到了最为深情、最为典型的表现。中日古典小说叙事时间按照春夏秋冬依时循环，人物的命运也在四季循环中走过兴盛衰微。小说作者即便在后续文本当中刻意编排情节、制造离奇悬念、错乱叙事时空，文本中世间万态、悲欢离合、生死祸福的发展与结局，依据小说的时间循环叙事规律，在文本伊始处就早有预示。

---

[1] 沈从文. 沈从文全集 [M]. 太原：北岳文艺出版社，2002：527.

[2] E·G·サイデンステッカー. 日本文学にみる自然——『源氏物語』を中心に [C]// ハルオ·シラネ. 海外における源氏物語. 東京：おうふう，2008：94.

第三章 《红楼梦》与《源氏物语》地志空间叙事比较研究

前两章讨论的内容都与时间密切关联，然而文学作品中还有一种美超越了时间性，既无当下性，也无历史性与历时性，既很具象又很抽象，与器物、景致相关，充满写意特征。

《花非花》：花非花，雾非雾。夜半来，天明去。来时春梦几多时，去似朝云无觅处。[1]

《琴》：置琴曲几上，慵坐但含情。何烦故挥弄，风炫自有声。[2]

《鹤》：人各有所好，物固无常宜。谁谓尔能舞，不如闲立时。[3]

以上几首白居易的诗歌，其中都没有具体的时间序列，但仍然存在一定事实因素，器物与物种的特征仍然存在，器物和物种的事实性不能构成历史性与历时性，器物与物种所形成的事实性亦不需线性时间序列或是任何时间标示来支撑。器物与物种存在于地志空间，在小说文本中器物与物种最为和谐汇集一处的地志空间即古典小说文本中的园林。小说文本中出现的器物与物种具有很强的写意性，文本蕴涵的意象是建立在丰富的想象与虚构之上，想象与虚构是非历史化、非日记化的因素，想象与虚构是文学作品创作的基石，也是浪漫主义文学特质的重要组成要素，离开想象与虚构，作品将泯失其浪漫"姿色"。中国传统小说叙事的空间方位感很强，这种方位感和传统小说所遵循的"依史"、"信史"的时间观念一致。讲史小说长于把故事发生的地点作为小说叙事的空间结构，把叙述建构在地域空间之上。"在空

---

[1] 谢思炜.白居易诗集校注卷三五（第六册）[M].北京：中华书局，2006：972.

[2] 谢思炜.白居易诗集校注卷八（第二册）[M].北京：中华书局，2006：710.

[3] 谢思炜.白居易诗集校注卷八（第二册）[M].北京：中华书局，2006：710.

间观念上，讲史小说以地域空间作为小说叙事的空间结构，反映了古代中国重视土地社稷江山的中华意识和霸业意识。人情小说以园林空间作为小说叙事空间的构架，追求一种园林艺趣。"[1]《红楼梦》与《源氏物语》的故事发生在一定的地理空间，这一空间布局既写实又写虚。写实是指空间地理环境的构成模式不能脱离当时社会实况，是当时社会的真实写照，本章中"地理空间写实"部分主要聚焦于大观园与六条院内部景观布局的对比研究。写虚部分指地理空间布局必须符合文本要求，起到配合情节与推动情节发展的作用，本章中"地理空间写虚"部分主要探讨植被的空间象征意义。两部小说中爱情故事"案例"，自古以来复沓蹒跚至今，不足为奇。但是配合上不同时代的地理景观，犹若万花筒中窥景，七彩斑斓。推开时代不说，仅言中日两国古都的地志风貌，就是饶有情趣的话题。两部小说中的故事都与皇族有关，主要情节大致发生在皇宫、大臣宅邸、大臣私家园林、贵妃娘娘省亲的私家园林。

大观园是《红楼梦》故事发生的主要场地，园中"五步一楼，十步一阁"，"天上人间诸景备"，大观园不仅有各具特色、住人的主题园，还有诸多配事的景观，在四季不同的时节里，供女儿们与贾母、凤姐等作赏花游宴，从叙事角度而言，也就是为推进情节所用。前者像怡红院、潇湘馆、蘅芜苑、稻香村、藕香榭、芦雪庵、红香圃、榆荫堂，后者有缀景楼、蓼风轩、滴翠亭、凹晶馆、桃花满布的沁芳闸附近、蔷薇架、芦港洞等。《源氏物语》前四十三回前半部分的故事发生在皇宫、大臣的私家宅邸、修行的寺庙，后半部分的叙事场景则拘囿于六条院内。

如果说源氏为众多妻妾兴建的"六条院"是《源》的艺术风格的一种反映的话，那么，贾府为元妃省亲修建的"大观园"则是《红》艺术风格的典型体现。可以这样说，没有大观园就没有《红楼梦》。它体现着作者曹雪芹独特的艺术构想和伟大的艺术才华，也集中体现着《红》的总体艺术风格。[2]

《源氏物语》成书于 11 世纪初，此时日本已废除遣唐史，汉唐文化早已深入日本人心中，在社会生活文化领域的方方面面，留下不可磨灭的印痕。《源氏物语》中的建筑及园林风格是平安中期日本人在继承本国传统文化的基础上，提炼唐风文化，

---

[1] 张世君. 古典小说叙事的时空意识 [J]. 暨南学报，1999（1）：89-99.

[2] 赵连元.《源氏物语》与《红楼梦》美学比较再探 [J]. 首都师范大学学报，1996（5）：80-88.

形成具备日本民族文化特色的典型实物代表，即外来文化日本化的典型风物。日本平安时期从藤原良房（804—872）开始外戚摄关政治，全盛时代是藤原道长（966—1027）及其长男赖通两代，摄关政治一直持续至江户时代末期。权集一时的藤原氏各家族有私家园林，如藤原道长的土御门殿（1018）、藤原赖道的高阳院（1012），《源氏物语》中六条院的建造较之两院稍前。六条院是平安中期私家园林的典型代表，模仿皇家园林建造而成。日本平安时期皇家花园以中国皇家花园为样本，院内筑有假山、池塘、人工水渠、水景，园内遍植花木，四季如春。六条院的布局与配置集中体现出平安中期日本人的建筑审美意识，"一方水土一方人"，园林布局需符合文本叙事诉求，它不是文本的主体，却是映衬故事情节、人物不可或缺的重要组成部分。园林是大自然中的一处空间境域，文笔园林寄情于自然物，情生于境而又超出所激发的境域事物之外，给感受者以余味或遐想。当客观的自然境域与人的主观情意相统一、相激发时，产生园林意境。园林的意境完全是因人的存在而存在，意境是精神境界之所在，是人类特有的本能，离开了人，意境也就无从谈起。从这一意义上讲，园林意境自造园开始便赋予了，造园的动机、目的无不影响园林的意境。虽然意境和景物是两处不同方面，但园林景观的营造构筑，是以园林景点景物所需表达的意境为指导，如园林景观中建筑的层次、石块的颜色、质地等，水系的曲直、开合，树木的高矮形态，均根据意境的立意要求，并为烘托渲染意境的气氛而确定，园林意境存在于园林景物创造的全过程中。而在园林景物建成之后，它所带给游人的感受，是要游人通过身临其境的感悟，深刻体会景物本身之外所包含的时空。对于意境的追求，在中国古典园林中由来已久，由于中国的传统是文人造园林，因而中国园林可以说是山水画和田园诗相生相长、同步发展的产物，在文本中则体现为"文本园林"的艺术塑型。在园林发展的各个历史时期，中国园林都有其代表佳作。在园林或是文笔园林的历史衍变过程当中，一些园林叙事手法得以延续，另一些手法则渐次退出历史舞台。园林艺术的融合与发展同社会的政治、经济、文化密不可分，在园林艺术发展道路上，民族间的文化融合也起到举足轻重的作用，所谓的经典作品必然是集民族精华于一身，并得以各民族共识的佳作。《红楼梦》中的大观园是中国传统文化艺术的结晶，它凝聚着中国美学、文艺学、诗品、画论的精华，强调的是虚无微妙、灵感顿悟、曲折委婉、传神写意。《源氏物语》的园林建筑不如《红楼梦》系统与专业，因其成书时园林建筑艺术发展水平还不成熟，但并不妨碍以此为参照比较中日园林文化的差异，赏析两处文笔园林的异同。

《红楼梦》建筑布局由宅第与园林两大部分构成，宅第指宁国府第与荣国府第，园林指大观园。书中描写的宅第与其内生活，大体而言，是合乎当时社会现状的，由此可窥当时宅第与生活之间的对应关系。荣宁府第的残酷现实与大观园内的烂漫多情形成鲜明对比。

表 3-1　荣宁府第与大观园之对比 [1]

荣宁府第			大观园	
写实			文笔园林	
家族兴衰			宝玉心理探索	
男人		贾母、王夫人、凤姐		少女
无个性的空间			配人之景如人物走廊	
正式仪典			配事、四季时令之景	
贾母、贾敬丧事			黛玉断魂、可卿悬梁	
现实肮脏世界			干净理想世界	
主淫			主情	
抄家			太虚幻境（行宫、佛寺、道房）	
发还			仙境、妖境、人间、仙乡	
白茫茫一片				
贾雨村（人世文人）		一僧一道		甄士隐（出世文人）

中国家族制度源于周代宗法制度，当时此制度只盛行于贵族，以便维持其封建政治体系，周亡，秦废封建，改置郡县，贵族的宗法趋于崩溃，却保留其精神领域中儒家的尊祖敬宗、敦亲睦族，并演变成民间房次排位的父系家族制度。我国秦汉时代的家庭以主干式占优势，自唐宋以来至清末民初，直系式成为标准的中国家庭模式，而扩大式——扩大共居范围及扩大"族人"，这种庞大的家庭实占少数，只有注重孝悌伦理，并拥有大量田地的极少数的仕宦人家才办得到。《红楼梦》中描叙的就是这样的大家族，四大家族以贾府为主线，贾家立宗的头一代是亲兄弟，即宁国府的贾演和荣国府的贾源。《红楼梦》中除主子外，荣、宁两府有奴婢三四百人，这三四百人按其职分及地位，可分为许多等级，在上的或有权，或有主子的面子，

---

[1]　关华山.《红楼梦》中的建筑与园林 [M].天津：百花文艺出版社，2008：8.

在下的有人情世故，费劲钻营。因此，使得人口本来极少的主子家庭，变得极为庞大，关系极为复杂。20 世纪中叶，美国人多伦（Mark Van Doren）对此的评价是：

> 整个家族复杂且迷人，成员由伺奉者和被伺奉者组成，女仆不亚于女主人，伺者不亚于女族长，几百人同居一处，各显神通地彰显其个性的同时又与其生存的社会圈子保持密切的牵连。毫无疑问，整个社会最终看来像是充满乐趣。大家族这一人类社会组织必须遵循它自身的生存法则，每个个体按自己的方式生存，有时很无情。[1]

自古以来中国普通老百姓一辈子追求一座房子，富有一点的追求一处院落，尤具代表性的院子是始于西周时期的四合院，皇族则追求拥有一处私家园林。至于园林，我国周朝的灵台、灵沼，秦代的上林苑，汉代的太液池，一开始就是帝王好大喜功的建筑成果结晶。这些苑囿收集各式奇花异草、珍禽异兽，还假造些海上仙山，作为帝王游赏、打猎及追求享乐、希期长生不老的境地。明清时代的大贵族则要求有一处大园子与其身份相配，大观园正是这一观念下的产物，大观园是宅第与园林结合的产物。传统宅第主要为经营日常生活，承袭了原始的礼仪与信仰，讲求位序与风水吉凶，园林却为休闲游赏，诉诸人之感性。住宅有豪门、寒舍之别，人人必需，园林则要有相当财势才可能兴筑维护，就一般人而言，它是奢侈品。大观园这座园子除开承担大家族饮食起居各类日常生活功能，其修建的目的与皇族兴筑苑囿有类同的意图，即有"享乐与夸耀"之意，与现代园林追求的艺术性和审美的终极价值全然不同。大观园在设计上是江南园林和帝王苑囿的结合，是一处世外桃源，亦是小说中虚构的"文笔园林"。《红楼梦》第二回冷子兴与贾雨村就此有相关议论。

子兴叹道："老先生休如此说。如今的这宁荣两门，也都萧疏了，不比先时的光景。"雨村道："当日宁荣两宅的人口也极多，如何就萧疏了？"冷子兴道："正是，说来也话长。"雨村道："去岁我到金陵地界，因欲游览六朝遗迹，那日进了石头城，从他老宅门前经过。街东是宁国府，街西是荣国府，二宅相连，竟将大半条街占了。大门前虽冷落无人，隔着围墙一望，里面厅殿楼阁，也还都峥嵘轩峻；就是后一带花园子里面树木山石，也还都有蓊蔚洇润之气，那里像个衰败之家？"冷子兴笑道："亏你是进士出身，原来不通！古人有云：'百足之虫，死而不僵。'如今虽说不

---

[1]　Wang Chichen. (trans.) Dream of the Red Chamber [M]. New York: Twayne Publishers, 1958: V.

及先年那样兴盛，较之平常仕宦之家，到底气象不同。如今生齿日繁，事务日盛，主仆上下，安富尊荣者尽多，运筹谋划者无一；其日用排场费用，又不能将就省俭，如今外面的架子虽未甚倒，内囊却也尽上来了。"[1]

贾府宅第与宅地后面一带花园子的"气象"已不同，有衰败之气。"美"与"俗"是共存的，没有家族丰厚的"内囊"，也就不存在气派宅第与奢华园林。任何能予人艺术审美的感官刺激的审美对象，何尝不是构建在丰腴物质与思想基础之上，创造美需要殷实的物质素材与好的命题，丰富的思想源泉离不开见识，这种见识与游历何尝又不是建立在脱离繁重体力劳动的劳动价值之上。雅俗难以分家，在赏析文本园林布局的空间叙事意义时不防一分为二，戴上现实与烂漫色彩的双重视镜来阅读，《红楼梦》与《源氏物语》都是将现实与梦想完美结合的文本。

第一节　大观园与六条院的源起

大观园不同于一般私家园林，是特地为贵妃娘娘回娘家探亲时修建的行宫别墅。第十六回贾蓉等人道出了大观园的选址与规模，第十七回贾珍引导贾政、宝玉、众清客验收工程、题咏联额，从中可纵览大观园的布局，第十八回元春省亲，第四十一回、第四十二回刘姥姥二进大观园等，将大观园内部的构造、建筑与植被都做了细致介绍。大观园是当时封建贵族为迎接最高统治者的贵妃所建的省亲别墅，宝玉的大姐元春晋为凤藻宫尚书，加封贤德妃后，皇上"因见宫里嫔妃才人，皆是入官多年，抛离父母音容，岂有不思想之理……故启奏上皇太后，每月逢二、六日期准其椒房眷属入宫请候看视"[2]。太上皇、皇太后听了大喜，不但准了，且降谕旨："凡有重宇别院之家，可以驻跸关防之处，不妨启请内廷銮舆，幸其私第，庶可略尽骨肉之情，天伦之性。"[3]"省亲别院"若是采置别处，费事费时费财不成体统，失去"省亲"意义，贾赦、贾政商议"从东边一带，接着东府里花园起，转至北边，一共丈量准了三里半大，大可以盖造省亲别院了"[4]。自从太上皇、皇太后准旨以后，各位嫔妃家中大修土木，一是迎接女儿归家，二是极尽奢华之能事大摆排场，相互

---

[1] 曹雪芹，高鹗.红楼梦 [M].长沙：岳麓书社，2004：10-11.

[2] 曹雪芹，高鹗.红楼梦 [M].长沙：岳麓书社，2004：100.

[3] 曹雪芹，高鹗.红楼梦 [M].长沙：岳麓书社，2004：100.

[4] 曹雪芹，高鹗.红楼梦 [M].长沙：岳麓书社，2004：111.

攀比。言及排场一事，赵嬷嬷回忆儿时观看接驾一事得意万分："那可是千载希逢的！……咱们贾府正在姑苏扬州一带监造海舫，修理海塘，只预备接驾一次，把银子都花的淌海水似的……"[1]，凤姐忙接道："我们王府也预备过一次。那时我爷爷单管各国进贡朝贺的事，凡有的外国人来，都是我们家养活。粤、闽、滇、浙所有的洋船货物都是我们家的。"[2] 文本中修建大观园的表层目的是为贾妃省亲，实际上是作者尽显当时皇家建筑文化，另一方面为故事的上演搭筑舞台。既然与皇室有关，其建筑风格必然迥同于市井之凡俗、文人隐士之超然，尽显端庄、典雅、富丽、铺张的皇室风范的同时不失体现生活雅趣。为了达到预期的效果，贾珍、贾琏会同老管事赖大、来升、林之孝和几位清客，筹划整个事情，再由一位老明公号山子野总揽设计。"全亏一个老明公号山子野者，——筹画起造——凡堆山凿池，起楼竖阁，种竹栽花，一应点景等事，又有山子野制度。"[3]《红楼梦》从第十六回开始建造大观园，到第十七回建造完成，书中是这样描述的：

老爷们已经议定了，从东边一带，借着东府里花园起，转至北边，一共丈量准了，三里半大，可以盖造省亲别院了……正经是这个主意才省事，盖造也容易，若采置别处地方去，那更费事，且倒不成体统……次早贾琏起来，见过贾赦贾政，便往宁府中来，合同老管事的人等，并几位世交门下清客相公，审察两府地方，绘画省亲殿宇，一面察度办理人丁。自此后，各行匠役齐集，金银铜锡以及土木砖瓦之物，搬运移送不歇。先令匠人拆宁府会芳园墙垣楼阁，直接入荣府东大院中。荣府东边所有下人一带群房尽已拆去。当日宁荣二宅，虽有一小巷界断不通，然这小巷亦系私地，并非官道，故可以连属。会芳园本是从北拐角墙下引来一股活水，今亦无烦再引。其山石树木虽不敷用，贾赦住的乃是荣府旧园，其中竹树山石以及亭榭栏杆等物，皆可挪就前来。如此两处又甚近，凑来一处，省得许多财力，纵亦不敷，所添亦有限。全亏一个老明公号山子野者，——筹画起造。[4]

第十七回贾政、宝玉等游园，稻香村几百株杏花已如喷火蒸霞一般，这时"园内工

---

[1]　曹雪芹，高鹗. 红楼梦 [M]. 长沙：岳麓书社，2004：100.

[2]　曹雪芹，高鹗. 红楼梦 [M]. 长沙：岳麓书社，2004：100-101.

[3]　曹雪芹，高鹗. 红楼梦 [M]. 长沙：岳麓书社，2004：102.

[4]　曹雪芹，高鹗. 红楼梦 [M]. 长沙：岳麓书社，2004：101-102.

程俱已告竣"[1]，只是帐幔帘子、家具、陈设等还不全。这几段文字详细介绍了大观园园址大小、在贾府中的方位和营造过程。对于大观园面积的大小，以前许多研究都做了详细的探讨，按书中对于大观园的描述，大观园不是超大而广阔无边的，"三里半大"的描述是指大观园周边之总长，代表当时的面积，比起当时的私家园林来说，"三里半大"大小的园子已是巨型面积。园中诸景诸院"究竟只在一隅。然处理得巧妙，使人见其千邱万壑，恍然不知所穷。所谓会心处不在乎远。大抵一山一水，一木一石，全在人之穿插布置耳"[2]。一时"各行役匠齐集，金银铜锡以及土木砖瓦之物，搬运移送不歇。先令匠人拆宁府会芳园墙垣楼门，直接入荣府东大院中。荣府东边所有下人一带群房尽已拆去"[3]，并连属原有的私巷，池水也引会芳园原引的一段活水，贾赦住处、荣府旧园中的竹树山石以及亭榭栏杆等物，皆挪就前来。大观园的方位是在宁、荣两府后半部分，充分利用荣国府东大院和宁国府会芳园西半侧合并而成，大观园是利用现有园林院落进行的一项改造工程。"旧园妙于翻建，自然古木繁花"（《园冶》），这样做的妙处是省时、省力，又可以充分利用现状条件，因地制宜，巧妙构思。可以说大观园的选址、建造的构思是十分巧妙与成功的，第四十二回还提到一张细致的设计图样。

《源氏物语》成书（1004—1012）于日本宽弘年间，此时日本贵族私家园林建设工艺已相对圆熟，《源氏物语》中的园林是寝殿庭院样式至林蕴庭院样式过渡的样本。当时，"倘是重要高贵的器物，是庄严堂皇的装饰设备，有一定的格式的，那么倘要造得尽善尽美，非请教真正高明的巨匠不可。他们的作品、式样毕竟和普通工人不同"[4]。《源氏物语》全书五十四回中描写园林有233处，六条院的描写98处，占全体数目的42%，六条院园林建筑风格是整书园林建筑风格的典范。《源氏物语》中的六条院是光源氏人过中年后，被招回京城修建的一处园子。光源氏二十八岁时被召回京城，亲生儿子登基后，集大权于一时，想在静僻处修建一座集四时景物为一处的大型院落，供"凡以前一时结缘而许以终身赡养的女人"[5]居住。

既然要造，不如造得大些，讲究些，好让散居各处而难得见面的人，尤其是僻

---

[1] 曹雪芹，高鹗.红楼梦[M].长沙：岳麓书社，2004：104.

[2] 曹雪芹.脂砚斋重评石头记[M].沈阳：沈阳出版社，2005：357.

[3] 曹雪芹.脂砚斋重评石头记[M].沈阳：沈阳出版社，2005：102.

[4] 紫式部.源氏物语[M].丰子恺译.北京：人民文学出版社，1980：24.

[5] 紫式部.源氏物语[M].丰子恺译.北京：人民文学出版社，1980：316.

处山乡的明石姬等，大家集中在一起。于是在六条地方，即六条妃子旧邸一带，选定一块地皮，划分四区，大兴土木。[1]

院落施工交工期限要与翌年紫上的父亲式部卿亲王五十岁庆生日相契合，式部卿亲王在光源氏须磨流寓时不同情其流放之苦，对其冷淡，源氏大臣一直对其不快。如今源氏不记旧嫌为其祝寿，式部亲王感觉是"晚年意外的荣幸"[2]，因是祝寿，所以选址新邸，"腊尽春回之后，营造及祝寿的筹备越发加紧"[3]。六条院选址营建于梅壶中宫母亲六条御所的旧邸，占地6万平方米[4]（四町を占めて造らせたまふ[5]），三年前开工，经过翌年，第三年的八月竣工。工期短所以一直在加紧营造，"这大规模的筹备，轰动全国"[6]，从工期与规模来看，当时的工程任务极其繁重。原六条御所旧邸既存的池泉与筑山凡不合意者均拆去或移动位置，讲究池塘和流水的妙趣与风情，讲究山体的走势与风姿，六条院景分春夏秋冬四区。

到了八月里，这六条院完工了，大家准备乔迁入内。四区之中，未申一区，即西南一区，原是六条妃子旧邸，现在仍归她的女儿秋好皇后居住。辰巳向一区，即东南一区，归源氏与紫姬居住。丑寅向一区，即东北一区，归原住东院的花散里居住。戌亥向一区，即西北一区，预备给明石姬居住。各处原有的池塘与假山，凡不称心者，均拆去重筑。流水的趣致与石山的姿态，面目一新。各区中一切景物，都按照各女主人的好尚而布置。例如：紫姬所居东南一区内，石山造得很高，池塘筑得很美。栽植无数春花……秋好皇后所居的西南一区内……此时正值秋天，秋花盛开，秋景之美，远胜于嵯峨大堰一带的山野。花散里所居东北一区中，有清凉的泉水，种的都是绿树浓荫的夏木。窗前更种淡竹，其下凉风习习。树木都很高大，有如森林……明石姬所居的西北一区中，北部隔分，建造仓库。隔垣旁边种着苦竹和茂盛的苍松。一切布置都适宜于观赏雪景。秋尽冬初之时，篱菊傲霜，色彩斑斓夺目，柞林红艳，

[1]　紫式部 . 源氏物语 [M]. 丰子恺译 . 北京：人民文学出版社，1980：383.

[2]　紫式部 . 源氏物语 [M]. 丰子恺译 . 北京：人民文学出版社，1980：384.

[3]　紫式部 . 源氏物语 [M]. 丰子恺译 . 北京：人民文学出版社，1980：383.

[4]　六条院占地"四町"。根据平安时期的条坊制，将大小马路框为框定分区，每区为"一町"（约 15 000 平方米）。"四町"即约为 60 000 平方米。

[5]　紫式部著，阿部秋生 秋山虔 今井源衛校注 訳 . 日本古典文学全集 12-17. 源氏物語 1-6[M]，東京：小学館，1970：47.

[6]　紫式部 . 源氏物语 [M]. 丰子恺译 . 北京：人民文学出版社，1980：384.

仿佛傲然独步。[1]

修建六条院时光源氏已是太政大臣，权势盛极一时，造园穷尽奢华。六条院是一座四方形的巨大院落，外形上与中国的四合院极为相似，外观规矩，四正四方，中线对称，四面房屋各自独立。四合院是汉族民居形式的典范，已有三千余年历史，西周时，形式已初具规模，是我国古老文化传统象征。我国传统标准的四合院由东南西北四面房屋合围而成，中间为院落。六条院则是将四方形的区域划分为东西南北四块，东南区为春院，东北区为夏院，西南区为秋院，西北区为冬院，庭院的主题是表达四季的轮回，该造型是四合院的改良，东西南北四区的划分还隐含着一层更深的意思，即无限的循环，没有休止的生命轮回。六条院造院的初衷是四区既相对独立又能互相联系，聚居一处能和睦相处，又有各自的私密处。光源氏喜爱的四位女子分东南、西南、东北、西北四区居住。西南是原旧邸梅壶中宫的传统府邸，现由秋好中宫居住，东南由光源氏与紫上共同居住，东北由原居住二条东院的花散里居住，西北由原居住大堰邸的明石姬居住。春夏秋冬四区暗示着各位女主人公的不同个性和命运，森野正弘认为：“将散居在不同地域的女子集约一处，割断她们之前与社会的联系，取而代之的是让她们的感情、命运与四季的表征紧密联系，另一方面暗示她们并无优劣都处于相等地位。”[2]割断女人们与外界的联系，这些女人又是有一定过往人生经验的人，入住进六条院以后她们的人生完全操控在光源氏或作者紫式部虚构的物语世界当中。春、夏、秋、冬从季节的功能层面出发是对等的，《古今和歌集》中开篇立卷是“春歌”，然而，观其“季节之歌”比重秩序，秋颂占 43%，春颂占 39%，夏颂占 10%，冬颂占 8%，文学作品中的四季饱含隐喻特征，作者在使用该时间叙事背景时显然有所偏好。《源氏物语》春秋之域赐予紫上和秋好中宫，夏冬之域赐予花散里和明石，不但在人物性格上有所暗示，在地位上也有所隐喻，秋好中宫与紫上分居于秋院与春院，体现出日本传统文学与审美意识中的春秋之争。《古今和歌集》中春、夏、秋、冬的取意与六条院季节取意一致，都是从四季变换中寻觅爱情的甘甜酸苦，又用恋歌去颂美四季风情，从岁月的流光中感受事物的变幻。六条院与大观园都选址于有山有水有河流的妙处，“紫姬所居东南

[1] 紫式部. 源氏物语 [M]. 丰子恺译. 北京：人民文学出版社，1980：384.

[2] 森野正弘. 六条院のシステム分化——明石の君の位相領域 [C]// 中田武司. 源氏物語の鑑賞と基礎知識 No.14 若菜上（後半）. 東京：至文堂，2000：112.

一区内，石山造得很高，池塘筑得很美"，"秋好皇后所居的西南一区内，在原有的山上栽种浓色的红叶树，从远处导入清澄的泉水。欲使水声增大，建立许多岩石"，"花散里所居东北一区中，有清凉的泉水，种的都是绿树浓荫的夏木"[1]。"皇后（秋殿）的南湖与这里（春殿）的湖水相同，其间隔着一座小山，好比一个关口。但可从山脚下绕道通船。"[2] 大观园是为贵妃娘娘省亲而修筑的园子，众女儿入住后大观园成了女儿国，女儿们围绕贵妃娘娘元春的弟弟宝玉展开故事。六条院是光源氏步入中年权集一时时为安顿众妻妾修筑的一处园子，众妻妾围绕光源氏展开故事。大观园作为故事发生的大背景几乎贯穿了《红楼梦》首尾，见证了贾家的兴衰，最后大观园"烟飞湮灭"。六条院作为故事背景占全书的三分之一，见证了光源氏人生最为辉煌的时期，光源氏离开六条院遁世之后，六条院在其后人手中越建越好。大观园与六条院都是在旧邸上翻新的园林建筑，两园继承了旧邸即存的池泉、筑山，并对原有景观进行改良，讲究池塘和流水的风情及山的样式，两者都具有"文笔园林"的虚构性。大观园的整体布局是一座园林，园林布局妥当，整体性强。六条院是由春、夏、秋、冬四座小院子构成的一处大院子，四座小院子间的相互连接贯穿性不强，讲究各自的私密性。

第二节　大观园与六条院的园林布局比较

大观园和六条院都是文笔园林，文笔园林的虚幻性经历了两次复原创造，第一次复原创造是两位作者将自己所经历的诸多园（院）景归集一处，形成一种心像，创造出现实生活中并不存在，符合文本需求的大园（院）子，第二次复原创造是这些分散于文本各处的景观描写在读者心像中相互本能咬合，形成一个无法密合但又言之有理的空间园林系统。园（院）内景致两次画面复原都在心境中进行，有些部分清晰，有些部分可辨识但细部模糊，有些部分则完全模糊不清，如《红楼梦》第十七回、第十八回的描写中，指示方位时用了不少不着边际的"那边"、"这边"。如果仅仅专注于其模糊的边域、不确定的指代，并放大这些部分的叙事功能，就无法厘清两园（院）的园林布局，无法清晰凸显地志空间的整体叙事结构。这样以来《红楼梦》始终书中有隐，无发冲破"书中无隐"的禁区，也就无法突破"红学"

[1]　紫式部. 源氏物语 [M]. 丰子恺译. 北京：人民文学出版社，1980：384.
[2]　紫式部. 源氏物语 [M]. 丰子恺译. 北京：人民文学出版社，1980：418.

的重重障碍。显然，研究的目的是要对两部书进行"艺术鉴赏"，进行"鉴赏导读"，而非"学术苛求"。

两处园林都为属实描写，从《红楼梦》第十七回贾政第一次领清客游赏大观园可统观大观园整体结构，贾政与众清客介绍潇湘馆、蘅芜苑、怡红院、稻香村，点出道观佛寺、行宫等处，并将园中的匾额对联"虚合其意，拟了出来"，通过题额情景，可以了解大观园各个区域的布局和特色。大观园是贾府众生与宝玉的世外桃源，不仅有着一般私家园林供游赏的特征，还有苑囿风范。第二十三回宝玉等人住进了大观园，自此宝玉"心满意足，再无别项可生贪求之心了"[1]。同样，《源氏物语》"少女"卷（第二十一回）对六条院内四院的位置与景致进行了细致描叙。《源氏物语》成书于千余年前，当时的园林造园艺术不及我国清朝发达，六条院建设时期日本建筑艺术落后，构园线路简单，没有"峰回路转"、"曲径通幽"，没有复杂的游园路线，只是简单的景分四区。然而，植被指涉的意象却韵味无穷。

日本の造園ほど複雑、多趣、綿密、したがってむずかしい造園法はありません。「枯山水」という、岩や石を組み合わせるだけの法は、その「石組み」によって、そこにない山や川、また大海の波の打ち寄せるさままでを現わします。その凝縮を極めると、日本の盆栽となり、盆石となります。「山水」という言葉には、山と水、つまり風景画、庭園などの意味から、「ものさびたさま」とか、「さびしく、みすぼらしいこと」とかの意味まであります。しかし「和敬清寂」の茶道が尊ぶ「わび・さび」は、勿論むしろ心の豊かさを蔵してのことですし、極めて狭小、簡素の茶室は、かえって無辺の広さと無限の優麗とを宿しております。[2]

作者译：日本的造园技艺复杂、多趣、细致、繁难。所谓"枯山水"就是仅仅用岩石砌垒的方法，通过"砌垒岩石"表现山川、河流与海浪拍击之美，这一美的表现形式极度凝缩就成了日本的盆景、盆石。造园艺术中"山水"一词是指从"山和水"——也就是说从"山和水"构成的风景画及庭院的内蕴当中引申而来的"古典幽雅"或"幽玄素朴"的情趣。另一方面，"和敬清寂"的茶道崇尚"侘·寂"，当然是指潜在内心深处的丰富情趣，极其狭窄、简朴的茶室反而意味无边的开阔和无限的雅致。

---

[1] 曹雪芹，高鹗. 红楼梦 [M]. 长沙：岳麓书社，2004：150.
[2] 川端康成. 美しい日本の私——その序説 [M]. 東京：講談社，1981：5.

川端康成将园艺与茶室作为心灵的载体，将人的认知与感受无限扩展。六条院中最能反映当时文学时代特征的部分还是大自然中景观与植被的隐喻，模糊的诗意化的写实手法，将外观景致，特别是将植被作为一个事件、一类情感、一种心境、一处回忆的标识。本书中六条院的地志空间叙事技巧探讨接踵时间情态化叙事技巧的探讨，它们的不同之处是：时间论中，外部景观或植被于四季中辗转变化，周而复始，人的情感也随之波浪起伏；时间论中，园林是一处真实的自然境域，其意境随着时间而演替变化，是动态流转的；空间论中，以外部景观或植被为切入点进行分析，以某一景观或有显著季节特征的某一类植物为标志，探讨其作为一种象征性的手法使用时，极具不确定诗性化的语言与象征特质，是静态平稳的。空间论中探讨的对象取材于流转中的某一时刻静止的景观，该景观具有丰富的意象内涵。在意境的变化中，定格于以最佳状态而又存在一定出现频率的景致为最佳意境主题，最佳状态的出现是短暂的，但又是不朽的，如杭州的"平湖秋月"、"断桥残雪"，扬州的"四桥烟雨"等，其景观所表达的深刻意味"一鉴能为，千秋不朽"（《园冶》）。这些固有的景观实体只有在特定的季节、时间和特定的气候条件下，才能进入"抒情"的最佳状态，充分发挥其感染力，其意象是丰满的，韵味是无穷的。这些主题意境最佳状态的出现，从时间来说虽然短暂，但受到千秋赞颂。如正冈规子的俳句：

原作：柿食へば鐘が鳴るなり法隆寺

作者译：入秋、啖柿时，法隆寺钟声悠婉

该俳句也可称为正冈规子的写生句，至今仍刻在法隆寺镜池旁的石碑上，并被日本"国语"（语文）教科书采用，脍炙人口。然而，不知该俳句的创作起因，产生意境便不解其韵味。从一般的诗歌赏析来看，柿是诗人子规的喜好之物，"柿"在此是"季语"[1]。在旅行的目的地，正当子规啖下柿子的时候，传来法隆寺的钟声。钟声在秋季清朗、澄静的天空悠扬婉转，予人旅情。实际上该俳句蕴含诗人另外一番创作动机与内心独自丰富的情趣世界。法隆寺位于奈良，子规探访奈良正值结束与夏目漱石的共同生活，从东京返回故乡松山途中。探访奈良时，子规住宿在东大寺南大门的角贞旅馆，旅馆中的一位女招待为子规剥柿子的场景让子规感触良深。

---

[1] 季语（きご）是在连歌、俳谐、俳句中用来表达特定季节的词汇，如"雪"（冬）、"月"（秋）、"花"（春）等等。

　　此女は年は十六七位で、色は雪の如く白くて、目鼻立ちまで申分のない様にできてゐる。生れは何処かと聞くと、月ヶ瀬の者だといふので余は梅の精霊でもあるまいかと思ふた。やがて柿はむけた。余は其を食ふてゐると彼は更に他の柿をむいてゐる。柿も旨い、場所もいい。余はうっとりとしてゐるとボーンといふ釣鐘の音がひとつ聞こえた。彼女は初夜が鳴るといふて尚柿をむき続けてゐる。余には此初夜といふのが非常に珍しく面白かったのである。あれはどこの鐘かと聞くと、東大寺の大釣鐘が初夜を打つのであるといふ。[1]

　　作者译：这女孩子十六七岁，肌肤雪白如脂，眉清目秀，很健康的样子。问她出生何处，说是月濑，我寻思这女子好似梅仙下凡。很快柿子剥好了，我一吃那剥好的柿子，女孩就又拿起一颗柿子剥。柿子味道不错，场景也很宜人。正当我出神之际，听到"铛"的一声钟响。傍晚戌时了，女孩仍专注于给我剥柿子。这样的夜晚真是迷人。我问女孩这是哪里的钟声，女孩回答这是东大寺大吊钟在敲响戌时的钟。

此番场景让子规一辈子记忆犹新，以后无论何时只要听到寺庙的钟声，子规心中就另有一番情趣。再次印证独特的意象，例如寺庙的钟声、最后一抹斜阳、秋日清晨的露滴、夏日爽朗的午后时光，等等，其能呼唤起的记忆与联想远远不止于该事物本身。六条院园林布局之巧妙体现日本平安时期深受汉唐文化影响的诗意化的文化特征，《源氏物语》中不同女主人翁配以不同季节景观标识，紫上初登场时与"霞"形象相连，隐退时与"樱"形象相连，六条御息所一直都与"秋"的意向相连，据说是为亡母镇魂，"花散里"卷开篇于"花橘子"，花散里的人品让人联想到"栀子"与"蔷薇"，与季节相连的表象则从"秋"向"冬"移转。日本人传统的美意识中素有春秋之争、春秋之惑魅，以日本人潜意识中美的不同感受为基底，在光源氏的"授意"或紫式部的"授意"下形成一个绝非凌乱、有秩序的美的六条院的物理镜化外像。

　　大观园园林布局与建筑继承中国古建筑传统，发扬中国古园林建筑中的四大要素：建筑、山石、水体、植物。大观园的建筑布局较六条院复杂，首先，大观园被一贯穿南北的中轴线分为东西两区，中轴线的建筑从南至北分布正园门、翠嶂大假山、沁芳亭桥、玉石牌坊、省亲别墅、正殿、大观楼等系列建筑，中轴线的东区由南至北有怡红院、嘉荫堂等祭月赏月建筑群、佛寺道院建筑群（含栊翠庵）、沁芳闸桥

---

　　[1]　壺斎閑話. 柿食へば鐘が鳴るなり法隆寺：子規の写生句 [EB/OL]. http://japanese.hix05. com/Literature/Shiki/shiki05.kaki.html，2013-10-06.

等；这条轴线的西半区是红楼诸钗的居住区，从南到北有潇湘馆、紫菱洲（缀锦楼）、秋爽斋、稻香村、暖香坞、蘅芜苑、植物园景区（含红香圃、榆荫堂），其中滴翠亭在潇湘馆附近，藕香榭在暖香坞、蓼风轩附近，芦雪庵与藕香榭相通。大观园正园门附近还有花厅（议事厅）和茶房。其次，各类建筑群因形就势，各处皆有可观景观，与《源氏物语》中六条院景分四区不同，大观园以山水为整个园林建筑的主体，院中建筑随山形水系的变化布局，大观园的建筑布局为《红楼梦》情节发展提供诸多绝妙场所。大观园西侧诸钗的院落实际上是沿河（沁芳溪）布置，园中几个重要景点也都是沿河而设，跨河没有桥梁桥，六条院中没有设桥，"桥"在日本古典文学中并无深厚意蕴，并没有"别离"、"短肠"等意蕴。桥是大观园中的一处重要意象，蕴意繁多。大观园中的桥种类并不多，其中最著名的要数沁芳亭桥，宝黛互往，均要经过这座桥。沁芳亭桥是一座亭桥，即桥上建亭。此外在蘅芜苑附近有一座折带朱栏板桥，这是一座平板折桥。大观园的东北角还有一座大桥，即沁芳闸桥，桥下有水闸，位于全园水源口处，用于提高水位。从怡红院到蘅芜苑再到稻香村的路上，有一座桥名为"蜂腰桥"，从怡红院到潇湘馆的路上，有一桥名"翠烟桥"，形式不详，还有就是有的建筑本身也带有桥，如藕香榭有竹桥暗接，滴翠亭有曲桥相连。由此可见，大观园中的建筑形式繁多，布局错综复杂，但是如果抓住了"沁芳溪"这一"水路"的骨架，那么其结构也就豁然明了。大观园一切景观，依溪为境。大观园的一切池、台、馆、泉、石、林、塘，皆以沁芳溪为大脉络而盘旋布置。婉若游龙的"沁芳溪"是大观园的主脉与灵魂，亭、桥、泉、闸，皆以"沁芳"二字为"姓"。统观书中对大观园山石的描述，可见大观园中的山系分为两大类：一类是用岩石堆成的山，即石山；另一类是土山。这种假石山园中有两座，一座是位于园正门口北的众所周知的"翠嶂"，这是一座用白石堆起来的大假山，其主要作用犹如四合院一进门处设置的影壁，挡住入者的视线，增加入口处的空间层次。既有园林艺术中讲究"开门见山"，避免一览无余，又有让观者由山间小径攀入或沿山体拐入园中产生豁然开朗之感，如贾政言："非此一山，一进来园中所有之悉景入目中，则有何趣？"[1]第二座是位于大观园西北部的萝港石洞，这是一座由怪石堆起来的大假山石洞，此石洞是水洞，"沁芳溪"穿洞而过，洞可过船，这两座石山上均长满了爬山虎之类的藤类植物。另一大类就是土山，即堆土而成的丘陵，这些山主要集

---

[1] 曹雪芹，高鹗．红楼梦 [M]．长沙：岳麓书社，2004：105.

中在园的北部，其所分之脉向东西两侧向南延伸到园的各处。这些山中有位于"省亲别墅"北的大主山，所分之脉向西穿蘅芜苑的院墙，其中怡红院后有山，稻香村旁有山，还有一组赏月建筑凸碧山庄就是建在一座小山的山脊之上。真是"真山如假方奇，假山似真始妙"，山可观可游，大观园中的假山有洞有洞，观外景可俯可仰，步移境异。"仁者乐山，智者乐水"，大观园充分体现了传统园林模山范水、效法自然的布局特点。大观园的水系实际上比较简单，第十七回贾珍的叙述中早已点明，贾珍原话"原从那闸起流至那洞口，从东北山坳里引到那村庄里，又开一道岔口，引到西南上，共总流到这里，仍旧合在一处，从那墙下出去"[1]，这段话可理解为大观园的水源头是从会芳园的北拐角墙下引来一股活水，引到大观园东北角的沁芳闸桥处，通过闸口提高水位，然后水再从东北向西流，流过萝港石洞，再流到稻香村，在稻香村处分出一股水流，这股支流流到西南方向，最后主流与支流在怡红院的后院处汇合成一股水流，从怡红院附近的大观园院墙处流出去，这就是大观园水系的总体情况。纵观《红楼梦》前八十回并未见有中心大湖式的水系布置，所见只有"清溪"、"河"、"池"等语，可知大观园中并没有巨大的水面，只有小小的河流经过。河流在流经过程中，河面时宽时窄，形成不同的水池。园中建筑不少是依河临池而建，如紫菱洲、秋爽斋临水而建，滴翠亭、藕香榭建在水池中，等等，不一而足。大观园一年大部分时光既有粼粼波光游离闪烁，又有潺潺泉水声不绝入耳，叮咚作响的溪流与深邃的山涧、盘旋错落的磴道，形成动静、虚实的对比，为园中添加不少妙趣。大观园的各处景致通过水系得以统一，"写出水源，要紧之极！近之画家着意于山，若不讲水。又造园圃者，唯知弄茅憨顽石壅笨冢辄谓之景，皆不知水为先着。此园大概一描，处处未尝离水，盖又未写明水之从来，今终补出，精细之至！"[2]（庚辰双行夹批）山水再妙，没有植被的精妙配置，缺乏其诗意化的韵味。东方园林最大的特点就是重视意境的营造，园林中的建筑、山石、水体、花草树木互为搭配呼应，营造出一种自然、和谐又各具特色的韵味，在这一点上大观园和六条院是统一的。大观园中植物配置的一个显著特点是因人因景设置植物，以不同的植物烘托人物的性格，塑造环境、烘托气氛。大观园在鼎盛时期，园内是"花招绣带，柳拂香风"，一派勃勃生机；大观园被抄后，院中"香藤异蔓，仍是翠翠青青，忽比昨日好似改

[1] 曹雪芹，高鹗. 红楼梦 [M]. 长沙：岳麓书社，2004：111.

[2] 曹雪芹. 脂砚斋重评石头记 [M]. 沈阳：沈阳出版社，2005：367.

作凄凉了一般，更又添了伤感"[1]，"那岸上的蓼花苇叶，池内的翠荇香菱，也都觉摇摇落落，似有追忆故人之态，迥非素常逞妍斗色之可比"[2]。第七十七回宝玉叹道：

> "你们哪里知道，不但草木，凡天下之物，皆是有情有理的，也和人一样，得了知己，便极有灵验的。若用大题目比，就有孔子庙前之桧、坟前之蓍草，诸葛祠前之柏，岳武穆坟前之松。这都是堂堂正大之气，千古不朽之物。世乱则萎，世治则荣，几千百年之枯而复生者几次，这岂不是兆应？若是小题目比，就有杨太真沉香亭之木芍药，端正楼的相思树，王昭君坟上的长青草，难道不也有灵验？[3]

真是天人本感应，草木也知愁。"寒冰不能断流水，枯木也会再逢春"，第九十四回，黛玉看到冬天开花的枯萎海棠深有感触，说道："当初田家有荆树一棵，三个弟兄因分了家，那荆树便枯了。后来感动了弟兄们仍旧归在一处，那荆树也就荣了。可知草木也随人的。"[4]面对枯棠开花宝玉则是"看一回，赏一回，叹一回，爱一回，心中无数悲喜离合，都弄到这株花上去了"[5]。据刘世彪[6]统计，《红楼梦》描写和涉及现实中的植物，及引用古籍中的植物，虚构或杜撰的植物，共有244种，大观园中栽培和提及的植物就有80余种，这一数据大大超过《源氏物语》中的植物种类。多数植物不仅是小说情节发展的需要，更是以其特殊的生物学特性和传统文化寓意，来强化作品的文艺感染力。从"绛珠草"到"牡丹花"，从"木芙蓉"到"海棠花"，从"湘妃竹"到"梅花"，从"荼蘼花"到"桃花"，从"并蒂花"到"杏花"，丰富的植物种类和绚丽的植物喻义，使《红楼梦》这朵文学奇葩成为世界文学史上描写植物最多的文学作品。"赏花、懂花、怜花、惜花"与"花儿很美"是两回事，前者的赏析和判断中带有自我的主观认知体验情感，需要审视者的先验经验和体味其趣的赏析时间，后者是对客观存在的物理镜像的瞬间模糊感知，《红楼梦》文本将前者——花的赏析——发挥得淋漓尽致。又，贾宝玉、林黛玉、薛宝钗、迎春、探春、惜春、李纨分别住在怡红院、潇湘馆、蘅芜苑、缀锦楼、秋掩斋、蓼风轩、稻香村，其间的植物景观大不相同，寄予了作者对不同人物形象的不同期许。

---

[1] 曹雪芹，高鹗. 红楼梦 [M]. 长沙：岳麓书社，2004：568.

[2] 曹雪芹，高鹗. 红楼梦 [M]. 长沙：岳麓书社，2004：575.

[3] 曹雪芹，高鹗. 红楼梦 [M]. 长沙：岳麓书社，2004：559.

[4] 曹雪芹，高鹗. 红楼梦 [M]. 长沙：岳麓书社，2004：679.

[5] 曹雪芹，高鹗. 红楼梦 [M]. 长沙：岳麓书社，2004：680.

[6] 刘世彪. 红楼梦植物文化赏析 [M]. 北京：化学工业出版社，2010：7.

怡红院是《红楼梦》男主人公贾宝玉的居所，是大观园内最雍容华贵、富丽堂皇的院落。

一径引人绕着碧桃花，（庚辰双行夹批：怡红院如此写来，用无意之笔，却是极精细文字。）穿过一层竹篱花障编就的月洞门，（庚辰双行夹批：未写其居，先写其境。）俄见粉墙环护，绿柳周垂。（庚辰双行夹批：与"万竿修竹"遥映。）贾政与众人进去，一入门，两边都是游廊相接，院中点衬几块山石，一边种着数本芭蕉，那一边乃是一棵西府海棠，其势若伞，丝垂翠缕，葩吐丹砂。[1]

怡红院是掩映在碧桃花、垂柳及各类灌木花草之下的一座粉墙灰瓦的清代风格建筑，院外有碧桃花、蔷薇花、宝相花、玫瑰花、垂柳等，院内一边是数棵芭蕉，一边是一株西府海棠，西府海棠亦称"'女儿棠'，乃是外国之种。俗传系出'女儿国'中，云彼国此种最盛，亦荒唐不经之说罢了"[2]。蕉棠两植的怡红院是以红色为主的暖调子，衬以绿色辅调，色彩鲜艳明快，富丽清新，较好地烘托出贾宝玉的性格特征。"海棠春睡"最初出典于《明皇杂录》："上尝登沉香亭召妃子，妃子时卯酒未醒，高力士从侍儿扶掖而至，上皇笑曰：岂是妃子醉耶？海棠睡未足耳。"[3]该处将海棠比作美人，明唐伯虎按此意画一幅画，名为《海棠春睡图》。《红楼梦》第五回"宝玉神游太虚幻境"，就是描写主人公贾宝玉横卧在秦可卿绣房里挂的《海棠春睡图》下做的一场春梦，"梦同谁诉离愁恨，千古情人独我痴"[4]。第十七回中对海棠的描绘更是出彩：

众人赞道："好花，好花！从来也见过许多海棠，那里有这样妙的。"贾政道："这叫作'女儿棠'，乃是外国之种……"宝玉道："大约骚人咏士，以花之色红晕若施脂，轻弱似扶病，大近乎闺阁风度，所以以'女儿'命名……此处蕉棠两植，其意暗蓄'红''绿'二字在内。若只说蕉，则棠无着落；若只说棠，蕉亦无着落。固有蕉无棠不可，有棠无蕉更不可。"[5]

---

[1] 曹雪芹. 脂砚斋重评石头记 [M]. 沈阳：沈阳出版社，2005：368.

[2] 曹雪芹，高鹗. 红楼梦 [M]. 长沙：岳麓书社，2004：110.

[3] 裴庭裕，裴庭裕著；田廷柱校. 明皇杂录·东观奏记 [M]. 北京：中华书局，1994:88.

[4] 曹雪芹，高鹗. 红楼梦 [M]. 长沙：岳麓书社，2004：37.

[5] 曹雪芹，高鹗. 红楼梦 [M]. 长沙：岳麓书社，2004：110.

贾宝玉是女儿国中的男儿，青翠挺拔的芭蕉喻宝玉，娇嫩鲜艳的海棠喻美丽清纯的女子。第七十七回晴雯抱屈夭风流，宝玉道："这阶下好好的一株海棠花，竟无故死了半边，我就知有异事，果然应在他身上……所以这海棠亦是应着人生的。"[1] 红楼世界花木有灵，故其荣衰系于人情，海棠应证预示女儿国的故事。第九十四回枯棠冬华，依稀式微贾府死而不僵之返照回光，更如探春所言："草木知运，不时而发，必是妖孽。"[2] 肇始了贾府那些如花美眷接连玉殒飘零。怡红院中孤植松与海棠，对植芭蕉与海棠，后院中遍植玫瑰与蔷薇，院外群植碧桃和垂柳，形成丰富的植物群像景观。

　　潇湘馆是林黛玉客居荣国府的住所，位于大观园西路，与怡红院遥遥相对，是一处带有江南情调的客舍，引用舜的潇湘二妃娥皇、女英的典故命名。潇湘，即指竹，原为湘江别称，在今湖南省。"神游洞庭之渊，出入潇湘之浦。潇湘者，水清深也。"（郦道元《水经注·湘水》）尧有二女，长曰娥皇，次曰女英，姐妹同嫁舜为妻。舜父顽，母嚚，弟劣，曾多次欲置舜城死地，终因娥皇女英之助而脱险。舜继尧位，娥皇女英为其妃，后舜至南方巡视，死于苍梧。二妃往寻，泪染青竹，死于江湘之间。竹上生斑，因称"潇湘竹"或"湘妃竹"。唐代诗人为此作诗："虞帝南巡竟不还，二妃幽怨水云间。当时垂泪知多少？直到如今竹且斑。"（高骈《湘浦曲》）"潇湘"一词与"竹"、"泪"紧密关联。潇湘馆以竹为主，这里千百竿翠竹"凤尾森森、龙吟细细"[3]，主人是由绛珠仙草历劫下凡的多泪的、身形窈窕、品格高洁的林黛玉。第二十三回宝玉问黛玉住哪一处好，黛玉笑道："我心里想着潇湘馆好，爱那几竿竹子隐着一道曲栏，比别处更觉幽静些。"[4] 第三十七回探春与黛玉开玩笑时说："如今他住的是潇湘馆，他又爱哭，将来他想林姐夫，那些竹子也是要变成斑竹的。以都叫他作'潇湘妃子'就完了。"[5] 将黛玉居所的特色和她的个性有机地融合于"潇湘"两字，可谓题切意明。第四十回贾母领刘姥姥进潇湘馆：

　　只见两边翠竹夹路，土地下苍苔布满，中间羊肠一条石子漫的路。刘姥姥让出路来与贾母众人走，自己却赶走土地。琥珀拉着他说道："姥姥，你上来走，仔细

---

[1]　曹雪芹，高鹗 . 红楼梦 [M]. 长沙：岳麓书社，2004：558-559.

[2]　曹雪芹，高鹗 . 红楼梦 [M]. 长沙：岳麓书社，2004：680.

[3]　曹雪芹，高鹗 . 红楼梦 [M]. 长沙：岳麓书社，2004：171.

[4]　曹雪芹，高鹗 . 红楼梦 [M]. 长沙：岳麓书社，2004：150.

[5]　曹雪芹，高鹗 . 红楼梦 [M]. 长沙：岳麓书社，2004：247.

苍苔滑了。"刘姥姥道："不相干的，我们走熟了的。姑娘们只管走罢。可惜你们的那绣鞋，别沾脏了。"他只顾上头和人说话，不防底下果蹭滑了，咕咚一交跌倒。众人都拍手哈哈的笑起来。[1]

潇湘馆除了竹以外，苍苔尽显。苍苔是极矮小的地被层植物，生长于阴湿土壤，深青色、深绿色为主。"壁衣苍苔，瓦被驳鲜，处悴而荣，在幽弥显。"（潘岳《河阳庭前安石榴赋》）"先生早赋《归去来》，石田茅屋荒苍苔。"（杜甫《醉时歌》）"应怜屐齿印苍苔，小扣柴扉久不开。"（叶绍翁《游园不值》）"醉墨淋漓留在壁，莫教风雨生苍苔。"（孙枝蔚《醉题田家翁壁上》）苍苔适宜生长在湿度高且人烟罕至处，以上诗句均用苍苔两字浓缩"因久无访客，越发冷清孤静"的意境。林黛玉性情孤僻，与人交往甚少，潇湘馆访客罕至，由而"苍苔遍地"。苍苔宜野生，不贵气，适宜僻静处，正与孤芳自赏、自怜自叹黛玉眼中"寄人篱下，无人痛爱"的自画像不谋而合。《红楼梦》中第二十三回有"苔锁石纹容睡鹤，井飘桐露湿栖鸦"。"也不顾苍苔露冷，花径风寒"。第五十九回"（春燕）他娘只顾赶他，不防脚下被青苔滑倒"。第七十六回"林黛玉道：'如江淹《青苔赋》，东方朔《神异经》……不可胜举"。第七十八回《芙蓉女儿诔》中有"露苔晚砌，穿帘不度寒砧"，《红楼梦》中的"苍苔"还含有"悲凉"之意。潇湘馆后院种有芭蕉数株，芭蕉喜温热，是优良的庭荫树种。李清照的词添字采桑子《芭蕉》曰：

> 窗前谁种芭蕉树？阴满中庭，阴满中庭，叶叶心心，舒卷有余情。
>
> 伤心枕上三更雨，点滴霖霪，点滴霖霪，愁损北人，不惯起来听。

上文庭院中芭蕉所营造的语境与"情"、"愁"、"悲"密切相连，"余情"深远绵长，"雨打芭蕉"更添一份凄凉，声声切切诉情长。《红楼梦》第十七回"从里间房内又得一小门，出去则是后院，有一大株梨花兼芭蕉"[2]，"入蔷薇院，出芭蕉坞，盘旋曲折"[3]。梨树和芭蕉构成绿白的冷调子，这样的植物配置体现出林黛玉孤洁的品性。第二十六回贾芸随坠儿来到怡红院时，"只见院内略略有几点山石，种着芭蕉，那边有两只仙鹤在松树下剔翎……上面悬着一个匾额，四个大字，题道是'怡红快

---

[1] 曹雪芹，高鹗．红楼梦 [M]．长沙：岳麓书社，2004：268．

[2] 曹雪芹，高鹗．红楼梦 [M]．长沙：岳麓书社，2004：106．

[3] 曹雪芹，高鹗．红楼梦 [M]．长沙：岳麓书社，2004：108．

绿'"[1]。芭蕉是大观园中重要的景观物，是构成怡红快绿的主角。

蘅芜苑是薛宝钗的住所，院中花木全无，配上各色香草，香草虽不艳丽，但有沁人心脾的芳香，这种表面无华而暗香浮动的植物配置，很好地衬托出薛宝钗朴素大方的外表，散发着动人的人格魅力。一如深受孔子赞誉的空谷兰花，外表质朴无华而馨香远播。此外还有稻香村一片田园风光，以各色农家植物配置景色，体现出李纨丧偶寡居、潜心教子的人生追求。紫菱洲一带以水生植物为主，蓼花苇叶，荇草香菱。水生植物多半柔弱，顺水而漂，与迎春懦弱的性格倒是很相吻合。探春的秋爽斋以芭蕉、梧桐为主，芭蕉、梧桐均宽枝大叶，体现出秋天天气的"清爽"，衬托出探春豪爽的性格。栊翠庵中红梅冒雪而开，傲霜斗雪，是孤傲性格的象征，也是妙玉性格的物化特征，等等，不一而足。为配合故事情节的发展，文中更是配以各具特色的植物，例如龄官画"蔷"字，配以蔷薇架，秋天螃蟹宴又配以桂花，诗社吟诗配以白海棠、菊花，湘云醉酒则配以芍药花，晴雯病逝而化身为芙蓉花神，等等。由此可见，大观园中的植物配置体现了中国园林设计中植物配置的基本原则。

表3-2　大观园植物配置简描

主题院	景观域	主人公	植被
怡红院		贾宝玉	海棠、芭蕉
潇湘馆		林黛玉	竹、苍苔、芭蕉、梨树
蘅芜苑		薛宝钗	各色花草
秋爽斋		贾探春	芭蕉、梧桐
栊翠庵		妙　玉	红梅
	稻香村		田园风光
	紫菱洲		各类水生植物

花园意象是中国古典文学中表现爱情的一个常见场景，作者用语言文字构建了一个现实空间，但又非普通的生活空间，已是浓缩了人类情感且具有特定人文色彩的叙事空间，作者用生动的语言赋予了花园空间丰富的审美意蕴和象征意味，在小说的叙事结构上发挥了重要的艺术功能。花园意象既是融入了主观情感的客观物象，又借助客观物象表现主观情感，情景交融，相得益彰。

殊に『源氏物語』は古今を通じて、日本の最高の小説で、現代にもこれに及

[1]　曹雪芹，高鹗. 红楼梦 [M]. 长沙：岳麓书社，2004：170.

ぶ小説はまだなく、十世紀に、このように近代的でもある長編小説が書かれたのは、世界の奇蹟として、海外にも広く知られています。…『源氏物語』の後、日本の小説はこの名作へのあこがれ、そして真似や作り変えが、幾百年も続いたのでありました。和歌は勿論、美術工芸から造園にまで『源氏物語』は深く広く、美の糧となり続けたのであります。[1]

作者译：尤其是《源氏物语》，从古至今，都是日本最优秀的小说，即使到了现代也没有能完全与之媲美者。在 10 世纪的时候，能撰写出近代长篇小说风格的作品，的确为世界之奇迹，对此海内外皆知……《源氏物语》之后延绵几百年时光，日本小说都以该名作为蓝本，极力模仿与改编。和歌自不消说，从美术工艺至造园，无不深受《源氏物语》影响，不断从它那里吸取美的精神食粮。

六条院的园林布局没有大观园复杂，水系没有大观园复杂，筑山也没有大观园雄美，只是简略提到秋院中的南湖与春园的湖水相通，"其间隔着一座小山，好比一个关口。但可以从山脚上绕道通船"[2]。六条院与大观园相似之处是春夏秋冬院中的植被的写意特征，植被的代表属性与前后文本中连贯的隐喻特征有着千丝万缕的联系。六条院的春天"优美的庭院中，嘉木葱茏，春云叆叇，樱花处处吐艳、柳梢略带鹅黄"[3]，即便是初春，院中亦显妩媚妖娆，"正月二十日左右，天色晴朗，风和日暖。庭前梅花渐渐盛开，其他春花亦皆含苞，四周春云迷离叆叇"[4]。

游船进入浮岛港湾中岩阴之下，但见其中小小的岩石，也都像画中景物。各处树木上春云叆叇，犹如蒙着锦绣帐幕。其间遥遥望见紫姬的春殿。这春殿里柳色增浓，长条垂地；花气袭人，芬芳无比。别处樱花已过盛期，此间正在盛开。绕廊的紫藤，也渐次开花，鲜丽夺目。棣棠花尤为繁茂，倒影映入池中，枝叶又从岸上挂到水里。各种水鸟，有的雌雄成对，双双游泳，有的口衔细枝，来往飞翔。鸳鸯浮在罗纹一般的春波上，竟是美丽的图案纹样。遨游其间，正像身入烂柯山中，年月都忘记了。[5]

紫上最爱春天，所居春院"栽植无数春花，窗前种的是五叶松、红梅、樱花、紫藤、棣棠、

[1] 川端康成．美しい日本の私——その序説 [M]．東京：講談社，1981：1.

[2] 紫式部．源氏物语 [M]．丰子恺译．北京：人民文学出版社，1980：418.

[3] 紫式部．源氏物语 [M]．丰子恺译．北京：人民文学出版社，1980：584.

[4] 紫式部．源氏物语 [M]．丰子恺译．北京：人民文学出版社，1980：602.

[5] 紫式部．源氏物语 [M]．丰子恺译．北京：人民文学出版社，1980：418.

蹒跚等春花，布置巧妙，赏心悦目"[1]。《源氏物语》的地志空间描绘以自然景观做映衬，暗示登场人物及主人公光源氏对各位女子的情动心理。日本春天的美与春日樱花静然盛开的形象密切相连，紫上的娇艳如同春日满开的樱花。"相貌艳如花月，姿态新颖入时。加之种种优雅的薰香融合集中，这便形成了一种最高的美姿。今年比去年更盛，今日比昨天更美。永远清新，百看不厌。源氏觉得奇怪：怎么会生得这样美丽呢！"[2]紫上人物塑形流露出作者强烈的唯美主义倾向，紫上是紫式部笔下理想化的"美人"——相貌端庄、品性高洁、才能出众，对光源氏的泛爱隐忍不发，最后由于过度的精神压力抱病身亡。紫上也是日本平安时期贵族理想的女性人物形象——温顺贤惠、宽容忍让、逆来顺受、唯命是从。《红楼梦》故事正式开篇于第五回，《源氏物语》中紫上正式登场于第五回。第五回（"若紫"卷）描绘了光源氏在北山初识十一二岁的紫上，"时值三月下旬，京中花事已经阑珊，山中樱花还是盛开。入山渐深，但见春云叆叇，妍丽可爱"[3]。暮春时节，樱花飘零已尽，但此时山中樱花还是盛开，给人不寻常的感觉。花的反季节开放，预示着不同寻常事件的发生，也是一种暗示的叙事手法，《红楼梦》第九十四回海棠冬华后，女儿国的女儿们逐个香消玉损。光源氏在这樱花不同寻常盛开的时节邂逅了美少女紫上，预示两人间将有不同寻常的故事。紫上的情影与光源氏恋慕的继母藤壶皇后的身影重叠，源氏决定将紫上带回家中养育。紫上一登场就与"樱"结下了不解之缘，以后文本中与紫上相关联的形象与情感，数处用樱做明喻、隐喻与暗喻，樱花成为紫上形象的代言者。北山下山前思慕少女的光源氏向老尼姑赠诗："昨宵隐约窥花貌，今日游云不忍归。"[4]昨日夕幕降临时分，在朦胧的夜色中我看到了美丽的花儿（该处指代樱花，亦指代紫上）的容貌，今晨朝霞泛白之际我是多么不想离去。将紫上喻为美丽的樱花，老尼姑就此返歌："怜花是否真心语？且看游云幻变无。"[5]返歌中同样将紫上喻为樱花。归京后，光源氏对紫上梦系魂牵，寄信与北山老尼姑："山樱倩影萦魂梦，

[1] 紫式部.源氏物语[M].丰子恺译.北京：人民文学出版社，1980：384.

[2] 紫式部.源氏物语[M].丰子恺译.北京：人民文学出版社，1980：565.

[3] 紫式部.源氏物语[M].丰子恺译.北京：人民文学出版社，1980：80.

[4] 紫式部.源氏物语[M].丰子恺译.北京：人民文学出版社，1980：91.

[5] 紫式部.源氏物语[M].丰子恺译.北京：人民文学出版社，1980：91.

无限深情属此花。"[1] 老尼姑答诗:"山风多厉樱易散,片刻留情不足凭。"[2] 两首和歌中皆将紫上喻为樱花。夕雾是光源氏和正妻葵上的儿子,第二十八回("朔风"卷)中描写成年后的夕雾某日偶然瞥见紫上,被其容姿深深吸引。

"气度高雅,容颜清丽,似有幽香逼人。教人看了,联想起春晨乱开在云霞之间的美丽的山樱。娇艳之色四散洋溢,仿佛流泛到正在放肆地偷看的夕雾脸上来。真是个盖世无双的美人!"[3]

同回,夕雾将"紫姬比作樱花,玉鬘比作棣棠,小女公子比作藤花"[4]。紫上自登场开始便处处与樱花紧密相连。但是,在《红楼梦》涉及的 244 种植物当中,唯独没有樱花,在中国古典文学叙事当中,也未有樱花出现。樱花的独特特征凸显日本文化的特质。日本文化中的樱花形象包孕着中国文化中牡丹和桃花的双重意象,桃花的美艳绽放于骄阳丽日之下,展开于轻风拂面之时,如云似霞,生机勃勃。"花"隐含的人格象征,意蕴深刻,"花"意象诠释出民族文化的品位。"桃之夭夭,灼灼其华,之子于归,宜其室家。"(《诗经·周南·桃夭》)桃生春季,树枝柔嫩随风摇曳,体态妖娆;枝头花朵鲜艳盛开,灿烂娇艳,灼人眼目。桃花展开之时恰适男女论婚谈嫁,《易林》曰:"春桃生花,季女宜嫁。"宋朱熹《诗集传》曰:"周礼,仲春令会男女。然则桃之有华,正婚姻之时也。"《诗经》中"桃"之取意表现为新婚之喜和对新娘的美好祝福,桃花是青春、爱情、幸福与欢乐的象征,在中国古典诗歌的花颂中桃花排位第一。桃花美艳,但其花期极为短暂,飘然而逝,观者易生恍若隔世之幻觉。正如唐王朝盛极而衰的风景在人们心中流下极大的落差,政权动荡、世事无常,殷忧、悲哀、焦虑、感伤无不深深融注于桃花的篇篇唱词之中。自李唐以来,世人甚爱牡丹,牡丹花大色艳,层层叠叠,具有雍容富贵的丰腴之美。唐宋诗词承诗骚与魏晋之风流,将花的咏唱推至极至。"庭前芍药妖无格,池上芙蓉净少情。惟有牡丹真国色,花开时节动京城。"(刘禹锡《赏牡丹》)"何人不爱牡丹花,占断城中好物华。疑是洛川神女作,千娇万态破朝霞。"(徐凝《牡丹》)李白借牡丹喻杨玉环:"名花倾国两相欢,常得君王带笑看。解释春风无限恨,

---

[1] 紫式部. 源氏物语 [M]. 丰子恺译. 北京:人民文学出版社,1980:93.

[2] 紫式部. 源氏物语 [M]. 丰子恺译. 北京:人民文学出版社,1980:93.

[3] 紫式部. 源氏物语 [M]. 丰子恺译. 北京:人民文学出版社,1980:459.

[4] 紫式部. 源氏物语 [M]. 丰子恺译. 北京:人民文学出版社,1980:467.

沉香亭北倚阑干。"（《清平调》）牡丹花容花品卓绝，芳姿艳质足压群葩，其声色之美与性情之美融入大唐盛世精神，是唐代文学的主体风貌。日本人自上古时代就开始种植樱花，花期甚短（约七日），盛开时团团锦簇，热闹非凡，一片绚烂。清风拂来，满树樱花如雪花片般静然飘落，正如《红楼梦》葬花时情形，"（宝玉）正看到'落红成阵'，只见一阵风过，把树头上桃花吹下一大半来，落的满身满书满地皆是"[1]。樱花既具备牡丹的大气、富贵、吉祥，又有桃花片刻如霞般的绚烂与骤然飘逝的感伤。日本的樱花、中国的牡丹与桃花在文学比兴当中都象征着女性，中日文人都喜将其与"霞"相连。

在日本最古老的歌物语《伊势物语》中有段这样的记载：（作者译）一位充满情趣的人，在花瓶中插了一束花。花束中有一藤花，花蔓柔软舒展，长达三尺六寸。（なさけある人にて、かめに花をさせり。その花のなかにあやしき藤の花ありけり。花のしなひ、三尺六寸ばかりなむありける。[2]）该处描写了小说主人公在原业平接待客人时的插花故事，藤花花蔓长达三尺六寸确属珍奇。

私はこの藤の花に平安文化の象徴を感じることがあります。藤の花は日本風にそして女性的に優雅、垂れて咲いて、そよ風にもゆらぐ風情は、なよやか、つつましやか、やわらかで、初夏のみどりのなかに見えかくれで、もののあわれに通うようですが、その花房が三尺六寸となると、異様な華麗でありましょう。唐の文化の吸収がよく日本風に消化されて、およそ千年前に、華麗な平安文化を生み、日本の美を確立しましたのは「あやしき藤の花」が咲いたのに似た、異様な奇蹟とも思われます。[3]

作者译：我觉得这珍奇的藤花象征平安文化，藤花富有日本风情，具有女性的优雅，试想在低垂的藤蔓上开着的花儿在微风中摇曳的姿态，是多么纤细娇弱、彬彬有礼、含情脉脉啊。它又若隐若现地藏在初夏的郁绿丛中，仿佛懂得多愁善感。这花蔓长达三尺六寸，恐怕是异样的华美吧。日本吸收了中国唐朝文化，而后将其很好地融合于和风文化当中，大约在一千年前，产生了华丽典雅的平安朝文化，形成了日本的美，正像盛开的"珍奇藤花"给人格外奇异的感觉。

---

[1] 紫式部.源氏物语 [M].丰子恺译.北京：人民文学出版社，1980：151.

[2] 川端康成.美しい日本の私——その序説 [M].東京：講談社，1981：4.

[3] 川端康成.美しい日本の私——その序説 [M].東京：講談社，1981：4.

藤是蝶形花科紫藤属植物，紫藤是世界知名的藤本观赏植物，原产中国，唐朝已有栽培。藤是攀缘植物，《红楼梦》中植于大观园的进口翠嶂处，既显示出假山的古朴，又微掩"曲径通幽"的入口。《红楼梦》第四十四回凤姐骂道："你们娼妇们一条藤儿，多嫌着我，外面儿你哄我！"[1]这里的"藤"是比喻人事关系上的"一伙、一脉"。日本文化中的"藤"显然不是这些用意，"藤"在日本文化中有吉祥之意，现今日本前十位的姓氏中，带"藤"字的就占了三位。《源氏物语》中紫上是藤壶的侄女，藤壶又是光源氏因恋母情结而依恋和向往的"永恒的女性"，紫姬酷似光源氏暗恋的继母藤壶，在光源氏钟爱的女人中占有特殊的位置。河添房江在《〈源氏物语〉中的王权与比喻》[2]一书的序章中提到"藤"，认为"藤"有着"紫色高贵的属性"的隐喻特征，在春园中种植大量藤类植物暗示了紫上作为藤壶的化身入住六条院。

这老僧奉赠公子金刚杵一具，以为护身之用。僧都则奉赠公子金刚子数珠一串，是圣德太子从百济取得的，装在一只也是从百济来的中国式盒子里，盒子外面套着镂空花纹袋子，结着五叶松枝。又奉赠种种药品，装在绀色琉璃瓶中，结着藤花枝和樱花枝。这些都是与僧都身份相称的礼物。[3]

光源氏赴北山养病，邂逅十岁光景的紫上，产生爱恋，下山时僧都赠其金刚子数珠一串，数珠装在中国式盒子里，外饰以五叶松枝、藤花枝、樱花枝。若干年后紫上与光源氏结为夫妻，之后移住六条院的春院，春园中遍种这三种植物，这是前后文在意象上的呼应与咬合。文本作者并未将老僧赠品饰纹上的五叶松、藤花枝、樱花枝与二十余年后春院中遍植的松、藤、樱明确联系，两处文本相隔十六回，两者间有着未曾明示只可意会的牵连，需读者细心领会与揣摩才能掌握文本深层的韵味。两处文本的关联在暗处早已屡屡布线，精心勾画，让读者进入春院美景的同时，脑海中的映画又回到若干年前源氏与紫上北山的邂逅。《红楼梦》地志空间文本描写中像这样精心、精深布局者不多。春院之美展现得尽善尽美，位居六条院之首，其次是秋院，"春秋之争"在中日古典文学中历来有之。

秋好皇后所居的西南一区内，在原有的山上栽种浓色的红叶树，从远处导入清

---

[1] 曹雪芹.脂砚斋重评石头记[M].沈阳：沈阳出版社，2005：298.

[2] 河添房江.源氏物语の喩と王権[M].東京：有精堂，1992.

[3] 紫式部.源氏物语[M].丰子恺译.北京：人民文学出版社，1980：90.

澄的泉水。欲使水声增大，建立许多岩石，使水流成瀑布——这就开辟成了广大的秋野。此时正值秋天，秋花盛开，秋景之美，远胜过嵯峨大堰一带的山野。[1]

院落建成后对四院的介绍中并没有对秋院的草木进行细致描写，只是写到"原有的山上（もとの山に）"，表现出对旧状的尊重。秋好中宫与秋的关联起始于"薄云"卷，"薄云"卷（第十九回）交代"有一天，秋雨霏霏，庭前花草色彩斑斓，露满绿叶。源氏内大臣回想起梅壶（秋好中宫）的母亲六条妃子（六条御息所）在世时种种往事，泪下沾襟，便走到女御（秋好中宫）的居室里来探望"[2]。光源氏道：

> "春日林花烂漫，秋天郊野绮丽，孰优孰劣，古人各持一说，争论已久。毕竟何者最可赏心悦目，未有定论。在中国，诗人都说春花如锦，其美无比；而在日本的和歌中，则又谓'春天只见群花放，不及清秋逸兴长。'我等面对四时景色，但觉神移目眩。至于花色鸟虫，孰优孰劣，实难分辨。"[3]

源氏并问秋好中宫"你对于春和秋，喜欢哪一季节？"[4]秋好中宫认为"秋夜相思浓"，每逢秋夜追念逝如朝露的母亲六条妃子，故选择了秋天。同卷（"薄云"卷）篇末，源氏对紫姬道："梅壶女御爱好秋夜，亦甚可喜；而你喜欢春晨（春の曙），更是有理。今后赏玩四时花草之时，亦当按照你的喜欢而安排。"[5]春晨（春の曙），清少纳言《枕草子》的冒头部分的名段即是"春は曙（春は、あけぼの顷がよい：春天破晓时分最为美好）"。到了三月下旬，紫姬的春殿中春景浓艳，中国式的游船前来凑兴。

> 各处树木上春云暖靆，犹如蒙着锦绣帐幕。其间遥遥望见紫姬的春殿。这春殿里柳色增浓，长条垂地；花气袭人，芬芳无比。别处樱花已过盛期，此间正在盛开。绕廊的紫藤，也渐次开花，鲜丽夺目。棣棠花尤为繁茂，倒影映入池中，枝叶又从岸上挂到水里。各种水鸟，有的雌雄成对，双双游泳，有的口衔细枝，来往飞翔。鸳鸯浮在罗纹一般的春波上，竟是美丽的图案纹样……只因水面风光异常美丽，足以牵惹青春少女之心情也。[6]

[1] 紫式部.源氏物语 [M].丰子恺译.北京：人民文学出版社，1980：384.
[2] 紫式部.源氏物语 [M].丰子恺译.北京：人民文学出版社，1980：342.
[3] 紫式部.源氏物语 [M].丰子恺译.北京：人民文学出版社，1980：343.
[4] 紫式部.源氏物语 [M].丰子恺译.北京：人民文学出版社，1980：343.
[5] 紫式部.源氏物语 [M].丰子恺译.北京：人民文学出版社，1980：345.
[6] 紫式部.源氏物语 [M].丰子恺译.北京：人民文学出版社，1980：345.

紫姬记起去年秋天"秋好皇后讥讽紫姬的诗中有'盼待春光到小园'之句,紫姬觉得现在正是报复的时候了"[1]。紫姬致信秋好皇后:"君爱秋光不喜春,香闺静待草虫鸣。春园蝴蝶翩翩舞,只恐幽人不赏心。"[2]秋好皇后知其是去年赠红叶诗的答复,面露笑容,然而被紫姬邀去游船的秋殿众侍女真心赞佩春花,相互转告:"原来春色如此美丽,只怕娘娘也不得不赞赏呢。"[3]春秋之争自古有之,《源氏物语》文本凸显了该论点,多次对其论及,第三十四回("新菜续"卷)光源氏与儿子夕雾也就此展开话题:

> 源氏对夕雾言道:"月色朦胧的春夜,真教人徒唤奈何啊!然而秋夜也很可爱,像今天这种音乐演奏,如果与秋虫之声相应和,定然更多清趣,似觉音乐之声更加美妙了。"夕雾答道:"秋夜月色清光皎洁,洞烛万物,琴笛之音亦分外清澄。然而夜色过分明亮,有如人工造作,使人分心注目于种种秋花秋草、白露清霜,不能凝神听乐,亦是一大缺憾。春夜云霞弥漫天空,露出朦胧淡月,照着笙管合奏,其音节之清艳,实在无以复加!古人说女子爱春天,良有以也。故欲求音乐之调和美满,莫如于春日夕暮演奏。"源氏说:"否否,欲评春秋之优劣,谈何容易!从古以来,此事难于判定。末世人心浅薄,岂能贸然作出结论!惟音乐的曲调,向来春天的吕调为先,秋天的律调为次,果然自有其道理。"[4]

《源氏物语》文本中将秋好中宫置于秋院主要体现出秋好中宫对母亲的思念,六条妃子的出现往往与秋背景密切相连。"杨桐"卷(第十回),秋好中宫的母亲六条御息所下伊势之前,光源氏赴其居所野宫拜访正值九月初七,"源氏大将进入广漠的旷野,但见景象异常萧条。秋花尽已枯萎。蔓草中的虫声与凄厉的松风声,合成一种不可名状的音调"[5]。葵姬之死的生灵事件使得光源氏和六条御息所的关系产生裂痕,光源氏惊怪此人何以有此缺陷,爱情随即消减。眼看六条妃子下伊势的日子已经临近,秋意渐浓,源氏公子选了一个吉利日子,专程前去嵯峨野宫看望六条妃子。九月初七正值仲秋,秋花尽已枯萎,景色异常萧条,行至野宫人影稀少,好不凄凉孤苦。

[1] 紫式部.源氏物语[M].丰子恺译.北京:人民文学出版社,1980:418.

[2] 紫式部.源氏物语[M].丰子恺译.北京:人民文学出版社,1980:418.

[3] 紫式部.源氏物语[M].丰子恺译.北京:人民文学出版社,1980:418.

[4] 紫式部.源氏物语[M].丰子恺译.北京:人民文学出版社,1980:606.

[5] 紫式部.源氏物语[M].丰子恺译.北京:人民文学出版社,1980:184.

情人再次见面万般感慨，与这秋色相似的惆怅令人思绪万千，拂晓时分源氏起身告别，"其时凉风忽起，秋虫乱鸣，其声哀怨，似乎代人惜别。即使是无忧无虑之人，听到这声音也难于忍受"[1]。光源氏与六条妃子"这两个魂销肠断的恋侣"分手于秋季。秋好中宫是秋园的主人，光源氏将六条妃子的女儿秋好中宫安置于秋院，使之与过往恋情中秋意象相重叠，充满悲愁。文中描绘秋院秋景的绚烂之后，也每每接踵无尽的悲伤。"朔风"卷（第二十八回）开卷写道：

秋好皇后的庭前，今年种的秋花比往年更加出色。各种秋花都齐备，处处设有雅致的篱垣，有的用带皮枝条修成，有的用剥皮枝条修成。同是一种花，这里的特别鲜妍；枝条的形状、花的姿态，以及朝夕带露时的光彩，都与寻常不同，像珠玉一般辉煌。看了这片人造的秋野的景色，又教人忘记了春山之美，但觉凉爽快适，神往心移。讲到春秋优劣之争论，自昔赞美秋景之人居多。因此从前颂扬紫姬园中有名的春花那班人，现在又回过头来称道秋好皇后的秋院，这正与世态炎凉相似。[2]

秋院美景描叙不多，这是继第十九回光源氏与秋好中宫"春秋之争"之后，秋院之美的大展示。秋好皇后深恐花期过时，朝朝暮暮赏玩着这些日益茂盛的秋花。某日，正当赏玩秋花之际，突遇朔风。

不料天色大变，朔风忽起，今年比往年更加猛烈，各种好花都被吹得枯落……秋好皇后。她看见草上之露清趣碎玉一般零落，觉得伤心惨目，恨不得清趣古歌中所咏的，用一只宽大的衣袖来遮住了秋空的朔风。天色渐暮，四周昏暗，不见一物。朔风越来越紧，气象阴森可怕。[3]

秋园的美稍纵即逝，秋好皇后好不伤悲。六条院是在秋好中宫的母亲六条御息所的旧址上修建而成，秋院正处于旧址的中心。藤井贞和认为六条院营造于六条御息所遗址的目的是起到镇魂的作用。[4]六条御息所出身高贵，性情执拗，城府颇深，深爱源氏。贺茂神社祝祭之时与源氏正妻葵姬发生车位之争，此后日夜忧恼，神魂出窍，其怨恨化为怨灵纠缠身怀六甲的葵姬不放，葵姬产后身亡。之后，源氏宠爱的夕颜

[1] 紫式部．源氏物语 [M]．丰子恺译．北京：人民文学出版社，1980：186.

[2] 紫式部．源氏物语 [M]．丰子恺译．北京：人民文学出版社，1980：458.

[3] 紫式部．源氏物语 [M]．丰子恺译．北京：人民文学出版社，1980：458.

[4] 藤井贞和．源氏物语の始原と現在 [M]．東京：三一書房，1972：126.

也因其怨灵袭击而死。光源氏将六条御息所的女儿秋好中宫安排在六条院的遗址，并设置以秋之景观，其意图是为了镇魂。

夏院风景别致：

> 花散里所居东北一区中，有清凉的泉水，种的都是绿树浓荫的夏木。窗前更种淡竹，其下凉风习习。树木都很高大，有如森林。四周围着水晶花篱垣，有如山乡。院内种着"今我思畴昔"的橘花、瞿麦花、蔷薇花、牡丹花等种种夏花，其间又杂植春秋的花木……对面筑着马厩，其中饲养着盖世无匹的骏马。[1]

文中，光源氏与花散里的接触仅三回，即光源氏三次赴花散里府上探访。花散里首次出现于文本是在光源氏对世间万事都感忧虑时，"五月的梅雨时节，有一天难得放晴，他（源氏）便悄悄地去访问这花散里了"[2]。当时的景致是"高大的桂花树顺风飘过香气来"[3]，"二十日的缺月升入空中，庭前高大的树木暗影沉沉，附近的橘子树飘送可爱的香气来"[4]。花散里虽上年纪，但仪态端庄，容貌昳丽。光源氏觉得极具风趣，吟诗"杜鹃也爱芬芳树，飞向橘花散出来"[5]。花散里和诗"荒园寂寂无人到，檐外橘花引客来"[6]。花散里一出场就与橘花形象紧密相连，为以后夏院中遍种橘花埋下伏笔。光源氏再访花散里仍在初夏，"五月里淫雨连绵，公私都很空闲，寂寞无聊之时，有一天他（源氏）忽然想起了她（花散里），便出门去访问"[7]。光源氏三访花散里又隔了一年，亦是初夏，"翌年四月间，源氏公子想起了花散里，便向紫姬招呼了一声，悄悄地前去访问"[8]。前往花散里府邸的路上，"忽然经过一所邸宅，已经荒芜得不成样子，庭中树木丛茂，竟像一座森林。一株高大的松树上挂着藤花，映着月光，随风飘过一阵幽香，引人怀念。这香气与橘花又不相同，另有一种情趣"[9]。"这香气与橘花不同"——将橘花的花香作为花散里府邸的标识，

[1] 紫式部. 源氏物语 [M]. 丰子恺译. 北京：人民文学出版社，1980：384-385.

[2] 紫式部. 源氏物语 [M]. 丰子恺译. 北京：人民文学出版社，1980：213.

[3] 紫式部. 源氏物语 [M]. 丰子恺译. 北京：人民文学出版社，1980：213.

[4] 紫式部. 源氏物语 [M]. 丰子恺译. 北京：人民文学出版社，1980：214.

[5] 紫式部. 源氏物语 [M]. 丰子恺译. 北京：人民文学出版社，1980：214.

[6] 紫式部. 源氏物语 [M]. 丰子恺译. 北京：人民文学出版社，1980：216.

[7] 紫式部. 源氏物语 [M]. 丰子恺译. 北京：人民文学出版社，1980：275.

[8] 紫式部. 源氏物语 [M]. 丰子恺译. 北京：人民文学出版社，1980：294.

[9] 紫式部. 源氏物语 [M]. 丰子恺译. 北京：人民文学出版社，1980：294.

果不其然，一打听该处是末摘花家。"夏季"与"橘花"是花散里的代名词，六条院建成后，光源氏将花散里安置于夏院，夏院院内遍种橘花。橘花盛开于夏季，满枝皆是，最不起眼，清风拂过，忽然间一阵幽香传来，是淡淡却沁人心脾的奇香，寻香而至，却见细小洁白的花束，掩映绿叶之下，似露还藏。橘花是花散里的写照，花散里缺乏容姿美貌，但善解人意、手工精妙，对光源氏的热爱里蕴集母性的光辉，温柔的抚爱、溺爱的纵容、宽慰的微笑、紧张的期盼，这些爱的特征是在如同女儿般养大的紫姬与出生高贵的秋好中宫身上寻觅不到的。光源氏总是在五月的梅雨时节想起花散里，花散里是能使光源氏忧烦情绪得以消散的人。"花散里"卷（第十一回）是仅次于"云隐"卷（第四十一回"空白卷"）的最短卷，全卷不足三页，着笔不多。千百年后法国女性作家玛格丽特·尤瑟纳尔为《源氏物语》续写了一部小说《源氏亲王的黄昏恋》[1]，玛格丽特从光源氏的众多情人中单单选中花散里来延续光源氏"云隐"以后的爱情故事，可谓情有独钟。另一方面，也反映出花散里人物形象的独特魅力，在其性格的塑造与着笔上还大有可为，紫上的性格已塑造得非常丰满，无以挖掘，秋好中宫的形象也较为固定，不易改编，花散里在《源氏物语》中归属扁平人物一类，后续文本中可塑性大。"今我思畴昔（昔おぼゆる花橘）"[2]的橘花出典于《古今和歌集·夏》第一百三十九首：夏天来到，橘花盛开，花香四溢，啊！这是我已往情人的袖香，花香苏醒了我的记忆（五月待つ花橘の香をかげば昔の人の袖の香ぞする），从该和歌可以知悉在日本古典文学中橘花代表对昔人的追慕。光源氏一生中仅仅拜访了花散里三次，光源氏心目中平时记不得，间或回想起来的情人花散里真如橘花般其貌不扬但清雅诱人。坂本晟认为对花散里"橘意象"的设定是与春院中紫上的代表植物樱花的意象相对应，"樱花和橘花在南殿台阶两旁相对种植，表明紫上与花散里相对应的妻的位置"[3]，这与紫上是明石姬君的养母、花散里是夕雾的养母相关连，这一文本布局体现了叙事体系的对称美。夏院花散里居室的窗前多种淡竹（吴竹），体现光源氏对花散里的信赖。"竹"中间空心，坚韧且柔软，经过时光洗涤仍不会变色，是贞洁的象征，在日本和歌咏唱的季节中例外没对"竹"进行季节的限定，将竹种在夏院，是有意将其与花散里的人品相联系。

[1]　玛格丽特·尤瑟纳尔. 东方故事集 [M]. 上海：三联文化传播有限公司，2008.

[2]　"（丰子恺译）橘花开五月，到处散芬芳。今我思畴昔，伊人怀袖香。（原文）五月待つ花橘の香をかげば昔の人の袖の香ぞする"，见《古今和歌集·夏·139·読み人しらず》。

[3]　坂本晟. 紫上と花散里 [J]. 中古文学，1984（5）：33.

夕颜的出现也与竹关联，"淡竹"是光源氏青春的象征词汇。"在夏院中种上'淡竹'，并非单单借用汉诗文中的季节感，其目的是顺利导入玉鬘章节的展开的基轴——光源氏与玉鬘的交涉，诗文是该物语的基础。"[1] 藤本胜义认为"淡竹"该处的出现是为后来要展开的文本埋下复线。竹出现在林黛玉的潇湘馆，代表着悲伤，与日本古典文学中的取意相异。汉文"瞿麦花"为日文"撫子（なでしこ）"，在日本平安期"なでしこ"是挂词[2]。花散里在光源氏眼中是具有母性味道的女性，"撫でし儿"[3] 正迎合了这一意象——爱抚可怜的幼子，抚子花表现出花散里浓浓的母爱，这一象征特色贯穿整个文本。第一枝抚子见于第二回（"帚木"卷）的"雨夜品评"中，头中将交代他曾经和一个女子秘密交往，有了一个小孩，唯恐家中那位吃醋，并不写信与该女子。该女子义气沮丧，寻思之余，折了一枝抚子花[4] 夹在信中。

> "败壁荒山里，频年寂寂春。愿君怜抚子（撫子 なでしこ），叨沐雨露恩。"
> ……我就回答她一首诗：
> "群花历乱开，灿漫多姿色。独怜常夏花[5]，秀美真无匹。"
> 我姑且不提比拟孩子的抚子花，却想起古歌"夫妇之床不积尘"之句，不免怀念夫妇之情，就用常夏花来比拟这做母亲的人，给她安慰。[6]

头中将用"なでしこ"比喻两人间的幼子玉鬘，表达自己的爱子之情。抚子花在日本古典文学中也视作"爱儿"之意象。夕雾和玉鬘作为花散里的养子被精心哺育，诸多孙辈的子孙也交由花散里抚育。抚子花种在夏院，同样受到主人花散里的爱抚。第二枝抚子见于第七回（"红叶贺"卷）中，光源氏到藤壶院参加管弦会时看到自己与继母藤壶妃子偷情所生的小皇子，心中隐痛，返回私邸后见到盛开的抚子花折了一枝给藤壶妃子，附诗："将花比作心头肉，难慰愁肠泪转多。"[7] 藤壶妃子悔恨

[1] 藤本勝義. 六条院四季の町の植物設定をめぐって——玉鬘物語の構想に関する一私見 [J]. 文学·語学，1971（9）：23-32.

[2] 挂词是日本和歌的主要修辞法之一，与中文中的双关语类似，同音异议。例如：「待つ」と「松」；「聞く」と「菊」；「置きて」と「起きて」。

[3] 日文中"儿"指"幼儿"，发音"こ"。"子"发音同"儿（こ）"，是亲族中长辈对晚辈的称呼。"なでしこ"为日语中的挂词（双关语）。

[4] 抚子花即瞿麦花，此处用以比喻那小孩。

[5] 常夏花即野生的抚子花。

[6] 紫式部. 源氏物语 [M]. 丰子恺译. 北京：人民文学出版社，1980：30.

[7] 紫式部. 源氏物语 [M]. 丰子恺译. 北京：人民文学出版社，1980：137.

这段秘密恋情，难忍悲伤，破例回了他一封信："为花洒泪襟常湿，独自爱花不忍疏。"[1]
第三枝抚子见于第九回（"葵姬"卷）中，葵姬死后，居丧中的光源氏见霜凋的草
里有抚子花与龙胆花正在盛开，便命侍女折取抚子花一枝，夹在信中慰问葵姬的母亲：
"草枯离畔鲜花小[2]，好作残秋遗物看。"[3] 老夫人答诗："草枯篱畔花虽美，看后
翻教袖不干。"[4] 翌日，光源氏回左大臣家昔日与葵姬的旧居中，写诗"抚子多朝露，
孤眠泪亦多"[5]。诗中夹有一枝已枯的抚子花，葵姬的母亲老夫人见罢，想起过去精
心抚育却早逝的女儿，放声大哭。抚子花是日本古典文学中的"秋之七草"，"七草"
分别是荻花、蒲苇、葛花、瞿麦、女郎花、兰草、牵牛花。光源氏眼中蔷薇代表着
坚强的意志力。光源氏十二岁行冠礼之后娶了权倾朝野左大臣的掌上明珠葵姬为妻。
时政变换，二十五岁时，当时的皇帝朱雀帝凡事依仗外祖父右大臣和母亲弘微殿太后，
光源氏受到压制。左大臣家诸公子无不意气消沉，与源氏最为亲近的三位中将[6] 等，
在圈内尤为失势。这几人常召集事简多暇的文章博士吟诗作文、掩韵游戏，藉以遣怀。

　　这一天照例聚集许多人物，大家作文。其时阶前蔷薇初开，景象比春秋花时更
为幽雅可爱……几个老年博士遥遥瞻望，感动得流下泪来。唱到"貌比初开百合花
更强"之句时，三位中将敬源氏大将一杯酒，吟道：

　　"闻歌瞻望君侯貌，胜似蔷薇初发花。"

　　源氏大将微笑着接了酒杯，答道：

　　"花开今日乖时运，转瞬凋零夏雨中。"

　　……源氏大将得意之极，骄矜起来，朗诵"我文王之子，武王之弟……"，这
自比实在很确当。[7]

---

[1]　紫式部．源氏物语 [M]．丰子恺译．北京：人民文学出版社，1980：137.

[2]　"草枯篱畔鲜花小"日文原文为"草枯れのまがきに残る撫子を"，丰子恺将"残る撫子"
意译为"鲜花小"，将原文中"撫子"抽象化，"花"未能表达出"抚子花"在日本文化中深刻的韵味。
本句更为具象的译文"草枯篱畔遗抚子"（作者译），改"草枯篱畔鲜花小"（丰子恺译）的模糊取义。
文中和歌多处将"撫子"仅译为"花"，多有不妥。在翻译中，不吃透文本的意象与指代，不深入
了解异文化中符号与指代之间的关系，很难维持"译作"于"原作"之"信"。

[3]　紫式部．源氏物语 [M]．丰子恺译．北京：人民文学出版社，1980：172.

[4]　紫式部．源氏物语 [M]．丰子恺译．北京：人民文学出版社，1980：172.

[5]　紫式部．源氏物语 [M]．丰子恺译．北京：人民文学出版社，1980：177.

[6]　三位中将以前被称为头中将，现已晋升。

[7]　紫式部．源氏物语 [M]．丰子恺译．北京：人民文学出版社，1980：208-209.

春秋花卉华丽灼目，蔷薇似乎更能让人心绪平静，此时的光源氏被右大臣排斥在权利中心以外，这时与精神有连带关系的"蔷薇"花登台亮相。《源氏物语》古注称该典出自《白氏文集》中的《蔷薇正开春酒初热因招刘十九张大夫崔二十四同饮》：

> 瓮头竹叶经春熟，阶底蔷薇入夏开。
> 似火浅深红压架，如饧气味绿粘台。
> 试将诗句相招去，倘有风情或可来。
> 明日早花应更好，心期同醉卯时杯。

（意释：瓮中的竹叶青酒经过春天已经酿熟，时入夏天，台阶前处的蔷薇都已盛开。深深浅浅似火的蔷薇压住台架，又如饧般带着绿粘在架台。以和诗为由招来好友，倘若尚有风流的情怀一定要前来赴约。明日的蔷薇朝花应更值得赏玩，心中期待与你同醉于赏花做诗之时。）

蔷薇象征着心灵默契朋友间的友爱，及作者个人把酒当歌的人生情怀。花散里与该植物并无直接的关联，在夏院遍种蔷薇，是光源氏感觉花散里人品中的某些部分与蔷薇的品质相重叠。蔷薇的花语是坚强、不屈、向上，无论遇到怎样的困难还是坚强不屈，虽然蔷薇花不是最耀眼的一个，却是最坚强的一个，在这一点上蔷薇的中日花语是相同的。花散里被迎接住入六条院，位置排在紫上之后，表现出光源氏对其精神上较强的依赖，寻求一种母爱的关爱。

冬院排位最后，却别有一番情趣。

明石姬所居的西北一区中，北部隔分，建造仓库。隔垣旁边种着苦竹和茂盛的苍松。一切都布置得适宜于观赏雪景。秋尽冬初之时，篱菊傲霜，色彩斑斓夺目，柞林红艳，仿佛傲然独步。此外又移植种种不知名称的深山乔木，枝叶葱茏可爱。[1]

对冬院的描绘首先映入眼帘的是"仓库"二字，仓库是古代财力的象征，在此表明明石姬家族财力雄厚，也是对光源氏人物形象的丰富，亦表明作者或是当时平安时代的人有很强的资本意识。明石道人的宅邸"实在宏状之极"[2]，这些家产"都是靠国守的威风而置备起来的"[3]。国守的财力是光源氏与明石姬结合的要因，也是赐其

---

[1] 紫式部. 源氏物语 [M]. 丰子恺译. 北京：人民文学出版社，1980：385.

[2] 紫式部. 源氏物语 [M]. 丰子恺译. 北京：人民文学出版社，1980：81.

[3] 紫式部. 源氏物语 [M]. 丰子恺译. 北京：人民文学出版社，1980：81.

六条院一区域居住的要因。冬院种植的植物中除"松"、"菊"以外还有"种种不知名称的深山乔木"。菊花盛开于重阳时节，日本传统文化中认为早晨菊花的露水能拂去老年人脸上的皱纹，菊花拥有不老不死的文化内蕴。菊花象征"君子的谦逊美德。冒着严霜展放，静然散发出馥郁的幽香，显现出真诚与素洁，表现出耿直的气概"[1]。在严霜和朔风中斗展的菊花代表贞洁、无私、孤傲与坚强的意志特征。夏院种有代表"贞心"的竹子，与之相对应，在冬院种植同样象征高洁品性的菊花。明石姬是小女公子的亲娘，因为出生卑微，作为侧室处处谦让，为了小女公子日后能入宫立后的前途，将亲生女儿交与紫上抚养。失去小女公子陪伴的独居生活中，明石姬需要坚强地活着，由而在冬院种上具有象征意义的菊花与夏院的竹相对应。光源氏这一布置也表明他深刻地了解明石君的内心世界。松是围绕明石姬展开得最多的话题。第十三回（"明石"卷）光源氏初访明石姬居所时，书中描绘"附近建着一所'三昧堂'，是居士修行之所。钟声随着松风之声飘来，有哀怨之感。生在岩石上的松树，亦多优美之姿"[2]。光源氏与明石姬在松的背景下结缘，之后，对于明石一族的白描跳跃至第十八回（"松风"卷）。光源氏将修建完工的二条院东殿拟供明石姬居住，明石姬担心自己出身卑贱，女儿小女公子进京遭人耻笑，一方面拒绝迁入京城，另一方面又担心小女公子从此做个乡下姑娘。之后，明石道人欲将京郊嵯峨大堰河附近祖上的旧邸翻修后供明石姬居住，赶巧"源氏内大臣老爷在那地方建造佛堂"，明石一族真是与源氏内大臣有缘。"源氏公子所建造的佛堂，位在嵯峨大觉寺之南，面对瀑布，风趣之雅，不亚于大觉寺。大堰的明石邸则面临河流，建造在一所美妙不可言喻的松林中。其正殿简单朴素，却另有山乡风味。"[3]第十八回被命名为"松风"大抵由于以后相关于明石姬的故事都在这飒然而至的松风中发生。之后借老尼姑之口，"这一棵小小青松，生长在荒矶之上，实甚可怜。现在移植丰壤，定当欣欣向荣，诚可庆喜。但恨托根太浅，不知有否障碍，深可悬念耳"[4]。为小女公子日后离开母亲，交由紫上抚养并入宫为后埋下伏线。明石一族与松的关系起源于明石一族对住吉神的信仰，小山清文氏指出："松是住吉神悠久性的象征，松起到对明石宅邸的保护。同时，松是明石一族悲愿的具体化（明石中宫／小女公子＝

---

[1] 渡辺秀夫. 詩歌の森 日本语のイメージ [M]. 东京：大修馆书店，1995：88.

[2] 紫式部. 源氏物语 [M]. 丰子恺译. 北京：人民文学出版社，1980：258.

[3] 紫式部. 源氏物语 [M]. 丰子恺译. 北京：人民文学出版社，1980：317.

[4] 紫式部. 源氏物语 [M]. 丰子恺译. 北京：人民文学出版社，1980：322-323.

松）的现实表征。”[1] “松（まつ）”与“等待（待つ）”在日文中是挂词，是同音异义的双关语。“少女”卷冬院中具有悠久象征意义的“松”具有更深层的含义，“松＝待つ（等待）”的文本含义从此处开始全面铺开。新年入住冬院的明石姬特地备办些须笼和桧木制的食品盒，内装种种物品托与源氏公子转交至居住春院的女儿小女公子。明石姬在一枝形状美好的五叶松上添附一只人工制造的黄莺，并系着一封信，信中诗云：

年月をまつにひかれて経る人にけふ鶯の初音きかせよ音せぬ里の

丰子恺译：静待春秋经岁月，今朝盼听早莺声。[2]

作者直译：时光老人将小女公子从我身旁带走，在这立春[3]的日子，让我这位寡人也听听她报春的歌声哟！

光源氏读罢，心中无比凄凉，拿起砚墨要春院的小女公子回信：

ひきわかれ年経れども鶯の巣だちし松の根をわすれめや

一别慈颜经岁月，巢莺岂敢忘苍松？[4]

明石君的诗文中有“松”与“待つ（まつ）”、“古る”与“経る”、“初音”与“初子（はつね）”三处挂词，一处“缘语”[5]“松”与“ひかれ”。“松”表示小女公子，“経る人”表示亲生母亲，“初音”（初便り）告之季节来临最早的音讯。明石君的诗文表现出即使在迎接春天到来的明快喜庆日子，失去爱女的她无比的忧伤。从“薄（第十九回）云”卷（第十九回）的十二月始，迄今小女公子和母亲分别已是四年时光，虽同住六条院，却不被允许见面。“光源氏使她们母子隔绝，经年累月不得相见，实乃罪过之事，想起了心中不甚痛苦。”[6]小女公子的回音中将自己喻为巢莺，将母亲喻为苍松，巢莺怎会忘记用松针做的莺巢呢。诗中表现出对母亲深深的崇敬、怀念与眷恋。明石君一生都在无望的等待之中，等待女儿归巢，等待光源氏来访。

---

[1] 小山清文.明石物语と「まつ」[J].武蔵野女子大学紀要，1991（2）：26-38.

[2] 紫式部.源氏物语[M].丰子恺译.北京：人民文学出版社，1980：410.

[3] 立春：古时的春节指二十四节气中的“立春”，现在的春节是正月初一。

[4] 紫式部.源氏物语[M].丰子恺译.北京：人民文学出版社，1980：410.

[5] 缘语：日本古典和歌的修辞技法。通过词语之间意义的关联与联想，产生相互照应的文本表现效果。

[6] 紫式部.源氏物语[M].丰子恺译.北京：人民文学出版社，1980：410.

六条院冬院中种着松与深山乔木，这一布局表现出明石君在光源氏心中的形象属于养在深闺人未识，不善抛头露面，却是品行高洁，同时在其身上有着强韧的忍耐与等待精神。"松"是明石一族的代表，只要松涛声一起，无论何时，光源氏就会"回想起了旧日之事，觉得昔年谪居远浦时凄惨之状，历历如在目前"[1]。以六条院作为文本背景的叙述占整个文本的三分之一，六条院出现的具有象征意义的植物却是贯穿《源氏物语》整个文本，贯穿主人公光源氏的一生。人未至，语先闻，这里所言的"语"是"花语"，人物形象和花语特征相符，观花识其人。

表3-3　六条院植被情况简描

六条院	主人	植被
春院	紫姬	樱花、藤、无数春花
秋院	秋好中宫	各色秋花
夏院	花散里	橘花、抚子花、蔷薇等夏花，杂植春秋花木
冬院	明石姬	菊花、松

综上所叙，人物花语是中日古典小说的艺术语言，也是古典小说的艺术追求，人物花语讲究语言的准确、通俗、生动、丰富以及语言的色彩感觉和艺术情韵。中日古典小说擅长使用静态的描写笔法来刻画环境和人物，在缠绵悱恻中创造出一股艺术的情韵，用理想化的浪漫人物形象和场景来吸引读者。西方小说则讲究情节的奇险和完整，在风口浪尖上塑造人物，达到传神写照的艺术效果。六条院的植被与大观园的植被都具有写意的特征，大观园几乎贯穿全书，主题馆和景观区的数目之繁多不是六条院可以比拟的。总之，中日古典园林是无声的诗、立体的画。在造园手法上达到了自然美、建筑美、绘画美和文学艺术的有机统一，并且源于自然而高于自然。意境是中日园林的内涵，赋予园林艺术以灵魂，情由景生，境由心造，情景交融而产生意境。

第三节　《源氏物语》中的自然景色描写

　　雪の美しいのを見るにつけ、月の美しいを見るにつけ、つまり四季折り折りの美に、自分が触れ目覚める時、美にめぐりあう幸いを得た時には親しい友が切

[1]　紫式部．源氏物语 [M]．丰子恺译．北京：人民文学出版社，1980：597.

に思われ、このよろこびを共にしたいと願う、つまり、美の感動が人なつかしい思いやりを強く誘い出すのです。……また「雪、月、花」という四季の移りの折り折りの美を現わす言葉は、日本においては山川草木、森羅万象、自然のすべて、そして人間感情を含めての、美を現わす言葉とするのが伝統なのであります。[1]

作者译: 看到雪之美、月之美、四季景观变换之层层叠叠的美,自己有所感悟时,与被美环绕的幸福时刻邂逅时,就会热切地想念自己的知心朋友,想将这一快乐与他们分享,也就是,美的感动强烈地诱发出对人的怀念之情……又,表现"月、雪、花"在四季景致不同时期的美的词汇,存在于日本的山川草木、森罗万象、自然的方方面面,无不饱含人间情感,这些表现美的词汇亦饱含日本传统文化内蕴。

《源氏物语》为散韵兼备的文体,叙事部分为散文,诗歌部分为韵文,文本极具诗意化特征,抒情特色与其散韵兼备的文体书写形式密切相连,另一方面将景色描写与情感抒发密切关联,创造出独具特色的情韵场面,在抒情的景色描写中夹杂和歌,景色抒情的场景描写中常常以和歌的对答收尾,和歌独特的抒情韵味更加深了"主观"、"细腻内向"的诗歌特色,由而整部作品给人留下深刻的"情绪的"、"审美的"印象。《源氏物语》"蝴蝶"卷与"篝火"卷中玉鬘与光源氏,"夕雾"卷夕雾与落叶公主,"东亭"卷薰与浮舟,"浮舟"卷浮舟与匂宫,还有夹杂在"槿姬"卷卷末与"杨桐"卷卷初的野宫之别,等等,都将俗气情欲描写融汇于优美景色描绘当中,《源氏物语》文本回避了食、性、经济等相关社会生活原本的赤裸裸的描写。

1.(A1)源氏与玉鬘二人以琴作枕而并卧……(A2)源氏摸摸她的头发,觉得滑润如玉,雅洁无比。温恭淑慎的姿态实在可爱,逗得他不肯回去了。[2]

2.浮舟也因就睡时已卸装,此时只穿衬衣,娇小玲珑,丰姿更美。她自念毫无修饰,随意不拘的姿态对着这清丽无比的美少年,非常羞耻,然而无法隐避。她身穿白色的家常内衣五件,连袖口和衣裙上都流露出娇艳之色,反比五色灿烂的盛妆更美。匂亲王在常见的两位夫人身上,从来不曾看到过如此随意不拘的姿态,今天看见浮舟这样打扮,反而觉得新颖可喜。(B1)[3]

[1] 川端康成. 美しい日本の私——その序説 [M]. 東京: 講談社,1981: 2.

[2] 紫式部. 源氏物语 [M]. 丰子恺译. 北京: 人民文学出版社,1980: 455.

[3] 紫式部. 源氏物语 [M]. 丰子恺译. 北京: 人民文学出版社,1980: 976.

《源氏物语》中对情欲的描写至此为止，文中这类含蓄优美的情欲描绘场合多处可见，在这些颇具感官刺激的叙事文本的前后不乏优美景色描叙。

　　1. 夏尽秋来，凉风忽起。源氏想起了古歌"吹起我夫衣……"[1]之句，颇有萧条冷落之感，难于忍受……初五六的月亮很早就已西沉。略微显得阴暗的天空、风吹荻花的声音，都渐渐地含有秋意了。（接A1）……凉气四溢的湖边，亭亭如盖的卫矛树底下，疏疏朗朗地点着松明，离开窗前稍远，室内不受热气。那火光显得很凉爽，照在玉鬘身上，姿态异常艳丽。（接A2）[2]

　　2. 不久太阳出来，照着檐前的冰箸，发出晶莹的光辉……（接B1）……匂亲王在雪景中遥望浮舟原来的住处，但见云霞断续之间露出几处树梢。雪山映着夕阳，像挂着的镜子一般闪闪发光。[3]

引文1描写中年的光源氏克制对养女玉鬘的热恋，侧卧在玉鬘身旁，爱抚玉鬘青丝，引文2描写匂宫与浮舟背叛各自恋人（薰和中君），刹那间沉溺于官能爱欲当中。景色描绘与情感抒发相调和，第十回（"杨桐"卷）光源氏和六条御息所的野宫之别，第三十八回（"夕雾"卷）夕雾、薰和大君的恋情，并非全部是高雅浪漫的抒情描写，其间卑琐、傲慢、庸俗的心理纠结的细腻描写占主流，要使得这些纷繁复杂心理描写互不突兀，需依托外部优美景色的融入对主人公情绪进行中和与调节，使得文本宣泄的情绪优美、平滑，又不乏激情的暗流。《源氏物语》多处采用这种手法，借景抒情，以景喻情，并用景色描写来统一各类复杂情感宣泄，使得作品的情绪基调维持统一。月影、积雪（積もる雪）、树梢缝间穿露的晚霞（霞の絶え間の梢）、暮霭、荻花的声音（荻の音），等等，都是常见的景物抒情素材。日本古典文学的景色抒情又以和歌咏叹意蕴最浓，亭亭如盖的卫矛树底下（けしきことに広ごり伏したる檀の木の下）篝火摇晃的暗夜，清晨朝阳沐浴中晶莹的光辉，傍晚夕阳映衬下如镜的雪山，等等，这些存于山川草木、森罗万象、自然当中的美，在日本《三代集》和《古今六帖》中反复被吟诵，是日本和歌创作中不可缺少的风物。以上引文1、2中，详尽的景色描写表现出浓厚的抒情特色，诗歌（韵文）的抒情性、散文叙事的纪实性，构成《源氏物语》韵散兼备、歌文融合的文体，使得《源氏物语》全篇在"情

　　[1] 古歌："初秋凉风发，萧瑟甚可喜。吹起我夫衣，衣裙见夹里。"见《古今和歌集》。

　　[2] 紫式部. 源氏物语 [M]. 丰子恺译. 北京：人民文学出版社，1980：455.

　　[3] 紫式部. 源氏物语 [M]. 丰子恺译. 北京：人民文学出版社，1980：976-977.

绪"与"审美"上得到调和与统一。《源氏物语》详尽描写的自然景物深深地感动着作品中的人物及现实生活中的读者，作者不断变换作品中的自然场景，场景一变化，牵引出形成作品中人物、读者另一番心境的场域，场域的变换牵引心境的转换，触景生情、情景交融中产生喜、怒、哀、乐的情绪，文中还根据人物的性情及事态的类别，量身定制了与之相搭配的场景，反复重复于文本当中。另一方面，场域并非理所当然地渲染一种主体情感，有时唤起与景色相反的情感体验，如春悲、冬喜，这一点与中国古典文学是相通的,中日古典文学中自然景物的叙事机能是多层复杂的。

"槿姬"卷是《源氏物语》将情欲描写与景色描写融合得最好的篇章，"槿姬"承接"薄云"，"薄云"卷中藤壶皇后去世，桐壶帝在世时特别看重同母异父的妹妹五公主，藤壶的死使得光源氏不断回顾父亲桐壶帝在位时的情形。多情的源氏公子以探望五公主为借口，前往桃园宫邸，企图求得与迁居该处的从妹槿姬再续情缘，槿姬的几番拒绝使得光源氏好不沮丧，最后光源氏还是回到了紫上身边。以下以"槿姬"卷卷末的自然景色描写与情感描写的交融为例进行分析。

（Ⅲ）有一天，瑞雪纷飞。雪积得很厚了，晚来犹自不停。雪中苍松翠竹，各有风姿，夜景异常清幽。两人映着雪光，姿态更增艳丽。源氏公子说："四季风物之中，春天的樱花，秋天的红叶，都可赏心悦目。但冬夜明月照积雪之景，虽无彩色，却反而沁人心肺，令人神游物外。意味之浓厚与情趣之隽永，未有胜于此时者。古人说冬月无味，真乃浅薄之见。"便命侍女将帘子卷起。但见月光普照，一白无际。庭前木叶尽脱，萧条满目；溪水冻结不流。池面冰封如镜，景色十分凄艳！源氏公子使命女童们走下庭中去滚雪球。许多娇小玲珑的女孩映着月光，景象异常鲜妍。就中年龄较大而一向熟悉的几个女孩，身上随意不拘地披着各种各样的衫子，带子也胡乱系着，这值宿打扮也很娇媚。最是那长长的垂发，衬着庭中的白雪，分外触目，鲜丽无比。几个幼年的女童，欢天喜地，东奔西走，连扇子都掉落，那天真烂漫的姿态非常好看。雪球已经滚得很大，女孩们还不肯罢休，更欲推动，可是气力不够了。不曾下去的几个女童，挤在东面的边门口观看，笑着替她们着急。

⋯⋯⋯⋯⋯

月色更加明澄了，万籁无声，幽静可爱。紫姬即景吟道：
"塘水冰封凝石隙，

碧天凉月自西沉。"

……对槿姬的恋慕之情便收了几分回来。此时忽闻鸳鸯叫声。源氏公子即兴吟道:

"雪夜话沧桑,惺惺惜逝光。

鸳鸯栖不稳,噪噪恼人肠。" [1]

引文中略去的部分,源氏和紫上谈起了他所钟爱的女人们,该部分从叙事机能层面进行观察,对前叙文本具有收拢、收编的叙事机能。继母藤壶圆通厚达,斋院槿姬高傲雅致,胧月夜细腻周到,明石姬谦逊恭谨。在一个"令人神游物外(この世の外のことまで思ひ流され)"的积雪的夜晚,皓月高悬,少女们在雪地里滚雪球。在不断滚动变大雪球的幻象之中,光源氏猛然追忆:"前年藤壶母后曾在庭院中造一个雪山。这原是世间寻常游戏,但出于母后之意,便成了风流韵事。我每逢四时佳兴,想起了母后夭逝,便觉得遗恨无穷,不胜悼惜。" [2] 雪景中静态之美:雪中苍松翠竹各有风姿,夜景清幽;源氏与紫上映着雪光,姿态艳丽;四处月光普照,晶莹无际;庭前木叶尽落,池面冰封如镜,景色凄婉;娇小玲珑的少女映着月光,长长的垂发衬着白雪,鲜妍无比。雪景中的动态之美:纷飞的雪花;女孩子滚雪球天真烂漫的姿态;滚动的雪球。在这动静两态交融之际,光源氏的心境被"美"包裹,并沉醉,深深触动的心灵深处"瞬间"回放出隐藏其间的深情厚爱。读者即便不能走入角色的心灵,通过作者对自然景色的翔实描写,一样能有感同身受的情感体验。人们常常会对雪夜月景产生纯洁、洁净、幽深、清冷及"与我一体"的相关美的情感体验,川端康成对"樱花诗人(桜の詩人)"西行三首从夜半到拂晓吟咏的"冬月"歌,如是评价:

……素直、純真、月に話しかける言葉そのままの３１文字で、いわゆる「月を友とする」よりも月に親しく、月を見る我が月になり、我に見られる月が我になり、自然に没入、自然と合一しています。暁前の暗い禅堂に坐って思索する僧の「澄める心」の光りを、有明の月は月自身の光りと思うだろうという風であります。 [3]

作者译:(这几首)坦率、纯真、忠实地向月亮倾吐衷肠的三十一个字韵的和歌,

[1]　紫式部.源氏物语 [M].丰子恺译.北京:人民文学出版社,1980:354-356.

[2]　紫式部.源氏物语 [M].丰子恺译.北京:人民文学出版社,1980:355.

[3]　川端康成.美しい日本の私――その序説 [M].東京:講談社,1981:1.

与其说是"以月为伴",莫如"与月相亲",亲密到把看月的我变为月,被我看的月变为我,我没入大自然之间,与大自然合为一体。明亮的月光仿佛将在黎明拂晓前昏暗禅堂里思索参禅的我那种"清澈心境"的光,误认为是自身(月亮)的光。

物我合一,景我合一。"月亮诗人(月の詩人)"明惠某日黎明前折回禅堂,当日皎洁明月洒落窗前,明惠写道:

> 我身は暗きところにて見やりたれば、澄める心、月の光りに紛る心地すれば、隈もなく澄める心の輝けば我が光りとや月思ふらむ。[1]

作者译:我在暗处观赏,清澈的心境仿佛与月光浑然相融。此刻,我的心镜无比亮堂,明月也怀疑我是蟾光。

月光,特别是雪夜的月光在日本文化中别有一番诠释。雪夜月景中"雪光(雪の光りあふ:直译为'映照着雪的光芒、迎合着雪的光芒')"的表现形式在《源氏物语》中三次出现:"杨桐"卷的藤壶出家(Ⅰ),"槿姬"卷中段(Ⅱ),"槿姬"卷卷末端(Ⅲ),这三处都与不伦之恋相关。首先考量"槿姬"卷中间部分(Ⅱ),抵桃园宫邸的光源氏照例先访问了五公主,五公主言谈间打眠鼾睡,源氏趁机前往槿姬房室,被源内侍叫住。源内侍原是个宫女,上了年纪后身材仍很俊俏,像个娇艳的少女,五十七八岁时曾与光源氏[2]私通,此时的源内侍口中齿牙零落,讲话吃力,仍对光源氏频抛媚态,唱起古歌:"听说他人老可憎,今知老已到我身。"[3]光源公子苦笑想到:"这个人仿佛自以为以前一直不老,是现在忽然老起来的。"[4]继而回想往事感慨万千:

> 在这老婆婆青春时代,宫中争宠竞爱的女御和更衣,现在有的早已亡故,有的零落漂泊,生趣全无了。就中像尼姑藤壶妃子那样盛年夭逝,更是意料不到之事。像五公主和这源内侍之类的人,残年所余无几,人品又毫不足道,却长生在世间,悠然自得地诵经念佛。可知世事不定,天道无知![5]

---

[1] 川端康成.美しい日本の私――その序説[M].東京:講談社,1981:1.

[2] 光源氏与源内侍私通时,光源氏十九岁,源内侍五十七八岁。

[3] 紫式部.源氏物语[M].丰子恺译.北京:人民文学出版社,1980:352.

[4] 紫式部.源氏物语[M].丰子恺译.北京:人民文学出版社,1980:352.

[5] 紫式部.源氏物语[M].丰子恺译.北京:人民文学出版社,1980:352.

之后，源氏移足槿姬住处，等待槿姬接见时，雪夜月景映入眼帘。

（Ⅱ）此时凉月初升，照着薄薄的积雪，夜景非常美丽（原文：月さし出でて、薄らかに積もれる雪の光りあひて、なかなかいとおもしろき夜のさまなり[1]作者直译：月亮出来了，映照着薄雪，万物沐浴薄雪光芒，一个难得的有趣、滑稽的夜晚[2]）。源氏公子想起刚才这老婆婆的娇态，觉得正如俗语所说："何物最难当？老太婆化妆，冬天的月亮。"回想她那模样，实甚可笑。这天晚上源氏公子态度十分认真，他强迫槿姬答复⋯⋯她的心坚定不动。源氏公子大失所望，满怀怨恨⋯⋯此时夜已甚深，寒风凛冽，光景实甚凄凉。源氏公子感伤之极，两泪夺眶而出。举袖拭泪，姿态优美动人。他吟诗道："昔日伤心心不死，今朝失意意添愁。"[3]

源氏被槿姬拒绝后，回到紫姬处抚慰紫姬。"雪"一日一日连续在下，从光源氏抵槿姬住所"薄薄的积雪"[4]，至源氏回紫上府邸"雪积得很厚了"[5]，几日间一直都是以雪景作为故事背景。积雪很厚的某日，美丽的雪夜月景透过竹子帘，依稀映入身处室内的光源氏眼中，今夜的"雪夜月"（Ⅲ）不同于前几日（Ⅱ）。引文（Ⅱ）中，由源内侍的媚态联想到"何物最难当？老太婆化装，冬天的月亮"[6]，在此显然是以景喻人、以人释景的描写手法，虽然生动但缺乏思想深度。引文（Ⅱ）中的主观情感认识是"一个难得的有趣、滑稽的夜晚"，这终归不过是一瞬间的感想，与引文（Ⅲ）中的感慨——"但冬夜明月照积雪之景，虽无彩色，却反而沁人心肺，令人神游物外。意味之浓厚与情趣之隽永，未有胜于此时者"[7]——做对比，显得简略。"神游物外"与过去、与记忆无关，是"活在当下"的深层次的再思考与再发现。又，引文（Ⅱ）中"（万物）沐浴着雪光（雪の光りあひて）"，令人回顾藤壶出家时的雪夜月景。

[1] 紫式部著，阿部秋生／〔ほか〕校注・訳.新編日本古典文学全集（20）源氏物語[M].東京：小学館，1994：485.

[2] 丰子恺译本没有将原文中"有趣、滑稽（おもしろき）之意译出"，在此作者参照1994年日本东京小学馆出版的今译本，对该句重新翻译。

[3] 紫式部著，阿部秋生／〔ほか〕校注・訳.新編日本古典文学全集（20）源氏物語[M].東京：小学館，1994：485.

[4] 紫式部.源氏物语[M].丰子恺译.北京：人民文学出版社，1980：352.

[5] 紫式部.源氏物语[M].丰子恺译.北京：人民文学出版社，1980：354.

[6] 紫式部.源氏物语[M].丰子恺译.北京：人民文学出版社，1980：352.

[7] 紫式部.源氏物语[M].丰子恺译.北京：人民文学出版社，1980：354.

（Ⅰ）此时众人渐次散去，四周寂静。众侍女拭着眼泪，群集在各处。月明如昼，雪光映目，庭前景色凄清。源氏大将对此夜色，沉思往事，不堪悲恸。强自镇静，命侍女传言问道："何故如此突然下了决心？"皇后照例遣王命妇答道："我早有此志，并非今日始下决心。所以不早说者，深恐人言骚扰，使我心乱耳。"……门外北风甚烈，雪花乱飞。帐内兰麝氤氲，佛前名香缭绕，加之源氏大将身上衣香扑鼻，此夜景有如极乐净土……源氏大将不能畅所欲言，但吟诗道："清光似月君堪美，世累羁身我独悲。"[1]

从引文（Ⅱ）的"雪夜月景"往前追溯文本，联想到引文（Ⅰ）数年前的"雪夜月景"。数年前的"雪夜月景"中，主人公光源氏的主观情感意识是"沉思往事"，表现出对逝去父亲桐壶院的怀念。父亲先年十一月初崩御，四十九日的举哀仪式正是十二月二十日，"岁暮天寒，层云暗淡"[2]之时（"杨桐"卷）；现年十一月初一的国忌，"是日天上降下一片大雪"[3]（"贤木"卷）；追荐先帝《法华经》讲演的最终日是十二月十余日，正值门外"北风甚烈，雪花乱飞"[4]（"贤木"卷）。光源氏父亲桐壶帝的仙逝，之后旧话重提之时，身外场景都与寒冬、飘雪、冬夜月景相连，这些词汇让人产生孤寂、悲伤、稍纵即逝、清幽之感，然而这些负面情绪又统一于月光映照下的雪光反射光芒的耀眼、美丽与温瑟之间，体现出日本古典文学中"物哀（もののあはれ）"与"有情趣的（をかし[5]）"的叙事手法。铃木日出男、高田祐彦认为"月"代表着天皇，"月景"预示"皇统"下的芸芸众生。[6]"贤木"卷（Ⅰ）与"槿姬"卷（Ⅱ）、（Ⅲ）相比，讲叙的是八年以前的事，"槿姬"卷（Ⅲ）中的雪月夜景使得光源氏"神游物外"的同时，回想起母后藤壶，藤壶正是在这样的雪月夜景时遁世离家。雪月夜景使得光源氏心中对父亲的怀念、对藤壶的追忆油然而生。由主人公光源氏遁世前，即从《源氏物语》文本退场前的一处"雪夜月景"，联想、

[1] 紫式部. 源氏物语 [M]. 丰子恺译. 北京：人民文学出版社，1980：204-205.

[2] 紫式部. 源氏物语 [M]. 丰子恺译. 北京：人民文学出版社，1980：191.

[3] 紫式部. 源氏物语 [M]. 丰子恺译. 北京：人民文学出版社，1980：203.

[4] 紫式部. 源氏物语 [M]. 丰子恺译. 北京：人民文学出版社，1980：203.

[5] "をかし"的内蕴复杂，可理解为"有意思"、"有情趣"、"可赏爱"、"引人入胜"、"奇妙透顶"、"滑稽可笑"等，其文本意义视其上下文的气氛酝酿而定。

[6] 铃木日出男. 源氏物語歳時記 [M]. 東京：ちくまライブラリト，1989. 高田祐彦. 源氏物語の文学史 [M]. 東京：東京大学出版社，2003.

追忆以往，并不断在追忆文本当中，进行再追忆，不断追忆，形成从后往前逆行的一条叙事轴。千余年前的东方文学作家能娴熟运用这一前后呼应、回射的叙事技巧，令人惊叹。引文（Ⅱ）之前，源氏公子抵桃园宫邸西门，因锁锈造成入内之门不得开时，发出感慨：

昨日今日と思す程に、三十年[1]のあなたにもなりける世かな、かかるを見つつ、かりそめの宿をえ思ひ捨てず、木草の色にも心を移すよ、と思し知らるる。[2]

丰子恺译：亲王逝世，还是昨今之事，却似乎已历三年了。眼看世变如此无常，但终于舍不了这电光石火之身，而留恋着四时风物之美，人生实甚可哀！

作者直译：正思量着昨夜与今晨之事之时，转瞬却已过了三十载，世事如梦。人生如过客，短暂栖居于尘世，不可避讳。心随同四季草木颜色的更换而变化，不可停泊。想起这些真是令人心酸啊！

过去与现在交织，梦幻与现实轮回。锈锁打开之后，光源氏入内邂逅老情人源内侍，源内侍此时已是口中牙齿零落，讲话吃力，光源氏不禁回思往事。源内侍引发光源氏追忆藤壶，由藤壶"盛年夭逝"，发出"意料不到"的感慨。表现出主人公无限的惆怅与悲伤，同时，这一忧伤的情绪描叙，充满了日本古典物哀（もののあわれ）文学的美感，这一美感的产生依托于"忘我"的、"神游物外"的情景交融描绘技艺。引文（Ⅱ）的场景紧随源内侍出场，引文（Ⅱ）的后半，光源氏和槿姬对面而坐，此时夜已甚深，寒风凛冽，诱发敏感多情的光源氏两泪夺眶而出，吟诗：

あなたの薄情さに昔も今も懲りない我が心が辛い[3]

丰子恺译：昔日伤心心不死，今朝失意意添愁。[4]

作者直译：你的薄情，过去也罢，现在也罢，让没有死心的我吃尽苦头。[5]

---

[1]　三十年：原文为"みそとせ"，1994年小学馆出版的今译本及与谢野晶子的今译本将"みそとせ"译定为"三十年"。『新大系』（紫式部著，柳井滋／〔ほか〕校注．新日本古典文学大系（19）源氏物語[M].东京：岩波書店，1993.）将译定为三年，丰子恺先生将其译定为三年。

[2]　紫式部著，阿部秋生／〔ほか〕校注・訳．新编日本古典文学全集（20）源氏物語[M].東京：小学館，1994：525.

[3]　紫式部著，阿部秋生／〔ほか〕校注・訳．新编日本古典文学全集（20）源氏物語[M].東京：小学館，1994：527.

[4]　紫式部．源氏物语[M].丰子恺译．北京：人民文学出版社，1980：353.

[5]　丰子恺的译文离和歌原意较远，现将和歌的原意直译。

槿姬答道:

世に言う心変わりを見たくないし、昔に变わるのは慣れません [1]

丰子恺译: 闻人改节心犹狠,岂有今朝自变心。[2]

作者直译: 不想遇到现世所说的"变心",昔来就从未习惯过"改变"。

两首和歌将"昔"与"今"紧密联系,两位歌者都强调"过去"与"现在"的一致性,桐壶院御崩后,光源氏与槿姬在槿姬宅邸相逢,对咏的和歌表明在"今非昔比"的当下,两者对过去深深的怀念。引文(Ⅱ)的雪夜月景,瞬间震撼了光源氏,看到雪夜月景之前,光源氏遇到源内侍,源内侍的丑模样使其追忆貌美的藤壶。又,旋即见到的雪夜月景使得光源氏忆起藤壶出家时的雪夜月景 [引文(Ⅰ)],由而,"槿姬"卷叙事的基调是将现在与过去紧密联系,使人产生跨越时空的轮回感,这一轮回感又使人产生——"宿世"、"寄生"、"蜉蝣"——生命短暂、世事无常的惋惜与悲叹。引文(Ⅲ)中的雪夜月景,使得光源氏神游物外,这一举措使得读者猛然回想起八年前藤壶出家时的雪夜月景 [见引文(Ⅰ)]。紧接下来进行静态景观描述:"溪水冻结不流,池面冰封如镜,景色十分凄艳"[3];之后,动态场景描叙:各式各样的少女笑着,在雪地里兴奋地滚着雪球;静谧与喧嚣交织,此番场景再次唤起光源氏神游物外。雪夜月景的场景描写在全书中出现次数不多,其用笔却是独具匠心,统揽全篇。光源氏与自然一体化,这一描写手法使得主人公"真情"、"深情"的人物性格特色得以彰显。文本中并未直接通过光源氏的面部表情呈现光源氏"细腻真情"的性格特征,取而代之的是绝具讽刺扭捏作态的老太婆源内侍的丑脸:"她口中牙齿零落,讲话已很吃力,然而声音还是娇滴滴地,态度还是嬉皮笑脸。"[4] 尽显源内侍滑稽的媚态。同时,源内侍的尼姑装束,使得光源氏迅速联想到数年前执意出家的藤壶。综言之,这些细节的描写都与引文(Ⅰ)紧密相连,这样一来整个文本显得更为紧凑与不可分割。引文(Ⅱ)(第二十回)与引文(Ⅰ)(第十回)紧密关联,都以冬天雪夜的静寂、寒冷,室外呼啸的北风,衬托光源氏被所爱女性藤壶和槿姬

---

[1] 紫式部. 源氏物语 [M]. 丰子恺译. 北京: 人民文学出版社, 1980: 353.

[2] 紫式部著, 阿部秋生 / 〔ほか〕校注·訳. 新編日本古典文学全集(20)源氏物語 [M]. 東京: 小学館, 1994: 527.

[3] 紫式部. 源氏物语 [M]. 丰子恺译. 北京: 人民文学出版社, 1980: 355.

[4] 紫式部. 源氏物语 [M]. 丰子恺译. 北京: 人民文学出版社, 1980: 351.

拒绝后心中的痛苦与悲切，从侧面烘托出光源氏内心情感世界的丰富与细腻。不同的是，引文（Ⅱ）采用了反讽的手法，美丽的雪夜月景中加入了源内侍扮嫩的丑态，在读者脑海中出现了想象的两重奏，同时发出质疑：这样的描写手法是让人审美还是观丑？这一葛藤的二重影像重叠的想象滋生出的感叹，又与引文（Ⅲ）中的部分感慨重叠，"古人说冬月五味，真乃浅薄之见"[1]。老太婆源内侍的"扮嫩的装扮"并非仅指向人类个体单位为求美而进行的"化妆"，该描写表达的普泛性在于——人类每个个体单位在生命的潜在意识中固执地幻想着个体生命的强大，陶醉于自我想象的世界当中，逞强好胜，不服输，不服老——这一生命特质的表现，这一表征在外人看来与"老太婆化妆"、源内侍"扮嫩的丑态"相契合。

"槿姬"卷卷末的雪夜月景[引文（Ⅲ）]，光源氏与读者的心都被深深震撼，同时，这一场景的生动描绘使得光源氏的另一张面貌被读者窥视。光源氏的人物情感世界，并非单从情绪审美立场出发定义为感伤。在读者聚焦于光源氏辐辏的视线中，光源氏的情感世界不断充斥着欲望、打算、欺瞒。文本对这些私密情感的描叙并非直白，这些恶浊的负面情感秘密地隐藏在风流倜傥、光彩夺目的光华公子的光炫形象的表层下面，引诱读者用心揣摩。紫式部趁着对自然景色详尽描绘之机，不时将光源氏性情深层的阴暗唤起凸显。这些与表层紧密相连，隐藏在表层下面的真实，实际上是人间像的真实写照。该处体现的并非单纯的感伤的审美情趣，该处叙事视线辐辏、借景抒情的描写手法，并非是要达到审美情趣的统一。客观现实中存在的丑，例如隐藏在光源氏光炫表层之下的欲望、算计和欺瞒，在某一特定的时空、某一特定景色的细致描写中更为深刻地彰显。文明化的社会是一个隐藏粗野被修饰和化妆过的社会，在这一修饰与装扮的过程中少不了对原始欲望的种种克制，隐藏在这一表层下且与表层紧密相连的是现实生活中对原始欲望的种种冲动，这一冲动又时时通过表层与里层紧密联系必经的脉络涌出，于是在"真"与"假"、"文明"与"粗野"、"自然"与"修饰"、"彰显"与"韬晦"的两元对立中，产生无数的错觉。雪夜月景的美让光源氏产生"神游物外"的错觉，这一错觉又使其顺着被教诲后近乎完善心灵的些微裂隙向内伸延，心灵深处粗野的原始记忆和本能被激活，光源氏和紫上谈起过去身边的女人们——藤壶、槿姬、胧月夜，这些女人基本与光源氏有着离奇的不伦之恋，是光源氏心中隐秘的、不能公开的、见不得光的恋情。美丽绝伦的

[1] 紫式部.源氏物语[M].丰子恺译.北京：人民文学出版社，1980：354.

冬夜月景成了"何物最难当，老太婆化妆，冬天的月亮"[1]，执着于各种贪念的老太婆源内侍的荒唐透顶的丑态与月景重叠。怀念藤壶、追求槿姬，在紫上面前满口谎言的光源氏实在与美丽的冬夜月景不相消融。"何物最难当，老太婆化妆，冬天的月亮"，该场景描绘难以达到纯粹的抒情的美，倒是充满若干反讽的意味。引文（Ⅲ）的雪夜月景使得光源氏的内心深处被深深感动，与光源氏同栖的紫上对此番美景心中有何反响？显然，紫上的心与外界的自然得以共鸣，光源氏与紫上却难以达到情感的一体化，同样的雪夜月景，牵引出两人不一样的哀伤。引文（Ⅲ）的中略部分，特地提及了胧月夜，紫上眼中的胧月夜"做事周到，人品高雅"，光源氏因与胧月夜的情事败露自谪须磨，胧月夜在光源氏心中是"爱与罪"的代名词，由而"源氏公子掉了几滴眼泪"[2]。该场景描叙以紫上和光源对答的和歌结尾，紫上吟诵："塘水冰封凝石隙，碧天凉月自西沉[3]（こほりとぢ石間の水はゆきなやみそらすむ月のかげぞながるる[4]）。"该和歌中"天"凉月西沉的流动状态对"地"塘水冰封的静止状态，是一首对雪夜月景集约描绘的抒情歌。人与人之间不能共鸣，人与景共鸣，景是阅者心中的景，景的美丽与否带着阅者的情绪，这首抒情和歌正恰时地映照着紫上的情绪，反映出紫上此刻的心境。和歌中的"そらすむ"是一个挂词，可做空澄む（碧空如洗）"与"虚棲む（空虚的栖息）"双解，"ながるる"亦是一个挂词，可做"流（なが）流るる（流动）""泣（な）泣かるる（哭泣）"双解。紫上将自己喻作冰封的塘水，被动且沉凝，对光源氏的情感是"一片冰心在玉壶"，但由于光源氏的多情，让她倍感空虚；将光源氏喻作碧天的凉月，光源氏年轻时四处寻欢，屡屡得手，现时三十二岁的光源氏多次避开紫上向槿姬求欢，被拒绝，光源氏好不伤心落寞，多次落泪。"空"对"地"、"凉月"对"塘水"，这一景致正是紫上与光源氏关系在紫上心中的解读，两者即辉映、关联，又悬隔。接下来：

> ……对槿姬的恋慕之情便收了几分回来。此时忽闻鸳鸯叫声。源氏公子即兴吟道:
> 和歌原文：かきつめてむかし恋しき雪もよにあはれを添ふる鴛鴦のうきねか

[1] 紫式部.源氏物语[M].丰子恺译.北京：人民文学出版社，1980：352.

[2] 紫式部.源氏物语[M].丰子恺译.北京：人民文学出版社，1980：355.

[3] 紫式部.源氏物语[M].丰子恺译.北京：人民文学出版社，1980：356.

[4] 紫式部著，阿部秋生／〔ほか〕校注·訳.新编日本古典文学全集（20）源氏物語[M].東京：小学館，1994：494.

丰子恺译：雪夜话沧桑，惺惺惜逝光。鸳鸯栖不稳，嗓嗓恼人肠。[1]

林月文译：雨雪夜兮愁绪生，旧情难忘强自抑，鸳鸯啼声兮复添情。[2]

作者直译：写满昔日恋情的雪地上布满忧伤，此刻又增添了鸳鸯的悲鸣。

光源氏回首以往的恋情，心中无比的忧伤，雪地中的鸳鸯正是光源氏自身心境的投射。"うきね"在此是一个挂词，一解作"忧郁的声音（憂き音）"，另一解作"浮在水面上睡眠的水鸟（浮き寝）"。水面上同栖同乐的鸳鸯此刻发出悲鸣，写照光源氏思慕昔日的恋人，心中无比忧伤，也写照紫上对此心存怨恨。藤壶已经归天，光源氏对其爱恋仍不可抑制，光源氏想随藤壶而去，又被同栖同居的紫上束缚 [可以回溯"杨桐"卷引文（Ⅰ）中"清光似月君堪美，世累羁身我独悲"]。光源氏的悲伤仍可移情于每位读者，无论外表如何光炫，每个生命实体其实都有隐藏在内心深处对尘世间凡俗生活万般的无奈与寂寥。生命实体是不自由的，相对于被"不自由的生（身）"束缚的女人，生活中男人们相对的自由是流淌在对各色女人的爱恋与追逐当中。在此紫式部发出了隐蔽的叙事声音，探求人深层内心世界的真实，此刻光源氏"神游物外"，被"物外"（この世の外）的声音所魅惑，已从当下凡俗的生活情态中脱逸出来，本能寻求更深层次的美与情感共鸣。接下来，从第三十四回（"新菜"卷）至第四十回（"魔法使"卷），都秉承了这一抒情的写作方式与叙事特色，即从自然景观中酿造情韵，用"真假"、"美丑"错综复杂的对立与转换关系扣动人的心弦，这也是东亚古典文学散文精神精髓的体现。以上对和歌进行了若干分析，"歌"的情韵美与抒情性特质加深了情景交融的叙事手法叙事的深刻性。"古人善诗者，皆不喜以故事填塞，若填塞则词重而体不灵、气不逸，必俗物。本地风光，用之不尽。或有故事赴于笔下，即用之不见痕迹，方是作者。"（王世懋《艺圃撷余》） 以上所析和歌，皆不以故事填塞，却是上下文脉所叙故事情节的复韵。

又，换一种研究视角进行思考，从女性阅读立场去考量发现光源氏这一男性人物形象是立体丰满的，充满女性性情中的多情与善变。紫式部眼中的男性美是为女人评判而准备与设立的，是迎合女性口味的，是女性审美观与价值观视角下的美。

---

[1] 紫式部著，阿部秋生／〔ほか〕校注・訳．新编日本古典文学全集（20）源氏物语 [M].東京：小学馆，1994：356.

[2] 紫式部著，阿部秋生／〔ほか〕校注・訳．新编日本古典文学全集（20）源氏物語 [M].東京：小学馆，1994：105.

身为日本平安时期具有浓厚传统意识的女性作家，紫式部无可避免在其创作文本中饱含当朝女性对男权思想的理解与认同。紫式部生存的时代，女性美被纳入男性的价值体系当中，女性美的唯一参照对象就是男性的审美愉悦程度，女性只是作为男性的附属物而存在。另一方面，作为一位女性作家，紫式部要脱离自身的女性性别意识以男性主人公光源氏的男性视角来解读女性美，非常之艰难。对此，紫式部虽然解读得"天衣无缝"，但绝非能像曹雪芹一般以男性立场直接读解女性美，直接拈来，丝毫不需进行自身性别辨析。女性作家紫式部笔下的《源氏物语》男性主人公光源氏性情中蕴藉着一股缠绵、柔软的女性美，男性作家曹雪芹笔下《红楼梦》中的贾宝玉虽然涂口红、抹胭脂，但其性情仍是铿锵有力与快节奏的。

第四节　《红楼梦》与《源氏物语》地志空间叙事比较

以园林空间布局为小说结构布局是中日古典小说的一大特色，小说中的园林空间是静态的、自足的。作者对静态空间进行描叙时，小说时间顺序自然相对中断，其缺点是因其专注一处直接影响文本的连贯，又因其专注一处使得描写更为深入细致，充满想象。园林空间自身所具备的空间流变性形成了中日古典小说叙事的另一特点，重视情节片段的描写，凝神于某一静止时刻，随同空间的流动变化，展开一个一个相对独立的段落事件，使得小说具有缀段性。《红楼梦》空间的"形"是以不规则的园林建筑和山水植被布局进行展示，《源氏物语》空间的"形"是以规整对称均衡的园林布局展示，两书叙事空间的"色"都是以四季植被不断变换的色彩来形成视觉美，叙事空间的"音"都是以自然的水声、风声、雨声等形成听觉美，两书都强调空间"香味"的美意识，四处弥漫着衣香、袖香、花香、稻香、果物香、药香。不但中国古代文人们擅长用园林艺术来比喻小说叙事艺术，将故事作为园林发展空间细为布局、刻画，中国现当代的文学大家们也常常用园林建筑比喻小说文本空间结构。

凡看一书必看其立架处，如《金瓶梅》内，房屋花园以及使用人等皆其立架处也……故云写其房屋，是其间架处，犹欲耍狮子，先立一场，而唱戏先设一台。[1]

如果拿建筑比喻，一部长篇小说可以比作一座花园，花园内一处处的楼台庭院

---

[1]　黄霖，韩同文.中国历代小说论著选（上）[M].南昌：江西人民出版社，2000：380.

各自成为独立的完整的小单位，各有它的格局，这好比长篇小说的各章（回）。[1]

如果说短篇小说是一首一首的演唱歌曲，长篇小说就是建筑，单个的乃至群落的建筑……写长篇小说的时候我更像一个建筑师，翻来覆去地考虑它的平面图、透视图、鸟瞰图，考虑它的结构，考虑它的材料……长篇的保证在于结构，在于气概，也在于一往直前的构思与坚固耐用（独特与深刻的）的建筑材料（经验）。[2]

园林建筑的"空间艺术"与小说叙事的"空间艺术"一脉相承，都是某一共同文化理念下的不同文化分支。从空间层面切入，园林建筑艺术与小说构建艺术是同构的。古典小说叙事的文笔园林反映了中国传统的文学文化理念——讲究规矩、手法与方圆。《红楼梦》的地域空间观念还反映出中国土地社稷江山的中华意识和霸业意识，"古代中国把华夏中原文明看作是天下之中，中国则是世界的中心，与周边异族的关系是君臣关系。自古中国历代君王都渴望建立大一统的中华帝国，'无怠无荒，四夷来王'"[3]。《源氏物语》的文笔园林则反映了日本人讲究"私心"与"妙趣"的心理审美特征。

《红楼梦》与《源氏物语》两书都是家族小说，家族小说隐含着约定俗成的社会习惯，显示宗法、礼教、血缘关系共同体的组织结构。在封建社会制度的国家，家族的结构与功能模式可扩延至整个国家与社会，家族小说以生动的故事形式传达了这一特质。两部小说都成书于封建时代，大观园是纯粹的大贵族的私家花园，六条院是花园和宅邸的融合。既然是家族小说，人物的活动范围就拘囿于一定场域之中，本书所讲的地志空间正是对这一固定场域的研究。地志空间描写局限于一定的范围，贵妃娘娘省亲的大观园作为舞台背景几乎贯穿整部"石头记"，光源氏的故事限于皇宫、大臣宅邸、地方官员府邸、六条院。两书地志空间的外部环境是相对封闭的，这些"深宫帐帷"的场所一般人不可企及，都是发生在一小块区域内，由一小群身份颇高的人引领，发生在院子里的故事，具有典型代表性，是一方水土的缩影，都具备地方志的特征。

大观园几乎贯穿整部文本，大观园的一草一木、一山一石，与六条院内各院栽种的植物与主人公的形象特点及性格特色相吻合，且饱含寓意。中日文人借花草云

---

[1] 茅盾. 茅盾选集（第5卷）[M]. 成都：四川文艺出版社，1985：532.

[2] 王蒙. 长篇小说与短篇小说 [J]. 读书，1993（9）：111-115.

[3] 张世君. 古典小说叙事的时空意识 [J]. 暨南学报，1999（1）：89-99.

月等自然物吟咏情感早有传统，这一"文化与自然的对照"的叙事技巧早已被紫式部和曹雪芹娴熟掌控。曹雪芹让贾宝玉和众女子住入大观园，以室内陈设、室外花草树木水石暗喻宝玉以及诸少女人物的心性。紫式部让光源氏率众夫人入住六条院，在文本中营造一处真实的世外桃源，既然是世外桃源就少不了自然景观的映衬，情景交融的六条院的叙写，最大程度上体现出日本平安时期的审美意识，六条院的园林文化正是平安时期"古朴幽玄、静谧雅致、纤细温婉"美学意识与美学理念的代表。《红楼梦》中的大观园建作贵妃娘娘省亲之用，为游园赏玩、展示财力而设，暗含享乐、夸耀人世之意。园中居者为情窦初开的俊男靓女，呈昙花一现之美。六条院是光源氏三十余岁修建的庭院，此时光源氏已过情事纷争的年纪，修筑六条院的目的是安顿好平生与之结缘的众女子。作者叙事的另一层目的是展示平安时期看似平静实际矛盾重重的贵族后宫生活。六条院建筑目的不为游园，东南西北四院的主人是不能随意走动的，六条院是宅邸建筑艺术和园林建筑艺术的复合体。六条院中没有观光游览的小径，观景的建筑及供人休息的亭台较少，建筑形式单一，该特征体现出日本平安时期等级森严的社会制度。日本古园林是中国古园林建筑的分支，由于地理环境、社会环境、审美意识、宗教信仰的差异，两国园林艺术的发展均走上了不同的道路。中国人文因素自古以来对园林影响大，讲究园林艺术中的立意，造景要符合诗情，要包含文气，要附带文化气息，通过诗、画、文、题、联、匾、额等点景之作表达深刻的寓意，寄托文人的志向、追求、理想和精神境界，饱含伦理教义。日本园林讲究天然山水，极具禅意。光源氏将各位女子按其身世、性情安置于不同区域，并配置适合其性情的各式花草树木，其目的是将宇宙万物中与其适应的部分浓缩在园林景物之中，让众女子用心体味其中的妙趣，沉思冥想，顿悟佛性。日本园林的趣旨在于通过事物外表，冥思事物的内在，重视心与心的人天对话，讲究的是悟性。《源氏物语》中外部空间叙事景观随同季节变换迅速变化，外部景观的变化牵引出人的情感变化，进而人天合一。通过对《红楼梦》与《源氏物语》两部小说文本中地志空间的探讨与分析，能很深地感受到中日古典小说叙事中含有很深的"抒情"特质，其结构与表达落脚点迥乎不同于当代中日小说。两部小说中春花、夏雨、秋草、冬雪，以其各自的情韵应和着人物的情感与灵性，在季节交汇变换与时间的推移中演绎着爱的节奏与色彩。

园林文化主要由两部分构成，一是建筑布局，二是制备布置，制备布局即整体布局。六条院景分四区，较之大观园的园林布局更为均齐。日本平安时期的建筑喜用均齐之格局，以表庄重，自殿堂屋宇，以至刻镂书绘，莫不如此，这也正是中国园林皇家花园式的建筑。大观园与六条院中各植花木，一年四季都可以赏花，贵族们白天在园子里观花、赏景、读书、和诗、作画、谈情，夜间静听窗外风雨、鸟鸣虫啼，冥思遐想，神游物外。这是大观园与六条院的共同之处，日本平安时期的庭院式建筑史完全接纳与吸收了中国唐朝的布局与风格，并加入了日本人细腻情感的表达形式，中国展示皇室尊严的大气磅礴的建筑经日本人精心改良，在《源氏物语》中变成展示皇室内面生活、抒发个人情怀的平台。大观园中因美景而欢，因哀景而悲，如黛玉惜落花、葬花，并以落红自拟，六条院则从虚幻美出发。中国园林是人工之中体现自然，日本园林是自然之中见人工。六条院造园均整，日本人纤细微妙的感性需要在均整中保持均衡，大观园不均整，或许不均整要比均整更能象征丰富与宽广的叙事意境。

大观园的整体平面布局上，景点主题突出，景色成片出现，完整而不散落；以沁芳溪为大观园骨架，沿河布置红楼诸芳的各个院落，体现"女儿是水做的骨肉"，沿河布置的院落有蘅芜苑、稻香村、缀锦楼、秋爽斋、潇湘馆、怡红院等，沿河的建筑景点有凹晶溪馆、藕香榭、滴翠亭、沁芳亭桥等，大观园中诸院落空间关系复杂，但是有了沁芳溪这一骨架，大观园中诸院落之间的关系就明确多了。沁芳溪在稻香村分为一主一辅的两股水流，而这两股水流中间夹着的陆地正好就形成一个"水中之洲"——紫菱洲，迎春居住的缀锦楼就安排在了这水中洲上。大观园的布局整体间架明显，凸显出大观园"究竟只在一隅。然处理得巧妙，使人见其千邱万壑，恍然不知所穷。所谓会心处不在乎远。大抵一山一水，一木一石，全在人之穿插布置耳"[1]的私家园林的布局特点。美学中所言的意境之美，在大观园的园林艺术中得到了最为深刻的体现。"原来这林黛玉秉绝代之姿容，具希世之俊美，不期这一哭，那附近柳枝花朵上的宿鸟栖鸦一闻此声，俱忒楞楞飞起远避，不忍再听。"[2]情因景生，景因情传，传神的文字与景致使得文学与园林艺术交融，到达极至文学审美的动人效果。六条院修建时正值光源氏被招回京中，亲生儿子当上皇帝，光源氏的政治前途逐渐明朗，当上太政大臣，好不春风得意之时。太政大臣一职是平安时期所有官

---

[1] 曹雪芹.脂砚斋重评石头记[M].沈阳：沈阳出版社，2005：357.

[2] 曹雪芹，高鹗.红楼梦[M].长沙：岳麓书社，2004：175.

职中的最高席位，源氏大臣欲修建的宅邸是由皇族的银两资助修建，建筑风格体现的是皇室风范。光源氏要求造得大些、讲究些，其建造的目的是让各处散居难得相见的人集中一处。六条院与大观园相比，其建造目的更具有浪漫主义特征。光源氏是日本古代贵族男性形象的标榜，是紫式部心中有良心的男性贵族，政权稳定后将之前与之有过关系的女子接到京中安顿下来，是对诸女子后半身的一个交代。在访婚制的平安时期，六条院的营造体现得更多的是一种现实浪漫主义的人文情怀。六条院的布局尤其体现出主人公光源氏的个人审美情趣，也代表当时贵族的审美意识。大观园修建的目的表面是作为贵妃的一处省亲行宫，"凡有重宇别院之家，可以驻跸关防之外，不妨启请内廷銮舆入其私第，庶可略尽骨肉私情，天伦中之至性"[1]，实际上是曹雪芹构筑的贾府生活的仙境。大观园与六条园的描写都具有诗意化特征，是充满诗情画意的地域空间。《红楼梦》与《源氏物语》中出现大量诗词，中日古典诗歌不同于西方叙事诗，以抒情为主，十分注重语言的空间表达特征——留有余韵。《红楼梦》与《源氏物语》在结构上，也像诗词一样重视叙事的空间性。

园林空间的历史地理意识较之地方空间弱，它更多地具有艺术价值和哲学意味。古典人情小说以园林空间作为小说叙事空间的构架，以至我们可以把这种人情小说称为庭园小说。精致的园林建筑是庭园小说叙事的理想空间结构，它比那消失在空间流连中的无踪无迹的自然时间更易于作家把握和表现，也符合中国人的欣赏心理，易于直观接受和认同。[2]

"在庭园小说中，庭园成为小说叙事的空间坐标系。"[3]大观园比六条院在文本结构中起到更为重要的作用，大观园在第十五回、第十七回、第十八回、第二十六回、第二十七回、第三十六回、第三十七回、第四十一回、第五十一回、第五十三回、第五十九回、第六十八回、第一百零一回回目中逐一呈现，贯穿文本首尾，"成为小说叙事的空间构架"[4]。六条院只占小说的一部分，操纵不了文本整体，却浓缩日本平安时代文学文化一隅。大观园的建筑和各种景物由流变的空间组合而成，形成连续多变的空间结构；六条院景分四区，适合在相对静止中做平行对比研究。两处

---

[1] 曹雪芹，高鹗．红楼梦 [M]．长沙：岳麓书社，2004：100．

[2] 张世君．古典小说叙事的时空意识 [J]．暨南学报，1999（1）：89-99．

[3] 张世君．古典小说叙事的时空意识 [J]．暨南学报，1999（1）：89-99．

[4] 张世君．古典小说叙事的时空意识 [J]．暨南学报，1999（1）：89-99．

园林建筑从兴建、观赏游览开始，作为一个独立的审美形象存在于小说情节之中。

大观园与六条园都是虚构的园林，两书作者出身富贵，受到皇家宫苑建筑布局深刻影响。两位作者将自己一生所经历的众多园林景致重叠于心中，拼合、修整、完善，形成了一种意象与心境，创造出一个并不真实存在的大观园和六条院。心象的模糊使得一些境界难以织入其企望达成的叙写密合系统，脑海中时时浮现想象中的景致，部分清晰可辨，但细部却又模糊浑浊，甚至完全含糊不清，与梦中的情景相似。如《红楼梦》第十七回、第十八回的描写中，出现诸多令人费解难以对号入座的"这边"、"那别"，虽然如此，仍不能阻隔作者的叙写目的，紫式部与曹雪芹旨在作品构筑的虚构世界中逃避现实、逃避纷争，在曲径通幽的还乡之路上品尝人生的甘美，构建了一处诗意的栖居地、理想的乌托邦。小说体现出"为人生而艺术"的美学追求以外，结合作者的身世背景，体现了一种政治前途——无望时甘做"农夫"、"隐士"聊以逃避。极度的追求反衬的是极度的逃避，作者"还乡"之路十分曲折，回归的故里却是虚幻的"世外桃源"。《红楼梦》与《源氏物语》两部作品在花园意象的描写上均体现出求真、求善、求美。大观园是作者服务于小说的艺术构想，是太虚幻境的人间投射，创造大观园是为了毁灭大观园，体现出小说创作的悲剧意识与佛教的虚无思想。《红楼梦》创造了两个鲜明对比的世界："乌托邦的世界"和"现实的世界"，大观园的世界和大观园以外的世界。

大观园是一个把女儿们和外面世界隔绝的一所园子，希望女儿们在里面，过无忧无虑的逍遥日子，以免染上男子的龌龊气味。最好女儿们永远保持她们的青春，不要嫁出去。大观园在这一意义上说来，可以说是保护女儿们的堡垒，只存在于理想中，并没有现实的依据。[1]

光源氏也建造了这样一座"天上人间诸景备"的院子，是供养与自己以往结缘的女人，提供她们一处逃离世外纷争的"世外桃源"，希望其所喜爱的女人们在里面过上无忧无虑的生活，这一点上两位作者用笔墨渲染而幻影出一座蜃楼乐园，其指向是一致的。《红楼梦》第十七回中，宝玉和贾政一行人离了蘅芜苑，"只见正面现出一座玉石牌坊来，上面龙蟠螭护，玲珑凿就……宝玉见了这个所在，心中忽有所动，

---

[1] 宋淇.论大观园 [N]. 明报月刊，1972（9）：4.

寻思起来，倒像那里曾见过的一般，却一时想不起那年月日的事"[1]。宝玉记忆中追寻的地方正是第五回宝玉梦游太虚幻境，"竟随了仙姑，至一所在，有石牌横建，上书'太虚幻境'四个大字"[2]。"太虚幻境"正是贾政领人游览院子时所说的"春省亲时，宝玉补题的'天仙宝镜'[3]，元春换名为'省亲别墅'；正是这座牌坊要紧一处"[4]；刘姥姥又误认作"玉皇宝殿"[5]，不假思索便趴下磕头。"天仙宝镜"为"虚"，"省亲别墅"为"实"；"太虚幻境"为"虚"，"要紧一处"为"实"；"玉皇宝殿"为"虚"，"刘姥姥磕头"为"实"。大观园是一处理想的净土，但又不能脱离现实社会，大观院内外两个世界对应着"清"与"浊"、"情"与"淫"、"真"与"假"，以及风月宝鉴的反面与正面，然而何谓"真""假"？"假做真时真亦假，无为有处有还无。"该幅对联两度出现在书中重要位置，第一次出现在第一回甄士隐梦幻中，第二次出现在第五回贾宝玉梦游太虚幻境中。甄士隐一生曾享尽荣华，最后家道变故，遁入空门，这是甄士隐一生最终归宿。同样，贾宝玉所见到的这同一对联也正是他一生道路的缩影。"真即是假，假即是真；真中有假，假中有真；真不是真，假不是假。"这一阐释也正总括了《红楼梦》创作手法上的某些规律。同样，"把假当真，则真的便成了假的了；把没有的视为有的，有的也就成了没有的了"。这一阐释时时提醒读者中庸之道，对小说韵味的理解，切忌穿凿，两元对立中维持平衡，不稳定的平衡当中将虚幻与揣测的悬念张力拉至最大，之前所言《源氏物语》雪夜月景中老女人源内侍的丑态，何尝不是使用该叙事技法。

[1] 曹雪芹，高鹗. 红楼梦 [M]. 长沙：岳麓书社，2004：109.

[2] 曹雪芹，高鹗. 红楼梦 [M]. 长沙：岳麓书社，2004：31.

[3] 曹雪芹，高鹗. 红楼梦 [M]. 长沙：岳麓书社，2004：115.

[4] 曹雪芹，高鹗. 红楼梦 [M]. 长沙：岳麓书社，2004：110.

[5] 曹雪芹，高鹗. 红楼梦 [M]. 长沙：岳麓书社，2004：280.

第四章　《红楼梦》与《源氏物语》文本空间 叙事比较研究

中日古典长篇小说最典型的时间叙事技巧是线性时间叙事，线性时间叙事具有时间叙事的线形特色，线性时间叙事将一个混乱无序的现象世界整合为一个井然有序的艺术秩序世界。然而，这种建立在叙述层面上的艺术秩序只能表示出小说的表层艺术秩序结构，小说的深层艺术秩序应该是小说的内在组织关系和超越生活现实层面而能聚合叙述层面的一种艺术凝聚力。"文本空间"由俄罗斯学者托波罗夫在他的著作《空间与文本》中提出，厘清空间和文本的相互关系是研究文本空间结构的前提，空间与文本的关系与人的"直觉空间"（множество пространств）相关联，与在非空间意识中作为现实空间对应体的意识的内涵范畴有关系。[1] 本章探讨的"文本空间叙事"中的"空间"限定在文本多维立体构架空间。由点与线构成的面即是文本的叙事系统，同一系统中的事物具有若干相似性、延绵性与拓展性，有起点有终点，平面幅域在整个叙述的铺展过程中亦宽亦窄。若干个点、线构成一块一块大小不一的叙事平面，这些平面搭建成大小不一、形状各异的文本叙事小空间，由若干个小空间组合成文本叙事大空间，由若干个大空间又构成文本叙事更大的空间。相邻与相异的空间与空间之间又有有机粘着部分，这些有机粘着部分根据粘附其身的叙事空间中叙事内容的重要性形成一条条大小不均的叙事轴。

本章对两部小说的叙事结构和叙事空间两部分进行对比研究，结构指其构架，空间则对相似空间单位的结构特质进行剖析。第一节"叙事结构比较"厘清两部巨著的主要叙事系统，所谓叙事系统即是由空间构建中的面，或是由相类似面聚合成

---

[1]　Топоров В. Н. Пространство и текст//Текст:семантика и структура[C]. М. Наука, 1983:227.

的聚合体，形成空间叙事子系统。文本空间是拟构在脑海中的立体图式，本身具有虚幻性，然而意识是非空间的，托波罗夫将在非空间意识中感知现实空间意识的部分称为"直觉空间"，直觉空间感应的文本构建素材或是构建成的面、小空间单位又都相对有实有虚。对此，本章分两节进行讨论：第一节比较研究两文本中主要的叙事子系统，叙事子系统是构成文本空间的关键；第二节比较研究两书的"拟实空间"与"虚拟空间"，对比研究两部小说固有的各种类型的叙事模型，即各类事件的叙事母题。文本空间存在于人的意识之中，意识本身又是非空间性的，由而第二节研究的两个话题均选用"拟"字加以框定，示其模糊性、可塑性、拟构性。在人类社会发展的历史长河中，相同事件总是穿上五彩缤纷的各色外衣在不同时间段出现，究其实质，它们的内核是相似的、雷同的，以现实生活为创造蓝本的文学作品中也有诸多相似话型，这些相似话型的原形就是文学作品的母题。将神话和梦幻的母题归于"虚拟空间"对比研究，其他母题归于"拟实空间"对比研究。

第一节　叙事结构比较

古人曰之"筋脉"今人曰之"结构"，然"结构"较"筋脉"更胜处在其空间组织。"水之沮洳，行于地者，其来也必有源。山之绵亘，初若断为平地，然其起伏若宾主之朝揖，正所谓不连之连，故堪舆之家，恒别山脉之所自来，自不能以山之断处，遽指为脉断也。行文之道，亦不能不重筋脉。"[1]筋脉论较为平面、原始，适应平面绵延的一维时间的组织结构。结构"如造物之赋形，当其精血初凝，胞胎未就，先为制定全形，使点血而具五官百骸之势"[2]。结构之论丰富了空间叙事的维度，可探讨商榷范畴更具有伸缩性，更适合做大型文本的研究工具。

一、《红楼梦》叙事结构

关于《红楼梦》叙事的主线争议繁多，有宝黛爱情说、四大家族兴衰说、贾宝玉叛逆说，还有学者从立体结构层面提出对称结构论、网状结构论等新颖观点。各式各样审美取值造成赏析切入视角差异及价值认同偏差。对于《红楼梦》这种刻意

---

[1]　刘大櫆，吴德旋，林纾. 论文偶记 初月楼古文绪论 春觉斋论文 [M]. 北京：人民出版社，1959：80.

[2]　李渔. 闲情偶记 [M]. 民辉译. 长沙：岳麓书社，2000：5.

回避传统板滞叙事技巧讲究灵活叙事的作品，即是作者曹雪芹对历时十年的呕心之作叙事技巧反复掂量考虑的文学作品，对其叙事技巧的分析不宜于从单一视角出发进行剖析。首先应透析出组成各个叙事分枝系统中单维的叙事面，这些叙事形态各异的面互为参照、明暗相间、紧密结合、同步共进，在交错展开的过程中相互搭建起可以根据读者审美情趣伸缩的、有机的、立体的叙事空间。在叙事空间的有机构建中，作者采用各种叙事技巧。

　　《石头记》用截法、岔法、突然法、伏线法、由近渐远法、将繁改简法、重作轻抹法、虚敲实应法种种诸法，总在人意料之外，且不曾见一丝牵强，所谓"信手拈来无不是"是也。[1]

　　关于《红楼梦》的叙事结构，本节从贾府兴衰叙事构想系统、宝黛爱情叙事构想系统、文本整体空间叙事结构三方面进行论析。

（一）以"家运"为主线，贾府兴衰叙事构想系统

　　贾府是《红楼梦》中诗礼簪缨之家，钟鸣鼎食之族，它由"烈火烹油，鲜花着锦"的盛世，无可奈何地走向日暮途穷的"末世"，最后"呼啦啦大厦倾，昏惨惨灯将尽"，"好一似食尽鸟投林，落得片大地真干净"。贾府由盛及衰，直至倾崩，是小说叙事的一条主轴，它贯穿史、王、薛各大家族的没落，生动描绘了我国清朝上至皇宫、下及乡村的广阔社会历史画面。贾府的叙写始于第二回"冷子兴演说荣国府"，回前墨写道：

　　此回亦非正文本旨，只在冷子兴一人，即俗谓"冷中出热，无中生有"也。其演说荣府一篇者，盖因族大人多，若从作者笔下一一叙出，尽一二回不能得明，则成何文字？故借用冷子一人，略出其文，使阅者心中，已有一荣府隐隐在心。[2]

冷子兴是王夫人陪房周瑞家的女婿，子兴好结交官宦名流，见多识广，连官场老手贾雨村"最赞这冷子兴是个有作为大本领的人⋯⋯故二人说话投机，最相契合"[3]。第二回中冷子兴讲叙贾府五代世系，贾府历史概貌叙写通过冷子兴之口"阅者已洞

---

　　[1]　曹雪芹 . 脂砚斋重评石头记 [M]. 沈阳：沈阳出版社，2006：619.

　　[2]　曹雪芹著，脂砚斋评，邓遂夫校 . 脂砚斋重评石头记甲戌校本 [M]. 北京：作家出版社，2010：100.

　　[3]　曹雪芹，高鹗 . 红楼梦 [M]. 长沙：岳麓书社，2004：10.

然矣"[1]。

> 未写荣府正人，先写外戚，是由远及近，由小至大也。若使先叙出荣府，然后一一叙及外戚，又一一至朋友、至奴仆，其死板拮据之笔，岂作十二钗人手中之物也？今先写外戚者，正是写荣国一府也。故又怕闲文赘累，开笔即写贾夫人已死，是特使黛玉入荣府之速也。[2]

第二回以"家运"为主线，是"贾府兴衰叙事构想系统"的始出发点，甲戌本第二回"回前墨"开篇指出"此回亦非正文本旨"，表明这正是贾府大戏开唱的引子，亦是该叙事系统发展的萌芽阶段。贾府是京城中显赫一时的名门望族，祖先立下了汗马功劳，被当朝封为国公爵，并敕命营造"将大半条街占了"的国公府。贾政的大女儿元春是当朝的"爱妃"，贾珍、贾赫沿袭了将军头衔，拿朝廷俸禄，贾府的男人个个是朝廷命官，女人个个封了诰命夫人，第二回借冷子兴之口陈述故事发生的家世背景。之后，以"家运"为主线，贾府兴衰叙事构想系统可分为三个阶段，每一阶段又可分为三个叙事小单元。第一个阶段从第六回至第六十三回，描写了贾府官僚贵族的气派和豪华，宁国府秦氏出丧与荣国府元妃省亲两大事件将第一阶段的故事情节推向高潮。秦氏出丧与元妃省亲使得分散的人物与情节向一个中心点聚合，显示贾府官僚家族之气派。毒设相思局、协理宁国府、茗烟闹学、弄权铁槛寺、调戏贾瑞等情节不同程度地蛀蚀豪门贾府，这些叙事小单位散见于文本，都附着于贾府运程的叙事轨轴。第一阶段叙事中凤姐和宝玉是两个轴心人物，凤姐姐精明、贪婪、风骚，宝玉恰逢情窦初开，在与黛玉、宝钗的情感纠葛中品尝人生初恋滋味，不喜四书与八股的宝玉对诗词歌赋颇有禀赋。第一阶段关于贾府的兴衰又可分为三个叙事小单元，第一叙事小单元从第六回至第三十六回，集中描绘贾府的奢华与腐化；第二叙事小单元从第三十七回至第五十二回，描写贾府钟鸣鼎食的豪华排场和繁华背后的潜流与暗礁；第三叙事小单元从第五十三回至第六十三回，描写贾家外面架子虽未倒，内囊却已尽上。第十三回、第十四回，贾珍为秦可卿大办丧事，花掉银两上千万，极尽奢华；第十七回"元妃省亲"至第五十三回"乌进孝交租"这一段时间贾府家

---

[1] 曹雪芹著，脂砚斋评，邓遂夫校. 脂砚斋重评石头记甲戌校本 [M]. 北京：作家出版社，2010：100.

[2] 曹雪芹著，脂砚斋评，邓遂夫校. 脂砚斋重评石头记甲戌校本 [M]. 北京：作家出版社，2010：100.

产、资财尽用。其间，第二十五回赵姨娘买通马道婆用魇魔法暗害贾宝玉、王熙凤。第五十三回乌进孝交租后，贾珍、贾蓉、乌进孝三人的对话，道出贾府的财源枯竭、入不敷出。第五十五回"探春理家"到第七十一回"贾母过生日"，贾府生活开始出现困窘。第二阶段叙事从第六十四回第至九十一回，描写了摇摇欲坠的贾府，分为三个叙事小单元。第一个小单元从第六十五回至第六十九回，着重刻画强势的凤姐及尤二姐之死。王熙凤生活在一个社会生活错综复杂的大家庭中，在复杂的社会生活中游刃有余的王熙凤有着复杂的人物性情。贾琏偷娶尤二姐引发了与凤姐的冲突和感情关系的破裂，进而，王熙凤逼死尤二姐，既发泄了怨气，又损耗了自己，为随后的悲剧人生埋下最大伏笔，王熙凤这一人物形象是贯穿文本始末的一条辅线。第二叙事小单元从第七十回至第七十八回，此时贾府已是捉襟见肘，内部矛盾迭出，重大事件不断翻新。如：第七十二回贾琏偷押贾母的"金银家伙"，王熙凤典当自己的首饰；第八十四回迎春话中点出贾赦嫁女抵债；大观园被抄检，"金玉良缘"压倒了"木石之盟"。第三个叙事小单元叙写了多事之秋的薛家与贾家。薛蟠命案是贾府衰败的导火索，随后迎春误嫁中山狼，元春生病。第三阶段从第九十二回至第一百二十回，描写彻底走向衰败的贾府，分为三个叙事小单元，第一个小单从第九十二回至第一百一十回，第九十五回元妃薨逝是贾府命运的大转折点。该单元主要描写了宝玉、宝钗结婚，宝玉失玉后变痴傻，黛玉死。王熙凤生衰力挫，大失人心。第一百零五回"贾府被抄"到第一百一十六回"筹措银子送灵柩南归"，贾府经济开始彻底衰败。第二个叙事小单元从第一百一十一回至一百一十八回，描写贾府死丧纷沓而至，事故迭起，宝玉出家宣告"金玉良缘"的终结。第三个叙事小单元从第一百一十九回至第一百二十回，一是与顽石故事首尾相应，形成回环；二是"沐皇恩"、"延世泽"显示"百足之虫，死而不僵"。《红楼梦》后四十回更是奏响了悲亡交响曲，第九十七回黛玉死，第一百零九回迎春死，第一百一十回贾母死，第一百一十一回鸳鸯死，第一百一十三回赵姨娘死，第一百一十四回凤姐死，耗讯迭起。以上是以贾府兴衰为基准的叙事轴线的归纳总结，贾府兴衰的叙事线路还可以从另外一个侧面——刘姥姥三进大观园来进行分析。

刘姥姥三次进大观园安排在贾家不同家运状况时，成为一条隐藏的叙事伏线，见证贾家兴衰。"刘姥姥一进大观园"于第六回，刘姥姥的女婿狗儿不争气使得家业萧条，只好搬出城里住到乡下。到了年冬岁末，王狗儿家无以为计，岳母刘姥姥只好借着狗儿祖上与贾府连过亲，到贾府攀亲。刘姥姥一进荣国府不但使贾府认下了这门亲戚，使得一个小小的庄户人家和赫赫有名的金陵大户牵扯上关系，还拿回二十两银子外加一吊钱的援助，使这个庄户人家度过了难关。"刘姥姥一进大观园"置于文本第六回，此时全书才刚刚完成故事开展的各项准备工作，许多人物还不曾登场，是故事展开的序幕阶段。第六回使用大部分篇幅描绘刘姥姥一进荣国府时的情形，并细致交代刘姥姥如何与贾府拉上关系，为以后情节发展拉开引线。第三十九回至第四十二回"刘姥姥二进大观园"，刘姥姥为感谢上次贾家的救助，前去谢恩。贾母此时正想找个上岁数的老太太说说话，留她多住些时日。这次，刘姥姥的视线深入到贾府的各个角落，所接触的人物之多，所见的场面之广，感受之深，都胜过第一次。角色也由王家亲戚成为贾母座上嘉宾，出席了贾府丰盛的家宴，游览了大观园。一个乡下人进入美轮美奂大观园，处处新鲜，处处好奇，闹了很多笑话。这一时期是贾府最鼎盛的时段，几个章回都充满欢声笑语，既写出贾府鲜花着锦之盛，又为日后贾府败落巧儿被救埋下伏笔。"刘姥姥三进大观园"于第一百一十三回，此时，贾府已面临家破人亡，府内一片萧瑟凄凉。贾府的老祖宗贾母已死，昔日泼辣的凤姐病得骨瘦如柴，神情恍惚，只得把自己的独生女儿托付给这位昔日来打抽丰的穷老婆子。刘姥姥一进荣国府，气势如日中天；二进荣国府，豪华奢淫，乐极生悲；三进荣国府，家事衰败，家财丧尽。刘姥姥三进大观园均匀分布于文本第六回、第三十九回至第四十二回、第一百一十三回，在被其跳跃的文本当中并未有一处言及刘姥姥相关事宜，刘姥姥作为丈量贾府兴衰的标尺出现于文本开端、中部、结篇，三处标示点是跳跃的，但拉起之间关系，牵连与映射的叙事暗线覆盖全文。

叙述性陈述并不是由于它们在文本上有着比邻性（contigucte）才可以拼拉连耦，而是从远处就可以实现，这是因为某个陈述呼唤——甚至是一再呼唤——先于它而存在的其方面，因此，一些新的叙述单位（它们相对于叙事文的脉络来讲是断续的，但它们却是由它们的谓语——功能结合在一起的聚合关系组成的）在这方面就像是一些典型的连耦。[1]

"拼拉连耦"关系最好地诠释出"刘姥姥三进大观园"的叙事特征。"刘姥姥三进

---

[1]　格雷马斯. 成果与设想（代序）. 库尔泰. 叙述与话语符号学 [M]. 怀宇译. 天津：天津社会科学出版社，2003：6-7.

大观园"也是全书的"贯穿道具"——"有时候在长篇小说和短篇故事中有一个事物不断出现在意义重要的地方……它们是结构的技巧手段"。[1]"贯穿道具"使散乱的时空画面聚焦，使交错的时空结构既有所偏离而又达到回归，既似松散却又聚集。

（二）神瑛与绛珠草（宝黛爱情）叙事构想系统

《红楼梦》缘起女娲补天遗留的一块顽石，全书又名《石头记》，顽石"自经煅炼之后，灵性已通，自来自去，可大可小，因见众石俱得补天，独自己无材不堪入选，遂自怨自叹，日夜悲哀"[2]，这里是神瑛与绛珠草叙事构想系统的起点，也是一个文学母题。中国传统文化原始信仰习俗丰富，崇拜自然、崇拜祖宗、崇拜鬼神，自然物的日月星辰、山川河流、怪石古树、风雨雷电都可作为顶礼膜拜对象，以这一信仰为前提，在顽石出场之前，这块石头早就禀赋种种灵性，本不属于尘世的石头，早就有了"历尽红尘"后的归宿，文本结篇——"这一日空空道人又从青埂峰前经过，见那补天未用之石仍在那里"[3]。顽石下凡缘其"无材补天"，于是"幻形入世，蒙茫茫大士、渺渺真人携入红尘，历尽一番离合悲欢、炎凉世态的一段故事"[4]。顽石为情而生，为情所困，情了曲终。无材补天的顽石，怀才不遇，这里暗含作者曹雪芹隐蔽的叙事声音，顽石将生命的情热寄托情事，曹雪芹则将不顺仕途中无法燃烧的情热尽情宣泄于故事的虚构当中，物（石头）我合一。

"今之人贫者日为衣食所累，富者又怀不足之心，纵一时稍闲，又有贪淫好色、好货寻愁等事，哪里有工夫去看那治理之书？所以我这一段故事，也不愿世人称奇道妙，也不定要世人喜悦检读，只愿他们当醉淫饱卧之时，或避事去愁之际，把此一玩，岂不省了些寿命筋力？"[5]

在此，曹雪芹讲出自己撰书的意图，标明此书与政治无关。因为当今世人无暇赏阅"治理之书"，所以该叙事题眼落脚于"情事"。《源氏物语》中作者紫式部数度交代"作者女流之辈，不敢奢谈天下事"（第190、340、409、436页）。两位作者隐蔽的叙事声音有异曲同工之妙，都力图远离政治与说教，构建一部浪漫写实主义文学作品。继而：

[1] 沃尔夫冈·凯塞尔.语言的艺术作品[M].陈铨译.上海：上海译文出版社，1984：80.
[2] 曹雪芹，高鹗.红楼梦[M].长沙：岳麓书社，2004：1.
[3] 曹雪芹，高鹗.红楼梦[M].长沙：岳麓书社，2004：864.
[4] 曹雪芹，高鹗.红楼梦[M].长沙：岳麓书社，2004：2.
[5] 曹雪芹，高鹗.红楼梦[M].长沙：岳麓书社，2004：2.

　　只因西方灵河岸上三生石畔，有绛珠草一枚，时有赤霞宫神瑛侍者，日以甘露灌溉，这绛珠草始得久延岁月……绛珠仙子道："他是甘露之惠，我并无此水可还。他既下世为人，我也去下世为人，但把我一生所有的眼泪还他，也偿还得过他了。" [1]

这是"木石之盟"故事开篇，也是宝黛爱情故事开篇。事实上，"木石之盟"隐射"前世姻缘"的爱情文学叙事母题，母题呼应出"多少风流冤家，陪他们去了结此案"，母题的普泛性能包容杂糅芸芸众生男女情爱故事的各类文本原型，得以受众最大程度共鸣。"木石之盟"在《红楼梦》文本叙事中地位重要，有学者主张"宝黛爱情故事应是《红楼梦》的主线" [2]。贾宝玉是神瑛侍者，林黛玉是绛珠仙子，开篇作者就赋予两人非凡的"神性"，两者背负着前世的情缘、情债下凡至人间。"因此一事（木石之盟），就勾出多少风流冤家，陪他们去了结此案" [3]，曹雪芹在此明确表示"神瑛与绛珠草（宝玉与黛玉）"的爱情故事是该叙事文本的主线，其他各类事件的描绘均用于映衬、陪伴"宝黛爱情故事"，都是"陪他们去了结此案"。"多少风流冤家"在此是个曲笔，亦是个隐语，"风流冤家（案）"暗指"悲剧的爱情与婚姻"，在文本中多出可窥"风流冤家（案）"的具象。古往今来现实生活中不乏这些个"风流冤家"，这些个"风流冤家"要"陪"宝黛去了结"风流冤案"，随同文本的展开，诉求最有共鸣者来见证赏析这一段情事。《红楼梦》与《源氏物语》确实都为浪漫风流的写实爱情文学作品。无论如何，第一回只能算宝黛情事的一个楔子，故事展开于第三回——黛玉进府初识宝玉，首先，从黛玉的视角切入，"黛玉一见，便大吃一惊，心下想道：'好生奇怪，倒像在哪里见过一般，何等眼熟到如此！'" [4] 从宝玉的视角切入，"宝玉看罢，笑道：'这个妹妹我曾见过的。'" [5] 无形中对第一回文本进行回应，也为整部书铺设了叙事意蕴，这两人结缘前生，续缘今生。继而，宝玉见黛玉无"玉"，摔"玉"。此"玉"最初出现在第二回宝玉出生时，"不想后来又生一位公子，说来更奇，一落胎胞，嘴里便衔下一块五彩晶莹的玉来，上面还有许多字迹，就取名叫作宝玉" [6]。宝玉衔玉而生，据说这块玉还

[1] 曹雪芹，高鹗. 红楼梦 [M]. 长沙：岳麓书社，2004：3.

[2] 黄立新. 宝黛爱情故事应是《红楼梦》的主线 [J]. 红楼梦学刊，1980（12）：1-12.

[3] 曹雪芹，高鹗. 红楼梦 [M]. 长沙：岳麓书社，2004：3.

[4] 曹雪芹，高鹗. 红楼梦 [M]. 长沙：岳麓书社，2004：20.

[5] 曹雪芹，高鹗. 红楼梦 [M]. 长沙：岳麓书社，2004：21.

[6] 曹雪芹，高鹗. 红楼梦 [M]. 长沙：岳麓书社，2004：11.

通灵。第三回宝玉见黛玉无玉，发起"痴狂病"来，摘下那通灵宝玉狠命摔去。此举表明黛玉在宝玉心中的重要地位，冥冥中预示着两人未来纠结的情感世界。第五回来了个薛宝钗妹妹：

宝玉和黛玉二人之亲密友爱处，亦自较别个不同，日则同行同坐，夜则同息同止，真是言和意顺，略无参商。不想如今忽然来了一个薛宝钗，年岁虽大不多，然品格端方，容貌丰美，人多谓黛玉之所不及……因此黛玉心中便有些恹郁不忿之意。[1]

"木石前盟"与"金玉良缘"在第五回同时登场，宝玉与黛玉、宝钗之间的三角恋情拉开帷幕。第五回金陵十二曲的第一曲《终生误》更是一语成谶："都道是金玉良缘，俺只念木石前盟。空对着，山中高士晶莹雪；终不忘，世外仙姝寂寞林。叹人间，美中不足今方信。纵然是齐眉举案，到底意难平。"[2]第八回"宝玉情窦初开"到第二十三回"宝黛共读西厢"是宝黛爱情萌芽阶段，宝玉在与黛玉、宝钗的情感纠葛中体验初恋滋味。该阶段描写亮点见于反衬：第十六回，贾宝玉对于元春晋封"视有如无，毫不介意"[3]，心中挂念的却是葬父未归的黛玉；第三十三回，贾政笞挞宝玉后，宝玉与黛玉却赠帕订情。之后，第三十四回"宝黛定情诗"到第五十七回"紫鹃试情"是宝黛热恋阶段。第七十四回、第七十八回，抄检大观园，捆司琪，逐晴雯，无疑是对宝黛的警示。然而两人却共同推敲悼念晴雯的《芙蓉诔》的词句，两人感情深厚，不以贾府的盛衰为转移。第七十八回"芙蓉女儿诔"到第九十七回"黛死钗嫁"是以"金玉良缘"与"木石前盟"为标志的爱情婚姻结篇。最终，宝玉难以放下"木石前盟"的情债，无奈出家。

宝黛爱情故事（木石前盟）是叙事主线，"金玉良缘"是这一爱情故事的辅线，在文本叙事主体部分，两者几乎是同时产生、发展、成形与幻灭，相辅相成、互为因果。宝黛初识于第三回，宝钗于第四回出场。较之黛玉传奇的身世，宝钗略显平凡，文中仅交代其"生得肌骨莹润，举止娴雅……令其读书识字，较之乃兄竟高过十倍。自父亲死后……留心针指家计等事，好为母亲分忧解劳"[4]。宝钗进到贾府后，也只是简单做了番交代，"王夫人忙带了女婿人等，接出大厅，将薛姨妈等接了进去……

[1] 曹雪芹，高鹗. 红楼梦 [M]. 长沙：岳麓书社，2004：29.

[2] 曹雪芹，高鹗. 红楼梦 [M]. 长沙：岳麓书社，2004：34.

[3] 曹雪芹，高鹗. 红楼梦 [M]. 长沙：岳麓书社，2004：97.

[4] 曹雪芹，高鹗. 红楼梦 [M]. 长沙：岳麓书社，2004：27.

从此后薛家母子就在梨香院住了"[1]。宝玉与宝钗初次见面时的情形，两人相处的场景只字未提，只是在第四回末交代，"宝钗日与黛玉迎春姊妹等一处，或看书下棋，或作针指，倒也十分乐业"[2]。"宝玉和宝钗初识及相处场景描写"也比起"宝黛初识及相处场景描写"简略许多。全书重要章回第五回中对宝钗的描写仅一笔带过，宝钗进贾府后，"品格端方，容貌丰美，人多谓黛玉之所不及"，"行为豁达，随分从时"[3]，在贾府中深得人心。第七回开始正式叙写宝钗身世（甲戌侧批：自入梨香院，至此方写[4]），先是说宝钗那病又发了（发病时咳嗽，似与黛玉同症），幸亏来了一秃头和尚，和尚说宝钗从胎里带来的一股热毒，又说了一个海上方"冷香丸"，且包了一包异香异气的药引子与宝钗。"冷香丸"极难配制，"发了病时，拿出来吃一丸，用十二分黄柏煎汤送下"[5]，此处照应黛玉先天不足，和尚欲携之而去。宝钗生病时和尚送药，其后又送通灵金锁。第八回"金玉良缘"始抛头露面，先是宝钗看玉，口念"莫失莫忘，仙寿恒昌"，莺儿接着说到："倒像和姑娘项圈上的两句话是一对儿"[6]，宝玉看了也念了两遍，笑道："姐姐这八个字倒真与我的是一对"[7]，又借莺儿的嘴："是个癞头和尚送的，他说必须錾在金器上"[8]。此时，宝玉靠近宝钗，只闻宝钗身上冷香丸"一阵阵凉森森甜丝丝的幽香"[9]。从"金玉之配"和"冷香丸"暗示宝玉和宝钗前生也有着不同寻常的情缘。第八回"金（宝钗）"、"玉（宝玉）"互识后，黛玉随即赶到，作者这一精心编排，回应第五回"金陵十二曲"的首曲《终生误》，亦拉起"木石前盟"和"金玉良缘"在宝玉心中孰重孰轻的葛藤。第二十八回元妃端午节赐物唯宝玉与宝钗一样，宝玉不解，"怎么林姑娘的倒不和我的一样，倒是宝姐姐的和我一样？别是传错了罢？"[10]表明"金玉良缘"虽已受"皇封"，但宝玉心中黛玉始终排位第一。宝玉将受赐礼物交紫娟与林姑娘送去，

[1] 曹雪芹，高鹗．红楼梦 [M]．长沙：岳麓书社，2004：28．

[2] 曹雪芹，高鹗．红楼梦 [M]．长沙：岳麓书社，2004：28．

[3] 曹雪芹，高鹗．红楼梦 [M]．长沙：岳麓书社，2004：28．

[4] 曹雪芹著，脂砚斋评，邓遂夫校订．脂砚斋重评石头记甲戌校本 [M]．北京：作家出版社，2010：178．

[5] 曹雪芹，高鹗．红楼梦 [M]．长沙：岳麓书社，2004：28．

[6] 曹雪芹，高鹗．红楼梦 [M]．长沙：岳麓书社，2004：54．

[7] 曹雪芹，高鹗．红楼梦 [M]．长沙：岳麓书社，2004：55．

[8] 曹雪芹，高鹗．红楼梦 [M]．长沙：岳麓书社，2004：55．

[9] 曹雪芹，高鹗．红楼梦 [M]．长沙：岳麓书社，2004：55．

[10] 曹雪芹，高鹗．红楼梦 [M]．长沙：岳麓书社，2004：190．

林姑娘心生醋意，"我没这么大福气禁受，比不得宝姑娘，什么金什么玉的，我们不过是草木人儿罢了！"[1] 宝玉听他提出"金玉"两字，便说："除了别人说什么金什么玉，我心里要有这个念头，天诛地灭，万世不得人身！"[2] 这是一个纯情爱情故事细节描写，宝黛两人私下相互喜爱，元妃却又钦点宝玉和宝钗，吸引读者眼球进一步窥秘三人之间的关系变化。第二十九回宝玉再次摔玉，黛玉提及"金玉好姻缘"，越发逆了宝玉的意，"心里干噎，口里说不出话来，便赌气向颈上抓下通灵宝玉，咬咬牙，狠命往地下一摔，道：'什么捞什子，我砸了你，就完了事了！'"[3] "完事"与"好姻缘"相悖，"金玉良缘"建构的基础是金锁需有块玉来配，玉若砸坏了，"金玉良缘"也就虚幻了。偏偏"那玉坚硬非常，摔了一下，竟文风没动"[4]，预示"金玉之缘"还会纠结到底。"木石前盟"和"金玉良缘"总是在关键的时候较真，宝玉与黛、钗之情一显一隐，一明一暗，两者形成相互牵连又对立的叙事系列单位。元妃赐物时正值宝玉十三岁，黛玉十二岁，正是男女情窦初开时。《源氏物语》中光华公子十二岁时情感世界又为如何？光华公子十二岁举行冠礼，改成成人装束，仪式当夜赴左大臣邸宅招亲，与左大臣之女葵姬举行订婚仪式。光华公子与葵姬之间的关系正如宝玉与宝钗，父母之命不得违背，葵姬虽为左大臣掌上明珠，娇艳可爱，但是源氏公子与其性情总是不投合。源氏一直暗恋继母，他心中一味认为藤壶女御的美貌盖世无双，"我能和这样的一个人结婚才好。这真是世间少有的美人啊！"[5] 回到《红楼梦》文本当中，第三十二回中黛玉感叹：

> "你既为我之知己，自然我亦可为你的知己；既你我为知己，又何必有金玉之论呢？既有金玉之论，也该你我有之，则又何必来一宝钗呢？所悲者，父母早逝，虽有铭心刻骨之言，无人为我主张……想到此间，不禁滚下泪来。待进去相见，自觉无味，便一面拭泪，一面抽身回去了。"[6]

"无人为我主张"与第五回"纵然是齐眉，到底意难平"[7]相呼应，"不禁滚下泪来……

[1] 曹雪芹，高鹗.红楼梦[M].长沙：岳麓书社，2004：190.
[2] 曹雪芹，高鹗.红楼梦[M].长沙：岳麓书社，2004：190.
[3] 曹雪芹，高鹗.红楼梦[M].长沙：岳麓书社，2004：197.
[4] 曹雪芹，高鹗.红楼梦[M].长沙：岳麓书社，2004：197.
[5] 曹雪芹，高鹗.红楼梦[M].长沙：岳麓书社，2004：16.
[6] 曹雪芹，高鹗.红楼梦[M].长沙：岳麓书社，2004：215.
[7] 曹雪芹，高鹗.红楼梦[M].长沙：岳麓书社，2004：34.

一面拭泪"与第一回"把我一生所有的眼泪还他,也偿还得过他了"[1]相呼应。宝黛爱情两情相悦却又无法结合,更是具有了永恒的艺术魅力。第三十六回,宝玉在梦中喊骂说:"和尚道士的话如何信得?什么是金玉良缘,我偏说是木石姻缘!"[2]第九十八回,宝玉婚庆之际,亦是黛玉香消玉殒时。宿命的黏和力和现实生活中重重阻力而导致两者之间张力,两者相互拉扯,拉扯力度越大,弦绷得越紧,情节愈至高潮,愈吸引读者眼球。

小说结构的内在张力,体现在艺术作品中,在我们看来,就是聚集与排斥、偏离与回归、扩张与收缩、持续与中断的对立统一关系。小说就依靠这样的结构内在张力,把不同时空的画面、不同人物的不同情绪、意志和行为方式组合成整体,从而给予读者一种在相互对抗力作用下的动态平衡感。当然,任何结构精妙的小说都具有这股内在张力,但维系和造成这股张力的方式则是各具蹊径。[3]
宝黛情感之塔搭建得越高,读者越是害怕临见泪尽人亡的倾覆时刻。《红楼梦》中作者所体现的"悲美"审美情趣,实际上与日本古典文学审美意识"物哀(もののあはれ)"一脉相承。

清人诸联认为:"宝玉之于黛玉,木石缘也;其与宝钗,金玉缘也。木石之与金玉,岂可同日语哉!"[4]"金玉良缘"建立在父母之命、媒妁之言的基础上,讲究德行才貌,门当户对,象征当时社会理想姻缘模式和评判标准。"木石前盟"与之相对,既无家长婚约,也无媒妁之言,两人初次见面,便似曾相识,代表着两情相悦、志趣相投、自由恋爱的全新姻缘观。两种婚恋观中,作者的情感价值取向值得考观。明清以来,张扬爱情成为当时叙事文学最鲜明的时代特征,这些文学作品不同程度地对中国传统的婚制习俗进行了反思与批判,"《红楼梦》在继承、发展明清文学中爱情故事的基础上提出的'木石前盟'姻缘,具有更鲜明的时代意义"[5]。文中宝黛情爱叙事系统以及宝玉、宝钗情爱叙事系统如双峰对峙、二水分流,作者曹雪芹似乎对两者非无偏好,并不否认宝钗端庄、沉稳、矜持、大度等美质,但显然对黛玉之美倾注

[1] 曹雪芹,高鹗. 红楼梦[M]. 长沙:岳麓书社,2004:3.

[2] 曹雪芹,高鹗. 红楼梦[M]. 长沙:岳麓书社,2004:242.

[3] 盛子潮,朱水涌. 小说的时空交错和结构的内在张力[J]. 文艺研究,1986(6):48-52.

[4] 诸联. 红楼评梦[C]// 一粟. 古典文学研究资料汇编·红楼梦卷. 北京:中华书局,1963:118.

[5] 兰拉成. "木石前盟":一种新型姻缘观[J]. 名作欣赏,2011(1):40-42.

了更多情感。黛玉与宝钗两者有仙与俗、天然与人为之别，"绛珠草"黛玉更是令人联想屈原香草美人之喻。三角恋爱的文类模型在《源氏物语》中多处出现，最为突出的是光源氏迎娶三公主时紫上的心理纠葛，及宇治十帖中浮舟与薰和匂宫之间的恋爱关系。

（三）文本整体叙事结构（主要分析前八十回）

《红楼梦》围绕一块灵石述说，也被称为《石头记》，从脂砚斋的各类点评开始，后续从事文本训诂的学者们都相当注重文本结构，多次从结构入手辨析版本谬误，匡正纲纪。例如对林黛玉年龄的质疑，是对文本结构前后文本时间逻辑关系混乱的质疑。各式各样的结构可以纳入一个总的结构框架模型当中，选择一个中心人物或事件作为起始点，将点的发展运行轨迹视为线，将线平面延伸幅域视为面，不同的面相互搭建构成各式各样的立体空间。《红楼梦》由曹雪芹、高鹗两位作者撰写，但从结构上看，瑕疵甚少，作品前八十回与后四十回咬合紧密，形成一个完整的故事。《源氏物语》在故事完整性上要弱些。胡念贻认为："《红楼梦》所表现的这样丰富的内容，是通过贾宝玉和林黛玉的恋爱悲剧把它贯穿起来的"，"《红楼梦》所写的人物和事件，大体上没有越出荣国府和宁国府那样两个大家庭"，"《红楼梦》的整个结构是写贾府由盛而衰"。[1] 以宝黛爱情故事为主线的叙事轴，缠绕着"木石之盟"与"金玉良缘"之间的抗衡，这一冲突以"木石前盟"毁灭性的悲剧色彩告终；另一条叙事轴则是贾府由盛及衰的变化过程，着力刻画了荣宁两府力求长存的努力与来自家族内外解构力量之间的冲突。石头（宝玉）的所作所为将两大情节密切勾连起来，三大情节在发展过程中齐头并进，时合时分，又各走龙蛇。作品的整体走向隐匿制衡在这三大基本情节之中，宝玉的反抗彻底失败，宝黛之爱在二宝婚前化为乌有，两大家族最后只落了个白茫茫大地真干净。作品仪态万方，在貌似行云流水漫不经心的行文中，形成严谨有序的整体结构。

如一篇之势，前引后牵，一句之力，下推上挽。后首之发龙处，即是前首之结穴处；上文之纳流处，即是下文之兴波处。东穿西透，左顾右盼，究竟支分派别，而不离乎宗，非但逐道分拆不开，亦且逐语移置不得，惟达故极神变，亦惟达故极严整也。[2]

[1] 胡念贻. 谈《红楼梦》的艺术结构 [C]// 郭豫适. 红楼梦研究文选. 上海：华东师范大学出版，1988：698-699.

[2] 金圣叹著，艾舒仁编，冉苒校. 金圣叹文集 [M]. 成都：巴蜀书社，1997：220.

　　《红楼梦》前五回以虚实相交的笔法构建了一真一幻的两个情趣世界，搭建起整部作品的框架。该框架制约了全书的叙事基调，在全书的叙事结构中担任重要叙事机能，后续文本中的故事都是围绕这一框架式叙事母体展开。首先，第一回中作者设置了一个似幻似真的神话模式，跨仙俗两境，使得整书呈现"仙境——入俗——返境"回环叙事模型，亦表达出隐含在全书中作者"万事皆空"（空—色—情—空）的价值取向观。叙事对象从石头转至甄士隐，其转换的中介是"梦"，这一转换，叙事场景亦从仙境跨入人间，虽未明示，但很容易让读者将石头—神瑛侍者—贾宝玉三者关联一处。"白日梦"与补天顽石、绛珠报恩的神话紧密相连，是对主人公命运先验经验的暗示。与第五回宝玉的春梦起到全书预言性总纲的作用，与第五回相比，第一回预言覆盖域更为广泛。梦与神话的起篇为后续故事提供了无限遐想空间，亦隐含着一种宿命的安排。第一回在全书叙事结构中的使命是叙事框架整体设置与暗示叙写主题，其宿命的暗示对整体文本的走向起着规约性作用。第一回转向第二回的过渡人物是贾雨村，第一回后半贾雨村还是个穷儒，第二回冒头却说贾雨村升了本府知府，买娇杏做二房，添强文本过渡中戏剧化色彩。旋即，又惹龙颜大怒，被革职。此后，雨村云游四方，盘缠用尽之时，谋一西宾之职，执教怯弱多病女生一人——林黛玉。进而，引出性情相投合酒友冷子兴，冷子兴作为旁观者将《红楼梦》故事总体人物关系与主要人物家世背景做一一介绍。关于第二回，甲戌本中交代：

　　通灵宝玉于士隐梦中一出，今又于子兴口中一出，阅者已洞然矣。然后于黛玉、宝钗二人目中，极精极细一描，则是文章锁合处。盖不肯一笔直下，有若放闸之水，燃信之爆，使其精华一泄而无余也。究竟此玉原应出自钗、黛目中，方有照应；今预从子兴口中说出，实虽写而却未写。观其后文可知。此一回则是虚敲傍击之文，笔则是反逆隐曲之笔。[1]

　　《红楼梦》前五回中第一回、第二回是总纲，第三回是过渡文本，叙述者由冷子兴过渡为林黛玉，林黛玉赴贾府及进贾府的见闻构成第三回全部的叙事内容，叙述由远及近，由虚及实，以黛玉为中心，贾府的人物纷纷登场。第三回又是一种双向的叙述，贾府芸芸众生在黛玉敏感多愁的心镜中尤显繁杂，黛玉的容貌与性格在

---

　　[1]　曹雪芹著，脂砚斋评，邓遂夫校.脂砚斋重评石头记甲戌校本[M].北京：作家出版社，2010：100.

众人眼中得以多角度体现。男主人贾宝玉出场使第三回达到情节高潮。第二回是插叙，其目的是为了引入下凡的绛珠草——黛玉，体弱多病、多愁善感黛玉的出现回应了第一回在警幻仙子案前挂号的绛珠仙子，并拉开"木石前盟"的帷幕。第四回叙述聚焦贾雨村，承接第二回，通过贾雨村断案引出"护官符"及薛蟠，薛蟠又连带出薛宝钗。综言之，第一回叙写贾宝玉和林黛玉原型——神瑛侍者和绛珠仙子，第二回通过贾雨村引入下凡的绛珠仙子——林黛玉，第三回黛玉进贾府，神瑛和绛珠凡间相识，第四回通过贾雨村断案引出薛宝钗，一曲二玉、二宝的情感纠葛即将拉开帷幕，"花开两朵，各表一枝"。第四回"葫芦僧乱断葫芦案"更是对当时时代背景与社会结构的全面政治诠释，使得整个叙事背景向整个社会延伸。第一回人神同篇，尤显虚幻；第二回、第三回交代宝玉、黛玉的身世，颇具日本"私小说"特色，第四回将主人公生存的社会大背景交代一番，并补述前些回没提到的贾府的布局。第五回叙事聚焦贾宝玉，尤其是宝玉梦游太虚幻境中的金陵十二曲，通过双关、谐音、藏字等多种叙事技艺，给出金陵十二钗宿世的安排，在全篇起到预言性总纲的作用。综前五回所述，第一回是整体性预叙，力图建立一个"空—色—空"的终极框架叙事模型，或言"无中生有，由有变无"，或言一切缘于虚幻，一切归于虚幻。全篇的故事缘于一场梦境，又以人去楼空、人尽境无为终结，第一回作者之"通灵梦幻"与第五回主人公宝玉之"太虚梦幻"形成呼应。前五回形成一组严密的套合关系，在两梦之间有追述、补述、插述，后一回承接前一回，前一回不断为后续文本埋下伏笔，例如：仙境生石，石变玉，玉归石；石上撰有故事，石头通灵，可历仙凡两境；故事终为虚幻，空梦一场，归身于石。进一步以梦境为例剖析：首先"作者之梦"引出一僧一道与一石；继而，石头上撰有"石头记"引出甄士隐之梦，士隐之梦引出神瑛侍卫和绛珠仙子间的返恩情事；进而，两仙以宝玉、黛玉之凡体肉身呈现世间。故事亦由第一回的神话小说逐步转化为充满俗世味道的私小说，第二回、第三回、第四回，主要人物宝玉、黛玉、宝钗逐个登场，第五回叙事的大舞台正式在贾府拉开。充满"仙"、"灵"俊秀之气的第一回与充满世俗"交易"、"糊涂"的第四回形成鲜明对仗，第四回亦给整体文本的叙事语境定下基调。第五回"宝玉之梦"形形色色，最终虚幻一场，叙事风格与撰文本旨却是回应了第一回。同时，第四回和第五回是三大基本情节的开端。

　　从第六回开始至第十八回是第一个情节单元，以家族命运为主，宝玉情爱生活为辅线，贾瑞、秦氏姐弟连续三个年轻人的夭折，埋伏下贾府之败的不祥兆兴。秦氏之死是本单元的第一个情节高峰，既揭示了贾府之败的缘由，又预示了贾府之败的结局，同时又成为这个情节单元的最高峰。元春省亲的预演和元春省亲是这个钟鸣鼎食之家全盛时期的标志，然而物极必反，这也是贾府由盛而衰的分水岭。这一单元中还集中笔墨描写了生于末世运偏消的凤姐的不凡，与她害死贾瑞的狠毒，展示了她性格的多个层面。而贾宝玉的初试云雨、初会宝钗和结识秦钟，则是对他的女儿情结多方位的具体展示。第十九回到第三十六回是第二个情节单元。宝玉的一味任性的敌意反抗意志和喜好女儿情结与以贾政为首的家族压迫之间的冲突上升为首要情节。主要描写宝玉与黛玉的爱情萌芽和两人之后的发展，描写宝玉与宝钗的纠结，还描写因泛爱而产生的琪官、金钏风波。风波直接导致宝玉被父亲痛殴，成为这个情节单元中的最大波澜。这个家族中，既有贾琏私通仆妇的丑态，也有赵姨娘勾结马道婆用魇魅之术使合宅不宁的闹剧，还有薛蟠附庸风雅的吟咏。而琪官和金钏风波，更使家族的颓势火上添油。第三十七回至第五十六回是第三个情节单元，曹雪芹着重以宝玉在大观园中的穿梭，将居住其中女儿们各自的活动串联起来，展现大观园内的女儿世界以及这个世界与外界的关联。从贵族小姐到丫头使女几乎全部登场，作者描写了她们的才情、她们的能干、她们的善良和她们的无奈。宝玉与黛玉的爱情也进入了平稳发展阶段。贾府的败象也在发展，贾琏与仆妇私通，造成对方死亡。贾赦逼鸳鸯就范，在家里掀起轩然大波。薛蟠因调戏柳湘莲被暴打，赵姨娘与亲生女儿探春明争暗斗。第五十三回的乌进孝交租是这个贵族家庭坐吃山空窘境的首次暴露。随后宁国府除夕祭宗祠，虽然还够气派，却远没有秦可卿出殡和元春省亲的那种气魄了。第五十七回到第七十八回是第四个情节单元，也是前八十回的情节高潮。作品中的三大情节在这个单元中扭结得更加紧密，贾府的祸事和不祥纷至沓来，走向败落成为这个情节单元最显著的迹象。贾府内的各种勾心斗角已经趋于白热化，出现了两件最为糟糕的事情，一是贾琏在国丧家丧期间，偷娶了已有人家的尤二姐，尤二姐被嫉妒成性的凤姐害死，这成为贾府被抄的一大罪名；另一件则是抄检大观园。

二、《源氏物语》叙事结构

"人类也通过自己的选择来确定（文本中）哪个可能世界能够得到现实化。"[1]文本阅读的过程中，读者依凭自己的先验经验来确定文本世界的现实化。阿部好臣认为：在作品阅读过程中，作者的精神和状况，不知不觉被偷换……（因为读者）没有在之前很好地理解主题。（作品への読みが、作者の精神や状況にいつのまにかすりかえられている……その先に主題がみえてこない。[2]）文学作品的主题是由作者和读者双方经营而成的结果，不能单一从作者论或读者论对此进行评判，文学作品不能缺乏读者更不能缺乏作者，文学作品的存在基于两者间的存在契约。日本"源学"研究很长一段时间聚焦于主题和人物，主题的表达依求小说的表达形式，近年日本"源学"研究遂向构造论转向，对小说文脉的表现方式加以关注。

中国有经验的画家在作画之初先要确定几大板块，再整块打碎，穿插入细小的与其他板块呼应的东西，妥当调节好板块之间的纵横、开合、回抱、勾托、映带诸问题，即处理好各要素之间的互文关系。《源氏物语》全篇五十四回，整体可以分为三大部分，第一回至第三十三回讲叙光源氏的身世背景及大半生的盛衰荣辱，第三十三回至第四十一回讲叙光源氏晚年的生活境遇，第四十二回至第五十四回围绕光源氏儿子薰大将的爱情生活。这一分段法是以主人公光源氏为切入点，结构分析还可以从其他若干个切入点着手，例如对分别嵌入以上三大部分的四个主要叙事构想系统进行剖析。①冷泉帝构想系统，整个构想系统围绕遵守桐壶院的遗言展开，这一构想系统使得第一回中高丽相士的预言成谶，该构想系统论叙的主题是"关于皇位伦理"。②明石姬的构想系统，围绕明石姬立后和夕雾的晋升展开，是以光源氏为基盘的"源家"创家史。通过这一构想系统，作者讲叙了生活在日本平安时期宫廷贵族社会芸芸众生的人生奋斗目标和处世哲学，该构想系统论叙的主题是"探讨日本古典宫廷社会中，人的生存法则"。③女三宫构想系统，将朱雀院与光源氏置于帝王的位置，对两者的生存之道及品行进行比较，力求其表述能获得读者对光源氏人生及品行总括性的认识。光源氏追求内在层面的精神生活，内心深处特别宽容。该系统论叙的主题是"人格与本性"。④紫上构想系统，该叙事系统讲叙光源氏与紫上对真爱的追寻，承接桐壶帝与更衣的爱情佳话。对真爱的追寻最终落脚于各自

[1]　张新军.可能世界叙事学的理论模型 [J].国外文学，2010（2）：3-10.

[2]　阿部好臣.主题 [C]// 秋山虔编.源氏物語必携Ⅱ.東京：学燈社，1986：28-33.

的"自我认识",该叙事系统的主题是"追寻真爱的过程即自我认识与自我改造过程"。以上四个叙事系统都与光源氏的一生密切相连,光源氏的一生可分为幼儿与少年期,及元服后的青年期、壮年期、老年期。幼儿与少年期是光源氏的皇子时代;青年期的前期是中将时代,后期是大将时代;壮年期前期是内大臣时代,后期是太政大臣时代;老年期是准太上皇时代。各个时代对应主人公光源氏不同的年龄生理特征,又,冷泉帝构想系统对应光源氏的青年时期,明石姬构想系统对应光源氏的壮年期,女三宫构想系统对应光源氏老年期,紫上构想系统贯穿光源氏人生的各个特殊时期。四个系统深嵌在光源氏一生的叙事长河中,不能决然分开,任何一种横向、纵向的分割都是对文本的武断破坏。各个系统亦不能完全独立,它们之间相互依赖,在相互依赖间构建对读者的影响力。池田龟监认为:"《源氏物语》是部长篇小说,从任何角度对其进行研究都必须依循其长篇小说的建构特征。"[1] 短篇小说与长篇小说的构成大相径庭,短篇小说主要以摄取生活横截面的叙事方式和部分暗示整体的叙述结构来把握生活,长篇小说以表现时代的广阔画面、立体动态地展示复杂人物性格为己任,具有空间结构的广延性和时序结构的连续性。

长篇小说有庞大的叙事构架,有建构起叙事大楼的主梁与辅梁,部分与部分之间有"纵横、开合、回抱、勾托、映带",等等。长篇小说成文之前,勾画过程当中,基本完成之后,作者都必须对贯穿文本的各个构架各个部分反复琢磨、修缮、核实,打牢整个文本的构架,才能使得上百万字的作品整体上条分缕析,前后逻辑连贯。作者在执笔期间对构架部分与部分之间所需基质进行填充,使得作品整体丰盈,再对肌质进行数度修改,让其富有光泽,最终成文。通过对以上四个构想系统的分析,可窥透作者遴选的叙事主旨——精神生活是人类生活的本质。日本平安中期社会稳定,物质富裕,皇位世袭,物质生活的富裕并不能改变实际生活中,人的情感失意与零落。《源氏物语》描绘的是千余年前日本平安时期的贵族生活,画面离当下很遥远,但在当下的日常生活中仍不时映画着那个时代的叠影,这一点又如同《源氏物语》的构架系统,抽去肌质与修饰,各个世代的人物与事件都可还原为不同种类的同一母题。

(一)冷泉帝构想系统

冷泉帝是桐壶帝的第十位皇子,《源氏物语》中继桐壶帝、朱雀院后登基的第

---

[1]　池田龟监. 新源氏物语 [M]. 東京:至文堂,1954:18.

三位皇帝。该人物在"红叶贺"卷（第七回）登场，"桥姬"卷（第四十五回）退场，以皇帝的身份出现在"航标"卷（第十四回）至"新菜续"卷（第三十四回）长达十八年的叙事中，与光源氏一生当中最为荣耀的十八年时光重叠。冷泉院十一岁即位，事实上是光源氏与继母藤壶中宫的私生子。冷泉帝对其亲生父亲光源氏极尽孝心，光源氏四十岁时被冷泉帝赐予其准太上皇之席位，权高位重。冷泉帝的构想系统始于高丽相士的预言，相士通过观相预言光源氏以后可能是天皇的父亲。继母藤壶出现后，光源氏恋其美貌，与其偷情，藤壶怀孕生下冷泉帝。冷泉帝最初是出现在"红叶贺"卷（第七回），"过了二月初十之后，平安地产下了一男孩"[1]。该男孩即为冷泉帝。冷泉帝表面是桐壶帝和藤壶的儿子，是皇子，从血缘生理特征判断却是光源氏与藤壶的儿子。冷泉帝出生之前，文本有两处相关描叙，"紫儿"卷（第五回）首次描写了光源氏与继母藤壶幽会的事情：

> 却说那藤壶妃子身患小恙，暂时出宫，回三条娘家休养……（源氏）颇想趁此良机，与藤壶妃子相会……此次幽会真同做梦一般，心中好生凄楚！藤壶妃子回想以前那桩伤心之事，觉得抱恨终天，早已决心誓不再犯；岂料如今又遭此厄，思想起来，好不愁闷！[2]

从以上引文中"藤壶妃子回想以前那桩伤心之事"可以判断二人之间早有耳鬓厮磨，顺着这条叙事线索往前回溯，之前提到"藤壶妃子"有二十处（正文十六处，注解四处）。有一处所言蹊跷，第二回"帚木"卷，源氏为"避方位"去了纪伊守家，听到纪伊守的侍女们闲聊时的话，源氏想："她们在这种谈话的场合，说不定会把我和藤壶妃子的事情泄漏出来，教我自己听到了，如何是好呢？"[3]源氏怕被泄露出来的是什么事呢？是怕被别人说与继母太过接近？还是暗示源氏与藤壶早已有过一夜姻缘？"帚木"卷写的是源氏十六岁夏天的事，"紫儿"卷写的是源氏十八岁暮春至初冬的事，从时序上看，如果上面偷情的假设成立，就说明约两年前听到"纪伊守的侍女们闲聊"时，光源氏十六岁时就与藤壶有过私通之事。沿着冷泉帝的构想系统再往后走至某日：

---

[1] 紫式部. 源氏物语 [M]. 丰子恺译. 北京：人民文学出版社，1980：135.

[2] 紫式部. 源氏物语 [M]. 丰子恺译. 北京：人民文学出版社，1980：94.

[3] 紫式部. 源氏物语 [M]. 丰子恺译. 北京：人民文学出版社，1980：36.

　　源氏中将照例到藤壶院参与管弦表演。皇上抱了小皇子出来听赏。他对源氏中将说："我有许多儿子，只有你一人，从小就和我朝夕相见，就像这个孩子一样。因此我看见他便联想你幼小的时候，他实在很像你呢。难道孩子们幼小时都是这样的么？"[1]

源氏听毕，面无血色，内心百感交集，几乎要落下泪来。藤壶在垂帘内听到这番话，也痛心泣血，全身冒出冷汗。此后，寒来暑往，暑往寒来，光源氏二十四岁那年，上皇桐壶院驾崩。桐壶帝临死前，也许他心里明了，但文本没明示。出于他的仁慈，他不仅带走了这个"秘密"，还向光源氏同父异母的儿子朱雀帝千叮咛万嘱咐，要他务必关照源氏公子与小皇子东宫。桐壶帝的遗言在冷泉帝的构想系统中担任着重要的叙事机能，桐壶帝辞世后冷泉帝构想系统围绕遗言展开。朱雀帝根据父亲桐壶帝的遗言，悉心照料东宫并考虑重用光源氏。光源氏根据父亲藤壶帝的遗言加深了对住吉神的信赖，邂逅同样信赖住吉神的明石道人，源氏移居明石，与明石姬结婚。光源氏赴须磨一年之后，桐壶帝亡灵显灵，示意其离开须磨。此时，京城中朱雀帝眼疾，祖父太政大臣去世，母后重病，朱雀帝决定召回光源氏，让位东宫。先帝亡灵出现之后，事件接二连三出现转机，光源氏朝廷复官，东宫即位，光源氏成为事实上天皇的父亲。第十四回（"航标"卷）中，冷泉帝构想系统与明石姬构想系统交汇。"航标"卷，朱雀帝决心让位，"到了是月二十过后，让位的消息突然发表，皇太后吃了一惊"[2]。继位后的冷泉院如同其父光源氏般光炫夺目，"举止端详，容貌清丽，酷肖源氏大纳言，竟像一个模子里印出来的。这一对人物互相照映，光彩焕发，世人盛传，以为美谈"[3]。与此同时，明石姬"已于三月十六日分娩，产一女婴，大小平安。源氏公子初次生女，觉得甚可珍爱"[4]。数年后，明石姬的女儿小女公子当上皇后，印证之前算命先生的断言："当生子女三人，其中必兼有天子与皇后……源氏公子必然身登高位，统治天下。"[5]接下来，第十七回（"赛画"卷）中，六条妃子的女儿前斋宫[6]入宫为冷泉帝女御。第十九回（"薄云"卷）中，冷泉帝的母亲藤壶母后去世（三十七岁），

[1] 紫式部.源氏物语[M].丰子恺译.北京：人民文学出版社，1980：136.

[2] 紫式部.源氏物语[M].丰子恺译.北京：人民文学出版社，1980：269.

[3] 紫式部.源氏物语[M].丰子恺译.北京：人民文学出版社，1980：269.

[4] 紫式部.源氏物语[M].丰子恺译.北京：人民文学出版社，1980：269.

[5] 紫式部.源氏物语[M].丰子恺译.北京：人民文学出版社，1980：270.

[6] 前斋宫、梅壶女御、秋好中宫、秋好皇后指同一人。

冷泉帝（十四岁）从一僧都处得知自己身世的秘奏，痛苦万分，欲让位予父亲光源氏，受到已晋升为太政大臣的光源氏的极力反对。冷泉帝得知自己身世后对光源氏极尽孝心。第三十四回（"新菜"卷）光源氏四十大寿时，冷泉帝赐其准太上皇，第三十四回（"新菜续"卷）中，冷泉帝让位，让位后居住于历代上皇的御所"冷泉院"（因而书中将其称为冷泉院）。冷泉帝的一生如同父亲光源氏一般，感情丰富。宠爱秋好中宫，对光源氏的养女玉鬘苦苦追求，玉鬘成为髭黑的妻子后深为惋惜。第四十二回（"匂皇子"卷）中，根据光源氏遁世前的嘱咐，与秋好中宫共同照顾光源氏名义上的儿子——薰，一直误以为薰是自己同父异母的兄弟。第四十四回（"竹河"卷）中，冷泉帝让位于今上皇，娶玉鬘的女儿为妃，倍加宠爱。

在冷泉帝的构想系统中，光源氏与继母藤壶的爱情故事是一处叙事焦点。桐壶帝死后，隐居于三条私邸的藤壶失去保护，为了保全小太子在朝廷内的地位，必须抓住源氏公子这个"后援人"，"皇太子别无后援人，万事全赖源氏大将照拂"[1]。又害怕源氏公子误解了她的意思，为了阻止源氏的胆大妄为，保全源氏的平安和太子顺利即位，藤壶落发遁入空门，伴着青灯度日。出家修行的藤壶于三十七岁那年得了重病，美丽的藤壶终于走完了她忧郁、痛苦的一生。临终前只与源氏隔着幕帷对话，托付源氏辅佐新帝（冷泉帝）事宜。源氏想起她以前的美貌和种种情事，心如刀割，其痛苦无以名状。藤壶去世后，源氏看着二条院庭中的樱花，吟出"山樱若是多情种，今岁应开墨色花"[2]之句，以表他的悼念之情。他心中悲伤，又恐惹人耻笑，多日闭门不出，日日背人偷泣。就此，这位集高贵与遗憾于一身的藤壶皇后与世长辞，一枝高居于枝头的美丽无比的"藤花"凄然凋谢，然而这个充满日本文学"物哀"情调的传奇爱情故事却成了长篇小说《源氏物语》中的绝美篇章。这一篇章的奏响是"冷泉帝构想系统"叙事篇章中律动的一部分，它们之间的关系正如藤壶与其子冷泉帝的关系互为影响、补充、交织，并承接。

（二）明石姬构想系统

明石姬构想系统与紫上构想系统是一条叙事复线，源起于第五回（"紫儿"卷），"紫儿"卷中，光源氏十八岁暮春至北山养病，攀登后山，向京城方向眺望，"但见云霞弥漫，一望无际；万木葱茏，如烟如雾。他（光源氏）说：'真像一幅图画呢。

---

[1] 紫式部 . 源氏物语 [M]. 丰子恺译 . 北京：人民文学出版社，1980：194.

[2] 紫式部 . 源氏物语 [M]. 丰子恺译 . 北京：人民文学出版社，1980：729.

住在这里的人，定然心旷神怡，无忧无虑的了。' "[1] 有一个名叫良清的随从听了告诉源氏：

> "京城附近播磨国地方有个明石浦，风景极好。那地方并无何等深幽之趣，只是眺望海面，气象奇特，与别处迥不相同，真是海阔天空啊！这地方的前国守现在已入佛门，他家有个女儿，非常宝爱。那邸宅实是宏状之极！这个人原是大臣的后裔，出身高贵，应当可以发迹……"[2]

明石浦的明石道人原为担任京中近卫中将之职，后弃职来到京城附近的播磨国担任国守，靠国守的威风储存大笔财富后，削法为僧遁入空门了。之后前来播磨国赴任的每一任国守都特别看重明石姬君，郑重地向其父求婚。国守每每不允，时常提起自己的遗言：

> "我身一事无成，从此沉沦了。所希望者，只此一个女儿，但愿她将来发迹。万一此志不遂，我身先死了，而她盼不到发迹的机缘，还不如投身入海吧。"[3]

光源氏听罢，产生了兴趣，问道："那么那个女儿怎么样？（さて、その女は）"不久，光源氏与明石道人结缘。

光源氏由于无法与暗恋的藤壶中宫相会，心中苦闷而与朱雀帝宠妃胧月夜私通。情事败露后，弘徽殿太后大怒，源氏辞官自行流放到明石（日本海岸名）休养，邂逅明石道人。明石道人认为这是天赐良机，趁着狂风暴雨的天气把光源氏"搭救"回府，尊为上宾，好生供奉。并早晚反复在源氏面前念叨女儿的种种好处，以期引起源氏的注意。光源氏果真成为明石道人的女婿，但光源氏并未向外界透露此事。光源氏与明石姬结婚不久，根据朱雀帝的旨意光源氏被召回京城，恢复官位。之后，朱雀帝生病让位，弘徽殿太后病逝，此时明石姬生下一女。为了让小女公子得以更好的养育，光源氏在宫中为小女公子选择乳母，该结构从此处开始显示出比冷泉帝构想系统更为重要的叙事机能。第十七回（"赛画"卷）中，明石姬构想系统与冷泉帝构想系统再次交汇，赛画活动圆满完成后，光源氏深谋远虑："等冷泉帝年事

---

[1] 紫式部 . 源氏物语 [M]. 丰子恺译 . 北京：人民文学出版社，1980：81.

[2] 紫式部 . 源氏物语 [M]. 丰子恺译 . 北京：人民文学出版社，1980：81.

[3] 紫式部 . 源氏物语 [M]. 丰子恺译 . 北京：人民文学出版社，1980：82.

稍长之后，自己定当撒手遁入空门。"[1] 便在郊外嵯峨山乡看定地区，建造佛堂。第十八回（"松风"卷）中，光源氏拟接明石姬入住二条院，明石姬担心自己乡下姑娘出身微贱不肯入京，其父明石道人想起已故祖父在"京郊嵯峨地方大堰河附近有一所宫邸"[2]，让人修缮予明石姬居住，该宅邸正好与光源氏所修建佛堂相邻。第十八回（"松风"卷）、第十九回（"薄云"卷）是该构想系统前半的重要组成部分，光源氏将明石母女两人接回京城，置于大堰河明石旧邸中供养。明石姬的父亲原为地方受领官，此时既无地位又无官职，还已出家。明石姬微不足道的出身，直接影响摄关政治中小女公子日后的出息。为了提升家世背景，小女公子作为紫上养女被迎接进二条院。文本的设计中为何要将明石姬的女儿交紫上抚养，表面上是为小女公子日后成为皇后辅平道路，实际上，从文本叙事的角度来看是让明石姬构想系统与紫上构想系统衔接得更为紧密。紫儿在《源氏物语》文本中的重要性众所周知，明石姬与紫上年龄相当，在文本叙事中早于紫儿出场，最为令人关注的是明石姬生下了光源氏的血脉——小女公子，小女公子日后当上皇后，生下皇子。明石姬的构想系统实现了源氏家族的复兴，光源氏的母亲虽受帝皇宠爱，但出身低下，地位卑微。明石道人一直郁郁不得志，将自己强大的政治抱负寄托在女儿明石姬身上，明石姬担任了家业复兴的重任。明石姬与光源氏两人的婚姻基础与前后出现的女子均不同，光源氏与六条御所、夕颜、紫上、陇月夜的结合是基于感情基础，与葵上和女三宫的结合是基于社会政治压力，与明石姬的结合则是光源氏、明石道人、明石姬三人理性思考的结果，充满现实利害关系。明石姬构想系统完结于第三十四回（新菜续）中的住吉参拜，明石姬华丽的一生在此处落幕。

冷泉帝构想系统是基于对天皇皇位的思考，明石姬构想系统则是基于一般公卿的感情生活。日本平安时期，天皇的位置是皇族出生的人人生最高理想，因为缺乏与皇族的血亲关系，为了掌握政权，皇族以外的公卿最为渴望的是家中闺女长大后成为皇后。皇后生出皇子，最后得以摄关，其目的还是皇位。冷泉帝构想系统阐述光源氏的亲生儿子怎样当上皇帝，明石姬构想系统则是阐叙光源氏的女儿怎样当上皇后。正是印证了第十四回（航标）算命先生对光源氏的断言："当生子女三人，

[1] 紫式部. 源氏物语 [M]. 丰子恺译. 北京：人民文学出版社，1980：315.

[2] 紫式部. 源氏物语 [M]. 丰子恺译. 北京：人民文学出版社，1980：316.

其中必兼有天子与皇后。最低者太政大臣，亦位极人臣。"[1]两条叙事线的始作俑者都不是光源氏本人，冷泉帝构想系统的推进者是桐壶帝，明石姬构想系统的推进者则是明石道人。第十四回（航标）冷泉帝构想系统叙事力度减弱，明石姬构想系统叙事力度加强，第三十三回（藤花末叶）明石姬构想系统叙事力度渐弱，女三宫构想系统叙事力度渐强，这之间是承接、渐变的关系。

（三）女三宫构想系统

女三宫构想系统将光源氏和朱雀院进行对比，使得两人的人格和个性得以彰显。朱雀院是光源氏同父异母的哥哥，朱雀帝退位后，执意要把小女儿女三宫嫁给光源氏，源氏年逾四十，女三宫只有十三四岁。朱雀帝这种做法完全出于源氏权势赫赫这一考虑。女三宫嫁源氏后，内大臣（原头中将之子）柏木买通侍女，和女三宫发生关系，生下一子——薰。被源氏发觉，柏木忧惧交集，郁郁而死。女三宫也痛苦万分，落发为尼。女三宫降嫁一事往前可以回溯到"桐壶"卷，"桐壶"卷确立第一皇子朱雀院和第二皇子光源氏的地位。日后，成为皇帝的朱雀院在自己隐退之时将爱女女三宫托付给同父异母的兄弟光源氏，表明皇权权势关系的退让与过渡，《源氏物语》的展示紧紧围绕日本平安时期皇室贵族的宫廷爱情故事，随着宫廷权力重心的转移，故事中人物的聚焦不断变换。女三宫降嫁体现出朱雀院对光源氏绝对信赖，也显现光源氏的权势即将登上顶峰。然而，光源氏爱情生活未能与最高权势的获得如影随形，光源氏将女三宫迎回六条院，给予正妻待遇，受到紫上的嫉妒。爱情物语中理想的男女人物塑形由此离析，紫上的身世与光源氏极为相似，从紫上身上光源氏可见自己的雏形，对紫上的背弃意味着对自己理想的人物塑形的自我背离。作者用浪漫笔致描写了情爱故事中的一对理想男女，浪漫的情感不敌皇室的血缘，光源氏母亲身份低下，作为第二皇子光源氏排在第一皇子朱雀院之后，虽说成年后光源氏因其自身的美质超过朱雀院，掌握了比天皇更大的权势，但有实无名。光源氏娶朱雀院三公主为妻意味着光源氏离王权、王室血缘圣洁性更进了一步，也暗示他在权利之路上剥离了兄长朱雀院的羁绊，开始对王权进一步征服，光源氏没有理由不善待女三宫。对女三宫的否定即是对王权的否定，对紫上的否定即是对理想爱情的否定，权利是一切的基础，由而话题从"女三宫降嫁"事件开始由浪漫转入现实。理想与现实的搏杀充满混乱，得不到完整爱情的两位女性开始"脱线"，满怀妒忌之心的紫上意

---

[1] 紫式部.源氏物语[M].丰子恺译.北京：人民文学出版社，1980：270.

欲离开六条院为尼，得不到注视的女三宫开始偷情。降嫁皇女的母亲一般为身份低下的更衣，女三宫比女二宫更加受到朱雀帝的爱怜，缘其母亲藤壶女御低下的身份地位。藤壶女御原为皇女，但先帝早崩，失去了有力的保护人，加之其母身份不高，只是个寻常的更衣，因此，在宫中很不得志。"朱雀院心中很可怜她，但不久他自己也就让位，无法照拂，徒唤无奈。因此，藤壶女御抱恨在心，郁悒而死。她所生的三公主，最为朱雀院怜惜。"[1] 第三十四回（"新菜"卷）冒头部分讲叙的女三宫母亲藤壶更衣与第一回（"桐壶"卷）讲叙的光源氏母亲桐壶更衣在宫中所处地位和情形极为相似，"这更衣（桐壶女御）朝朝夜夜伺候皇上，别的妃子看了妒火中烧。大约是众怨积集所致吧，这更衣生起病来，心情郁结，常回娘家休养"[2]。藤壶女御与光源氏偷情生下冷泉帝，女三宫下嫁光源氏后与柏木偷情生下儿子薰，光源氏虽知实情，但认为是自己孽情所致，不做追究。暂将围绕冷泉帝的事件定为第一个话题，围绕薰的事件定为第二个话题。《源氏物语》全书共五十四回，第三十四回"新菜"卷所处位置过半，"新菜"卷继"桐壶"卷旧话重提，一方面为后续文本提供一个经典的楔子，另一方面在巨型文本中形成两个大的叙事回环。第二个话题映照第一个话题，文本的第四十一回（"云隐"卷）光源氏遁世退出舞台，即第一个话题——由桐壶帝和爱妃更衣的爱情故事引出的一段佳话到此打止，在第一个话题渐入尾声的第三十一回处导入第二个话题。新井皓士 [3] 通过数据库对《源氏物语》全书前四十一回与后十三回助词的使用情况进行分析，得出两者使用助词频率的巨大差异，由而断定后十三回为紫式部的女儿撰写。何尝不做更进一步的大胆推测，长篇著作的后部分的某些篇章由母女两人合撰而成，如生硬地断定前部由母亲所做，后部为女儿撰写，那又如何理解两部分为何衔接得如此天衣无缝？紫式部女儿所撰文本不是从第四十二回开始突兀地硬切，而是在之前很长一段时间开始就引线辅入。第三十一回是文本的一个重要的风水岭，也是物语第二部的开篇，女三宫降嫁是第一部与第二部的区分点，物语第二部六条院的世界逐步分崩离析，对光源氏的负面描写增多。冷泉帝时代过去以后，是明石姬的嫡子夕雾和养女玉鬘的丈夫髭黑形成的政治连携体制，这是日后明石姬获得荣华富贵的基盘。

[1]　紫式部.源氏物语 [M].丰子恺译.北京：人民文学出版社，1980：539.

[2]　紫式部.源氏物语 [M].丰子恺译.北京：人民文学出版社，1980：1.

[3]　新井皓士.源氏物语·宇治十帖の作者問題：一つの計量言語学的アブローチ [J].一橋論叢，1997（3）：397-413.

（四）紫上构想系统（物语的主题和构造）

紫上是光源氏最喜爱的女人，陪伴光源氏度过了生命中的大半部分时光，从第五回（"紫儿"卷）紫儿十余岁北山茅垣边登场至第四十回（"法事"卷）紫夫人四十余岁仙逝止，紫上在文本中露面的回数仅次于主人公光源氏。据说《源氏物语》作者之姓也是由此人物而来。紫上这一人物形象与《红楼梦》中的黛玉非常接近，黛玉见宝玉时六岁，紫上与黛玉在文本中都还十分年幼时就早早登场，与文本中男主人公真心相恋，并伴随男主人公贯穿文本始末，她们退场后，文本中的男主人公也接踵退场。紫上美丽端庄、贤德温厚、矜而不争、群而不党、安分随时，是日本平安男权社会中女性的完美典范，从这一角度分析，与《红楼梦》中的薛宝钗更具可比性。《源氏物语》第十九回（"薄云"卷）开始，紫式部用了相当的笔力塑造紫上的理想性，之后又用相当篇幅强调了紫上人物形象的理想性，特别是第二部"新菜"上下卷（第三十四回）塑造的人物形象与作者紫式部自身重叠。在《紫式部日记》中有这样的记载，藤原公任对紫式部说："这样说来，若紫小姐在此？（あなかしこ。このわたりに、わかむらさきやさぶらふ）"[1] 句中"わかむらさき"[2] 即指《源氏物语》中的紫上。平安时期权高一时、日本王朝文学的后台老板藤原道长如此钟情紫上这一人物平安，还将紫式部笑言为"若紫"，表明紫式部对紫上这一人物形象的成功塑造，她说出了平安贵族男性之"女性审美"的心里话。光源氏与紫上的故事始于光源氏十八岁那年的暮春时节，源氏赴北山养病，邂逅十岁左右的美少女紫上。光源氏三岁丧母以后对长相酷似母亲的继母藤壶产生依恋，继而与继母私通。紫上是藤壶的侄女，几分酷似藤壶，幼年丧母，父亲（光源氏继母藤壶的兄弟）对其十分冷淡，交由祖母老尼姑抚养，之后祖母年老仙逝，紫上更是无所依靠。潜意识中怀着对母亲思念的源氏，对同样不幸命运的紫上一见钟情，欲将紫上带回家中教养，第五回（"若紫"卷）源氏向养育紫上的尼姑请求："可否相烦向老师姑商量，将这女孩托付与我抚养？"[3] 在这之前光源氏已与左大臣的女儿葵姬结婚（第一回），与继母私通（第二回），与空蝉（第二回、第三回）、夕颜（第四回）有过情事。

---

[1] 藤原道纲母，紫式部等．王朝女性日记 [M]．林岚，郑民钦，译．石家庄：河北教育出版社，2002：317.

[2] "わかむらさき"通说为"若紫"，萩谷朴氏认为该词有"我是紫（上）'私が紫'"之意。参照：紫式部，萩谷朴．紫式部日记全注释（上卷 下卷）[M]．東京：角川书店，1971-1973.

[3] 紫式部．源氏物语 [M]．丰子恺译．北京：人民文学出版社，1980：87.

第二回"雨夜品评"后，空蝉淡入，第三回（"空蝉"卷）源氏再次潜入空蝉房中，错与他人交合，懊恼的源氏赠诗"蝉衣一袭余香在，睹物怀人亦可怜"[1]。第四回（"夕颜"卷）光源氏与夕颜野外交合，夕颜暴亡。光怪陆离的各类情事描写之后，清纯美少女紫上的登场宛若一股清风，吹走各种懊恼。很快，"若紫"卷（第五回）结篇于光源氏与紫上同寝共起的情节描写。对紫上身世背景的设定，作者进行了周密思考。藤壶是光源氏的继母，因酷似光源氏的生母，受到光源氏的热爱与猛烈追求，被喻为光源氏"永远的恋人"。紫上是藤壶的侄女，长得与藤壶尤为相似，其身世又与光源氏相似。两人都出生高贵，两人的母亲都深受父亲痛爱，都受到父亲其他妻妾的嫉妒最终都抑郁而亡，都在他们幼时去世，紫上的身上有着光源氏的叠影。紫上与光源氏恋情的描绘，是前文所叙故事的复沓，是前文所铺设线索的回应。《源氏物语》开篇讲述光源氏父母的爱情故事，将其喻作中国的唐玄宗与杨贵妃。从开篇可窥日本古典文学《源氏物语》与中国古典文学《长恨歌》的互文与互见，这一复线的对仗加深了文本的可读性，深深吸引中国读者眼球。开篇故事叙事速度很快，在《源氏物语》长达千余页的文本中，仅到第四页桐壶更衣便仙逝，这一段爱情佳话的陈叙草草结束。实际上这是整个大故事的一个引子，其叙事功能宛如《红楼梦》中的第一回至第四回。紫上与光源氏的爱情故事是源氏父母两人的复调，只是情节更为曲折，内涵更为深刻。尤为离奇曲折的故事情节在"若紫"卷的中半部分展开，光源氏正纠结于若紫之事之时，作者猛然转笔，言及光源氏与藤壶妃子的密通、藤壶的孕事。有论认为这一叙事手法让人产生唐突感，出现与本章情节内容不整合的异音。事非如此，光源氏对紫上恋情产生的基盘是对藤壶不可抑制又悖于伦理的恋慕情感，紫上是藤壶的侄女，与藤壶有血缘关系，与藤壶有同样的家族特征，紫上与藤壶在某些部分是同型的，光源氏将自己永远不可完善的恋情，移情"他者"，而此处的"他者"又与"前者"有若干的雷同。"前者"即将逝去，"他者"赋予了光源氏爱情新的生命活律，使得主人公光源氏爱情的故事无限延宕，作者的目的是讲叙不同的爱情故事，她用各种各样的技巧使得即将死亡的爱情故事一次次复活，紫上这个人物总是及时出现在即将脱线的爱情故事文本当中，是贯穿《源氏物语》故事的基轴之一。"紫儿"卷的重要性体现在紫上的造型，紫上人物形象身上交汇两条文本叙事基轴。围绕紫上人物形象有两条叙事轴：一是与藤壶皇后相关

---

[1] 紫式部.源氏物语[M].丰子恺译.北京：人民文学出版社，1980：50.

联，紫上是藤壶皇后的人物形象的复活与再造，该叙事轴中的紫上清纯、美丽、可爱；二是与明石道人的女儿明石姬的关联，紫上、明石姬围绕光源氏展开三角恋情，该叙事轴中紫上充满嫉妒之心。两条基轴平行交叉承接，形成长篇小说《源氏物语》的构想基底。"紫儿"卷中，明石姬九岁，"每一任（代く）国守"[1]都向明石姬求婚，明石姬自小招人喜爱，出身高贵，且有父亲强大后援。明石姬先于紫儿登场，在不经意中作者已将明石姬的重要性定位，之后两人均与光源氏结合，明石姬与光源氏育有一女，交由紫上抚养，最后入宫为后。明石姬与紫上年龄相当。第五回中明石姬九岁，紫儿十岁，两位渐入妙龄女性的出现隐射出光源氏的好色之心，也给后续文本留下小说主要人物个性自由发展的巨大时间与空间。第七回（"红叶贺"卷）在《源氏物语》中叙事意义深远，本卷出现三位女性人物——藤壶、紫上与老女人源内待，一件重要事情——小皇子诞生。该卷在描绘光源氏前去探访继母藤壶的前后，总要描绘若紫的清纯美貌，此处基本上将紫上与藤壶的描写融为一体。此时，源氏与藤壶的会面越来越危险与困难，对紫上的爱情愈来愈深。藤壶产子后，世间一派喜庆，光源氏数次请求王命妇安排他与藤壶见面，受到王命妇的责怪，源氏思子心切，好不容易盼到了藤壶的回信。

> 源氏公子看了答诗，独自躺着出了一会神，但觉心情郁结，无法排遣。为欲慰情，照例走到西殿去看看紫姬……但见紫姬歪着身子躺着，正像适才摘的那枝带露的抚子花，非常美丽可爱。[2]

该句篇的叙事机能不可小觑，从中国古典文学的叙事手法来看，是起承转合中的"转"，通过这一"转"，文本表现出了情节的跌宕起伏，叙事的聚焦移出前一话题进入另一话题。读者随同文本的展开时悲时喜，时觉清丽畅快，时觉阴郁焦躁。明石姬与紫上两位女性都在第五回（"紫儿"卷）登场，第十三回（"明石"卷）正式导入明石姬与光源氏的故事，第十四回（"航标"卷）、第十八回（"松风"卷）、第十九回（"薄云"卷）均围绕光源氏、紫上、明石姬的三角恋爱关系展开陈述。"明石"卷讲叙的是光源氏须磨流放事件，是光源氏生涯中的重大危机，光源氏流放须磨后与明石姬邂逅，呼应了"紫儿"卷（第五回）所埋的伏线。接下来的"航标"

---

[1] 紫式部.源氏物语[M].丰子恺译.北京：人民文学出版社，1980：82.
[2] 紫式部.源氏物语[M].丰子恺译.北京：人民文学出版社，1980：137.

卷（第十四回）中，光源氏与明石姬的女儿小女公子诞生，"松风"卷（第十八回）光源氏将明石母女迎入京城的大堰邸内，"薄云"卷（第十九回）光源氏将小女公子接至二条院由紫上代为抚养。在以上章节中紫上的人物形象的构像有了变容，紫上被塑造成一位充满嫉妒的女性，一转过去清纯的美少女形象。紫上人物形象这一前后绝然相反的造型形成小说《源氏物语》的叙事基轴。"紫儿"卷中作者有意识将明石姬置于紫姬前出场，一方面是为"须磨"卷所叙人物事件铺线，另一方面暗示在后续文本中有可能出现围绕明石姬和紫上展开的两条可以互为参照的叙事轴线。实际上，通过后续文本的展开可知围绕明石姬的叙事轴线在相当长的篇幅当中是辅助紫上构想系统形成的重要辅线之一。

"槿姬"卷（第二十回）紧接"薄云"卷（第十九回），槿姬即为朝颜，朝颜出身高贵，是式部卿亲王与五公主的女儿，作为皇女，行为端庄。当源氏与六条妃子和胧月夜爱得缠绵悱恻时，朝颜只是在一旁默默观察。面对光源氏的才情与追求她也会怦然心动，但每次听闻源氏与别的女人各种痛苦的情形，她都警告自己不可以重蹈覆辙。在如花似玉的年纪，朝颜成为斋院，去寺庙里祀奉神明了。此时她内心越发谨慎，面对源氏卷土重来的追求，依然不越雷池半步。朝颜最早出现在第四回（"夕颜"卷），朝颜与夕颜在日文中都为花名，朝颜是中文中的牵牛花，朝、夕对仗。夕颜在暗夜中静静开放，晨露初起悄然谢去。朝颜如何，且看。

这侍女（朝颜）身穿一件应时的淡紫色面子蓝里子罗裙，腰身纤小，体态轻盈。源氏公子向她回顾……觉得这真是个绝代佳人，便口占道："名花褪色终难弃，爱煞朝颜欲折难！如何是好呢？"吟罢，握住了中将的手。[1]

朝颜即槿姬，是书中唯一一位光源氏没有追求到手的女子。"槿姬"卷中朝颜再次登场，光源氏对朝颜的热情追求增添了紫上的苦恼与不安。"槿姬"卷（第二十回）的主题与"航标"卷（第十四回）、"薄云"卷（第十九回）紧密相连，置于紫上嫉妒物语的延长线上。从第三十三回（"新菜"卷）女三宫下嫁光源氏开始，紫上的个人悲剧逐步深化。第三十三回（"新菜"卷）、第三十四回（"新菜续"卷）是故事情节的重头戏，叙事文本长达九十九页，紫上的命运更是跌宕。随着文本的展开，小女公子对义母紫姬比对生母明石姬更为亲昵，"三月初十过后，明石女御

[1] 紫式部.源氏物语 [M].丰子恺译.北京：人民文学出版社，1980：58.

分娩，大小平安"[1]，紫上与明石赴住吉神社还愿，"紫夫人一方面是个风雅女子，一方面近来又当了祖母，照顾孙子，无微不至。无论何事，都办得十全其美，无可指摘，真是个世间难得的完人"[2]。另一方面，六条院来了个皇女三公主，"紫夫人即使威势盛大，也不能和她分庭抗礼"[3]。紫夫人见三公主声望日渐提高，常常想到"我身单靠源氏主君一人的宠爱，始得不落人后。将来年纪老矣，这宠爱终当衰减。不如在未到此时以前，自己发心出家吧"[4]。第三十四回（"新菜续"卷）处于情感折磨中的紫夫人又是彻夜未眠，她想：

> "这种描写种种世态的小说故事中，有浮薄男子、好色者，以及爱上了二心男子的女人，记述着他们的种种情节。但结果每个女子总是归附一个男子，生活遂得安定。只有我的境遇奇怪，一直是沉浮飘荡，不得安宁。固如源氏主君所说，我的命运比别人幸福。然而，难道叫我终身怀抱了人所难堪的忧愁苦闷而死去么？啊，太乏味了！"[5]

感情之事使得紫夫人病倒了，做了无数法事，一点也不曾见效。"新菜续"卷末，六条妃子的鬼魂出现，屡次显灵，紫夫人濒危中。第三十九回（"法事"卷）明石皇后乞假归宁看望紫夫人，紫夫人平静地死去。

《源氏物语》主要有四个叙事构想系统，各个叙事构想系统之间既存在距离，又相对自律，各有自己的审美意蕴，但每一个叙事构想系统又离不开其他结构层次，离不开结构整体，其特定的艺术效果总是与其他叙事系统的效果紧密相连。长谷川政春认为："在源氏物语陆续的写作当中，作者不断从前一主题当中孕育出下一主题，源氏物语是一部不断发展或者不断深化的作品。（源氏物語は書き継がれてゆく中で、次から次へと主題が紡ぎ出されて、発展あるいは深化している作品である。）"[6]"用今天辩证的话来说，作品主题的展开主要依靠小说中内藏的持有自我运动性的原动力。（作品の主題はこれこそ今日の言葉でいう弁証法的に自己運動性を持った展

[1] 紫式部. 源氏物语 [M]. 丰子恺译. 北京：人民文学出版社，1980：572.
[2] 紫式部. 源氏物语 [M]. 丰子恺译. 北京：人民文学出版社，1980：609.
[3] 紫式部. 源氏物语 [M]. 丰子恺译. 北京：人民文学出版社，1980：543.
[4] 紫式部. 源氏物语 [M]. 丰子恺译. 北京：人民文学出版社，1980：599.
[5] 紫式部. 源氏物语 [M]. 丰子恺译. 北京：人民文学出版社，1980：612.
[6] 長谷川政春. 主題 [C]// 秋山虔編. 源氏物語事典. 東京：学燈社，1989：182.

開の原動力を内に蔵していたと認めてよいであろう。）"[1] 渊江文也认为小说主题的展开缘其叙事原动力，"原动力"的产生既是在本节冒头部分陈述的"是因为某个陈述呼唤——甚至是一再呼唤——先于它而存在的"呼唤，也是基于文本的逻辑关系而产生的拼拉连藕的线性陈叙线路，显然在此已脱离了时间的桎梏，它由事件自身的呼唤、需求与成长诉求而致使文本充满活律，在此叙事者的叙事声音变弱，因为在此之前叙事者已赋予了文本活气。有生命的事件是不需要过多人工干预就可向前行路与成长的，正如，摆脱了我们当中任何一个个体，事件仍有它自身发展的轨迹，事件仅仅将个体纳入其前行的车辙，你影响不了事件，它有自己明确前行的目标与方向，但你可以归附于事件的车辙之间与其同欢喜共悲伤！

三、《红楼梦》与《源氏物语》叙事结构比较

（1）《红楼梦》比《源氏物语》叙事结构更为纷繁复杂，不易厘清。①线性结构划分：《红楼梦》的结构是层层套层层，大盒子里套小盒子，小盒子里还有更小的盒子，复杂的包孕结构建构在错综复杂的立体空间中，部分与部分的边界模糊不清，常有争执，难以把握。《源氏物语》的整体结构主要为不可回溯的线形结构，在线形结构划分上以主人公光源氏的年龄为切入点，可分为三个阶段，第一阶段讲叙光源氏的身世背景及大半生的盛衰荣辱，第二阶段讲叙光源氏晚年的生活境遇，第三阶段围绕光源氏儿子薰大将的爱情生活。这一分段法使得全篇结构清晰明了，易于把握。《红楼梦》也可以根据"家运"划分叙事单元，但切分方式历来多种多样，争议良多，不好辨析。《红楼梦》不可能根据主人公贾宝玉的年龄阶段清晰划分小说语义叙事群，即《红楼梦》存在时间叙事线性结构，但不能以此为依据来划分语义群。②立体结构划分：关于《红楼梦》叙事系统空间塑型，本书从"贾府兴衰叙事构想系统"、"宝黛爱情叙事构想系统"及"全篇叙事群的线形划分"三方面着手进行分析。实际上文本还可以从若干面入手，如刘姥姥三进大观园等。这些单维叙事面同步发展，互为穿插又各显特质，某些方面还融为一体不易区分。关于《源氏物语》叙事系统空间塑型，本书从"冷泉帝构想系统"、"明石姬构想系统"、"女三宫构想系统"、"紫上构想系统"四个单维面入手分析。这四个系统之间既有承接关系，又有齐头并进与穿插的关系。如"冷泉帝构想系统"叙事声音渐弱时"明

[1]　渊江文也．柏木の不審——源氏物語の方法 [J]．人文論集，1965（11）：1-18.

石姬构想系统"开始起步，"明石姬构想系统"叙事声音渐弱时"女三宫构想系统"开始起步。"紫上构想系统"则伴随以上三个叙事构想系统，时而融合，时而穿插，时而各行其道，从整体上构成既简单又明晰的叙事空间结构系统。

（2）特质结构惊人相似。①两书第一回都为主体故事情节的楔子，旨在引出他物，话入正题。在此所谓楔子即中国古典小说中一种常见的"入话方式"，在讲叙主要故事前，先叙说一个主题相似、内容相近的小故事。《红楼梦》第一回讲叙了西方灵河岸上三生石畔绛珠草与赤霞宫神瑛侍者之间的情事，由此引出之后的宝黛爱情，情跨仙俗两境。《源氏物语》第一回中叙说了光源氏父母之间类似于《长恨歌》的爱情故事，之后的若干爱情故事复沓这一话型，这一话型同时还引出光源氏离奇的身世。《源氏物语》第一回讲叙了高丽相士的预言，其叙事功能与《红楼梦》第二回中的宝玉抓物相当，之后故事主体部分都回应与验证了这一预言。两书第一回在全书中的地位至关重要，并且叙事速度都非常迅速。②两书都分本章和续章，两书都拥有两位作者。《红楼梦》共一百二十回，前八十回作者为曹雪芹，后四十回作者为高鹗。"红学"研究者更擅长聚焦前八十回的作品分析。《源氏物语》共五十四回，前四十四回的作者为紫式部，有研究认为[1]后续宇治十帖的作者是紫式部女儿贤子。"源学"研究者也更善于聚焦前四十一回的文本分析。③两部作品同为古典爱情小说，都以男主人公与一固定女子的情爱故事为主线。贾宝玉与林黛玉的爱情故事贯穿全篇，出彩之笔前后有之，如第三回宝黛初识时宝玉笑道："这个妹妹我曾见过的。"[2]呼应之前第一回绛珠仙子下凡之前说道："他是甘露之惠，我并无此水可还。他既下世为人，我也去下世为人，但把我一生所有的眼泪还他，也偿还得过他了。"[3]第二十三回，宝玉和黛玉桃花树下读西厢；第二十六回，贾政叫去宝玉后，黛玉心系宝玉，前往怡红馆探望宝玉，不给开门，伤心欲绝，翌日，两人于共读西厢处葬花；第七十八、第七十九回，宝玉做《芙蓉女儿诔》，黛玉细为修改。宝黛爱情故事动情之笔散见于文本各处。《源氏物语》中光源氏与紫上的爱情故事从第五回登场，至第三十九回退场，跨越篇幅占全书逾半，虽不及光源氏与明石姬爱情故事所跨篇幅，但故事有始有终，途中一波三折，跌宕起伏。显示出爱情故事

[1] 新井皓士. 源氏物语·宇治十帖の作者問題：一つの計量言語学的アプローチ [J]. 一橋論叢，1997（3）：397-413.

[2] 曹雪芹，高鹗. 红楼梦 [M]. 长沙：岳麓书社，2004：21.

[3] 曹雪芹，高鹗. 红楼梦 [M]. 长沙：岳麓书社，2004：3.

叙事的完整性和完美性，虽然其中有若干插笔干预这一完美性，始终有一股力量在追寻"残缺的爱"，又有一股更大的力量在不断弥补融合这一残缺，两股力量不断交合，形成富有张力的文本。宝黛的爱情故事缺乏这一特质，虽有薛宝钗、秦可卿、花袭人、蒋玉菡等作为宝黛爱情故事的衬笔，但作为爱情文学，其文本的张力要逊色许多。《源氏物语》中光源氏与紫上的爱情故事不但叙写得委婉缠绵，也衬托了其他各类离奇、绝美的爱情故事，如光源氏与空蝉、六条妃子、夕颜、末摘花、玉鬘等。从爱情文学的切入点进行分析，光源氏和紫上、贾宝玉和林黛玉的爱情故事是贯穿两部爱情文学作品的主轴。

（3）《红楼梦》是巨大复杂立体的网状结构，整部作品浑然天成，具有"总的气氛，总的调子"，部分与部分之间常常相容一处不可分割。《源氏物语》是以一个通连全篇的人物维持整部小说"总的气氛，总的调子"，有系列化和缀段性倾向。

当前小说形态上的系列化和缀段性，表面上看似呈相反方向发展，但实际上两者在结构形态上是十分相似的。无论是系列化小说还是缀段性小说，通常都是以一个通连全篇的人物（或一种统一的叙述观点）贯穿整个系列或整部小说，以可分可合、似断实联的结构方式，在一定的叙述框架的控制下，形成一个叙述整体。两者的美学追求，都力图在对世界作共时态的整体把握中，打通历史和现实的时限阻隔，将此地和彼地勾连一起，将主观和客观统一在一块，营造一个能够和充满随机性和网络化的大千世界相对应的小说世界。在内部结构上寻找"时序结构"之外的空间结构方式，以松动和舒放的小说结构接近生活的原生形态，用横面上相对独立和完整的众多的"点"来表现时代生活和精神的"面"。[1]

《源氏物语》中有若干个可以独立成文的章回，这些章回都具有短篇小说的特征，短篇小说的人物不能与长篇小说媲美，"系列短篇"则克服了这种局限，达到了对人物性格的整体塑造。借助系列结构，作者笔下的人物跨越了不同的时空。《红楼梦》更多地表现出长篇小说情节连贯性和完整性的结构特征，缺乏"系列小说"特殊空间意识追求。《源氏物语》表面上看拘囿于凝合力很强的系列叙事框架和叙述背景，但从艺术形态上探究，摆脱了连贯性和完整性束缚的叙述反而更能在特色人物的特

---

[1] 盛子潮，朱水涌. 系列化和缀段性——当前小说形态上的一种双向对流 [J]. 文艺评论，1988（4）：17-24.

色活动和特色场景间驰骋，简言之，对特色叙事空间的建构具有更大的可能性。《源氏物语》是一部日本宫廷古典爱情小说，显然重在描写人间千姿百态的爱情，光源氏与十二位女性的感情故事看似描写一位贵族男性丰腴的感情生活，实则不然，作者是在试图寻找将各类爱情故事串联进行叙说的主轴，最后她使用的是光源氏的生命车辙。光源氏是通联全篇的人物，光源氏与女人们的各色情色故事是各个"特色叙事空间"。

作者的主观叙事诉求与实际叙事效果同步共振，作品才能深入人心，仅仅以时间或是主人公来贯穿全文，文本还是有诸多牵强附会处。《红楼梦》与《源氏物语》两书的作者采用多重复调手法，不仅仅用时间轴和主人公串通通篇，且用"预言性总纲"统率全篇，时间、人物与"预言性总纲"三者交集形成多维立体空间的主体构架，操控各个章节、事件，使得章节和事件联系更为紧密。另一方面，两书中"预言性总纲"对十余种类型女子的性情进行剖析，对其命运进行暗示。这一总括性的提纲采用画卷、唱词与对话的形式展开为最佳，这三者将叙述对象平行地铺展开来，各类事件互不缠绕，又都集中统一在一段画卷、唱词与对白当中。《红楼梦》"梦游太虚幻境"中画卷的旁白诗及十二曲本身就是以韵文的形式呈现，在散韵结合上两书同样完美，都以散文为主体，以韵文为过渡与装饰。使用散文性质的叙事笔触上，《源氏物语》更显优美；在叙事风格上，《红楼梦》则更擅长卖关子、吊口味。

第二节　叙事空间比较

叙事空间比较研究分为拟实空间比较研究与虚拟空间比较研究两部分，以"文类模型"研究为切入视角。"文类模型"即文学母题，"文类模型"可投射文本中的语义域，对构成不同语义域的客体、状态、事件的各种存在方式进行描述与分类。世界是同构的，"多重世界阐释（many-worlds interpretation）摒弃波函数的坍缩思想，宣称量子事件引起现实的分裂，宇宙像树枝一样分岔出多个平行世界，存在于各自的历史时空或时间轴线之中"[1]。世间万事万物都具有同源性，往下细分，又隶属不同的族类种群，文学话型莫不如此。本节将客体、状态、事件相似的语义域场划分为同一"文类模型"进行分析。"文类模型"由本源域、目标域、映射域三部分构

---

[1] 张新军. 可能世界叙事学的理论模型 [J]. 国外文学，2010（2）：3-10.

成，映射域即文本特征系统。在该叙事模型当中，基于本源域的同一性，客体、状态、事件从本源域投射到目标域的过程中，极具相似性，即便这样，叙事过程中"再中心化"与"偏离规则"仍不可回避。

一、拟实空间比较

（一）"预叙式总纲"文类模型比较研究

1.《红楼梦》第五回"游幻境指迷十二钗　饮仙醪曲演红楼梦"

《红楼梦》第五回由宁、荣二府家宴写至宝玉倦怠欲睡午觉，由侄妇贾蓉之妻秦氏引其内室歇息，宝玉刚合上眼便惚惚睡去，"但见朱栏白石，绿树清溪，真是人迹罕逢，飞尘不到。宝玉在梦中欢喜，想道：'这个去处有趣，我就在这里过一生，纵然失了家也愿意的。'"[1]该去处即后续文本中描绘的大观园，第十七回宝玉随贾政入大观园，行至沁芳闸一带，"青松拂檐，玉栏绕砌"、"水如晶帘"、"粉墙环护，绿柳周垂"[2]，该处景观恰恰是"朱栏白石，绿树清溪"八个字的加详和放大。第五回"游幻境指迷十二钗　饮仙醪曲演红楼梦"正式拉开故事帷幕。对红楼十二位女子命运的描写，先是用册籍作总括，按人物的身份和地位分成上、中、下三等列入正册、副册、又副册。入正册的是黛玉、宝钗、元春、熙凤等小姐与奶奶辈分的女子，入副册的是出身官宦人家沦落为妾者，入又副册的是晴雯、袭人等丫头。簿中朦胧的画面，"诗谶"的语言，使得宝玉一头雾水，警幻仙子欲借册籍点醒宝玉，见他"痴儿竟尚未悟"又悟之以《红楼梦曲》。《红楼梦曲》中所咏叹金陵十二钗按曲目顺序对应为：薛宝钗、林黛玉、贾元春、贾探春、史湘云、妙玉、贾迎春、贾惜春、王熙凤、贾巧姐、李纨、秦可卿。警幻仙子是梦幻世界中掌管"普天下所有女子过去未来的簿册"女神，"金陵十二钗"正册、副册、又副册，及《红楼梦》十二曲预示着书中十二金钗之身世、命运及归宿，虽此后的章节条分缕析，各有侧重，但其命运结局皆不出此篇，由而该篇章在全文叙事中具有"纲领"功效，对全书的艺术结构具有指导意义。略举几例，又副册第一册：

只见这首页上画着一幅画，又非人物，也无山水，不过是水墨渲染的满纸乌云浊雾而已。后有几行字迹，写的是：

[1] 曹雪芹，高鹗.红楼梦[M].长沙：岳麓书社，2004：30.

[2] 曹雪芹，高鹗.红楼梦[M].长沙：岳麓书社，2004：110.

> 霁月难逢，彩云易散。心比天高，身为下贱。
>
> 风流灵巧招人怨。寿夭多因诽谤生，多情公子空牵念。[1]

这幅既非人物又无山水的画，着眼于一字"空"，暗示了晴雯的命运，满纸乌云浊物，更是将其命运尽数托出。晴雯十岁那年被赖大买来，被赖嬷嬷当作一件小小的玩意儿孝敬了贾母，至死不知乡籍何处，父母姓氏都无从知晓，其身价地位可想而知。晴雯一生"心比天高"却只有"身为下贱"奴婢命，"心比天高"、"风流灵巧"为晴姑娘一生致祸处。接着，宝玉又看了另一册：

> 又见后面画着一簇鲜花，一床破席，也有几句言词，写道：
>
> 枉自温柔和顺，空云似桂如兰。
>
> 堪羡优伶有福，谁知公子无缘。[2]

由鲜花、破席这些物象，不难看出此册写的正是花袭人，"枉自温柔和顺"指袭人白白地用"温柔和顺"的姿态去博得主子们的好感。"似桂如兰"，暗点其名，宝玉从宋代陆游《村居书喜》诗"花气袭人知骤暖，鹊声穿树喜新晴"中取"袭人"二字为她取名，而兰桂最香，所以举此，但"空云"二字则是对香的否定。袭人欲借着宝玉上位，怎奈是"谁知公子无缘"，描写十分精准。宝玉又拿一册来看，只见：

> 画着一株桂花，下面有一池沼，其中水涸泥干，莲枯藕败，后面书云：
>
> 根并荷花一茎香，平生遭际实堪伤。
>
> 自从两地生孤木，致使香魂返故乡。[3]

首句"根并荷花一茎香"写的是莲根荷花同长在一根茎上，一样芳香。荷花也称莲花，暗示香菱原名英莲。"自从两地生孤木"的"两地生孤木"寓一个"桂"字，点出了夏金桂的名字。最后一句"致使香魂返故乡"指的是死亡，暗示香菱被夏金桂虐待致死。回看图画乃是"水涸泥干，莲枯藕败"，充分表明香菱最终的悲惨结局。晴雯、袭人二者为宝钗、黛玉的影子，因此，接下来将林、薛两人合为一册，可谓欲尽理来。只见宝玉取出正册一看：

---

[1] 曹雪芹，高鹗. 红楼梦 [M]. 长沙：岳麓书社，2004：32.

[2] 曹雪芹，高鹗. 红楼梦 [M]. 长沙：岳麓书社，2004：32.

[3] 曹雪芹，高鹗. 红楼梦 [M]. 长沙：岳麓书社，2004：32.

头一页上便画着两株枯木，木上围着一圈玉带，又有一堆雪，雪下一股金簪。也有四句言词，道是：

可叹停机德，堪怜咏絮才。

玉带林中挂，金簪雪里埋。[1]

黛玉原为绛珠草，为还债耗尽毕生眼泪，故形容为枯木。言词中的"德""才"将林、薛二人的境遇写尽。"停机德"指战国燕国乐羊子妻停下织布机劝勉丈夫求取功名之德的故事。符合封建道德标准的女人，称为具有"停机德"，这里是赞叹宝钗。"咏絮才"指女子咏诗的才华，出自晋朝谢奕女幼年时期的故事。后世称赞能诗善文的女子为有"咏絮才"，这里喻指黛玉应怜惜。"玉带林中挂"，倒过来指"林黛玉"。好好的一条封建官僚的腰带，沦落到挂在枯木上，是黛玉才情被忽视、命运悲惨的写照。"金簪雪里埋"，是指薛宝钗如图里的金簪一般，被埋在雪里，也是不得其所，暗示薛宝钗必然遭到冷落孤寒的境遇。她虽然当上"宝二奶奶"，但好景不常，终在宝玉出家离去后，空守闺房。再看《红楼梦十二曲·终身误》一阕：

都道是金玉良缘，俺只念木石前盟。

空对着，山中高士晶莹雪；

终不忘，世外仙姝寂寞林。

叹人间，美中不足今方信。

纵然是齐眉举案，到底意难平。[2]

此曲为林黛玉、薛宝钗总作，故曲中云"空对着山中高士晶莹雪（薛宝钗）；终不忘，世外仙姝寂寞林（林黛玉）"。金玉良缘指的是贾宝玉和薛宝钗，木石前盟指的是贾宝玉和林黛玉。"都道"二字，写尽贾府上下皆促成宝钗、宝玉二人成婚之势，"俺只念木石前盟"则写出了宝玉的心之所向。宝玉生在富贵人家，是当朝皇妃的亲弟弟，但还是美中不足，纵然和大家闺秀的宝钗结婚，没有和自己喜爱的黛玉结婚，到底还是"意难平"。对二宝、二玉之间的情感纠葛做了预示。红楼梦十二曲最后一曲《飞鸟各投林》最后一句唱词"好一似食尽鸟投林，落了片白茫茫大地真干净！"[3]

[1] 曹雪芹，高鹗．红楼梦 [M]．长沙：岳麓书社，2004：32．

[2] 曹雪芹，高鹗．红楼梦 [M]．长沙：岳麓书社，2004：34．

[3] 曹雪芹，高鹗．红楼梦 [M]．长沙：岳麓书社，2004：36．

此曲暗喻家败人亡各奔东西，总写贾宝玉和金陵十二钗等的不幸结局和贾府最终"树倒猢狲散"的衰败景象。贾府"事败抄没"后，"子孙流散"，"一败涂地"，贾宝玉"弃而为僧"。《红楼梦》第一百二十回写贾政扶贾母灵柩到金陵，归途中天降大雪，遇见出家当了和尚的宝玉与他拜别，继而宝玉随着一僧一道飘然离去。贾政急忙追赶，已倏然不见，"只见白茫茫一片旷野，并无一人"[1]，这种结局与"最后一曲"所写完全吻合。

太虚幻境中无论人、物，皆有立意。太虚幻境中总司十二钗者为警幻，警幻者深警宝玉使其知眼前所见无非梦幻，且以意淫之宝玉，日与宝黛二人周旋，如何不失足于迷津。作者特拈一"情"字做主，另开一情色世界，天地之境，曰太虚幻境，及至痴情、结怨、朝啼、暮哭、春感、秋悲、薄命诸司，无不以一"情"字统摄，又天曰离恨，海曰灌愁，山曰放春，债曰眼泪。盖人生为一"情"字所缠，即涉无数幻境也。又有香名"芳香髓"，茶名"千红一窟"，酒名"万艳同杯"，谐音"群芳碎"、"千红一哭"、"万艳同悲"。宝玉梦游太虚幻境，警幻仙子授贾宝玉云雨之事，并许其妹可卿于贾宝玉，贾宝玉于梦中初试云雨。梦中，次日宝玉与可卿二人携手出去游玩，忽至一个险象环生之地，遍地金榛，狼虎同群，迎面一道黑溪阻路，并无桥梁可通。正在犹豫之间，忽见警幻后面追来，道"快休前进，作速回头要紧！……此即迷津也"[2]。迷津者，恋爱之深远也；夜叉海鬼者，恋爱之对象也。深陷柔情缱绻，软语温存，其结果何异于自陷金榛之中，行于虎狼之行？恋爱正如其余一切人生现象，无不以苦痛为其终局，而所谓如花似玉者，不过夜叉海鬼罢了。人生若过得此深渊，为圣为狂，全在自己。然而宝玉终被夜叉海鬼携至海底去，暗指其将受无边苦恼。警幻之言"快休前进，作速回头要紧！"可作"彼岸回头，亦勇矣哉"解，是为全书之传。无奈仙界难留，眼前好景俱空，人生行乐只如此，正是："一场幽梦同谁近，千古情人独我痴。"之后，宝玉被夜叉海鬼拖拉，受惊，唤"可卿"呼救，室外宝玉大丫鬟袭人等忙入内安慰，秦氏十分诧异，因其乳名正是"可卿"。《红楼梦》第五回结构细密，变换错综，寓意深远。正应证了清代话石主人所言："开场演说，笼起全部大纲，以下逐段出题，至游幻起一波，总摄全书，筋节了如指掌。"[3]

---

[1] 曹雪芹，高鹗．红楼梦 [M]．长沙：岳麓书社，2004：859．

[2] 曹雪芹，高鹗．红楼梦 [M]．长沙：岳麓书社，2004：36．

[3] 一粟．古典文学研究资料汇编·红楼梦卷 [M]．北京：中华书局，1963：12．

《源氏物语》中也有相同叙事功能的部分，请往下看。

2.《源氏物语》第二回"帚木"卷"雨夜评品（雨夜の品定め）"

「雨夜の品定め」がすくなくとも藤裏葉巻まで三十三貼の世界を読み解くカギを内在している可能性があるとみる立場、もしくは『源氏物語』第一部の総序たりうるとする立場から、「雨夜の品定め」での頭中将と光源氏それぞれの、女性に関する発言、態度に注目することで、この「品定め」の寓意性を従来より踏み込んでとらえようとする。[1]

作者译："雨夜品评"是解开"帚木"卷（第二回）至"藤花末叶"卷（第三十三回）物语世界读解之谜的钥匙，这一学术立场反映出文本叙事功能的一种潜在可能性。或将"雨夜品评"作为《源氏物语》第一部总序，其叙事手法及寓意比以往文学的叙事技艺更向前迈进一大步。"雨夜品评"中的头中将和光源氏发表各种各样关于女性的评判言论，受到学界注目。

梅雨时节的某个雨夜，异常岑寂。"雨夕灯窗之下，同消寂寞"[2]时，光源氏、头中将、左头马、藤式部丞四人在源氏居所淑景舍互诉自己风流韵事，对当朝女子优劣、品级进行品评，此时光源氏十七岁。该篇章将世间女子按其出生、品性与修养分为三五九等，文本精核、寓意深远，既映照了平安时期贵族圈层现实生活中女性婚恋的若干模式，又预示随后出现女性的性情、命运及其归属，"雨夜品评（雨夜の品定め）"在《源氏物语》文本叙事中起着"预言式总纲"的典范作用。"雨夜品评"体现出平安时代贵族男性的女性观、审美观，及《源氏物语》全书立意之根本，"《源氏物语》作者的本意是写一本评论妇人的小说……毫无疑问，雨夜品评是《源氏物语》的总评。（源氏物語の本意は実に婦人の評論にあり。……雨夜の品定が源氏一篇の総評ともいうべきは論なし。[3]）""长久以来，学者们对《源氏物语》的'雨夜品评'进行定位，有影响力的说法是：（作者紫式部）重视'雨夜品评'对之后续出言说导入的叙事动机，除此之外，'雨夜品评'的相关言论还有'女性影响论'和'全书总序论'。（従来、物語における「雨夜の品定め」の位置づけは、源氏

[1] 金小英. 頭中将と光源氏——『源氏物語』「雨夜の品定め」の寓意性 [J]. 国文学研究，2010（6）：33-44.

[2] 曹雪芹，高鹗. 红楼梦 [M]. 长沙：岳麓书社，2004：865.

[3] 岡作太郎. 国文学全史 2[M]. 東京：岩波書店，1905：88.

を中の品へ導くための動機づけの機能を重視した影響限定説と、その女性論の影響が全編に及んでいるとみる総序説におおむね分かれて議論されてきた。[1]）" 缘其叙事机能的重要，从日本江户时期开始就有一部分"源学"爱好者将"雨夜品评"单独加以注释出版。以下将"雨夜品评"叙事内容略举几例。文中，头中将首先发话：

> "有的女子，父母双全，爱如珍宝，娇养在深闺中，将来期望甚大……此种女子，容貌娇好，性情温顺……学得了一艺之长。媒人往往隐瞒了她的短处而夸张她的长处……和这女子相见，终于相处，结果很少有不教人失望的啊！"[2]

平安时期实行摄关政治，天皇幼时辅政者为"摄政"，天皇年长后，辅政者为"关白"。摄关政治制度驱使贵族家庭纷纷期盼有朝一日女儿入宫为后，生下皇子，统揽皇权。当时女子除容貌之外，还需具备较高文化素养，女子即使入宫为后，为了争宠，娘家也会任用知名才女作为女官伴其左右，例如藤原道隆之女定子任用清少纳言，藤原道长之女彰子任用紫式部。为了营造声势，后宫的妃子、女官、侍女及趋附于她们的贵族们不断在宫中举行歌会、绘会、节日庆典，后宫成为争奇斗艳的文化中心。中下层的贵族女子对上层贵族的生活充满向往，趋炎附势的中下层贵族也都注重培养自己女儿的唐诗汉文、琴棋书画。以上引文中描叙的就是典型的摄关政治下的贵族年轻女子的家庭教养。《红楼梦》中贾府因"政老爷的长女，名元春，现因贤孝才德，选入宫中作女史去了"[3]，才有大观园的兴建和元春亲弟弟宝玉的特殊人物身份。日本平安时期的贵族同样有此愿望，一心想将女儿调教成材送入宫中做皇后、皇妃，以获得特权左右政治与家族富贵。实际生活中的贵族女子由年轻女子向妻子、母亲阶段转变后，不尽人意，"结果很少有不教人失望的啊！"[4]"源氏公子并不完全赞同这番话，但觉也有符合自己意见之处。"[5]继而，头中将对上、中、下等人家的女儿进行点评：

> 有的女子出生高贵，宠爱者众，缺点多被掩饰；闻者见者，自然都相信是个绝

---

[1] 金小英. 頭中将と光源氏--『源氏物語』「雨夜の品定め」の寓意性[J]. 国文学研究，2010（6），33-44.

[2] 紫式部. 源氏物语[M]. 丰子恺译. 北京：人民文学出版社，1980：18-20.

[3] 曹雪芹，高鹗. 红楼梦[M]. 长沙：岳麓书社，2004：13.

[4] 曹雪芹，高鹗. 红楼梦 M]. 长沙：岳麓书社，2004：20.

[5] 紫式部. 源氏物语[M]. 丰子恺译. 北京：人民文学出版社，1980：20.

代佳人。其次，中等人家的女子，性情如何，有何长处，外人都看得到，容易辨别其优劣。至于下等人家的女子，不会惹人特别注意，不足道了。[1]

日本平安时期社会秩序等级森严，出身高贵的女子不易被常人接触，公众形象被粉饰；下等人家疲于奔命，为生计而忧虑，特权阶层从繁重体力劳动中脱离出来的琴棋诗画的优质生活正是寄生于这一阶层的劳动价值，下等人家的女子命运被忽略。平安时期是贵族特权阶级的理想国，贫苦人家的子女即使品性优秀也难有出头机会。对于女子等级的品定，左马头听罢后自有想法：

过去家世高贵，现在声望隆重，两全其美；然而在这环境中成长起来的女子，教养不良，相貌丑恶，全无可取。人们看见了，一定会想：怎么会养成这个样子呢？这是不足道的。反之，家世高贵、声望隆重之家，教养出来的女儿才貌双全，是当然的事。人们看见了，觉得应该如此，毫不足怪……世间还有这样的事：默默无闻、凄凉寂寞、蔓草荒烟的蓬门茅舍之中，有时埋没着秀慧可喜的女儿，使人觉得非常珍奇。

有的人家，父亲年迈肥蠢，兄长面目可憎。由此推察，这人家的女儿必不足道；岂知闺中竟有绰约娇姿，其人举止行动亦颇有风韵，虽然只是小有才艺，实在出人意外，不得不使人深感兴味。[2]

"源氏公子笑道：'照你说来，评定等级完全以贫富为标准了。'头中将也指责他：'这不像是你说的话！'"[3]左马头的话是对当朝女子等级的评判，光源氏与头中将并不同意头中将的观点，暗示此类女子不将在以光源氏为主角的文本中出现。左马头的此番言论是平安社会的写实，出生显赫家庭的女子不一定品貌双全，反之，在乡村野外不时埋没着秀惠可爱的女子。继三人对女子品级品定后，转入对"人妻"的评价，开始为紫上的出现埋伏线：

倒不如全同孩子一般驯良的女子，可由丈夫尽力教导，形成美好品质。这种女子虽然未必尽可信赖，但教养总有效果。和她对面相处之时，眼见其可爱之相，但觉有所缺陷，都属可恕；然而一旦丈夫远离，吩咐她应做之事，以及别离期间偶尔

---

[1] 紫式部.源氏物语[M].丰子恺译.北京：人民文学出版社，1980：20.

[2] 紫式部.源氏物语[M].丰子恺译.北京：人民文学出版社，1980：21.

[3] 紫式部.源氏物语[M].丰子恺译.北京：人民文学出版社，1980：21.

发生之事，不论玩乐还是正事，这女子处理之时总不能自出心裁，不能周到妥帖，实甚遗憾。[1]

诸多评论文章将左马头的此番评价列为紫上出现的前奏。《红楼梦》第五回"梦游太虚幻境"着实是对十二位女子命运的预示，且存在一一对应的清晰前后映射关系，对整部小说的主要女性人物象起到辐射作用，有预叙式总纲之机能，《源氏物语》第二回的"雨夜品评"该叙事功能要弱些。例如以上引文前半是对紫上人物形象的写照，光源氏十八岁那年暮春之时赴北山养病，邂逅十岁的小女孩紫上，甚为喜爱，带回家中按自己心中理想女性人物象精心调教，紫上十四岁那年与其成为事实上的夫妻。引文的后半部分与紫上人物形象的相关文本陈叙背离，光源氏二十六岁时错与胧月夜发生关系，自谪须磨，这期间（光源氏二十六岁至二十八岁，紫上十八岁至二十岁）光源氏京都家中的一切事物由紫上操办，且都处理妥当，显示出妻子的才能，诸多论文就此为论据将紫上定为"正妻"。事实上故事文本不能对应引文中"这女子处理之时总不能自出心裁，不能周到妥帖，实甚遗憾"[2]之陈叙，由此可以推断，紫式部在行文伊始阶段，并未将整体文本框架定型细化后再开始锤笔，第二回陈叙中，她还只是打算写一系列的爱情故事，并未将之后出现的与光源氏有密切关系的十二位女子人物形象细化，这一点上较之《红楼梦》更为接近《一千零一夜》的叙事手法——头天才开始思考第二天要讲叙的故事。《红楼梦》整部小说浑然天成，是曹雪芹"十年之呕心力作"，全书经多次修改、勘误、润色，才问于世间。

以下左马头的陈叙则与几位女子人物形象相叠合：

世间更有一种女子：平时娇艳羞涩，即使遭逢可恨可怨之事，亦隐忍在心，如同不见，外表装出冷静之态。到了悲愤填胸、无计可施之时，便流下无限凄凉的遗言、哀伤欲绝的诗歌、令人怀念的遗物，逃往荒山僻处或天涯海角去隐遁。[3]

《源氏物语》书中有两人与该人物形象契合，一是光源氏的继母藤壶，藤壶困扰于与光源氏的孽情之中，最后遁世而去；另一人物六条妃子在受到光源氏的冷遇后，憋屈悲愤，灵魂脱离肉体而浮游，生魂作祟，附体于葵上、夕颜、紫上。六条

---

[1] 紫式部 . 源氏物语 [M]. 丰子恺译 . 北京：人民文学出版社，1980：23.

[2] 紫式部 . 源氏物语 [M]. 丰子恺译 . 北京：人民文学出版社，1980：23.

[3] 紫式部 . 源氏物语 [M]. 丰子恺译 . 北京：人民文学出版社，1980：23.

妃子本性优雅，自尊心高，嫉妒愤懑吞噬了心灵，出窍的灵魂一反常态变得凶狠毒辣。光源氏爱上温柔天真的夕颜，冷落了六条妃子，在光源氏和夕颜幽会时，六条妃子生魂出祟。

将近夜半，源氏公子蒙眬入睡，恍惚看见枕畔坐着一个绝色美女，对他说道："我为你少年英俊，故尔倾心爱慕。岂知你对我全不顾念，却陪着这个毫不足道的女人到这里来，百般宠爱。如此无情，真真气死我也！"说着，便动手要把睡在他身旁的夕颜拉起来。[1]

源氏向六条妃子诉说正妻葵上是个冰冷的女人，得不到温暖，当六条妃子看到葵姬怀上了源氏的孩子，嫉妒万分。加之，祭典与葵上争车位，被其仆役所羞辱，于是生魂又附体于葵上；很多年以后，六条的灵魂仍未远去，源氏和紫姬枕边私语时，又附体于紫上。

言谈之间，头中将心痛起自己的妹妹葵上，暗讽光源氏。

"如今有这样的事，女子真心爱慕男子的俊秀与温柔，而男子有不可信赖的嫌疑，这就成了一个大问题。这时候女子认为只有自己没有过失，宽恕丈夫的轻薄行为，不久丈夫自必回心转意。可是事实并不如此。那么只有这样：即使丈夫有违心的行为，女子惟有忍气吞声，此外没有别的办法了。"[2]

此番话语正言中了头中将妹妹葵姬与光源氏之间的关系，光源氏只好闭目假寐，心中好不快快。"总之，为了恋情，源氏公子一生一世不得安宁。"[3]之后，头中将又说道："我曾经非常秘密地和一个女子交往……我俩之间已经有了一个孩子。"[4]若干年后，这个孩子被光源氏收养，头中将已升为内大臣，源氏婉转地向其说起这个孩子——玉鬘之事时（第二十九回），内大臣感慨万分，"回忆起了从前雨夜品评时任情不拘地所作的种种评语，时而哭泣，时而嬉笑，两人都无所顾忌了"[5]。"雨夜品评"不但隐射全篇，还与其后"赛画"卷（第十七回）相照应。"雨夜品评"主要是围绕光源氏和头中将的言谈，两者的女性观进行阐述，两人对当朝女性评价

[1]　紫式部 . 源氏物语 [M]. 丰子恺译 . 北京：人民文学出版社，1980：66.

[2]　紫式部 . 源氏物语 [M]. 丰子恺译 . 北京：人民文学出版社，1980：24.

[3]　紫式部 . 源氏物语 [M]. 丰子恺译 . 北京：人民文学出版社，1980：265.

[4]　紫式部 . 源氏物语 [M]. 丰子恺译 . 北京：人民文学出版社，1980：29-30.

[5]　紫式部 . 源氏物语 [M]. 丰子恺译 . 北京：人民文学出版社，1980：477.

不一，相异的女性观体现出相异的思维方式及对待事物相异的态度，在随后相间十余卷的"赛画"卷中，光源氏与头中将的性情差异更是浮出水面，由隐晦变得直接。"帚木"卷的"雨夜品评"中体现出光源氏与头中将相异的女性观与伦理观，为以后两人由政权之争转化为财力与政治势力之争埋下伏笔，特别是从两人对教育女儿不同的立场来看，更能体会到作者在物语整体布局上绵密的用心。"曾经有言论认为头中将人物形象的设计缺乏统一规划，从作者整体布局立意出发，需对此进行重新探讨，对其对照人物光源氏在整体布局中人物形象的立意也需重新审视反思。（その過程で、かつて統一性に欠けていると評されてきた頭中将の人物像を検討しなおすことになるとともに、それに対比される源氏のありようをとらえなおすことにもなろう。）"[1]

3. 小　结

再次回顾李渔先生提出的"结构论"，"（结构）如造物之赋形，当其精血初凝，胞胎未就，先为制定全形，使点血而具五官百骸之势"[2]。《红楼梦》第五回（游幻境指迷十二钗　饮仙醪曲演红楼梦）"贾宝玉梦游太虚幻境阅金陵正副十二钗"和《源氏物语》第二回（"帚木"卷）"雨夜评品"两者都在全书担任预叙式总纲的叙事机能，描叙针对的对象都是女性，都将女性的命运分为上、中、下三等进行品定。"金陵十二钗"预叙《红楼梦》十二位典型女子人物形象，《源氏物语》则讲叙光源氏与十二位女子的情事，两者都选择十二位女子做主要讲叙对象。不同处是，从内容布局上考量，"雨夜品评"谈论的内容先后大致分为三个方面，即"女子的品级"、"终身伴侣的标准"、"为妇的态度"。"金陵十二钗"先后分为正册、副册、又副册，正册描写金陵十二冠首女子，副册描写次等十二女子，又副册描写再次等十二女子。"金陵正副十二钗"与薛宝钗、林黛玉、贾元春、贾探春、史湘云、妙玉、贾迎春、贾惜春、王熙凤、贾巧姐、李纨、秦可卿十二位女性一一对应，表明作者在撰书之前脑海中就有一个明晰的叙事框架，对书中每位主要人物的命运走向有一个整体规划，整部作品在起笔时就已筑好蓝图，其后所言之事之实无出其右。或是，将《红楼梦》第五回中的"宝玉梦游太虚幻境"推测为后期插入篇章，第五回之后"十二钗"

---

[1] 金小英. 頭中将と光源氏——『源氏物語』「雨夜の品定め」の寓意性 [J]. 国文学研究，2010（6）：33-44.

[2] 李渔. 闲情偶记 [M]. 民辉译. 长沙：岳麓书社，2000：5.

的再登场非常自然，无丝毫牵强与不整合，这般缜密的叙事系统，只有在历时十年的长篇巨作趋于完成之时才能如此这般完美归纳。作者将篇终归总的结论置于篇首，尽显文本布局之精妙。

《红楼梦》中十二位女性各有各的故事，黛玉、宝钗、秦可卿、花袭人与男主人公贾宝玉有情事关系，其余各位的相关讲叙不一定与爱情相关。王熙凤是封建大家庭泼辣能干的人物形象，元春人物设计是让文本与皇族扯上关系，为大观园的营造与贾府的兴衰打下伏笔，等等。这些人物虽与"金陵十二钗"是一一对应的关系，但并不在后续文本中指向主人公贾宝玉。《红楼梦》章节之间串起来的是血缘、地域与时间三要素，然而，《源氏物语》中十二位女性都指向光源氏，光源氏这个中心人物串起整个文本。"雨夜评品"中涉及二十余种女子类型，有的在后续文本中出现，有的在后续文本中找不到对应的身影，有的在后续文本中变形出现，"雨夜评品"作为文本最终成型之后的文前插入部分可能性不大。"雨夜品评"中的各类女子类型并未与后文中出现的十二位女性一一对应，表明作者撰写第二回时，还未对整个文本的塑形进行细化。只是大致有个意向是要写一部爱情小说，写各式类型的爱情故事，至于最后写成什么样子，边思考边行文。作为中日两国两部典籍全书开张部分的预叙式总纲，《金陵十二曲》体现出传统中国文学文化特征，作者将画、诗歌、意象、隐喻四者完美结合，画中有诗，诗中有话，话中有话，利用诗画独特的隐喻特质，将文本的整体布局暗含于诗画当中。同时，利用象形文字的写意特征与汉字的谐音特征，使得文本在多重隐喻意象丰富的基础上更显生动活波。"雨夜品评"则利用四位男子的对话，将若紫、藤壶、胧月夜、六条御所、女三宫等女性人物象一一展开，与诗、画、隐喻等艺术表达无关。

《红楼梦》与《源氏物语》都具有说书人小说特色，《红楼梦》在显文本上表现得更为突出，几乎每回的末尾都写有"且听下回分解"、"要知端的，下回分说"、"未知如何，下回分解"等等，每回都是将故事情节引至最高潮时，笔锋一转，吊足读者口味。《红楼梦》每一章回并非独立小故事，仅为存在于若干个故事叙事小单元中的一环，在每一小单元的若干叙事小高潮中，猛然打断，分隔成章。每章不具叙事的完整独立特征，章与章之间具有"黏着"特征。《源氏物语》与之不同，很多章回叙写都可分离为一个独立小故事，如"空蝉"卷、"夕颜"卷、"末摘花"卷、"葵姬"卷、"槿姬"卷，等等。《源氏物语》从显文本上看不出说书人的特色，但实际上这是一部写给皇上、朝廷臣子、三宫六院看的一部余情小说，其实也是一部说书人小说，撰写的过程持续了好几年。缘其离奇、传奇、浪漫的叙事特色与风格，使得当朝的"道长大人偷偷入室"[1]，将紫式部还没发表的私密之作先阅为快。《红楼梦》这部"问世传奇"之作是作者曹雪芹"披阅十载，增删五次，纂成目录，分出章回"[2]而成。《红楼梦》在结构上作者精心布局，细为规划，另一方面，作者为摆脱中国传统叙事文本表面特征的生硬化，刻意用柔和与模糊的笔致将内部明晰的框架层层叠盖。《源氏物语》文本叙事结构清晰，实际上在这清晰的笔致背后，表现出作者还未能使用叙事技巧将叙事文本明晰的框架层层叠盖，由而，叙事技巧略显其板滞，未能呈现出机巧与柔和状态。

两部小说的撰写虽相隔七百余年，其小说形式、小说艺术之"理"（原理或规律），中日无异、中日相通，古今无异、古今相通。"梦游太虚幻境"和"雨夜品评"在两书女性命运的描绘上都具有序文和跋文的功能。两部作品突破了中日古典传奇小说——《竹取物语》、《李娃传》、《会真记》的叙事特色，但都具有传奇叙事特质。《红楼梦》开篇作者就交代，该书要避讳古代才子佳人小说"千部共出一套"[3]之弊端，《红楼梦》的作者曹雪芹为了追求"新奇别致"的艺术叙事形式，开篇使用"传奇"艺术叙事形式，以"女娲补天剩下的顽石"、"神瑛绛珠缠绵之情"为开端。《源氏物语》的作者紫式部为了追求新颖的叙事形式，虽说开篇使用了写实的叙事手法，却暗涉一个中国传奇式帝皇爱情故事，进而在篇中讲叙若干个离奇事件，如"夕颜被生魂作祟，情死郊外"、"六条妃子生魂出壳"、"光源氏须磨奇缘"等。反映出自古以来读者的猎奇心理，曹雪芹和紫式部深知受众的这一心理特征，在叙事内容的离奇特征上苦下功夫。

（二）"情史与恋爱模式"文类模型比较研究

《红楼梦》和《源氏物语》大旨越不过一个"情"字，《红楼梦》的"情"缠绵含蓄，以宝、黛、钗之情为叙事主线，该"情史"叙事轴中又以宝黛爱情为主，以宝玉与宝钗爱情为辅，体现出追求爱情自由、专一的情爱思想。《源氏物语》的"情"写得大胆直白，以"偷"为主，描写了光源氏与十二位女子的情爱故事，这些故事又

---

[1] 藤原道纲母，紫式部等.王朝女性日记[M].林岚，郑民钦，译.石家庄：河北教育出版社，2002：320.

[2] 曹雪芹，高鹗.红楼梦[M].长沙：岳麓书社，2004：3.

[3] 曹雪芹，高鹗.红楼梦[M].长沙：岳麓书社，2004：2.

以光源氏与紫上的爱情故事为叙事主轴，其他情爱故事大多光怪陆离，描写手法欲藏还露。《源氏物语》对"情"看似混乱的描写体现日本平安时代以"走婚"和"访婚"为主的婚姻制度，与我国古典名作《金瓶梅》不同，《源氏物语》一将涉及"性"描写便戛然而止，更是证实了日本文学中的"好色"是兼有风流、风韵之意，与才情密接，与《红楼梦》好色之取意——"好色即淫，知情更淫"[1]相悖离。

贾宝玉是贯穿小说始终的男主人翁，其主要"情运"按两条线索交替叙写。一条是"木石前盟"的宝黛恋情，另一条是"金玉姻缘"的宝玉与宝钗的婚恋关系。黛玉是宝玉的堂妹，宝钗是宝玉的表妹，这一争风吃醋的三角恋情愈演愈烈。"情运"叙事主轴在亲情、友情、爱情的繁杂关系缠绕下更是枝繁叶茂，文本的可读性提高。宝玉、黛玉、宝钗之间的互动关系，是《红楼梦》文本叙事中一条首要叙事线索。宝黛爱情故事亦是这条首要线索中的主线，作为主线有其贯穿文本的清晰脉络，主要集中在第八回至第九十八回中间的三十多个章回的叙事中。第一回交代西方灵河上有一株绛珠草受到赤霞宫神瑛侍者浇灌得以久延岁月，某日神瑛侍者凡心偶炽，下凡前至警幻仙子处备案。之后，警幻问及绛珠仙子灌溉之恩了结一事，绛珠仙子答曰："他既下世为人，我也去下世为人，但把我一生所有的眼泪还他，也偿还得过他了。"[2]前世"木石前盟"的约定导致今生水道渠成的爱情邂逅，然而绛珠草要将"一生所有的眼泪还他"，预示两者爱情的曲折。且看第五回宝玉"梦游太虚幻境"的《红楼梦曲》的曲词：

［枉凝眉］一个是阆苑仙葩，一个是美玉无瑕。若说没奇缘，今生偏又遇着他；若说有奇缘，如何心事终虚话？一个枉自嗟呀，一个空劳牵挂。一个是水中月，一个是镜中花。想眼中能有多少泪珠儿，怎经得秋流到冬，春流到夏！[3]

第五回与第一回形成一个叙事小循环，亦与之后的宝黛情路形成一个大循环，环环相扣，妙趣横生。从神话视角来看，绛珠草下凡，化身为林黛玉报答神瑛侍者（贾宝玉）的灌溉之恩，至第三回宝黛两人初次见面止，形成宝黛爱情故事第一环节的陈叙。

贾宝玉与光源氏是两部小说的贵族风流公子，在此取宝玉和黛玉、光源氏和紫

［1］ 曹雪芹，高鹗. 红楼梦 [M]. 长沙：岳麓书社，2004：86.

［2］ 曹雪芹，高鹗. 红楼梦 [M]. 长沙：岳麓书社，2004：9.

［3］ 曹雪芹，高鹗. 红楼梦 [M]. 长沙：岳麓书社，2004：82.

上的爱情故事做对比研究。从《红楼梦》中对于宝黛爱情的描绘中可窥，对于爱情作者强调的是前世的因缘，并弘扬冲破封建思想束缚自由恋爱的精神，体现作者那个时代的旧知识分子不断思辨，渴求改革创新，渴求新思想、新思潮。宝黛两人的爱情源于"木石前盟"，带有宿世的神话色彩，他们邂逅于俗世，虽然同住大观园内，却是分分合合，悲剧收场。宝玉与宝钗结合，黛玉死去，"纵然是齐眉举案，到底意难平"[1]。最终，宝玉遁世，"只见白茫茫一片旷野，并无一人"[2]。《源氏物语》中对光源氏与紫上的爱情描绘，作者强调的是血缘血亲关系。光源氏自小丧母，他将对生母桐壶的爱恋移情继母藤壶身上，苦于伦理禁忌不能与继母花好月圆，继而将对继母藤壶的爱移情于其侄女紫上身上，紫上与藤壶血缘相同、长相酷似，身世与光源氏相似。北山养病邂逅紫上，光源氏对其一见钟情，苦苦哀求僧都让其将十岁左右的紫上带回家中养育。最终，源氏遂意，将紫上带回家中按自己理想爱人模式培养，紫上长大后光源氏与其结合。通过紫上这一人物形象，紫式部勾勒出平安贵族男性心中的理想女性人物形象。

表4-1 光源氏与紫上情路历程简要回放

叙事章回	叙事内容
第一回 紫儿	光源氏（18岁）北山邂逅紫上将其带回家中，"当作一个异乎寻常的秘藏女儿"养育
第七回 红叶贺	光源氏（18—19岁）精心调教紫上
第九回 葵姬	光源氏（22—23岁）与紫上（14岁）肌肤之亲
第十二回 须磨	光源氏（26—27岁）自谪须磨，紫上将家中一切打点妥当，源氏甚为欣慰
第十八回 松风	紫上为光源氏（31岁）的多情烦恼，同意将源氏与明石姬的女儿接回家中养育
第二十一回 少女	六条院建成，紫姬与光源氏（35岁）入住东南一区，暗示紫姬在妻妾中的重要地位
第三十三回 藤花末叶	紫夫人将领养多年的明石小女公子嫁入宫中为皇后，不胜感慨，此时光源氏39岁
第三十四回（上） 新菜	三公主下嫁光源氏（40岁），紫夫人不悦
第三十九回 法事	紫夫人病逝
第四十一回 云隐	光源氏遁世

[1] 曹雪芹，高鹗.红楼梦[M].长沙：岳麓书社，2004：34.
[2] 曹雪芹，高鹗.红楼梦[M].长沙：岳麓书社，2004：1595.

紫上是日本平安时期男人和女人心中的理想女性人物形象，在主人公光源氏的牵引下度过了完美一生。光源氏与紫上的恋情有始有终，从相识、结合、共同抚育下一代、共同管理大家族，至两人先后死亡，经历人生完美轮回，是一曲喜剧。光源氏和紫上的爱情是完美成熟的爱情，也隐喻着作者紫式部自己的精神追求。《红楼梦》中黛玉和宝玉虽是缘定前生，最终未能结合，整个文本描绘的是宝黛有花无果的恋爱进程，最终是一曲悲剧。

表4-2 贾宝玉与林黛玉情路历程简要回放

叙事章回	叙事内容
第一回	"木石之盟"
第三回	黛玉进府，宝黛初识
第五回	"太虚幻境"中《终生误》、《枉凝眉》两曲暗示两人终归情难圆
第十二回	林如海病重来信，贾琏陪林黛玉回扬州
第十九回	宝黛两人同床而卧，宝玉给林黛玉讲老鼠偷香芋的故事
第二十三回	林黛玉入住大观园，贾宝玉和林黛玉桃花树下读西厢
第二十六回	林黛玉到怡红院找贾宝玉，晴雯不给开门，黛玉伤心落泪
第二十七回	林黛玉葬花，并做《葬花吟》，宝玉痴倒
第二十八回	1.宝黛葬花，同悲 2.宝玉解释"未开门"的误会 3.宝、黛、钗三人间爱情故事拉开帷幕，贵妃端午节的礼物暗含撮合宝玉与宝钗之意，宝玉发呆，黛玉称其"呆雁"
第二十九回	1.张道士说媒，宝玉不悦 2.宝黛互试真心，黛玉暗讽"金玉良缘"，宝玉一听"好姻缘"，便开始摔玉，黛玉顺手铰玉上的穗子，宝黛两人怄气
第三十回	宝玉和黛玉和好如初
第三十四回	1.黛玉看望挨打的宝玉 2.黛玉在宝玉送的两块旧娟子上题字 3.黛玉讽刺受了委屈的宝钗
……	……
第七十八回	晴雯病死，贾宝玉作《芙蓉女儿诔》，祭奠晴雯
第七十九回	1.黛玉偷听《芙蓉女儿诔》 2.宝玉生病
第九十七回	宝玉和宝钗结婚
第九十八回	黛玉死
第一百二十回	宝玉逝世

两书中两位男主人公都是当朝当势贵族公子，社会地位令人仰慕；两位女主人公是破落贵族家庭后代，处于令人怜悯的社会地位，两者都反映出男尊女卑的社会现状。宝黛爱情故事叙事速度缓慢，细节描写冗长，宝黛两人在生活细节上纠缠不休。然而18世纪前半叶，这样的小说立意价值非凡，宝黛爱情举措表现的是对当时封建宗法伦理对青年男女自由恋爱禁锢与扼杀的反驳，该命题在当时立意深远。两部小说都为爱情小说，它们的立意相差悬殊。《源氏物语》着重塑造平安时期风流贵族男子和完美贵族女性人物形象；《红楼梦》是要表达反封建，对恋爱自由的追崇，作者是当时社会现状的代言人。从爱情小说的视阈出发，这两对男女具有不可比拟性，宝玉与黛玉并未真正跨入婚姻生活，并未一同处理婚姻生活中的难题，《红楼梦》中描写的浪漫爱情止于婚姻，是一曲悲剧爱情。该叙事轴中插入了若干大家族家庭中发生的大大小小的各类事件，深刻地反映了当时混乱的社会实况。《源氏物语》中爱情故事虽说不是始于婚姻，却花大量笔墨描绘了婚姻生活中的光源氏与紫上，真实回溯了日本平安朝上层贵族家庭生活中的男女夫妇的情爱生活。该叙事轴中插入了若干光源氏与其他女子的情爱故事。《红楼梦》与《源氏物语》中两曲爱情故事差异巨大，一曲虚幻、一曲真实，一曲悲伤、一曲浪漫。

（三）"神谕与预言"文类模型比较研究

民间俗信中，神灵经常会向凡人发出各种指令，即神谕。宝玉抓物与高丽人的预言都是基于古老的"神谕"母题。神谕是东西方古典宗教的一个重要组成部分，古人经常就现实生活中困扰他们的各种问题请求神谕。《红楼梦》第二回即言宝玉周岁抓物一事，宝玉周岁时，父亲贾政欲试问其将来志向，"便将那世上所有之物摆了无数，与他抓取"[1]，谁知宝玉一概不取，只抓了些脂粉钗环，贾政大为不悦，怒道："将来酒色之徒耳！"[2] 宝玉是贯穿通篇始终的人物，出生就有传奇色彩——"一落胎胞，嘴里便衔下一块五彩晶莹的玉来"。开篇作者将其人物基调定位为"酒色之徒"，后续文本中宝玉自然少不了情事缠身。《源氏物语》开篇第一回中讲到小皇子七岁那年，朝鲜来了位高明的相士，桐壶皇帝闻此讯，悄悄让小皇子扮成右大臣的儿子，前去相面。相士道小皇子应登"至尊之位"，若果如此，又深恐国家发生变乱，殃及其身；若为重臣，辅佐朝政又与相貌不符合。平安时期的日本人尤

---

[1] 曹雪芹，高鹗. 红楼梦 [M]. 长沙：岳麓书社，2004：28.

[2] 曹雪芹，高鹗. 红楼梦 [M]. 长沙：岳麓书社，2004：28.

信神谕，他们从梦幻、天象、虫鸟等各类事物中寻求暗示，相士的预言是各类预测形式中最富声望与权威的，皇帝对此深信不疑。朝鲜相士预言暗含一个两元悖论——源氏当一国之王又将遭逢忧患，退为臣籍又与面相不符——此人将来如何是好，吸引读者进一步探究。两则神谕形成的前提都是主人公自小受到长辈的疼爱，宝玉衔玉而生，老祖宗的命根子，当朝贵妃元春牵挂的亲弟弟，是贾政唯一寄予厚望的、神采飘逸、秀色夺人的亲儿子；光源氏为皇上爱妃更衣所生，小皇子出生时容华如玉、盖世无双，源氏三岁丧母，更是深得桐壶帝怜爱。《红楼梦》中贾政让儿子抓物，以此叵测儿子前景好坏；《源氏物语》中权高德重的桐壶帝试问儿子未来命运，找人看相。这一抓一算暗示贾宝玉与光源氏两人都难承"补天重任"，转而入世求雅，寄情于女性，随着年岁的增长，爱恋之"永恒女性"玉殒香消，两人看破红尘皈依佛门。这一抓一算亦显示了作者创作的意图，贾宝玉"无材可去补苍天，枉入红尘若许年"，宝玉本是有资质者，是女娲补天三万六千五百零一块石头中单单落下的一块，顽石（宝玉）本应担任补天之重任，却因被女娲遗忘只得堕入红尘。作者"补天"神话得到我国古代知识文人阶层的共鸣与移情，我国文人自古以来就满怀"济世、救国"之情怀，从屈原忧愁幽思之作的《离骚》，陶渊明的"采菊南山下"，至杜甫的"致君尧舜上，再使风俗淳"，再至当今公共知识分子追求真相与"一个公共知识分子的社会良心"。曹雪芹在此一脉相承了古代文人的风骨，作为男性作者又怯于长篇大论儿女情长，由此以补天时遗漏的顽石枉入红尘为借口，开始迥然不同于《水浒传》、《三国演义》、《西游记》的浪漫爱情文学创作。紫式部书中反复强调："作者女流之辈，不敢奢谈天下事"[1]，紫式部从女性视阈出发，避开政治与权利的角逐，以女性作者的温婉笔触塑造了日本平安时期完美贵族男性人物形象，这一人物形象既现实又浪漫，身上缠绕着各式爱情故事。全然回避了权谋游戏角逐中的阴险、奸诈、狂喜与狂悲，少了《红楼梦》中诸如"葫芦僧乱判葫芦案"、"刘姥姥三进大观园"、"贾元春才选凤藻宫"后的狂喜与"大观园被抄"后的狂悲的叙事主题。

（四）"皇权"文类模型比较研究

古代宫廷文化中关于"皇帝"的称谓，在中国甲骨文、金文和上古典籍中，屡见"皇""帝"等称号。传说中"皇帝"一词始于秦，秦王嬴政一统天下后，认为自己建立了自古未有的功业，于是让李斯等人议改称号，李斯、王绾、冯劫等人商议后报

[1] 紫式部. 源氏物语 [M]. 丰子恺译. 北京：人民文学出版社，1980：190，340，409，436.

告秦皇，上古有天皇、地皇、泰皇，泰皇最贵，可改"王"为"泰皇"。秦皇反复考虑，认为自己"德兼三皇，功高五帝"，决定去"泰"留"皇"，并吸收上古"帝"号，称为"皇帝"，并自号始皇帝。从此，"皇帝"的称号为我国历代君主袭用。"天皇"是日本自古以来的最高权力者，"王"是日本古代小国家君主的称号，"大王"是在此基础之上最高的权利者。日本有史以来，自大和朝廷，君主被官之"大王"称号。"大王"到"天皇"的转变从7世纪的天武天皇开始，律令制[1]的设立更是加强了该称谓的实体性与实权性。中国古代"天皇"作为道教中最高的神被人崇拜，日本模仿中国的律令制度强化中央集权，将"大王"称号改"天皇"是日本古代王朝加强权威统治的必要。"从《续日本纪》记载可见，当时朝鲜半岛新罗和中国东北的渤海国，在国书中对天皇的称呼也是'天皇'、'皇帝'混用的。"[2]为了维护皇帝（天皇）至高无上的权威，唐王朝和奈良王朝在国家制定的律令中，规定了相应的条目，显示皇权的不可侵犯性。时至11世纪初，《源氏物语》中称皇帝为"帝"，已在形式上完全承继了汉文化中的王室风格，远离传统和文化中"王"的称谓。

皇帝是皇权的化身，皇权是封建制度的集中体现，皇权的变化是调节两书主人公家族兴衰的杠杆。皇帝是封建制度中最高等级贵族和国家拟血缘关系群体中的家长，在家国同构的封建制度构成体系中具有双重父家长身份，在履行这一神圣职责时，皇帝及位居于层层叠叠巨大金字塔网络中的每位官族父家长，每一举措都是公私杂糅、公私兼顾。不论是唐王朝，还是奈良王朝，皇帝和天皇为了能够全面贯彻自己的旨意，巩固自己的统治，都自上而下地建立一套官僚统治机构。控制和指挥这套官僚机构运转的人，都是皇帝和天皇的亲族、亲信。这些围绕着皇帝（或天皇）高级官吏的任命、废黜制度，成为中央集权制的重要组成部分。《红楼梦》中的皇权、绅权、族权都是父家长权，在金字塔网络的接点上都起着至关重要的作用。《红楼梦》中因为元春入宫为妃，黏上了皇权，贾家才得以复兴，有个皇妃的姐姐，主人公贾宝玉才有了大观园中的"自由"，作者也有了故事叙事的自由。有了乡绅甄士隐的慷慨解囊，才有贾雨村会试考中进士，才有"葫芦僧乱判葫芦案"，之后，雨村官运亨通，从知县升转了御史、吏部侍郎、兵部尚书等职。贾政更是典型封建制的家长，

---

[1]　律令制：日本的律令制从7世纪后期（飞鸟时代后期）开始，至8世纪、10世纪进入最盛期。

[2]　王金林.汉唐文化与古代日本文化[M].天津：天津人民出版社，1996：203.

在贾家拥有至高无上的权利。权利的接点也是整个文本构建的节点，这是这两部小说构架的特征之一。在后世的评价中，中国学者擅长将《红楼梦》中的皇权与族权、绅权相连进行研究，"源学"者们更善于将《源氏物语》中的皇权与神权和圣性相关联进行研究。山口昌男认为日本天皇制是一种产生于美学与宗教领域的一种精神规约，该言论受到学界的注目，"为了巩固天皇制，日本皇权体系中美的意识（美意識）被强化，这一种美的意识可能是形成宇宙论原型（宇宙論的モデル）的一个重要组成部分"[1]。王权一方面统辖现实世界，体现在神话世界里又是统治宇宙精神世界的无所不能的神权。山口昌男认为王权和王子的关系是秩序与混乱两元对立关系在现实中生活中的映射。

这两位的角色各异。王权直面混乱无序的群体，"王"的形成缘于中心部位秩序的稳定与巩固。由而被王权这一有序系统排除的部分是混沌无序的。王子是混沌与秩序的媒介，他直面周围的混沌……王权不仅仅是确立秩序，从神话象征的视角来看，它是反秩序或是一种将混沌嵌入的装置。[2]

在王权社会中，王为中心，王子为副中心。然而这一结构不呈静态，它在动态中维持平衡。"子欲为王，子杀王，子杀父娶母"，王权近亲相奸的叙事结构模式在中外古典文学中屡见不鲜。《源氏物语》中主人公光源氏自幼丧母，对亡母的思慕使其将爱投射于与亡母长相酷似的继母，与继母乱伦，生下冷泉帝。从神话传说的象征立场来看，这与中国或是西欧宫廷小说中"杀父娶母"的模式如出一辙，《源氏物语》整个故事沉浸在近亲相奸的气氛之中。J·G·弗雷泽在《金枝篇》中说明写这本书原本的目的是为了说明备受瞩目的阿里奇亚的狄安娜的祭司职位承袭的规约。[3] 阿里奇亚是个风景奇美却又悲剧复演的场所，这里的圣殿规定：一个祭司职位的候补者只有杀死祭司以后才能接替祭司的职位，直到他自己又被另一个更狡诈的人杀死为止。《金枝篇》用整篇阐释了一个神话原型的同时对古代的王权与神性进行了透彻分析：

在很多情况下，国王不只是被当成祭司，即作为人与神之间的联系人而受到尊崇，

[1] 山口昌男. 知の遠近法 [M]. 東京: 岩波書店，1978: 333-334.

[2] 山口昌男. 知の遠近法 [M]. 東京: 岩波書店，1978: 333-366.

[3] Jフレイザー著，永橋卓也訳. 簡訳本·金枝篇 [M]. 東京: 岩波文庫，1966: 33. 詹姆斯·乔治·弗雷泽. 金枝 [M]. 徐育新，汪培基，张泽石，译. 北京: 中国民间文艺出版社，1987: 2.

而是被当作神灵。他能降福给他的臣民和崇拜者，这种赐福通常被认为是凡人力所不及的，只有向超人或神灵祈求并供献祭品才能获得。因而国王们又经常被期望着能赐予国家风调雨顺五谷丰登等等。[1]

《源氏物语》由宫中女官写成，从以上观点可以推断故事的全篇是建立在王权论有效性的基础上。作为王子光源氏被权利中心排斥，同时又和权利中心密接，折口信夫的"贵族流离谭（貴種流離譚）"论中提出，光源氏须磨的流放即是神的流放，让王子受尽苦头，从象征立场的原型（archetype）来看是"死和再生的过程"。深沢三千男在《光源氏像的形成》一书中提出：

光源氏造型的核心是天皇理念的反映……某个特定皇帝所支配的空间让位于时间支配下所确立的皇帝，即是皇位归属于何人一事被弱化。皇权的圣性是在非日常场景中养成，为了维持日常生活中的（非日常性）圣性，存在于神学体系中的权威确立的不可或缺的条件是让非日常性的空间有效地确立于日常性空间。[2]

深沢三千男的言论备受学界的关注，他认为光源氏并非某个具体俗人，他的造型是皇权制度的反映，他代表皇权的圣性，这一圣性由日常生活中提炼，源于生活又高于生活，又必须归属于日常生活，只有和俗世相连在俗世中才能确立其"超凡脱俗圣性"的有效性，皇权的圣性才能发挥光泽。对于光源氏这一人物的圣性，深沢三千男进一步认为：如果说圣洁的东西是在禁忌的围绕中得以确立，那么根据世俗的力量，被圣洁的东西所否定的人要恢复圣性的话，就要向所犯禁忌的事物的相反的方向前行。[3]平安中叶以后，虽为摄关政治，皇权由藤原氏外戚控制，但依然是皇族内部的权利角逐和划分。在中央集权的君主专制制度大背景下，出版的《源氏物语》，显然对皇权赞美有佳。

二、虚拟空间比较

《红楼梦》与《源氏物语》不仅有一个现实的叙事空间，另外存在一个超现实的叙事空间，超现实空间与现实空间不断交织成文。超现实空间具有虚幻特质，虚

---

[1] 詹姆斯·乔治·弗雷泽. 金枝 [M]. 徐育新，汪培基，张泽石，译. 北京：中国民间文艺出版社，1987：3.

[2] 深沢三千男. 光源氏像の形成 [M]. 東京：桜楓社，1972：11.

[3] 深沢三千男. 光源氏像の形成 [M]. 東京：桜楓社，1972：21.

构的世界是不可能现实化的世界。但是，虚构世界并非拘囿于抽象的逻辑建构，它是能够被现象感知的具体空间与实体。

由于数字媒介技术的突飞猛进彻底改变了文本形态和经验模式，迫切需要新的思路来审视叙事虚构及其接受问题。波德里亚（Jean Baudrillard）宣称我们已进入他所谓的超现实社会。对德勒兹（Gilles Deleuze）而言，虚拟世界（指记忆、梦幻等，而不是技术意义上）同现实世界一样真实，但并非所有的虚拟都能成为现实。齐泽克（Slavoj Zizěk）的《论信念》更是提出实在具有想象的、真实的、象征的三种模态……虚构世界不仅仅是对现实世界的表征，而是按照通达规则进行模拟的一个可能世界。如果说传统叙事学模型是以真实话语交流情景为基础，那么可能世界理论预示着以模拟论诗学置换表征诗学，而且为以超文本为研究对象的数字叙事学奠定了基础。[1]

对中日两部古典文本的超现实空间进行对比研究，显然需要一个共同隐喻的"世界"来帮助实现"代码转换（transcoding）"，排除语言的障碍之后，本书将其定位为文类模式。

（一）"神话与传奇"文类模型比较研究

古代小说家们尤其注重小说开篇的故事导入部分，元代文人乔梦符提出"凤头猪肚豹尾"，好的文章开头要像凤凰的头那样美丽精彩，主体要像猪肚子那样丰富充实，结尾要像豹尾一样有力。《红楼梦》与《源氏物语》开篇都借用神话原型成功地对故事进行导入，《红楼梦》借用的最大神话原型涉及人类存在的本质，"创世—历劫—返归"，原本无所谓无、无所谓有的生命历程。"情"是文学作品亘古不变的主题，个体生命短暂，人类生命永恒，"情"是维系人类生命绵延发展之根本。《红楼梦》开篇的三大神话——女娲补天、青埂顽石、神瑛灌珠均以"情"贯之，展示了人生命的本源特质和人生历程的终极意义，三大神话的层递关系形成个体生命的圆形闭合轨迹。与之对应的三部曲是，女娲遗漏补天之顽石于青埂峰下，通灵顽石被一僧一道携入凡间；神瑛侍卫浇灌绛珠草，绛珠"只因尚未酬报灌溉之德，故其五内便郁结着一段缠绵不尽之意"[2]，下凡造历幻缘；第五回"梦游太虚幻境"开始，整个故事真真假假，直至最后宝玉出家返尘，顽石归天。整个文本形成以这三部曲

[1] 张新军.可能世界叙事学的理论模型 [J].国外文学，2010（2）：3-10.

[2] 曹雪芹，高鹗.红楼梦 [M].长沙：岳麓书社，2004：3.

为主的庞大的神话故事体系,书中的男女主角都是从神话中走出来,最终还原于神话。神话原型是文本展开最直接的载体,文本中最经典的现实主义叙事成分亦是在庞大的神话母系统和子系统的映衬和渲染之下才能如此绚丽夺目,离开了神话系统的叙事是干枯与单调的——人物形象扁平,情节咬合不稳,抨击讽刺时缺乏打击力度。《源氏物语》开篇神话原型担任的叙事机能与《红楼梦》相异,《红楼梦》中女娲补天、青埂顽石、神瑛灌珠的神话原型是整部书大的间架系统,使整部书叙事形成一个完美的回环,《源氏物语》虽以《长恨歌》的神话原型开篇,神话原型只是起到楔子的作用,神话原型在文本中没有起到有力闭合故事的叙事机能。

女娲补天在中国传统中的阐释与现代西方女权主义话题有些许关联。《淮南子·天文训》曰:

> 昔者共工与颛顼争为帝,怒而触不周之山,天柱折,地维绝。天倾西北,故日月星辰移焉;地不满东南,故水潦尘埃归焉。

《淮南子·览冥训》曰:

> 往古之时,九州裂;天不兼复,坠(地)不周载,火爁炎而不灭,水浩洋而不息……于是女娲炼五色石以补苍天,断鳌足以立四极,杀黑龙以济冀州,积芦灰以止淫水。

又据唐代司马贞《补史记·三皇本纪》:

> 当其(女娲)末年也,诸侯有共工氏,任智刑以强,霸而不王,以水乘木,乃与祝融战,不胜而怒,乃头触不周山崩,天柱折,地维缺。女娲乃炼五色石以补天,断鳌足以立四极,聚芦灰以止滔水,以济冀州。

不论是共工与颛顼争还是与祝融争,不同版本女娲补天神话的基本内容都包括:两男争斗,天地崩裂,女人修天。曹雪芹在《红楼梦》中构建了女人为主体的世界,贾府最高权威者贾母是一位有丰富封建统治经验和治家经验的女性。《红楼梦》是一部女儿国的书,全书按每人次出场回数算,王夫人出场九十八回,凤姐出场九十回,宝钗出场八十九回,贾母出场八十八回,黛玉出场六十八回,除宝玉以外男性人物的代表贾政仅出场五十五回。书中男性化的女人比比皆是:凤姐有癖权、阴险的男性化的特征;邢夫人为了一席之地,百般起劲地为丈夫纳妾,已丧失了女性基本的性别需求;王夫人行事稳妥颇见心机,善于用人和抓大事,比只会色严声厉的贾政厉害许多。就连男性主人公贾宝玉也不爱武装爱红装，有着喜好口红胭脂的女性化特征，《红楼梦》话语权仿佛在女性控制之下。曹雪芹在《红楼梦》中有意识地将男女进行对比，女性在才学德识、能力谋略等方面超过男性。女权主义是20世纪二三十年代西方兴起的女性反父权、反夫权，在男权社会中试图突破其附属地位，寻求女性身份权和话语权的革新。西方女权主义者的这一意识早在百余年前中国典籍《红楼梦》中就有所萌芽，说得更为夸张一些，在中原神话开天辟地时女娲补天中就早有涉及，这种意识形态相对于《圣经》故事中女人亚娃是男人夏当之筋骨变换而来，具有先时性。《红楼梦》中的神话母题原型之一是女性、女神崇拜，是女权思想的萌芽。《源氏物语》中光源氏是贯穿全篇、回回出场的中心人物[1]，全书从整体上看女性的出场总和与对女性风韵形象的塑造远远多于光源出场次数与人物塑形。

"万物通灵"的神话模式是指中国民间及世界各民族中流传着某人或某物由某神变成，即人与神合一、物与神合一，山石、美玉、老槐树、牡丹花、蜘蛛、鹤、虎等等，都可以通灵，成精后善恶不一。

这里于这万有的公父与统领，肉眼是看不见的，可是，理智的眼睛却分明见到了，他向整个自然（全宇宙），一发其信号，上天与地下，两间的万有，就各在自己的范限以内，各循自己的轨道，不停地转动；凭万物的种种迹象，时而显示了那唯一（动因），时而入于隐晦，时而再现，时又隐晦。[2]

《红楼梦》中通灵顽石有所不同的是，经仙人点化感染有了灵性，后变成人形。《西游记》第一回中描写那块仙石，"盖自开辟以来，每受天真地秀，日精月华，感之既久，遂有灵通之意，内育仙胎。一日迸裂，产一石卵"[3]，古人认为石头可以通过吸收日月精华、天地灵气而具有灵魂。古代先民们通过对梦境、幻觉、睡眠、疾病、影子、映象、回声、呼吸等现象的认识而产生了存有非物质性独立灵魂的观念，觉得灵魂在物体中的去留乃决定着这些物体生命的有无。先民们认为一切生命体与非生命体都有灵魂，人、飞禽走兽、山石树木、日月山河等等都具有魂魄。隐含在文本中曹雪芹隐蔽的叙事声音回应了西方17世纪兴起的"万物有灵论"（又名"泛灵论"）

[1]　该处仅指前四十一回。

[2]　亚里士多德. 天象论·宇宙论 [M]. 吴寿彭译. 北京：商务印书馆，2010：304.

[3]　吴承恩. 西游记 [M]. 洛阳：中州古籍出版社，2007：2.

的哲学思想。泛灵论认为天下万物皆有灵魂或自然精神，并在控制或影响其他自然现象。倡导此理论者，认为该自然现象与精神也深深影响人类社会行为。简言之，泛灵论支持者认为"一棵树和一块石头都跟人类一样，具有同样的价值与权利"。与19世纪法国哲学家奥古斯特·孔德提出的"天赋意向"、"物神崇拜"相重叠，不仅将精神赋予了有生命力的动物和植物，也赋予本无生命的自然事物，如日月、星辰、山水、金火及人工器物等等灵性。于是，物质自然界变成了皆有生命和灵魂的万物有灵的世界，变成了人性化的精灵世界。在我国古老的传统信仰中，万物皆有灵性，狐狸可以成仙，龟蛇皆能成神，对此老百姓信而不疑，有事则祭而拜之。"万物通灵"和"物神崇拜"的情形被诗人和小说家们绘声绘色地写进自己的作品，"柳魂花魄都无恙，依旧商量好作春"（范成大《风止》），《封神榜》中的截教诸神，《聊斋志异》中的狐仙人鬼，《白蛇传》中的蛇精（白素贞）、龟灵（法海），等等，都反映了中华民族传之悠久、信之弥深的万物有灵论。石头在长达几万年的人类发展史上，是人们日常生活必不可少的物件，人们用石头建造房子，用石头做武器，用石头生火。自古以来，人们崇拜石头、喜爱石头，在石头上附会诸多神话故事。《红楼梦》中的石头，通灵后成为一块宝玉，贾家公子含玉出生，由而取名贾宝玉，第二回中通灵的玉与贾家公子合二为一，贾宝玉是女娲补天遗留的顽石，又是神瑛侍卫下至凡间的肉身。顽石来自青埂峰下，是女娲补天剩下的唯一一块石头；神瑛侍者来自天庭赤霞宫，下凡前有恩于西方灵河岸上三生石畔的一株绛珠草。显然，两者都有灵性，不能也没必要合二为一，顽石是红楼故事的见证者和陈述者，神瑛侍者是幻形为贾宝玉的小说主人公，两者同时合力于贾家公子的肉身。石头在文本中担任两种角色，一是担任故事讲叙角色，书中有许多顽石（通灵宝玉）记述故事时的叙事性文字，如：第八回宝钗将通灵宝玉托于掌上观看时，"只见大如雀卵，灿若明霞，莹润如酥，五色花纹缠护。这就是大荒山中青埂峰下的那块补石的幻相，后人曾有诗嘲云……那顽石亦曾记下他这幻相并癞僧所镌的篆文，今亦按图画于后"[1]。第十八回在元春进园时"忽用石兄自语"[2]："此时自己回想当初在大荒山中，青埂峰下，那等凄凉寂寞；若不亏癞僧、跛道二人携来到此，又安能得见这般世面。

---

[1] 曹雪芹，高鹗. 红楼梦 [M]. 长沙：岳麓书社，2004：53-54.

[2] 曹雪芹. 脂砚斋重评石头记 [M]. 沈阳：沈阳出版社，2005：382.

本欲作一篇《灯月赋》、《省亲颂》，以志今日之事，但又恐入了别书的俗套。"[1]
随后还有："岂《石头记》中通部所表之宁荣贾府所为哉！据此论之，竟大相矛盾了。
诸公不知，待蠢物将原委说明，大家方知。"[2]如果贾宝玉不是顽石的化身，就不会有"若
不亏癞僧、跛道二人携来到此，又安能得见这般世面"石兄之感叹。二是通灵宝玉
具有"一除邪祟，二除病孽，三知祸福"的本领，是贾宝玉的护身符。《红楼梦》"玉
无光"时贾宝玉中邪，"失玉"时贾宝玉痴癫等情节的描绘，说明贾宝玉与通灵宝
玉是由两个不同的个体幻化而来，不可能合二为一。神瑛灌珠所引出的故事是前世
今生爱情故事母题。文本开头女娲补天、青埂顽石、神瑛灌珠三处神话归属于女性、
女神崇拜故事母题、万物通灵故事母题、前世今生的爱情故事母题。这三处神话亦
是全书的三大母题，映射、覆盖至全书的方方面面。

中国的历史传奇，往往可以从中截取一段，以某个人物为中心，在原有情节段
落的基础上拓展延伸，重新组成一部完整的小说，或者改编为一出结构完整的戏曲。
对此茅盾曾用十二字来概括它的特色，称它为"可方可合，疏密相间，似断实联"
的结构。[3]

中国历史小说要求情节务必沿着事变史实单向甚至单线发展，要在单线发展的情节
上容纳众多历史人物的活动以及反映历史本来的面貌，表现错综复杂的变化与关系。
单向单线性的情节线束缚了叙事所展示的时空，众多人物的行动和大量的穿插铺叙
一旦离开主线便会破坏小说结构的集中，影响情节的时序进展，这就要求小说采取
特殊的表述手段来解决这一叙事矛盾，传奇小说是在这一背景下产生的。《长恨歌》
是唐传奇之一，传奇不具备"补史之阙"的叙事功能，它注重的不是历史事实，而
是借某历史框架来演述人类的生存意态和共同情感，来表现一种把历史现实加以升
华后的幻想。"特殊的史诗事迹只有在它能和一个人物最紧密地融合在一起时，才
可以达到诗的生动性。正如诗的整体是由一个诗人构想和创作出来的，诗中也要有
一个人物处在首位，使事迹都结合到他身上去，并且从他这一形象上发生出来和达
到结局。"[4]《长恨歌》是中国唐朝诗人白居易的一首长篇叙事诗，作于 806 年。诗

[1] 曹雪芹. 脂砚斋重评石头记 [M]. 沈阳：沈阳出版社，2005：381-382.

[2] 曹雪芹. 脂砚斋重评石头记 [M]. 沈阳：沈阳出版社，2005：381-382.

[3] 朱水涌. 历史传奇：史传传统与史诗模式 [J]. 文学评论，1990（2）：109-114.

[4] 黑格尔. 美学（第三卷下册）[M]. 朱光潜译. 北京：商务印书馆，1981：137.

人借历史人物唐玄宗和杨贵妃及各种相关传说，创造了一个回旋婉转的动人爱情故事，作为爱情故事母题，其原型框架是"两情相悦—恃宠而骄—生离死别—仙境重逢"。诗歌的第四层"仙境重逢"写唐玄宗派方士觅杨贵妃之魂魄，重在表现杨妃的孤寂和对往日爱情生活的忧伤追忆。诗人运用浪漫主义手法，上天入地后，终在虚无缥缈的仙山上让贵妃以"玉容寂寞泪阑干，梨花一枝春带雨"的形象再现于仙境。作者从各个方面反复渲染诗中主人公的苦苦追求和寻觅。现实生活中寻觅不到，到梦中去找，梦中寻觅不到，又到仙境中去找，因而这又是一个神话框架，具有虚拟特质，"人"与"神"、"凡间"与"仙境"相叠合。从这一角度观察，《红楼梦》开篇的顽石下凡、历尽红尘之劫与该叙事手法有几分相似，都是穿越时空、上天入地。《长恨歌》还有一个特色是以"情"作为主旋律，这种情的落眼是"长恨的悲情"，从黄埃散漫到蜀山青青，从行宫夜雨到凯旋回归，从白日到黑夜，从春天到秋日，处处触物伤情，时时睹物思人，叙事者在为主人公煽情、抒情、调情与谱情。用主人公的情去调动读者、感动读者，使之共振，取得审美上的极大成功。《红楼梦》的开篇与《长恨歌》有两点相似，一是神话构架，二是"情至甚"。《源氏物语》开篇与《长恨歌》内容几乎如出一辙，都讲叙了古代君王与爱妃的故事，将男女间爱之痛切，别离之悲绝表达得淋漓尽致，"情之深，情之切"的"深深切切"主题千百年来脍炙人口。《源氏物语》开篇的"桐壶"卷有四处直达《长恨歌》，一是，"这消息渐渐传遍全国，民间怨声载道，认为此乃十分可忧之事，将来难免闯出杨贵妃那样的滔天大祸来呢"[1]。二是，"近来皇上晨夕披览的，是《长恨歌》画册"[2]。三是，"皇上看了《长恨歌》画册，觉得画中杨贵妃的容貌，虽然出于名画家之笔，但笔力有限，到底缺乏生趣"[3]。四是，"他们又引出唐玄宗等外国朝廷的例子来，低声议论，悄悄地叹息"[4]。"桐壶"卷直接引用和借用《长恨歌》歌处若干（见表4-3）。《长恨歌》作为一个爱情神话的母题映射与覆盖《源氏物语》全书。

[1] 紫式部.源氏物语 [M].丰子恺译.北京：人民文学出版社，1980：1.

[2] 紫式部.源氏物语 [M].丰子恺译.北京：人民文学出版社，1980：9.

[3] 紫式部.源氏物语 [M].丰子恺译.北京：人民文学出版社，1980：10.

[4] 紫式部.源氏物语 [M].丰子恺译.北京：人民文学出版社，1980：10-11.

表4-3 《源氏物语》直接引用或借用《长恨歌》处

	《源氏物语》[1]	《长恨歌》[2]
1	从前某一朝天皇时代	汉皇重色思倾国，御宇多年求不得。
2	后宫众多妃嫔中有一更衣，出身并不十分高贵，却蒙皇上特别宠爱。	杨家有女初长成，养在深闺人未识。天生丽质难自弃，一朝选在君王侧。
3	这更衣朝朝夜夜侍候皇上，别的妃子看了炉火中烧……然而皇上对她过分宠爱，不讲情理，只管要她住在身边，几乎片刻不离。结果每逢开宴作乐，以及其他盛会佳节，总是首先宣召这更衣。有时皇上起身很迟，这一天就把更衣留在身边，不放她回自己宫室去。	回眸一笑百媚生，六宫粉黛无颜色…… 云鬓花颜金步摇，芙蓉帐暖度春宵。春宵苦短日高起，从此君王不早朝。承欢侍宴无闲暇，春从春游夜专夜。后宫佳丽三千人，三千宠爱在一身。金屋妆成娇侍夜，玉楼宴罢醉和春。
4	皇上一闻此言，心如刀割，神智恍惚，只是笼闭一室，枯坐凝思。	君王掩面救不得，回看血泪相和流。
5	皇上看了，想到："这倘若是临邛道士探得了亡人居处而带回来的证物钿合金钗……"但作此空想，也是枉然。便吟诗道："愿君化作鸿都客，探得香魂住处来。"	临邛道士鸿都客，能以精诚致魂魄。为感君王辗转思，遂教方士殷勤觅。
6	皇上看了《长恨歌》画册，觉得画中杨贵妃的容貌，虽然出于名画家之手，但笔力有限，到底缺乏生趣。诗中说贵妃的面庞和眉毛似"太液芙蓉未央柳"，固然比得确当，唐朝的装束也固然端丽优雅，但是，一回想桐壶更衣的妖媚温柔之姿，便觉得任何花鸟的颜色与声音都比不上了。	归来池苑皆依旧，太液芙蓉未央柳。芙蓉如面柳如眉，对此如何不垂泪。
7	挑尽残灯，终夜枯坐凝思，懒去睡眠。听见巡夜的右近卫官唱名，知道此刻已经是丑时了。因恐枯坐过久，惹人注泪，便起身进内就寝，却难以入寐。	夕殿萤飞思悄然，孤灯挑尽未成眠。迟迟钟鼓初长夜，耿耿星河欲曙天。
8	以前晨朝夕相处，惯说"在天愿作比翼鸟，在地愿为连理枝"之句，共交盟誓。如今都变成了空花泡影。天命如此，抱恨无穷！	在天愿作比翼鸟，在地愿为连理枝。天长地久有时尽，此恨绵绵无绝期。

两千余年的中日文化交流史中，汉唐时期两国关系尤为密切，这一密切关系的形成可以追溯至中国春秋战国和秦，途经两汉、魏晋南北朝，最后至隋唐达到最高潮。中日关系可考证的史实始载于《史记》中徐福东渡，徐福为秦始皇求长生不老之药，往东越海至一平原广泽地方，大多数中国史研究学者肯定徐福"止而不归"的"平原广泽"就是日本。中日关系史、日本史研究学者则大多持慎重态度，认为在没有

[1] 紫式部.源氏物语[M].丰子恺译.北京：人民文学出版社，1980：1-10.

[2] 白居易.白氏长庆集[M].四库全书文渊阁本.

取得确凿证据之前，不能妄言。公元前 2 世纪、前 3 世纪的弥生时代，大量中国大陆移民通过朝鲜半岛南部，抵达九州北部地区，经九州向东，经濑户到近畿。移民带来的先进理念和生产技术使得近畿地区从弥生中期开始成为日本最发达的先进地区。"从弥生时代生产技术与秦代技术比较看，秦代时无疑已有不少秦民移居日本"[1]，《日本书纪》钦明元年条载："八月……召集秦人、汉人等诸蕃投化者，安置国郡，编贯户籍。秦人户数总七千五十三户。"日本文化从弥生时代开始深受汉文化影响，其中影响力最大的是我国秦汉时期的稻作文化、铁器文化、织染文化、儒学思想。4世纪开始，日本列岛逐步实现国土统一，形成以畿内为中心的大和统一王权。5 世纪初，大和王权一方面致力于成为中国南朝册封体制下的属国，另一方面仿照中国的册封体制，在自己势力所及的范围内建立"倭本位"的地域性册封关系。为了成为真正的地域强国，大和国积极推进外交活动，开始主动大量吸取中国大陆文化。移居大和国的人才，一是被俘掠的技术工匠，二是大和国派使者到大陆诸国招聘的人才，如派遣阿部使主、都加使主为使，到吴国求缝衣工女，招聘的缝衣工女成为皇室的吴衣缝。[2] 允恭大王三年正月，遣使新罗求医，八月良医自新罗来，"令治天皇病，未经几时，病已差也，天皇欢之"[3]。三是东亚诸国赠送的人才，进贡的人才大部分为汉人及其后裔，这方面事例在《日本书纪》、《古事记》中多有记载。四是有一技之长，自迁谋生路的汉人。大批大陆移民中，最为醒目的是精通儒学的人才，他们虽不能提高生产技术水平，但带给大和国先进的思想和制度。最早将儒家文化带入日本的是阿直岐，阿直岐能通读中国经典，当时的皇帝应神大王令其当了太子菟道稚郎子的老师，教太子习中国典籍。应神十六年二月，汉学者王仁（《古事记》中称谓为和迩吉师）应聘抵日。"王仁来之，则太子菟道稚郎子师之，习诸典籍于王仁，莫不通达，故所谓王仁者，是书首之始祖也"[4]，王仁携入日本的儒学著作有《论语》、《千字文》等。王金林认为："王仁等人所起的作用，主要是通过《论语》等典籍，培养了日本阅读汉文的人才。"[5] 江户时代的儒学者荻生徂徕说："吾东方之国，泯泯乎罔知觉，有王仁氏，而后民始识字。"时至奈良、平安时期（即我国的汉、隋、

---

[1] 王金林．汉唐文化与古代日本文化 [M]．天津：天津人民出版社，1996：52.

[2] 《日本书纪》卷 10，应神三十七年、四十一年。

[3] 《日本书纪》卷 13，允恭三年。

[4] 《日本书纪》卷 10，应神十六年二月。

[5] 王金林．汉唐文化与古代日本文化 [M]．天津：天津人民出版社，1996：157.

唐朝时期），精通中国典籍的学者不断经由百济[1]东渡到大和国[2]，百济先后派遣五经博士[3]阿直歧、王仁、段杨尔、汉高安茂、王柳贵等精通中国典籍的学者到大和国传授学问，传播的典籍主要是《诗经》、《尚书》、《礼记》、《周易》、《春秋》。儒学思想逐渐成为大和国的治国理念，大和国时期的国家机构和官吏的设置深受中国官制影响。日本大化革新（645）以后开始全面吸收唐文化，唐朝一切制度都是围绕维护皇权和以皇帝为核心的中央统治集团而制定，大化革新后的历届统治者在吸取唐朝统治经验的过程中，必然加强皇权。奈良迁都以后，随着维护中央集权各项制度的完备，天皇权威达到日本历史上的最高峰。630年，日本派出第一批遣唐使，直至838年最后一批，经过了238年的漫长时间，日本在政治、思想、文化方面已经逐步走向成熟，开始独立进入本土文化阶段。自奈良时代留学生和学问僧大规模地输入大唐文化，日本民族对于大唐的仰慕，已达极点。不仅文物典章照抄中国，且对于中国生产的物品也非常喜爱，大量唐货进入日本，在对外贸易方面日本一直处于入超状态。日本大量白银流出，本土经济得不到发展，面临崩溃。在输入品中不仅有货物，还有"唐钱"。当时的日本钱币，与唐钱相比有种种缺憾。不仅在质量上无法相提并论，且流通中也有诸多不便，因此，唐钱有着两方面的优势在日本大受欢迎，直接导致日本货币体制更加混乱，这对本已面临危机的日本经济和政治无疑是雪上加霜。如果要改变这种状态就必须从商品、金融、文化各方面改变日本落后的状态，但这是短期内无法取得成效的。唐昭宗乾宁元年，日本宽平六年（894），新任遣唐使菅原道真引用在唐学问僧中灌的报告上奏天皇，以"大唐凋敝"、"海陆多阻"为由，建议停止派遣唐使。从政策上先行杜绝外国政治经济的威胁则不是什么难事，故894年宇多天皇下令持续废止了二百多年的遣唐使制度，两国关系遂告中断。"抵制唐货"可以说是发自日本上层统治阶级的一场运动。9世纪后半期，中国先后发生了安史之乱和黄巢起义，加之各地藩镇割据，唐王朝日薄西山，摇摇欲坠，即菅原道真报告中所指"大唐凋敝"。然而随着日本政府推行闭关政策，终

---

[1] 百济（前18—660）：又称南扶余，是中国古代扶余人南下在朝鲜半岛西南部原马韩地区建立起来的国家。

[2] 大和国：4—7世纪日本奴隶制国家的称谓，又称倭国、大倭国。

[3] 五经博士：汉武帝采用公孙弘建议设立学官，专门从事经学传授。传播的典籍主要是《诗经》、《尚书》、《礼记》、《周易》、《春秋》。百济立国后仿照中国博士制度，建立了五经博士，并从中国吸收了大批这方面人才。

止中日一切贸易往来之后，两国民间关系并未随之中断，不断有日本僧人学者，搭乘中国或朝鲜的商船继续来大唐学习，民间和贵族都十分喜爱"唐物"。虽然两国交流日趋减少，中国唐文化却已根深蒂固地植入日本文化的血脉，并成为主流，以后日本逐步形成具有和文化特色的"国风文化"都是以中国唐文化为主梁进行的民族风格改装。《源氏物语》中有大量汉文化元素毋庸置疑，史书《日本文德天皇实录》（879年成书）记载，838年日本官吏大宰少贰藤原岳守在检查唐船的货物时得《白氏文集》呈献天皇。这是《白氏文集》首次传到日本，从那时开始，日本文人便独尊白居易。《紫式部日记》中记载着紫式部为彰子皇后讲读《白氏文集》，《枕草子》中记载，一天大雪时，皇后定子问作者清少纳言："少纳言，香炉峰雪若何？"清少纳言听罢，立即让人打开格窗，自己卷起帘子，因为她悟得皇后是以白居易的诗《重题》中的诗句"遗爱寺钟欹枕听，香炉峰雪拨帘看"来命她开窗看雪。又载：头中将藤原齐信以白居易的诗句"兰省花时锦帐下"试清少纳言的才学，清少纳言立即以半首和歌"更有谁人探草庵"作答，表示她已知道下句为"庐山雨夜草庵中"，清少纳言在自己的随笔《枕草子》中录下这些佳话，以显示她的汉学素养。《紫式部日记》中紫式部对清少纳言的评价则为：

　　清少納言は実に得意顔をして偉そうにしていた人で、あれほど利口ぶって漢字を書き散らしている程度も、よく見ればまだひどく足りない点がたくさんある。[1]

　　作者译：少纳言总是一副得意洋洋、很了不起的样子，非常令人厌恶，时不时摆出一副讨好卖乖的样子，到处乱写汉字，这些个汉字仔细一看又都经不起推敲。

现今，紫式部和清少纳言被人尊称为"日本古典文学双璧"，清少纳言以写随笔散文著称，紫式部以写传奇爱情小说著称，两类完全不同风格的作品是不能进行孰好孰坏比较的。

　　紫式部や清少納言、また和泉式部や赤染衛門などの名歌人もみな宮仕えの女性でした。平安文化一般が宮廷のそれであり、女性的であるわけです。『源氏物語』や『枕草子』の時は、この文化の最盛期、つまり爛熟の絶頂から退廃に傾きかける時で、すでに栄華極まった果ての哀愁がただよっていますが、日本の王朝文化

---

[1]　李光泽. 日本文学史 [M]. 大连：大连理工大学出版社，2007：31.

の満開がここに見られます。[1]

　　作者译：紫式部和清少纳言，还有和泉式部以及赤染卫门等著名歌人，都是供职于宫廷的女官。平安文化一般指宫廷文化或是女性文化。《源氏物语》和《枕草子》的撰文时期，是平安朝文化最为兴隆的时期，总言之是从平安文化烂熟期走向衰退期的转折时刻，已是极尽繁荣之后袭来无尽的忧伤之时，诚然这也是日本王朝文化的满开期。

王朝文化衰落，政权由公卿转到武士手中，武家政治一直持续到明治元年，约达七百年。然而，日本王朝文化没落后，很长一段时间，哪怕直至当今，学者们仍对先代日本王朝文化的优美纤细抱着深深的憧憬。日本镰仓初期敕撰的和歌集《新古今和歌集》，在歌法技巧上比起平安朝的《古今和歌集》有进步，虽有玩弄辞藻的缺失，但其注重妖艳（妖艶）、幽玄和余味（余情），增加文本的意象叙事机能，增加幻觉与猜想，同近代象征诗有异曲同工之妙，前文中所讲的西行法师正是跨平安和镰仓这两个朝代的具有代表性的歌人。“冬月拨云相伴随（われにともなふ冬の月）”的诗人明惠如是说：

　　西行法師常に来りて物語りして言はく、我が歌を読むは遥かに尋常に異なり。花、ほととぎす、月、雪、すべて万物の興に向ひても、およそあらゆる相これ虚妄なること、眼に遮り、耳に満てり。また読み出すところの言句は皆これ真言にあらずや。花を読めども実（げ）に花と思ふことなく、月を詠ずれども実に月と思はず。ただこの如くして、縁に随ひ、読みおくところなり。紅虹たなびけば虚空色どれるに似たり。白日かがやけば虚空明らかなるに似たり。しかれども、虚空はもと明らかなるものにもあらず。また色どれる物にもあらず。我またこの虚空の如くなる心の上において、種々の風情を色どるといへども更に蹤跡なし。この歌即ち如来の真の形体なり。[2]

　　作者译：西行法师常来和我谈论“物语”相关事宜，称我咏诵的和歌异乎寻常。虽是寄兴于花、杜鹃、月、雪，以及自然万物，但是我大体将这些耳闻目睹的全部事物看成是虚妄的。又，我所咏诵的言语都不是真挚的，咏花的时候实际上并未想

[1]　川端康成.美しい日本の私――その序説[M].東京：講談社，1981：7.
[2]　川端康成.美しい日本の私――その序説[M].東京：講談社，1981：7.

到花，咏月的时候也未曾想到月，只是有如随缘尽心而做罢了。如，泛红彩霞悬挂高空，具体色彩难以言说，倒是与虚空的颜色几分相似，骄阳灼烤时，其色与虚空的明朗颜色又有些相似。然而，虚空原本无光又无色。我就在类似虚空的心上，不留痕迹地着上种种风情的颜色。这种诗歌即是如来的真正形体。

日本平安时期的文人尤其好做诗，且对白居易情有独钟，日本学者近藤枩认为当时的文人喜爱白居易有四种理由：①白诗产生的时代背景与日本平安时代极为相似；②白居易的身份地位与平安时代的文人极为相似；③白居易的性格、爱好等，与平安时代"典型的日本文人类型"无异；④《白氏文集》在质量和数量上，对当时的文人来讲，都是最完美的、至高无上的文学宝典。[1] 对于白居易的诗日本古代文人并非照单全收，中国人认为白居易的讽喻诗是其诗作的精华，日本人却不是很喜欢。相反，其平易与闲适雅致的诗句在日本广为流传，"三五夜中新月色，两千里外故人心"，"林间暖酒烧红叶，石上题诗扫绿苔"，这些诗句被收录在日本高中教材中。民族文化的不同造成了文学观的巨大差异，文学观的差异使得同一作者的作品受到不同际遇。紫式部笔下藤原家族的传奇是日本皇族的历史传奇，注重的是历史中的人生，借助一组历史框架，来表现人的生命意志和情感，反映历史中人的多重生活，包括人的欲望、友谊和爱情。在这一组历史框架中的人是自由的，他们顺从历史、构成历史，又改变历史，少了历史梏桎的日本传奇与西方传奇所表达的主题是一致的，"情节的累赘复杂，实际上是探索整个人生舞台的自由"[2]。日本古典传奇小说与西方历史传奇小说以个人命运为主线，从人物多方面的生活情感内容展开多情节中心的叙事，爱情成为传奇不可或缺的情节，叙事在个体的意欲和情感力的驱使下进行，而不同于中国历史传奇在伦理框架中作历史事实的叙事。"在中国，离开人生、政治和社会问题，文学就无从谈起"[3]，《长恨歌》讲叙的虽是一个温婉缠绵的爱情故事，其开场白"汉皇重色思倾国"，就带有明确的政治立场，叙事人的潜台词——作为一个皇帝你怎么可以重色误国，似在进行质问。由而这样一首爱情叙事诗一开始就具有很浓郁的政治性、批判性、伦理性，在写作修辞上更是充满讽喻，"春宵苦短日高起，从此君王不早朝"，唐明皇荒淫导致安史之乱，以此垂诫后世君主。然而，

[1] 近藤枩. 中国学艺大辞典 [M]. 日本：大修馆，1997：88.

[2] 黑格尔. 美学（第三卷下册）[M]. 朱光潜译. 北京：商务印书馆，1981：137.

[3] 铃木修次. 中国文学与日本文学 [M]. 東京：東京書籍，1987：118.

后世日本文学的评论家们反复强调文学的超政治性，"即使是在现代，把政治带入文学，也会被视为低俗，这一性格在世界文学中都是罕见的"[1]，紫式部在《源氏物语》中反复宣称"作者女流之辈，不敢奢谈天下事"[2]，《源氏物语》整篇予人留下深刻印象的是经典爱情故事。日本文学关注得更多的是人的情感与山川风物的细腻描写，《雪国》、《伊豆舞女》、《千羽鹤》、《山音》，无不如此，男女情爱故事描写特别注意远离政治因素。白居易诗歌平易、流畅、接近大自然的风格备受日本平安时代文人喜爱，紫式部为何在创作《源氏物语》时以《长恨歌》为创作的原型与源头就不难理解了。紫式部的这一举措亦是日本平安朝唐文化的一个缩影，是日本文学传统对中国古典文学的回应与共鸣。《源氏物语》一方面参照、引用和叠影了《长恨歌》的框架以及在爱情方面的"长恨"的意识源泉，另一方面又是《长恨歌》的一个变异体，叙事内容比《长恨歌》更为庞杂、壮观，例如时间叙事上的跨时代性，结构上的多维立体性，叙事对象上的多线头并进特征，等等。《源氏物语》描叙得最美、最令人回味深长的部分仍是篇首"桐壶"卷，"桐壶"卷是《长恨歌》的叠影。《源氏物语》也好，《长恨歌》也罢，作为爱情文学其爱情文学的文学母题原型是"为失去的爱而悲叹！""长恨"是《长恨歌》的诗眼，"恨"字里包括君民之爱、男女之情。老百姓热爱君王，恨其贪恋于男女之情不理朝政，误国殃民。从唐玄宗的角度出发则是"情太长，贵妃命太短"，由而"此恨绵绵无绝期"，因爱生恨。紫式部对《长恨歌》早已融会贯通，烂熟于心，她展开、延伸与拓展了白居易的"长恨"。

日本的艺术史是这样的一部艺术史，它从中国取得了最初的灵感，逐步发展成自己的性格，并且接受了新的题材。此后，似乎是害怕与大陆的伟大传统失去联系，害怕变得粗鄙、寡陋，于是又从中国的艺术、思想中寻求发现某种清新的激发力量和新的开端。然后日本又一次把自己封闭起来，它的文化艺术再一次使它所吸收到的东西得到消化，真正日本性格的新风格又逐渐地在形成。[3]

为失去的爱而悲叹！紫式部在"长恨"的"长"字上做文章，桐壶帝失去了爱妃子更衣，"哭尽长宵泪未干"，作为"长"的延续，他们之间爱情结晶光源氏出现，源氏遁世后其子薰又登场亮相。一代一代繁衍不断，"绵绵不绝"，又没有一代获得过自

[1] 櫻井满．《万叶集》的诞生与中国文化 [J]．日本文学，1984（2）：23-25.

[2] 紫式部．源氏物语 [M]．丰子恺译．北京：人民文学出版社，1980：190，340，409，436.

[3] 劳伦斯·比恩尼．亚洲艺术中人的精神 [M]．孙乃修译．沈阳：辽宁人民出版社，1988：95.

己所追求的完美爱情，由而整部书诠释的都是"爱情——此恨绵绵无绝期"的母题。虽然如此，但却没有一个人，一代人不在为获得完美的爱情而孜孜不倦地追求，然而最终这些追求又都是"梦中花，水中月"，这正是爱情悲剧的典型特征。《源氏物语》与《长恨歌》正是在这一点上有异曲同工之妙趣。

（二）"梦境"文类模型比较研究

梦幻叙事是值得深入剖析的描叙手法，可以从深层心理学和精神分析学来探讨，也可以以历史学为研究工具，研究的关键是梦幻叙事的内容与形式要能反映当时的时代背景与时代精神。日本文学中，"梦"最初是作为人与神精神交汇的场面展开，是无意识的，神托梦给人，人按神的旨意行事，这一点在《日本灵异记》和《今昔物语》中尤见一斑。之后，"梦"在日本文学作品中的叙事机能逐步转化，《万叶集》中的"梦"开始由无意识变得有意识起来，具有"梦灵"、"梦想"、"梦告"的叙事机能，《万叶集》中存在通过梦境宣泄恋情与愿望的和歌九十六首，这些和歌中绝大部分是通过梦境完成爱欲。之后，藤原道长也在《御堂关白记》中表示，当时的人们对梦境非常信赖。随着时代的变迁，"梦"的叙事功能在变迁。文学作品不似科普文章，要具备数理的精确和依据的真实，文学作品更讲究叙事的虚幻特征，"欲写一善人时，则专选其人之善事，而突出善的一方；在写恶的一方时，则又专选稀世少见的恶事" [1]，人物形象与事件的描画是跳跃的点线的勾连，小说文本具有虚幻性。这一虚幻文本的产生皆缘一梦，叙事主体内容皆出一梦，叙事结构则是梦之经纬。曹雪芹早将此番体味在《红楼梦》的篇首位置言出：因曾历过一番梦幻之后，故将真事隐去，而借"通灵"之说撰此《石头记》一书也，古曰"甄士隐"云云。[2] "梦"的记载最早出现在《诗经》中，"甘与之同梦"、"乃占我梦"、"吉梦维何"、"牧人乃梦"、"讯之占梦"，前1世纪，在文学叙事中人类就已有梦幻意识。《诗经》中梦的叙事功能有两种：一是歌颂对答男女的爱情；二是占卜，特别是"卜官"。《离骚》中作者屈原将现实生活中不可圆之"爱国"情怀，通过对"路漫漫其修远兮"的爱国梦幻的精心编织，将自己"上下求索"爱国情怀表达得淋漓尽致。当沉溺于梦幻中满腔热情的诗人被其眼中惨淡无光的社会现实拽回，诗人的梦幻破灭，理想社会不复存在时，遂令诗人无置身之地，投江而死。文学梦幻的叙事意识中国自古

[1] 紫式部. 源氏物语 [M]. 丰子恺译. 北京：人民文学出版社，1980：439.
[2] 曹雪芹，高鹗. 红楼梦 [M]. 长沙：岳麓书社，2004：1.

有之，时至明清已形成了独特的梦幻文学的叙事系统，曹雪芹从中汲取了丰富的营养，梦幻的叙事手法贯穿他的整个文本创作，轻重适当，绝无繁冗赘叙。

梦是奇特而神秘的心理活动，它出现在漆黑的夜晚，当人们熟睡之际发生。人无法捉摸它，对它的运行已无从掌握控制。梦境离奇恍惚，跳跃闪烁，超越时空。梦如天马行空，独来独往，无法羁勒。梦是人们神秘莫测的心灵深处的隐秘。[1]

吴康在《中国古代梦幻》一书的首页，对梦的认识提出两点：一是梦是无意识的，不受人主观意识摆布；二是梦是人们心灵深处的隐私。

梦与醒是完全不一样的，两者了了分明。这是从梦境来看的。而对梦者而言，当他做梦时，他并不知道这是做梦，他宛如亲历其事。更有甚者，他或许还在梦里占解所梦，直到猛醒后，才觉得原来是梦。这是梦者也是世俗的愚人所自以为的醒觉。于是，庄子提出了所谓大梦的概念，大梦者，直达普遍之梦，也就是说宇宙人生无非是梦：饮酒是梦，哭泣是梦，田猎也是梦，梦中占梦是梦，醒觉亦是梦。现实是丑恶令人绝望的，只是一场梦，那些梦中的人，自以梦醒的人，皆出在可悲的大梦之中。[2]

此处，吴康所讲的梦正是契合《红楼梦》"梦幻"之命题，及曹雪芹篇未点睛之笔："说到辛酸处，荒唐愈可悲。由来同一梦，休笑世人痴。"[3]

1. 红楼之梦

《红楼梦》在写梦的数量、笔法、梦所表示的审美意境和文化内涵上，都超越了前代作品。关于红楼梦的梦幻，有研究称有 30 余处，有研究称有 20 余处，本书认为出现"梦"字样处并非全有"梦幻"的叙事机能，如："梦中作痛"[4]，"梦中惊醒"[5]，"旁听他梦"[6]，"睡梦中"[7]，其中并未有任何梦象的直视、变形、穿错与预示，达不到"梦幻"叙事功效。如果按"梦"字样的出现来计算"梦幻叙事"

[1] 吴康.中国古代梦幻 [M].海口：海南出版社，2002：1.

[2] 吴康.中国古代梦幻 [M].海口：海南出版社，2002：315.

[3] 曹雪芹，高鹗.红楼梦 [M].长沙：岳麓书社，2004：865.

[4] 曹雪芹，高鹗.红楼梦 [M].长沙：岳麓书社，2004：205.

[5] 曹雪芹，高鹗.红楼梦 [M].长沙：岳麓书社，2004：225.

[6] 曹雪芹，高鹗.红楼梦 [M].长沙：岳麓书社，2004：395.

[7] 曹雪芹，高鹗.红楼梦 [M].长沙：岳麓书社，2004：562.

的回数，《源氏物语》共有"梦"字标识处 283 处，其中和歌 37 处。由而，需另辟新径对两作品"梦幻叙事"回数进行统计，在此基础上进行对比研究。《红楼梦》一书中实实在在描写的梦境并不多，表 4-4 所列略有遗漏，大抵如此。

表 4-4 《红楼梦》梦境一览

序号	回目	内容
1	第一回	◆甄士隐梦幻识通灵
2	第五回	◆宝玉游幻境指迷十二钗
3	第十三回	秦氏托梦凤姐劝其置田购业
4	第十三回	宝玉梦中听见秦氏死了
5	第十九回	万儿母亲梦万字花样
6	第二十四回	小红情迷遗帕梦
7	第三十六回	宝玉梦中喊骂木石、金玉姻缘
8	第三十九回	老奶奶托梦刘姥姥
9	第四十八回	香菱梦中得诗八句
10	第五十六回	◆贾宝玉梦中觅甄宝玉
11	第五十八回	宝玉梦见杏花神要一挂白钱
12	第六十九回	◆尤二姐梦尤三姐劝其斩杀凤姐
13	第七十二回	凤姐梦人来夺锦百匹
14	第八十二回	◆黛玉痴魂惊恶梦
15	第八十六回	贾母梦元妃前来托梦
16	第八十九回	黛玉梦人叫其宝二奶奶
17	第九十三回	甄宝玉游太虚幻境
18	第九十八回	贾宝玉病梦中寻黛玉
19	第九十八回	贾宝玉梦黛玉回南
20	第一百一十六回	◆贾宝玉重游太虚幻境
21	第一百二十回	袭人梦宝玉

注：加"◆"处表示梦境叙事内容较为翔实

《红楼梦》写梦共 21 处，其中最长的梦是第五回贾宝玉梦游太虚幻境，描叙用了 8 300 余字；其次为第一百一十六回贾宝玉重游太虚幻境，第八十二回黛玉痴魂惊恶梦，第一回甄士隐梦幻识通灵，第五十六回贾宝玉梦中觅甄宝玉，第六十九回尤二姐梦尤三姐劝其斩杀凤姐，这几处梦境意义深远。其中最为重要的是"太虚幻境"，该梦境在书的第一回、第五回、第五十六回、第九十三回、第一百一十六回[1]都有提及，在全篇中形成一个前后呼应的梦幻叙事系统。这一叙事手法正是呼应了作者开篇所言："篇中凡用'梦'用'幻'等字，是提醒阅者眼目，亦是此书本旨。"[2]第一梦"甄士隐梦幻识通灵"统率全篇，"一日士隐闲坐书房，不觉朦胧睡去，梦至一处"[3]，由此引出"红楼之梦"虚幻故事。第二梦"游幻境指迷十二钗"是第一梦叙事大盒子中的小套子，将文本主体故事真正铺展开来。第三梦"贾宝玉梦见甄宝玉"，真是"若说必无，也似必有；若说必有，又并无目睹"[4]，对应第一梦中太虚幻境联"假作真时真亦假，无为有处有还无"[5]。阐释了"真"与"假"、"有"与"无"的哲理，似在扣问人生的终极价值，又在强调小说叙事真实与虚构之间的关系，提醒读者阅读该书切忌穿凿，才能体味到其间最大妙趣。《源氏物语》中亦有此类前后呼应的叙事声音，第二回紫式部借左马头之口谈及物语创作的真实性，蓬莱山、怪鱼、深山猛兽、鬼神是凡人不可窥视之物，由而"尽可全凭作者想象画出，但求惊心骇目，不须肖似实物，则观者亦无甚说得"[6]，然而世间常见之山容水态、寻常巷陌、日常生活的描绘却是"普通画师望尘莫及"[7]，此言正如"画鬼容易画人难"（《韩非子·外储说左上》）。"艺术源于生活高于生活"，中外古典小说莫不如此，虽并非完全如实记载某人某事，但都不论善恶确有其实，《源氏物语》第二十五回（"萤"卷）再次谈到小说写作的真实与虚构，"中国小说与日本小说各异。同是日本小说，古代与现代亦不相同。内容之深浅各有差别，若一概指斥为空言，则亦不符事实"[8]。两部作品中提到的"真假"与"有无"、"真实"与"虚构"都关联作者创作小说时对事件与人物的构想，两位作家都力图用"艺术的真实"来感染读者，都在小说的开篇提出对小说真实性的思考，在小说的中间部位重新审视叙事艺术的"真假"，通过隐蔽的叙事声音不失时机地将读者拉回现实生活，在虚幻梦想的理想化与琐碎

[1]　以下将书中先后出现的五回"太虚幻境"梦境，称为第一梦、第二梦、第三梦、第四梦、第五梦。

[2]　曹雪芹，高鹗．红楼梦[M].长沙：岳麓书社，2004：1.

[3]　曹雪芹，高鹗．红楼梦[M].长沙：岳麓书社，2004：3.

[4]　曹雪芹，高鹗．红楼梦[M].长沙：岳麓书社，2004：394.

[5]　曹雪芹，高鹗．红楼梦[M].长沙：岳麓书社，2004：4.

[6]　紫式部．源氏物语[M].丰子恺译．北京：人民文学出版社，1980：25.

[7]　紫式部．源氏物语[M].丰子恺译．北京：人民文学出版社，1980：25.

[8]　紫式部．源氏物语[M].丰子恺译．北京：人民文学出版社，1980：493.

现实的残酷、乏味中维持一种若即若离的平衡，拨动读者的阅读情趣，梦境是虚幻叙事描写的最高手法。第四梦"甄宝玉梦游太虚幻境"是第二梦贾宝玉"游幻境指迷十二钗"的复调，同时暗示贾宝玉未来的疯癫命运。甄宝玉"走到一座牌楼那里，见了一个姑娘领着他到了一座庙里，见了好些柜子，里头见了好些册子。又到屋里，见了无数女子，说是多变了鬼怪似的，也有变作骷髅儿的"[1]，之前宝玉梦游太虚幻境中的红楼十二曲暗示了十二位女子的命运，此处则明示红楼女子的凄凉结局。甄宝玉、贾宝玉的两次梦游太虚幻境，一次在全书的第五回，另一次在第九十三回，首尾呼应。"甄宝玉梦游太虚幻境"亦是第九十八回（"苦绛珠魂归离恨天　病神瑛泪洒相思地"：黛玉死，宝玉痴）的前奏，第九十八回又是第一百一十六回第五梦"贾宝玉重游太虚幻境"的前奏。"太虚幻境"是全书的提纲挈领，贯穿全书又伏脉千里。第五梦与第一梦形成一个完整的闭合，通过百余回的文本叙述，得以神瑛浇灌绛珠草降凡历劫，报了灌溉之恩，返归真境。以上五个梦贯穿全书，形成一条时隐时现的情节叙事暗线，这条暗线又是从整个纷扰的文本烦琐叙事中腾身出来，将整个文本化繁为简的叙事主轴，梦幻手法的采用更是让凡俗的故事情节得到哲理的升华。亦反映出曹雪芹的一种佛教观，世界上的所谓生命体不过是被某种思想、意识、情感所借用了的载体，生命如同淤水上的水泡，易逝易消，生死之距离无非瞬间工夫。"分别推求诸法，有亦无，无亦无，有无亦无，非有非无亦无。"[2]（《中论·观涅盘品》）《红楼梦》始于梦——"篇中凡用'梦'用'幻'等字，是提醒阅者眼目，亦是此书本旨"[3]，终结于梦——"由来同一梦，休笑痴人醉"[4]。将古典文学中的梦幻叙事技巧发挥极致。

2. 源氏之梦

日本人最初"梦"的概念与萨满教（シャーマニズム Shamanism）[5]、呪物崇拜（Fetishism）[6]关联，记纪文学时代讲叙的梦是人与神交汇的时刻，神向人传授神的意志，日本古纪传书中梦幻的描写主要围绕天皇·神权与国政展开。"日本古代社会中，梦被认为是神的启示及神意的显现。日本古代社会有过天皇坐在神床上的祭祀行为，

---

[1] 曹雪芹，高鹗. 红楼梦 [M]. 长沙：岳麓书社，2004：673.

[2] 大正藏（第30册）[M]. 台北：新文丰出版公司，1983：36.

[3] 曹雪芹，高鹗. 红楼梦 [M]. 长沙：岳麓书社，2004:1.

[4] 曹雪芹，高鹗. 红楼梦 [M]. 长沙：岳麓书社，2004:865.

[5] 萨满教：狩猎民族信仰的一种原始宗教，流行于东北亚、欧洲极北部等地区。

[6] 呪物崇拜：一种宗教信仰，认为某些自然物（石子、植物的种子等）具有超自然的力量。

是想通过这一行为获得神谕或是神梦。（日本古代の社会においては、夢は神の啓示、神意の現れと考えられ、天皇が神牀に座すことは、神託、すなわち夢を得るための祭式的行為でもあった。）"[1]古代埃及、美索不达米亚、希腊都认为神可以预示将来吉凶，《旧约圣经》中称梦的频繁出现表示"神心"的显现。随同时代变迁，梦的社会机能也在不断变化，平安时代人们对梦的依托不仅限于人们对神告示的被动等待，当人们对事物判断不准、犹豫不决时，就会通过祈祷或进入寺庙闭居等方式，乞求神前来托梦。日本平安初期的《日本灵异记》与《今昔物语集》中有人神对话的梦·梦想·梦灵场面的叙述。后来，《万叶集》则无视"人神交汇"的"梦幻"主题，将"梦"的功能定位于人与人之间的交际关系。"（万叶集）中含有梦字样的和歌102首，主要集中在相闻歌卷四和古今相闻往来歌卷十一、十二的65首当中。（ユメの語を含む歌は102首ある。その内、全卷が相聞の卷四と古今相聞往来歌の卷十一、十二に合計65首と集中的に現れる。）"[2]相闻歌是特定男女间的恋歌，《万叶集》中梦的场合，全部限定在"相闻的世界"（『万葉集』における夢の場は、「相聞的世界」と限定できるのである）[3]。

夢は、見る人のうつつの世界を超えた客観的現象であり、世界であり、一個の存在であった。従って、うつつの世界と同様に夢の世界においても恋人は通ってくる。相手の訪れようというという意志があって初めて夢にみる。それは又逆に、自らが、眠っている間に相手を訪れ、その夢に現れることである。[4]

作者译：梦跨越做梦人存在的现实世界，又是普遍存在于现实世界当中的一种客观现象。由而，梦幻世界和现实世界一样，恋人可以在其中进行交流。当某人有意识去探访恋人，恋人就会出现在梦中。相反，自己熟睡时，恋人前来探访，恋人也就在梦中出现。

《万叶集》中相关梦幻和歌主要围绕恋情展开：

旅に去にし君しも続ぎて夢に吾が片恋の繁ればかも（『万葉集』 3929）

---

[1] カラム ハリール. 日本中世における夢概念の系譜と継承 [M]. 東京：雄山閣出版，1990：14.

[2] 川本真貴. 『源氏物語』の夢と方法 [J]. 同志社国文学，1978（3）：28-35.

[3] 川本真貴. 『源氏物語』の夢と方法 [J]. 同志社国文学，1978（3）：28-35.

[4] 川本真貴. 『源氏物語』の夢と方法 [J]. 同志社国文学，1978（3）：28-35.

作者译：君远行，留梦中，相思羁绊，不得脱身。

文中，通过"梦的通路"，恋人出现在梦中。《万叶集》时代梦者将梦中发生的事情等同于现实生活中的事情，这与记纪文学中强调的神授意的梦的"圣性"完全不同。歌者将思慕对象描绘于自己的梦境中，《古今和歌集》中小野小町关于梦的恋歌率直而真实。

思ひつつ寝（ぬ）ればや人の見えつらむ夢と知りせば覚めざらましを（小町・古今集 552）

译文：梦里相逢人不见，若知是梦何须醒。

夢路には足を休めず通へども現（うつつ）に一目見しごとはあらず（小町・古今集 658）

译文：纵然梦里常幽会，怎比真如见一回。

《古今和歌集》中相关梦的和歌 34 首，从其题材与内容来看，全部用于恋歌。"恋"与"梦"成对出现，表现方式整备，"梦"成为"恋"的专用指代名词。与《万叶集》不同的是，《古今和歌集》认为梦是虚幻的（はかない），与恋情相关的梦是不真实的。《源氏物语》有和歌 796 首，其中 14 首和歌与梦相关联，这些和歌继承与发扬《万叶集》相闻歌的特色和《古今和歌集》的恋歌特色，另外附带佛教的无常观。

日本平安时期文学多采用托梦言情的叙事手法，人们将现实生活不能实现的愿望与恋情托于梦，梦已不是完全无意识的精神产物。《源氏物语》产生于平安中期，同时代的作品有《蜻蛉日记》与《更级日记》，两书中记载不少请求法师做法以求神托梦，得梦之后请求专门的巫师、阴阳师解梦的场合。平安中期，梦在人们生活中占有重要地位，对人们的现实生活具有指导作用。《源氏物语》中有和歌约 800 首，和歌中 37 处使用"梦（ゆめ）"字样，"梦"主要在"恋歌"中使用，这与之前和歌中"梦"即为"恋"的叙事技巧一脉相承。不止于此，《源氏物语》叙事文中有283 处出现"梦（ゆめ）"，实际有梦幻叙事机能的有 21 处，其中用作预示与占卜的有 11 处，有文称"《源氏物语》中的梦境描叙主要用于男女的恋情描述（源氏物語では夢が男女の愛のあり方）"[1] 是不妥当的。《源氏物语》的"梦"主要用于预言性和启示性的叙事手段，"（日本古典小说中）梦被通用作小说叙事的口实，梦

---

[1] カラム ハリール．日本中世における夢概念の系譜と継承 [M]．東京：雄山閣出版，1990：126．

被当成神圣的事物，并未曾冒犯人间和它界结缘，它的预言性、揭示性被得以信赖，日本平安时代梦所涵括的意义即是梦被当成神授意的一种手段。《源氏物语》中，梦幻叙事作为一种尤其独特的表现手法，尤显其叙事口实性。（夢が、口実として通用するのは、それが人間と他界を結ぶ犯してはならない聖なるものとして、その予言性、揭示性が信じられていたからであり、そのような社会でのみ手段としての意味を持ち得るのである。『源氏物語』が、とりわけ独自の方法として夢を表現し得たものが口実的な夢だってのである。）"[1]

表 4-5 《源氏物语》梦境一览

序号	回目	内容
1	第四回 夕颜	源氏与夕颜幽会时遇梦魇，夕颜去世
2	第四回 夕颜	源氏梦中再遇夕颜
3	第五回 紫上	源氏梦中探问僧都紫上身世
4	第五回 紫上	占梦人前来详梦，判语源氏得龙子
5	第九回 葵姬	六条妃子梦生灵出窍，痛袭他人
6	第十三回 明石	源氏梦中怪人影子纠缠不休
7	第十三回 明石	父皇托梦救助源氏
8	第十三回 明石	异人托梦明石道人
9	第十三回 明石	朱雀帝梦与桐壶上皇四目相峙，父皇不悦
10	第十五回 蓬生	末摘花昼寝时梦见已故父亲常陆亲王
11	第二十二回 玉鬘	夕颜偶现玉鬘乳母梦中
12	第二十五回 萤	内大臣宣召高人解梦，解梦人称其有一子寄人篱下
13	第三十四回（上）新菜	紫上倩魂入源氏梦中
14	第三十四回（上）新菜	◆明石道人梦发迹
15	第三十四回（下）新菜	柏木梦到中国猫
16	第三十六回 横笛	◆夕雾梦柏木传笛
17	第四十七回 总角	二女公子梦中见父亲八亲王愁容满面
18	第四十七回 总角	阿阇梨[2]梦八亲王托梦，央其助一臂之力前往极乐世界
19	第五十一回 浮舟	浮舟母二梦浮舟不祥，为其诵经祈祷
20	第五十三回 习字	妹尼僧初濑寺梦浮舟
21	第五十四回 梦浮桥	将整个文本喻作梦中的浮桥

注：加"◆"处表示梦境叙事内容较为复杂

《源氏物语》叙事部分"梦"的叙事机能与《红楼梦》大抵相当，两书中的梦

---

[1] 川本真贵．『源氏物語』の夢と方法 [J].同志社国文学，1978（3）：28-35.

[2] 阇梨：高僧，泛指僧。

都具备预叙机能，和歌部分主要与恋情有关，继承了日本和歌自古以来恋歌独占鳌头的叙事风格。《源氏物语》最有名的"梦告"之一是"明石道人发迹梦"。

你诞生之年，二月中某夜我做一梦，梦见我右手托着须弥山，日月从山左右升起，光辉灿烂，遍照世间。而我自己隐身于山之阴，不受日月之光。后来我将山放入大海，使浮水上，自己乘一小船向西驶去了。梦中所见如此。梦醒之后，心中时时筹思：想不到我此微不足数之身，将来亦有发迹之望。然而何所凭借，而能交此大运呢？正在此时，你母诞了你。我检阅世俗书籍，考查佛教经典，发现做梦可信之事例甚多……故曾私下对佛许下许多祈愿。现在凤愿顺利达成，你已如意称心。将来外孙女做了国母，大愿圆满之时，你必须赴住吉大寺以及其他诸寺还愿。我对此梦毫不怀疑。[1]

该梦不仅与明石道人关联，还预示着明石上和明石女御未来的命运，该梦还决定了明石道人以后低调隐居的生活方式。第五回中，"却说中将源氏公子做了一个离奇古怪的梦，便召唤占梦人前来……后来听到了藤壶妃子怀孕的消息，方才悟道：'原来那梦所暗示的是这件事！'"[2]该"梦告"也预示光源氏日后的命运。第二十五回中，内大臣"有一次他做了一个梦，宣召最高明的详梦人来详，那人言道：'恐有一位少爷或小姐，多年遗忘，已为他人只螟蛉，不久将有消息。'"[3]此时，玉鬘正寄居光源氏府邸，日后交由亲生父亲内大臣，即"雨夜品评"中的头中将抚养。"占梦（夢合せ）"在日本古典小说和日常生活中都十分重要，"占梦就是将隐含在梦里神的启示和他界传来的信息进行解读，（对神传来的信息进行解读，使得自己）拥有神一样对未来先知的本领（夢あわせは、神の啓示、他界からの信号としての夢を解読し、未来を先取しようとする神的なわざ）"[4]。进而，对梦的指示深信不疑，并顺从梦的指导，"新菜续"卷柏木和女三宫密会时，梦到娇声向其走来的中国猫。柏木因猫和女三宫结缘，又，"时人相信：梦见走兽，是受孕之兆"[5]，猫的再次出现，加重柏木的苦恼，导致他走向死亡不归路。"习字"卷妹尼僧初濑

---

[1] 紫式部．源氏物语 [M]．丰子恺译．北京：人民文学出版社，1980：574.

[2] 紫式部．源氏物语 [M]．丰子恺译．北京：人民文学出版社，1980：95-96.

[3] 紫式部．源氏物语 [M]．丰子恺译．北京：人民文学出版社，1980：442.

[4] 川本真貴．『源氏物語』の夢と方法 [J]．同志社国文学，1978（3）：28-35.

[5] 紫式部．源氏物语 [M]．丰子恺译．北京：人民文学出版社，1980：616.

寺的梦导致投河的浮舟被救一命。《源氏物语》通过"梦"境明确暗示主人公命运，预示情节走向，为此明确传达神的意志与指示的"梦例"有10处，基本都与父亲这一人物形象相关。"明石"卷（第十三回）中死去父皇桐壶院托梦救助光源氏，同回，光源氏和明石道人两人同时梦见住吉神社，为两人日后结缘埋下伏笔。同回，朱雀帝梦见与死去父亲桐壶上皇四目相视，父皇不悦，之后，朱雀院患眼疾、太政大臣死、弘徽殿太后病，朱雀院遂宣旨召回光源氏，事态遂变，"梦告"的内容逐个变成现实。玉上琢弥与柳井滋认为："桐壶院的灵从佛教的层面来看被当成祖灵（桐壶院の霊は仏教的な面とともに祖霊としての一面が認められるには）。"[1]《源氏物语》中有死去的父母在梦里出现4例，"蓬生"卷末摘花昼寝时梦见已故父亲常陆亲王，"横笛"卷夕雾梦父亲柏木传笛，"玉鬘"卷夕颜偶现玉鬘乳母梦中，"总角"卷八亲王托梦阿阇梨牵挂大君、中君，这些梦幻均表明祖灵对子孙后代的守护及寄予，"所谓祖灵，是飞来这个世界，和这个世界不断取得联系的一种状态（祖霊的なものが飛来してこの世と連絡をとりつづけている状態）。"[2]"这个世界有担心、惦记、狠，都以纤细、垂直状态直指天空（この世にきがかりやうらみがあって、天空に立ちやすらっている状態）。"[3]藤井贞和的观点表现日本文化中出"天翔（あまかけり）"[4]思想。"死去人的灵魂脱离肉体，向外飞翔。日本古代的灵魂观深受阴阳五行系游离魂信仰、中国的神仙和道教思想影响。（死んだ人間の魂が肉体から遊離して飛翔するということは、日本古来の呪的霊魂観に陰陽五行系の遊離魂信仰、中国の神仙思想、道教が影響している。）"[5]对于"天翔"一词最为妥当的理解，可见"俳圣"松尾芭蕉临终前的名句，芭蕉始终将其人生喻作"旅（たび）"，在自然世界的自我精神救赎和自我孤独灵魂的探求中，芭蕉反复纵横于关西、东北的旅途，最后客死大阪。"旅に病んで夢は枯野をかけ廻る（旅途罹病，荒原驰骋梦魂萦）"，芭蕉在此讲叙的是临终前的死亡体验，言下的"梦"即是"魂"，魂脱离肉体在枯野的上空高悬萦绕（天翔：あまかけり）。

---

[1] 玉上琢弥. 源氏物語評訳 [M]. 東京：角川書店，1964：162. 柳井滋. 源氏物語と霊験譚の交渉 [C]// 紫式部学会編. 源氏物語研究と資料. 東京：武蔵野書院，1993：188.

[2] 藤井貞和. 源氏物語の研究 [J]. 日本文学，1976（11）：22-28.

[3] 藤井貞和. 源氏物語の研究 [J]. 日本文学，1976（11）：22-28.

[4] 天翔る（あまかける）：向天空飞扬，主要指神、人灵魂相关事宜。

[5] 川本真貴. 『源氏物語』の夢と方法 [J]. 同志社国文学，1978（3）：28-35.

梦幻叙事技巧在《源氏物语》中的和歌和其小说情节叙述中繁为使用，是日本古典小说叙事机能中的基层细胞。《源氏物语》所存在的时代，人们对梦的预示作用深信不疑，人们是在感觉到有一种超自然的力量左右命运，常常通过举行各种仪式来祈求获得"灵梦"，当时梦对人们日常生活行为有指导作用。《源氏物语》中的梦并非一种外在事物运动的表征，它与人的内面性紧密相通，是作为内面精神的外在表现。古代日本人认为，游离的魂魄不仅仅针对死去的人，活着的人生病或是精神异常时，魂魄也将游离出身体，"生病或是精神异常状态，例如过度的愤怒或是悲伤，都致使灵魂游离体外，对此人们举行与魂（タマ）相关的法事祈求神灵的保佑，求得个人健康和精神的安定 [個人の健康と精神の安定ということがタマの観念と関係づけて願い求められたために、病気や精神の異常（烈しい怒り、悲しみ）はタマの活動＝遊離による]" [1]。《源氏物语》中六条妃子的魂因为恋情、苦恼、嫉妒等个人感情的高扬，灵魂脱离原本依附的躯体（あくがる）[2] 做祟。灵魂出窍这一情形描叙始于日本文学作品《万叶集》，平安朝文学作品中频繁出现。这一游离（あくがる）生灵、死灵、非人格的灵魂被当时社会当成一种物怪，是一种异常的精神状态和行为，受怨于疾病或是死因。《源氏物语》中很多物怪登场，这些物怪都抱有怨情，"夕颜"卷的物怪，葵上和六条御所车位之争引发的物怪，已超越了梦域，向现实世界登场，两个相异的空间——梦幻空间与现实空间同时存在一处，梦幻空间处于无意识状态、自我非支配状态，现实处于有意识可支配状态。"人的意识无法企及梦幻的世界，反而，梦境中所闻所见逼迫出事实真相。事实真相的深层摇曳着死亡的影子，当死亡影子的暗部暴露在日光当中，现实世界返回常态。（人の意識の及ばない夢の世界が、かえってその事の故に意識の実相に迫る。うつつの深層、死の影を揺曳しつつ、その暗黒部をあばき、うつつの世界をつき動かす。）" [3] 夕颜与葵上都是在似真似假的梦厄中香消玉损，梦幻凌驾现实，死后的藤壶在光源氏梦中述说怨恨，女三宫降嫁后苦恼的紫上出现在光源氏梦中，之后，六条御所的物怪再次登场。藤井贞和特意将"新菜续"卷中物怪对紫上诉说言语中"天翔りて（高

---

[1]　土橋寛. 古代歌謡と儀礼の研究 [M]. 東京：岩波書店，1965：188.

[2]　あくがる：脱离原本依托的心和身体，浮游出来。（心や体が居るべき所から離れてさまよう。浮かれ出る。）

[3]　川本真貴. 『源氏物語』の夢と方法 [J]. 同志社国文学，1978（3）：28-35.

空中高悬萦绕）""わびしき焰（冷清的火焰）"[1]两词引出，"天堂中高翔的魂"和"地域中燃烧的火"分属两个不同的世界，"不同的思想（界域）共存于物怪的话语当中……这一混合的思想原汁原味地体现出变成物怪的'it（东西）'支撑着世界的复杂性（思想的にべつべつであるが、ひとつの物怪の語りのなかに共在している。……こうした思想の混在は物怪なるものをささえる世界のふくざつさをそのままあらわしている）"[2]。《源氏物语》中梦作为物怪往来于阴阳两重世界的通路当中，物怪通过梦的通路时，便在梦中出现，由而，《源氏物语》又是一部物怪的物语，物怪在物语中频繁出现，体现出当时社会"一夫多妻制制度下的女性悲剧（一夫多妻制がもたらした女の悲劇）"[3]。女性烦闷于在男女爱情摩擦中产生的怨恨、嫉妒之中，沉潜在女性内心深处不能直接向男性言说的苦恼化作物怪出现在男性梦中。男女感情纠葛是人类精神葛藤之一，是人间常见的苦恼，是内在的心理问题，《源氏物语》未能将其进行心理层面的深层剖析，只是简单地将此葛藤以物怪的形式体现出来，表现出《源氏物语》浓厚的古代物语特质。

3. 小　结

《红楼梦》与《源氏物语》两书都是关于"梦"的小说，"梦"在两书中，一方面起到预示与启示作用，另一方面是作为情感宣泄的一种叙事手段。两书使用的"梦"叙事技巧的回数大约一致，梦幻叙事手法的使用有虚有实，轻重得体。《红楼梦》本身讲叙的就是一场虚幻的"梦"，是"梦"的叙事文学，书中"甄士隐梦幻识通灵"、"宝玉游幻境指迷十二钗"、"贾宝玉梦中觅甄宝玉"、"黛玉痴魂惊恶梦"、"贾宝玉重游太虚幻境"等都讲叙得较为复杂，具有标示性的意义。《源氏物语》除"明石道人发迹"梦讲叙得较为复杂以外，其他有标示性的梦总是几语带过，如："占梦人前来详梦，判语源氏得龙子"，"父皇托梦救助源氏"，"内大臣宣召高人解梦，解梦人称其有一子寄人篱下"等，但其叙事机能不能小觑。两书"梦"所关注的内容是不一致的，《源氏物语》21处梦中有4处是子女梦见父亲，文学作品中"梦"有其独特的叙事机能，即预示性，这四处梦都是皇室子女在孤独无依寻求帮助时，

---

[1]　"火焰"源自原文：你叫僧众大声祈祷、诵经、在我觉得火焰缠身，痛苦不堪。（紫式部．源氏物语 [M]．丰子恺译．北京：人民文学出版社，1980：622.）

[2]　紫式部．源氏物语 [M]．丰子恺译．北京：人民文学出版社，1980：622.

[3]　野村精一．源氏物语の人间像——六条御息所 [C]// 源氏物语の創造．東京：桜楓社，1969：95.

父亲及时出现在梦中，表现日本平安时期对父权、皇权的推崇。《红楼梦》中的梦多与感情相连，如："宝玉游幻境指迷十二钗"，"宝玉梦中命判木石、金玉姻缘"，"贾宝玉病梦中寻黛玉"，"袭人梦宝玉"等，由而两书中"梦"所关注的内容是不一样的。《源氏物语》中桐壶院多次显灵，桐壶院的灵被当成祖灵，三谷荣一认为《源氏物语》的故事叙述中以父系为依托，"在冥府中相见的死者＝祖灵，其他文学中母性主题为多（冥府で出会う死者＝祖霊は他の文学では母性的なものが多い）"[1]。《红楼梦》开篇即是以母性主题为依托。《源氏物语》梦幻叙事技巧多处使用，它担负与推进日本古代文学梦幻叙事机能，在继承先前文学的叙事技巧的基础之上，又向前迈进了一大步。它具有更为丰富的再创作的表象特征，将他界与现实、人与非人、明与暗、善与恶、祸与福、结合与分离诸相勾连一处，形成回路。从叙事的角度来观察，两书梦幻叙事技巧都是其故事先行导入的楔子，是对后续故事的虚线映射，亦是故事导入的借口。两书中梦的文类模型还有诸多可比性，如：可以将《红楼梦》尤三姐鬼魂与《源氏物语》夕颜怨灵进行比较研究，等等，还可以从"襄王之梦"、"理性之梦"、"庄子之梦"的角度进行深入探讨。《源氏物语》结篇为"梦浮桥"，全书也是"由来同一梦，休笑世人痴"[2]。两书都落脚于梦，讲明了小说的虚构特质，梦是虚幻的，对梦的否定则是对现实的回归，两书结篇提醒读者脱离对梦的幻想，合上书本，回归现实。

[1] 三谷栄一. 源氏物語における物語の型 [C]// 山岸徳平　岡一男　監修. 源氏物語講座（第一巻）. 東京：有精堂，1971.

[2] 曹雪芹，高鹗. 红楼梦 [M]. 长沙：岳麓书社，2004：865.

结　语

　　本书对《红楼梦》与《源氏物语》的叙事结构（第一章、第四章）和抒情特征（第二章、第三章）进行较为翔实的对比研究，并将叙事结构和抒情特征的比较研究归结于"叙事时空"这一题眼。叙事时间（第一章、第二章）、叙事空间（第三章、第四章）与叙事结构（第一章、第四章）、抒情特征（第二章、第三章）两组完全不同的研究切分方式，搭建起《〈红楼梦〉与〈源氏物语〉时空叙事比较研究》的多维立体研究空间。空间和时间表示的都是事物间位置的关系，时间用以描述动作或事件发生的先后次序，空间用以描述物体的位形，时间与空间在诸多层面是不可分割的、一体的，时间是运动的空间，空间是静止的时间。两部小说基本上同属于传统的情节小说，都遵循着时间的自然持续和与情节变换相对应的空间转换，按主人公经历的先后，来安排情节的开端、发展、高潮和结局。曹雪芹屡屡想打破传统的顺序叙述手法，多处采用插叙、回忆与梦幻，但全书的时空结构仍然呈现出平滑的连续形态。两书叙事文本中，虽然有插叙、倒叙或情节"闪回"等辅助叙述，最基本的构架仍是顺序性的时空叙述。两部小说缺乏现当代小说时空交错的特点，但都不乏相对于同时代小说来说先时的叙事技巧，例如幻想与梦境文类模型的使用，使得小说可以轻易地从一个场景跳跃至另一个场景，从一个意念跳跃到另一个意念，文本情节非因果地交错迭出。幻想与梦境是叙事人内心活动状态同构对应的外化形态显像，然而，内心活动又绝非有序的时空把握。新的叙写思维方式，更有效表达出作者对叙写对象的审美穿透力与概括力。对此番叙事技艺的把握，曹雪芹超越紫式部。在《红楼梦》叙事文本中，曹雪芹多次采用时空交错的文本组合构架，增大文本阅读的陌生面与阅读前的可揣摩性，这些书写特征明确表明作者在撰文时，除开钟情于文本叙事艺术探索之外，作者叙事思维模式在进行深层变更——打破传统叙事构架风格的窠臼，创立自己新的叙事构架模式。相反，在《源氏物语》中，看不到作者紫式部对时空交错叙事模式的尝试，只是将传统叙事模式进一步综合与提炼，使得小说的整体构架更为圆润。两部小说的对比研究，越是往里探究，越觉察到两部小说的不可比拟性。八百余年时空的穿越，两地空间隔海遥望的差异，在我们力图拉近两者距离的时候，这些因素，无时无刻不在阻止我们向前探究。两部小说的不可比性加大了我们对两者对比研究的兴趣，在可比与不可比拉扯的张力中，我们尝试找到更好的研究契合点。通过反复对比研究，得出以下四条结论。

（1）两部小说都是以情节来维持结构张力，以"框架"控制看似松散的艺术断面。在我们的审美经验中，散漫的生活现象，一旦赋予它一个"框架"，就会产生一种聚集与排斥、扩张与收缩的对立，同时又会显示出生活自身的整一性。小说叙事中"框架"的作用在于，它将生活的本真面貌置于叙事美学控制中，又与生活拉开距离，使之成为一个在结构上富有相互矛盾因素存在的自给自足的艺术整体。《红楼梦》将上下四代人的故事控制在大观园的狭小空间之中，《源氏物语》亦将四代人的故事控制在宫廷、大臣及其家眷宅邸与六条院的狭小空间中，以时间框架和空间框架的结合，操纵我国清代大户人家和日本平安时期的皇家生活的众生相，形成一个既凝聚又有特色又包罗万象的艺术整体。两书"时空框架"结构有别于我国"新时期"时空交错组合结构的小说。虽然两书都是用时间线索和空间叙事轴络成两部小说之经纬，与当代小说叙事相比，既没有时间上的意识流手法，也没有空间上的蒙太奇手法[1]。两部小说都有"内框架"结构，均用"内框架"形式来控制小说的多重空间，使用内框架来网络牵引整部小说，使得文本各个局部的关系在一个更加统一的控制中聚集起来，保证了小说结构的内在张力。

（2）两部小说都有先时的时间叙事技巧。之前，传统小说基本讲叙"一个完整故事"，故事时间即小说时间，故事的开端、发展、高潮、结局显示小说的时间流向，时间在事件的发展中缓慢或快速地流去，一去不返。传统小说时间叙事单调，故事中止，时间随之中止。《红楼梦》与《源氏物语》用一条大的时间线索扭合起若干条小的时间线索，每条小的时间线索又包孕每个小故事的开端、发展、高潮、结局，

---

[1] 蒙太奇原是指电影的一种艺术表现形式和方法，即按照编导者的创作意图，将各种镜头有机地衔接和组织起来，并以各个镜头中的动态效果和内在逻辑联系，构成一个富于运动感的有机艺术整体。新时期很多小说，就是借用这种镜头组接法，来结构交错不定的时空，通过对比性的生活断面的蒙太奇组接，获得小说结构的内在张力。

各条小时间线索又互为穿插、影响与制约。细观两部小说的主干时间轴，均由朝代纪年、世代时间和纪传时间三大部分组合。《红楼梦》与《源氏物语》两书的线性时间叙事技巧都承接了中国公元前典籍《春秋》、《史记》的史传体叙事特征，《源氏物语》线性时间叙事特征是《春秋》、《史记》的发扬，《红楼梦》则在《源氏物语》线性时间叙事技艺跨越的基础上有了更大的跨越。线性时间叙事技巧在不断发展、衍变，越靠近现代，叙事手法越为灵活。

（3）两部小说的结构特征"神似形异"，"神似"指均采用整一的"立体叙事框架"控制看似松散的艺术断面，"形异"指在结构特质的表征上各有千秋，《红楼梦》表现出套盒状的结构特征，即大故事中包孕小故事，小故事里还藏着更小的故事。《源氏物语》则以连藕状为主要叙事特征。两部小说都有章回体小说的特点，"章回体小说"是空间叙事的典型形式，也是东方古典小说独特的形态和主要叙事形式。"叙述是一种空间化安排故事段的艺术，也就是说，叙述的空间化是中国古代长篇叙事的一个根本特征。"[1] 章回小说是由宋元讲史话本发展而来，《源氏物语》虽不归属于中国章回小说体系，却具有中国古典章回小说结构上的若干特点，《源氏物语》作为爱情小说欲将天下各式爱情模式收罗一尽，书中描写了十余种恋爱类型，数十个恋爱故事，但全书结构并不松散。两书利用"叙事立体空间构架"的张力将各松散叙事要素网罗其间，同一叙事空间中各叙事要素又可见其互文特色，各要素协力共同表现小说的主旨，两部小说通篇都有"形散而神不散"的叙写特质。

另一方面，《红楼梦》的立体网状叙事空间远比《源氏物语》复杂，显示出更靠近"现代小说"的叙事技巧。在这一网状结构中，从空间层面看，《红楼梦》比《源氏物语》叙事伏线要多，叙事小单元要散。《源氏物语》叙事主轴线清晰可辨，《红楼梦》则隐晦其间。从时间层面分析，中日文学都具有线性时间叙事特征，在文学的发展过程中，日本文学逐渐将"线"演变成团块结构，而中国古代文学则沿着原始叙事文学原初的"线"路，发展并凝固成"线"性结构，两书都有"线性叙事，白描出神"的叙写特征。

（4）两部小说抒情化特征非常明显。"与西方文学相比较，中国文学的抒情特质非常明显，这个特质涵盖诗歌、散文、戏曲、小说各类文体，并贯穿中国文学的历史，从而形成一种抒情传统；这个传统恰好与西方文学的叙事传统形成鲜明的对

[1] 林岗. 明清之际小说点学之研究 [M]. 北京：北京大学出版社，1999：168.

比。"[1] 不仅中国文学有"抒情传统说",日本文学也饱含抒情特质。有学者将"抒情与叙事"归分为"中国文学两大表现传统",否也!"抒情"也是叙事的一部分,"抒情"表达得更多的是一种"情绪","叙事"表达得更多的是情节中的逻辑关系。"抒情"注重"叙事空间","叙事"注重"叙事时间"。时间情态化是"时间"向"空间"的过渡,宇宙四季更替之状古往今来、东西泛存,除温度、湿度、风向与季风强弱的改变外,最能唤醒人心的还是四时植被景观的变迁,植物枯荣感动人心。"气之动物,物之感人,故摇荡性情,形诸舞咏。"(钟嵘《诗品序》)《红楼梦》与《源氏物语》两书中"一切景语皆情语","抒"与"叙"紧密结合。同时,两书均采用既能抒发"意"又不被"意"所束缚的灵活多变的譬喻性话语体系。

> （抒情）这个观念不只是专指某一诗体、文体,也不限于某一种主题、题素。广义的定义涵盖了整个文化史某一些人（可能同属于一个背景、阶层、社会、时代）的"意识形态",包括他们的"价值"、"理想",以及他们具体表现这种"意识"的方式……作为一种"理想",作为一种"体类",抒情传统应该有一个大的理论架构,而能在大部分的文化中发现有类似的传统。[2]

在时间情态化和植被的隐喻叙事技巧上,中日古典小说家有着异曲同工之妙,古代文人通过文本含蓄而多情地诠释着本民族文化,中日古典小说家在撰写小说时都注重在文本中通过隐蔽叙事声音表达情感。"抒情美典"[3] 是以自我现时的经验为作品的本体或内容,因此,它的目的是保存词义经验。而保存的方法是"内化"(internalization)与"象意"(symbolization)[4],"而讲抒情传统也就是探索在中国文化(至少在艺术领域)中,一个内向的(introversive)价值论集美典如何以绝对的优势压倒了外向的(extroversive)美典,而渗透到社会的各个阶层"[5]。中日两国古典文学作家,在"抒情美"上体现出东亚小说家共同的叙事风格。不同之处是,中国文人抒发情感

---

[1]　熊碧. 抒情与叙事——中国文学表现之两大传统研究述论 [J]. 上海大学学报,2013（2）:40-51.

[2]　高友工. 中国美典与文学研究 [M]. 台北:台湾大学出版社,2004:95.

[3]　"高友工已经赋予抒情一个严丝合缝的世界观:起自文体,发而广之成为一种文类、生活风格、文化史观、价值体系,甚至政教意识形态。高友工因此以'美典'名之。"参见:王德威. 抒情传统与中国现代性·在北大的八堂课 [M]. 北京:生活·读书·新知三联书店,2010:13.

[4]　高友工. 中国美典与文学研究 [M]. 台北:台湾大学出版社,2004:107.

[5]　高友工. 中国美典与文学研究 [M]. 台北:台湾大学出版社,2004:110.

时注重形而上，注重"诗言志"；日本文人则看重形而下，注重个体真实感受与体验，"膜拜美，一切价值中以美为优先"，小说叙写上体现出唯美主义倾向，是现代"私小说"的雏形。

从广袤的全球文学文化语境观之，或是从外域也就是从两部小说生成地域以外的地域文学文化视角观之，《红楼梦》与《源氏物语》两部小说线性时间叙事、时间情态化叙事特征、地志空间叙事特征、文本空间叙事特征非常相似，都具备东亚文学共有的显性特征与色彩。但是，当我们将视阈的出发点拉回至眼前，从内域也就是从两部小说生成的地域，即中国与日本各自传统的文学文化视角观之，两部小说存在巨大差异。

中国古典小说自古以来呈线性时间叙事结构特征，时间是自有天地日月以来就实际存在的一个计量单位。日本古代历书完全照搬中国阴历，《红楼梦》与《源氏物语》完全是在同一时间计量标准下产生的文本，不论是线性时间叙事还是时间情态化，都可以进行充分的比较研究。文学作品叙写离不开时间，事件的承接、穿插、回闪、跳跃都要借助时间，时间定位事件与组成事件动作的前后序列关系，时间叙事技巧中最为本质的是线性时间。另一方面，中日古代时间概念模糊，没有精确到月份、星期，更不用说小时、分钟、秒，传统小说中常用四季植被特征表述时间，通过植被变化表述四时节令切换，使得文本在时间表述层面更具备抒情性与诗意化特征。《红楼梦》与《源氏物语》最凸显的时间叙事特征是线性时间叙事和时间叙事情态化，中国的《春秋》、《史记》，日本的《古事记》、《日本书纪》、《土佐日记》、《蜻蛉日记》的线性时间叙事技巧给予两书深厚影响，这些中日古典典籍之间有承接、有互见、有差异，《红楼梦》与《源氏物语》时间叙事特征正是这些典籍作品的继承与发扬。《红楼梦》与《源氏物语》继承发扬《春秋》与《史记》两种文学体裁的线性时间叙事特征，将朝代年纪、世代时间与人物年纪三者有机结合。线性时间叙事技巧的使用自古以来千篇一律，皆蹈一辙，曹雪芹在《红楼梦》撰写中尝试一种新的时间叙事模式，刻意打乱时间流变秩序，其开篇倒叙手法已逾越了此前叙写模式的拘囿，它有回旋有复调，但又不同于现代与后现代西方小说中刻意打乱时间秩序的所谓"时间空间化"创新，在叙事技巧发展的历史长河中，它是时间编年线性化与"时间空间化"的中间过度文本。紫式部不仅在叙事方法上汲取日本古物语的叙事技巧，而且在时间处理上向日记文学历时编年的叙事手法靠拢，不过最初的文本在表面上并无任何明确时间标识。日记文学有一个显著特征，就是依据外部时间的流动支撑文本发展，即明确标明事件发生的时间，将不相干的琐事罗列一处。中国古典文学中的《春秋》、《史记》也正是通过外部时间流动来支持文本发展，即通过时间的排列将不相关的事件汇编一处。《源氏物语》则是通过故事本身内在的时间流逝支撑文本发展，即时间的确定可以通过情节的发展来推断，情节的流逝与时间同轨，两者可以捆绑一处，脱离了明确的时间标识，文本发展脉络依然清晰可见。《红楼梦》的作者曹雪芹有意识地模糊、弱化、消除朝代年纪的明确标记，采用"明修栈道，暗渡陈仓"的巧妙叙事方法，表层文本中光阴前后纵横、跨越、反复，线性时间叙事特征模糊，潜文本中的时间却是编排得有条不紊，显示出先时的时间叙事技巧。曹雪芹如此机巧的时间叙事手法，是对才子佳人小说"千部出一套"的一味超脱。线性时间叙事是《源氏物语》最典型、最凸出的叙事手法，文本使用言之凿凿的时间做标注，标明故事发生的朝代、年号等历史中的时间，还注意标明季节、节气、时辰等具体化的自然时间。也正是由于文本时间标识过于明显，《源氏物语》在线性时间叙事技巧上略显板滞。《红楼梦》则更为灵活与机玄，某些时间叙事细部难以自圆其说，却使得时间叙事技巧灵活多变，实际上《红楼梦》中不可回溯的主干时间流对文本进行着整体有效操控。

时间情态化与线性时间叙事技巧研究的范畴有所不同，线性时间研究偏重于序列形式的不可回溯的结构体现，与历史有关，与过往相连，着重文本叙事的先后逻辑关系。然而，探讨小说的时空关系时，恰恰不能忽略小说叙述的一个独特之处，即构成小说最小叙述单元的不是一个个字、一句句话，而是一些具有相对独立意义且有审美价值的小情节段。小说作为一种语言艺术，一个个字组成一句句话，一句句话组成一个句群，自然摆脱不了线性顺序的语言关系，但一个叙事单元和另一个叙事单元的组合却不必受这种时间顺序的制约。它们的组合既可以是一种事件发展式的时间承续和前因后果的关系，也可以是一种非事件发展式的空间类同、并置、铺展、互补、对比等关系。时间情态化与意向密切相连，偏重于内容、情节、细微的心理活动。线性时间研究是在时间刻度的变化中注视人物、事件、场景的蜕变，时间情态化却是停止在某一时间刻度，定格这一时间刻度下的空间，在静止中凝视该空间中的人物、事件、场景，深究此时此景此人此物所体现的深刻思想文化内涵。线性时间叙事要求精确时间刻度，时间情态化则要求在模糊的时间概念中酿造一番情韵。《红楼梦》一梦经历了十九个年头，经历了十九个春夏秋冬，十九回生死枯荣，整个故事又是一轮完整的春夏秋冬季节叙事大循环，《红楼梦》故事时间前后矛盾间或见之，但季节时间叙事规律明晰。《红楼梦》春夏秋冬四季循环组成故事有序的转承起合，是一部季节大循环的史书，大循环中又夹杂若干个小循环，虽说经历了十九回寒暑，作者有选择性、有目的地详细描叙了四五个承接与闭合紧密的春夏秋冬的小循环系统。且将季节作为背景描写有所偏重，各个季节又有所隐射与指代。《源氏物语》经历了两轮春夏秋冬季节大循环，文中作者也有选择性地细致描绘了若干个小循环。五十四回中几乎每卷都有随同时间流逝季节自然变化的场景描写，故事情节亦依据周围的自然景物变化展开描绘。紫式部描写时间流逝中景物的变化，其目的是描述生活在当时时空下人们的喜怒哀乐等各种感情及生活方式，充分将人与自然融为一体，使得情节更感人、故事更生动。季节交替是提供《红楼梦》和《源氏物语》情节展开、发展的外部必备条件，推动事态的演变与发展。两部小说将事态的变迁与自然季节的变化紧密结合，使得景物描写、人物情感、矛盾纠葛等有机地融合。

《红楼梦》与《源氏物语》两书都是家族小说，家族小说中隐含着约定俗成的社会习惯，家族小说以生动的故事形式显示宗法、礼教、血缘关系共同体的组织结构，传达出封建大家庭的特质。既然是家族小说，人物的活动范围就拘囿于一定场域之内，大观园是纯粹大贵族的私家花园，六条院是花园和宅邸的融合。贵妃娘娘省亲的大观园作为舞台背景几乎贯穿整部"石头记"，光源氏的故事限于皇宫、大臣宅邸、地方官员府邸、六条院。两部小说中故事发生的地志空间，即人物的外部环境是相对封闭的，这些"深宫帐帷"的场所一般人不可企及，都是发生在一小块区域内，由一小群身份颇高人的人引领，发生在"院子里"的故事，具有典型代表性，是一方水土的缩影，都具备地方志的特征。两书不同地志空间特征，反映出不同时代不同地域不同民族的文化特征，基于中日两国彼邻而居，文化渊源流传，两国文化有若干相似与迥异。反映在文本当中，就是各自既具备独特的民族风情，又能相互得以共识处。

《红楼梦》的叙事框架中有"家运"、"神瑛与绛珠草恋情"、"宝玉运程"三条主线，第三条主线"宝玉运程"有力地将前两条叙事主线扭合。《源氏物语》有"冷泉帝构想系统"、"明石姬构想系统"、"女三宫构想系统"、"紫上构想系统"四条结构主线，前三条主线为顺承关系，第四条主线与前三条主线相互缠绕，齐头并进。通过两书构想系统的比较研究，可以看出两书叙事主轴的结构特质惊人相似。①两书主体构架简单明了，基本上都为平铺直叙，事态的发展循序渐进，叙事主轴由几股辅线构成，其中一条辅线又贯穿于几条辅线之中，将其他几条辅线紧密扭合，文本叙事主轴成麻绳状；②在这些连绵与不间断的主体构架中，又有若干条叙事暗线埋伏其间，《红楼梦》比《源氏物语》结构系统更纷繁复杂，不易厘清。《红楼梦》与《源氏物语》两书的叙事主轴呈麻绳状，两书的整体结构又都是在时空交错的网状结构中定型，网状结构是一种较为成熟的叙事艺术，网的编撰少不了线／麻绳，线性序列是网状结构中的主绳。虽说织锦和百纳被也是由线编织而成，但都趋于平面，少了类似于"渔网"状空间的立体结构，不能最好定位两书的时空立体状结构。网状结构这种直观意向的整体性能比较混融地包孕两书结构的独创性，能将种种叙事形式（例如第四章各类文类模型）包孕其间，又保留了每一形式的最大张力，两书时空交错的网状结构最后都达到了"纲举目张"的叙事效果。

从历史小说的层面看，《红楼梦》比《源氏物语》涉及的阶级性要强，涉及的社会层面要广；从文本结构空间层面观察，《红楼梦》比《源氏物语》叙事伏线要多，叙事小单元要散。纵观章回小说发展史，越晚出的作品越难厘清其结构"主线"，《源氏物语》比《红楼梦》晚出八百余年，《源氏物语》叙事轴线清晰可见，《红楼梦》则隐晦其间。从时间层面分析，中日文学都具有线性时间叙事特征，时代越早线性时间叙事特征越明显。《源氏物语》用一条主线将一个个故事贯穿起来，故事叙事小单元像一个个小包袱附着在时间主干上。每个故事大抵以时间为序纵向直线推进，有其相对的独立性，之间又相互穿插前行。《红楼梦》拓展和延伸之前古典小说的叙事手法，完全打破单线发展的叙事窠臼，每一故事在直线推进运动中又常常将时间顺序打破，做横向穿插以拓展空间，纵横交错，形成更为复杂的网状结构。在文学的发展过程中，日本文学逐渐将"线"演变成团块结构，而中国古代文学则沿着原始叙事文学最初的"线"路，发展并凝固成"线"性结构，两书都有"线性叙事，白描出神"的叙写特征。从空间层面分析，《红楼梦》文本空间结构中，"家运"、"神瑛与绛珠草的恋情"、"宝玉的运程"三条主线三纲并举，至网口收罗一处，一反传统小说在此之前常见的叙事系统单线条结构的艺术表现手法。《源氏物语》重要叙事主轴比《红楼梦》多一条，第四条线"紫上构想系统"置于网口将另外三条叙事主线收罗一处，起到统领全网的作用。《红楼梦》与《源氏物语》两书除开具有统领全文的纲领之外，还有交叉编织网眼的经线、纬线，以及伏线、暗线和虚线，若干条经纬之线提升为纲。"曹雪芹于悼红轩中披阅十载，增删五次"，在文章最后的修饰过程中，作者再次调动经维之线，使其编织的若干网眼成均匀分布态。若干网线中又有人物线索、事件线索、物件线索，等等。各条线索和纲领之间又存在血肉相连的关系，人物和事件线索既游离于"大纲"之外，又收拢于"大纲"之中；既有其独自的来龙去脉，又与"大纲"线索的发展经络相息相通。如，两个故事结构中关键人物——甄士隐与贾雨村，他们一实一虚，引出小说主体，在关键时刻，暗示故事走向，在故事之外看故事演绎。又如，以三纲之一"贾府兴衰"的辅线"香菱之命运"为例，香菱同样在书中肩负着贯穿始终的叙事任务，香菱始于第一回——父亲怀中的婴儿，在小说主体故事未开始的时候出现；终于第一百二十回——难产而死的母亲，在小说故事结束时飘然而逝。香菱命运坎坷，辗转于宝钗、薛蟠等人手中，见证贾府兴衰，引渡小说结构更为复杂。香菱贯穿了红楼始终，成为文本叙事结构中或隐或现的建构者和连缀者，但又不为文本必不可少的构成部分，如果将香菱的故事从书中抽出，"石头记"仍然是个完整的、可读性极强的故事。香菱这条叙事轴实在是"锦上添花"，拓展了读者对《红楼梦》的认知与情动。又如冷子兴（有言道：此人不过借为引绳，不必细写）这个人物，并未和贾府中的任何人物构成情节冲突，开篇第二回中作者借用冷子兴将荣府的富贵和将来的衰落预测，并且暗示了各色人物的下场，是全篇一条映射至终的暗线。《红楼梦》事件线索有秦可卿出殡、元春省亲、抄检大观园，等等，都是表现大家族盛衰的重要线索。关于物件线索有宝玉、金锁、汗巾子、绣春囊，等等，具有具体和抽象、物质和精神双重丰富寓意。《红楼梦》的网状叙事结构比《源氏物语》更为圆熟，虽同为网状叙事结构，《红楼梦》事件头绪更繁复、矛盾更多，内容覆盖面更观，结构更加复杂与巧妙。

　　曹雪芹比较彻底地突破了中国古代长篇小说单线结构的方式，采取了多条线索齐头并进、交相连接又互相制约的网状结构。青埂峰下的顽石由一僧一道携入红尘，经历了人间的悲欢离合，又由一僧一道携归青埂峰下，这在全书形成了一个严密的、契合天地循环的圆形的结构。在这个神话世界的统摄之下，以大观园这个理想世界为舞台，着重展开了宝黛爱情的产生、发展及其悲剧结局，同时，体现了贾府及整个社会这个现实世界由盛而衰的没落过程。从爱情悲剧来看，贾府的盛衰是这个悲剧的产生的典型环境；从贾府的盛衰方面看，贾府的衰败趋势促进了叛逆者爱情的滋生，叛逆者的爱情又给贾府以巨大的冲击，加速了它的败落。这样全书三个世界构成了一个立体的交叉重叠的宏大结构。[1]

从不同的视角观察，可以看到不同的组织结构。同样，《源氏物语》中也有诸多辅线、暗线贯穿其中。如"明石姬构想系统"的重要辅线"明石道人发迹梦"的实现。又如，头中将的登场至隐退贯穿整部文本，及头中将与光源氏的关系变迁——友好，对立，和好如初——也是贯穿整部文本的一条重要叙事辅线。头中将是光源氏第一任妻子的哥哥，首次登场于"帚木"卷（第二回）中的"雨夜品评"，直至"须磨"卷（第十二回）止，与光源氏都是很好的亲友关系，"航标"卷（第十四回）始，两人关系开始对立，至"赛画"卷（第十七回）始，两人已是弓张弩拨。"行幸"卷（第二十九回）光源氏向头中将提及自己已收养其亲生女儿时，已升任为内大臣的头中将听罢，回忆起若干年前"雨夜品评"时的"妄言"，时而嬉笑，时而哭泣，此时，两人和好如初，无所忌惮了。

本书第一章和第四章探讨两部小说时间叙事轴、两部小说的叙事框架及各类叙事模式，这些间架与话题使得两部小说并非单纯的才子佳人小说、宫廷小说、家庭小说、神话小说，由这些叙事情节线索编织成一张包罗万象的网，这张网又置于四大家族、朝廷、皇亲内外、官场上下，又延伸于市井乡村的广阔历史背景之中。两部小说都是家族小说，其一，都侧重伦理亲缘关系的展现。日本平安时期和中国的明清时期都是传统家族制度较为强盛与活跃的时期，以血缘关系为中心构成其特有的生活方式和生活态度。其二，家庭与国家同构的社会结构。古代封建社会"家天下"、"家为国家之本"，家与国家在组织结构、权利结构和伦理原则等若干方面有相当的一致性，人们在遵循家族等级的同时也顺从政治制度中的等级划分，由家族伦理扩展的理法纲规成为人们自觉遵守的行为准则。家族的兴衰盛亡和个体的生存感悟对整个社会的状况进行投射和寓言。其三，浓郁的历史感。两书立足于家族文化这一空间，用生活于某一"历史片段"中的人物去展示民族文化史，揭示人类心灵史，

---

[1] 袁行霈. 中国文学史（第四卷）[M]. 北京：高等教育出版社，1999：371.

及建立于伦理判断的道德史观。两部小说都具有家族小说的特点，拥有时空交错网状结构的巨大包容性的叙事特征，纷繁有序的网状叙事结构中时间与空间多线索交叉并进，时空之间的不时转换使得文本的表达方式更为丰富多样，传达作者对人生的深刻感悟，展现国家、家庭、社会的沧桑巨变。

　　本书第二章时间情态化与第三章地志空间比较研究，探讨的相关事宜正是"叙事渔网网眼"的"张力"，模糊的边际、丰富的意象，体现两部小说诗意化的特征。自然季节的变化不以人的意志为转移，世态炎凉也绝非季节转换的决定因素，然而，大观园与六条院内故事发生的背景时间深蕴寓意并有所指代。春主喜，夏主旺，秋主悲，冬主"亡"，这是《红楼梦》的基调，又不仅仅拘囿于单色调的书写，喜中见悲、悲中见喜（春秋互见），旺中见"亡"、"亡"中见旺（冬夏互见），季节色调互见的同时季节主色调保存完好。《源氏物语》中重要的事件主要发生在春秋两季，发生在春季的事件要多于冬季与夏季的总和，发生在秋季的事件又远远多于春季。《红楼梦》与《源氏物语》中所体现的时间情态化叙事技巧之美在于作者将四季、自然、人三者有机地结合，形成一种动中有静、静中有动、曲折有致的情节美的表达。人物生活兴衰与内心世界悲喜随同季节推移、景致变化而变化。《红楼梦》和《源氏物语》两部作品人物众多、场面豪华、结构宏大，除此之外两部作品极为神似之处，都有一股淡淡的忧伤流淌文脉之间，贯穿始终。"《红楼梦》一书，与一切喜剧相反，彻头彻尾之悲剧也。"[1] 彻底颠覆了"始于悲终于欢"中国传统叙事模式，《红楼梦》开篇讲叙一股情债，绛珠草"只因尚未酬报灌溉之德，故其五内便郁结着一段缠绵不尽之意"[2]。结篇"说到辛酸处，荒唐愈可悲。由来同一梦，休笑世人痴"[3]。中国古典文学《红楼梦》宣泄的是情绪上的"悲"，日本古典文学作品《源氏物语》表达的"悲"归属于日本文学审美中的"物哀"美学思想，两者根本的区别是"言志"与"抒情"。曹雪芹的"悲"中流淌着中国传统文化的血液，"对于死亡沉思、焦虑与挣扎、寻找生命的终极价值是中国古代文学中绵延不绝的主题之一"[4]。《源氏物语》并没有体现出这一方面的哲思追求，体现出更强的写实性与抒情性，书中的悲与美相连，表现的是一种审美的意识与情感抒发。《源氏物语》无论是景色描写

---

[1]　王国维 . 红楼梦评论（外三种）[M]. 长沙：岳麓书社，1999:11.

[2]　曹雪芹，高鹗 . 红楼梦 [M]. 长沙：岳麓书社，2004:3.

[3]　曹雪芹，高鹗 . 红楼梦 [M]. 长沙：岳麓书社，2004:865.

[4]　王玉宝 .《红楼梦》中的悲与美 [J]. 云南师范大学学报，2003（2）：95-101.

还是人物塑形饱含作者唯美主义倾向。"好色"（色好み），在奈良时代，色是"色彩"、"表情"的意思，平安时代添加了华美和恋爱情趣的内容，"好色"指"膜拜美，一切价值中以美为优先"，紫式部的《源氏物语》是日本唯美主义思想中"好色观"的极致完美表达。"春华秋实、风霜雪夜"，不同季节的自然景观投射于个体的主观心灵世界，因人而异产生不同的天人感应效果。同样的外部场景容易让人产生同样的情感体验，例如严冬过后的桃之夭夭、细柳拂岸的景致，与之前严冬的单调、萧落形成鲜明对比，予人以希望与欢愉。这一愉悦情感体验不仅指向单个个体独特情感体验，是天下芸芸众生的普泛情感体验，此种景观的描写其实就是在渲染情感，不同的个体——作者与各式读者由共同的物象审美欢愉产生共鸣，进而读者与文本的对话、与作者对话、与隐蔽叙事声音对话，这些还只能归属于浅层次的横向表征。深层次的是一种纵向的情感体验，及是今年的此花此景使得每个独特的个体回想起过去，去年、前年或是若干年前此时的情感体验，这种情感体验总是与特定季节的特定景致密切相连，逐渐升华沉淀为每个独特个体永恒的回忆。所以季节蕴藉着生命的记忆，充满对似水年华流逝与人世间沧桑的惋叹。综言之，欢愉是短暂的，无论是春或秋长久留下的还是悲伤，这一情感体验在我国古典名作《红楼梦》与日本古典名作《源氏物语》的时间叙事情态化技艺中得到了最为深情、最为典型的表现。

《红楼梦》与《源氏物语》两书都是家族小说，人物活动范围拘囿于一定的地志空间，故事发生的主要场所大观园与六条院都具有"文笔园林"的虚构性，布局与花木具有写意特征，曹雪芹让贾宝玉和众女子入住大观园，以室内陈设、室外花草树木水石暗喻宝玉以及诸少女人物的心性，紫式部笔下的光源氏将各位女子按其身世、性情安置于不同区域，并配置适合其性情的各式花草树木，其目的是将宇宙万物中与其适应的部分浓缩精华展现在园林景物之中，让众女子用心体味其中的妙趣，沉思冥想，顿悟佛性，两位作者都在文本中营造了一个真实的世外桃源。六条院的园林文化是日本平安时期古朴幽玄、静谧雅致、纤细温婉的美学意识的代表。大观园为贵妃娘娘省亲之用，为游园赏玩、展现财力而设，暗含享乐、夸耀人世之意，园中居者为情窦初开的俊男靓女，呈昙花一现之美。日本古园林是中国古园林建筑的分支，中国人文因素自古以来对园林影响大，讲究园林艺术中的立意，造景要符合诗情，要包含文气，要附带文化气息，通过诗、画、文、题、联、匾、额等点景之作表达深刻的寓意，寄托文人的志向、追求、理想和精神境界，饱含伦理教义，日本园林讲究是天然山水，极具禅意，日本园林的趣旨在于通过事物外部冥思事物内在，重视心与心的人天对话，讲究的是悟性。日本平安时期的建筑喜用均齐之格局，以表庄重，自殿堂屋宇，以至刻镂书绘，莫不如此，这正是中国园林皇家花园式的建筑特征，日本平安时期的庭院式建筑完全接纳与吸收了中国唐朝的布局与风格，并加入了日本人细腻情感的表达形式，中国展示皇室尊严的大气磅礴的建筑经日本人精心改良，在《源氏物语》中变成展示皇室内面生活、抒发个人情怀的展台。大观园中因美景而欢，因哀景而悲，如黛玉惜落花，葬落花，并以落红自拟，《源氏物语》中的景观描绘则从虚幻美出发，例如雪夜月景，中国园林是人工之中体现自然，日本园林是自然之中见人工。两书中的园林都体现出浪漫主义文学色彩，紫式部与曹雪芹旨在作品构筑的虚构世界中逃避现实、逃避纷争，在曲径通幽的还乡之路上品尝人生的甘美，构建了一处诗意的栖居地、理想的乌托邦。《红楼梦》与《源氏物语》两部作品在花园意象的描写上均体现出求真、求善、求美，两位作者"为人生而艺术"，用笔墨渲染而幻影出一座蜃楼的乐园。